KB016887

多小說

교과서 소설 다보기 1

교과서 소설 다보기 1

개정판 1쇄 발행 2021년 6월 14일
개정2판 3쇄 발행 2023년 12월 8일

엮은이 씨앤에이논술연구팀
펴낸이 이재종
펴낸곳 (주)C&A에듀
주소 서울시 강남구 도곡로 63길 23, 성진회관 302호
전화 02-501-1681
팩스 02-569-0660
전자우편 rainbownonsul@kakao.com
ISBN 978-89-6703-539-6 44810
978-89-6703-867-0 (세트)

씨앤에이논술연구팀 엮음

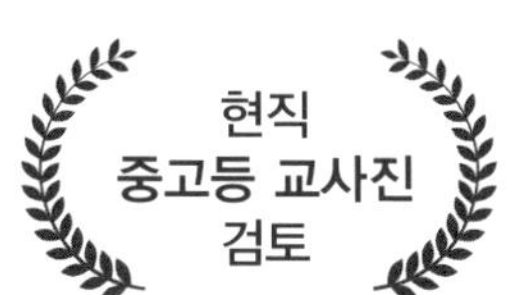

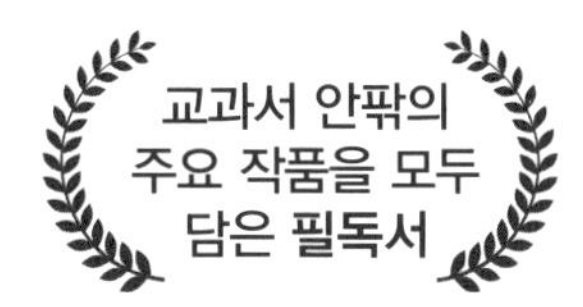

C&A에듀

개정판을 펴내며

현대 사회는 날마다 새로운 정보와 지식이 쌓이는 지식 정보화 시대입니다. 이러한 사회에서 자라나는 세대에게 필요한 능력은 지식과 정보를 제대로 판별해 내는 능력입니다. '스스로 생각하는 능력'과 '습득한 지식을 재구조화하는 능력'이 바로 그것입니다. 이 두 가지 능력은 요즘 교육의 화두인 창의력이나 문제 해결 능력을 이루는 중요한 구성 요소입니다. 또한 이전에는 객관적이고 타당한 지식과 정보를 교사가 학생들에게 가르치고 학생들은 이를 습득하는 것에 머물렀다면, 이제는 학생들이 스스로 습득한 지식을 재생산할 수 있어야 합니다. 지식이 개인에 의해 창조되고, 구성되고, 재조직될 때 비로소 지식으로서 의미가 있는 시대가 되었습니다. 이제는 학생이 지식을 구성해 나가는 과정을 존중해 주어야 하고, 그러려면 지식과 정보를 온전히 학생 자신의 것으로 표현하는 서술형·논술형 시험이 적합한 시대가 된 것입니다.

이러한 시대적 요구에 답하기 위해 씨앤에이논술연구팀이 기획한 것이 바로 《교과서 소설 다보기》입니다. '한 사람이 열 권의 책을 읽는 것보다 열 사람이 한 권의 책을 읽고 토론하는 것이 더 좋다.'라는 말이 있습니다. 이에 연구팀은 국어 교과서에 수록된 단편 소설을 엄선하여, 중·고등학생들이 우리 문학을 더 깊이 있게 이해하며 감상을 함께 나눌 수 있는 책을 기획하게 되었습니다.

소설은 단순한 이야기가 아니라 주인공이 다양한 환경에서 현실을 접하는 가운데 스스로 삶의 의미를 찾아 나가는 과정을 담은 새로운 세상입니다. 그리고 이러한 소설을 읽는 일 역시 단순히 이야기를 즐기는 것이 아니라, 소설 속에서 주인공이 겪는 모험을 독자가 체험함으로써 세상살이의 숨은 의미를 깨달아 나가는 행위입니다. 더 나아가 우리 학생들에게는 세계나 사회, 타자와 자신의 관계에 대해 혹은 '이 세계 속에서 어떻게 살아야 하는지'에 대한 존재론적이거나 윤리적인 물음의 답을 조금씩 찾아 나가는 계기가 될 수 있습니다.

《교과서 소설 다보기》 1권에서는 현행 중학교 국어 교과서에 수록된 작품을 중심으로 총 스물세 편을 선정하여 그 작품들을 다섯 가지 주제로 분류하였습니다. 1부 '상징'에서는 소설 속 소재들이 상징하는 바를 주제와 연결 지어 감상해 보고, 2부 '갈등'에서는 소설에 나타나는 갈등의 개념과 종류를 알아본 후 이를 적용하여 갈등 해소 과정에서 작가가 말하고자 하는 주제가 구체화되는 것을 살펴 작품을 감상해 봅니다. 또 3부 '구성'에서는 가족을 주제로 한 작품을 감상하며 소설 구성의 5단계에 대해 알아봅니다. 4부 '시점'에서는 소설의 서술자와 시점에 대해 알아보고 각 시점의 장단점을 살펴 작품을 감상하며, 5부 '설화'에서는 소설과 대비되는 설화의 개념을 정리하고 설화의 종류 및 각각의 특징에 대해 알아보며 각 설화를 감상합니다. 나아가 작품을 입체적으로 감상할 수 있도록 다양한 배경지식을 소개하고, 작품의 어휘 풀이를 본문에 함께 실어 독자의 편의를 돕고자 했습니다. 작품을 읽은 후에는 좀 더 깊이 있는 이해를 위해 다양한 토의·토론·논술 문제를 제시했습니다.

이 책을 통해 작가의 입장에서 또는 작중 인물의 입장에서 생각해 보기도 하고, 다른 친구들의 감상도 들어 보며 '생각하는 즐거움', '인식의 지평이 넓어지는 즐거움'을 만끽하는 등 살아 있는 문학 작품을 만날 수 있을 것입니다. 특히 각 주제별로 마련된 토의·토론 문제로 친구들과 함께 이야기를 나눈다면, 비판적인 사고력도 키우면서 소통의 즐거움까지 느낄 수 있는 문학 수업이 될 것입니다.

《교과서 소설 다보기》는 문학적 상상력을 길러 주어 학생들이 가슴 따뜻한 미래의 리더로 성장하는 데 도움을 줄 시리즈입니다. 오랜 기간 준비하여 펴낸 《교과서 소설 다보기》가 학생들에게 좋은 선물이 되기를 바랍니다.

짜임과 활용

교과서에 실린 작품 전문을 수록하고,
어려운 단어를 알기 쉽게 풀이하였습니다.

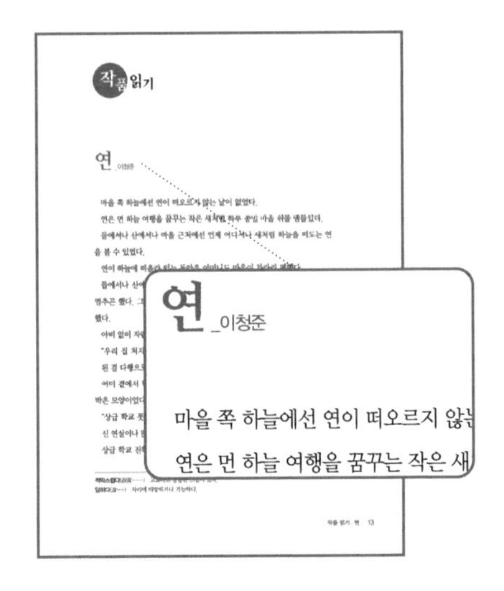

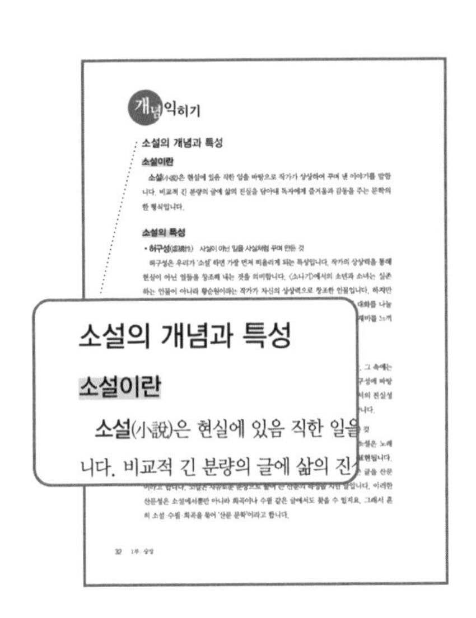

앞에서 감상한 작품들을
문학 이론에 적용하여 분석합니다.

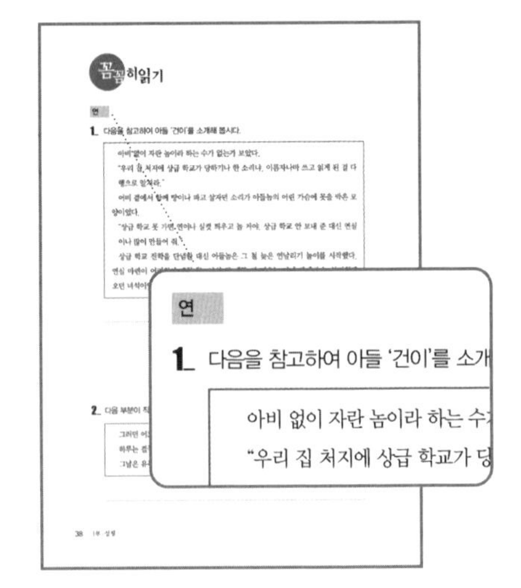

작품의 맥락을 잘 짚어 냈는지
스스로 확인하는 문제를 수록하였습니다.

토의·토론 과정을 통해 자신의 생각을
논리적으로 표현하는 능력을 키울 수 있습니다.

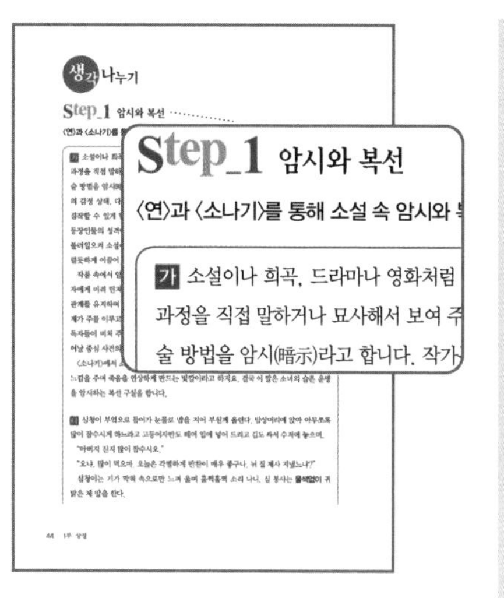

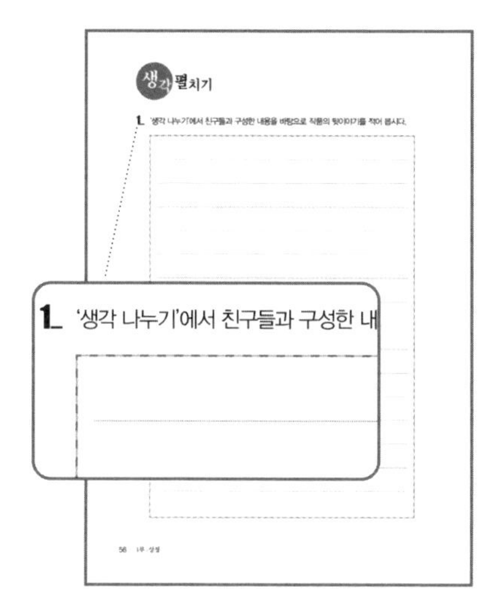

생각 펼치기

다양한 주제의 글쓰기 과제를 수행하면서
기본적인 문장력, 글 구성 능력을 다집니다.

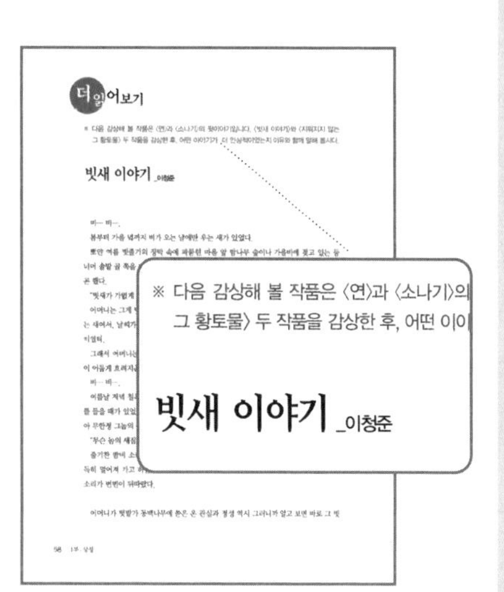

주제와 관련하여 함께 읽을 만한
연관 작품을 수록하였습니다.

차례

3부 구성

4부 시점

5부 설화

01 상징

작품 – 이청준 〈연〉, 황순원 〈소나기〉

이론 – 소설의 개념과 특성

활동 – 뒷이야기 만들어 보기

더 읽어 보기 – 이청준 〈빗새 이야기〉, 이혜경 〈지워지지 않는 그 황토물〉, 이오덕 〈꿩〉

학습 목표

소설의 개념 및 소설 구성의 3요소에 대해 알아보고, 이를 적용하여 이청준의 〈연〉과 황순원의 〈소나기〉를 감상합니다. 이와 함께 소설의 중요한 기법 중 하나인 '암시'와 '복선'에 대해서 알아보고, 소설 속 소재들이 상징하는 바를 주제와 연결 지어 분석합니다. 또한 모둠을 구성하여 각 작품의 뒷이야기를 만들어 보며 창의력과 협동심을 키울 수 있습니다.

여러분은 연날리기를 해 본 적이 있나요? 혹은 하늘을 떠다니는 연을 본 저이 있나요? 연실에 매인 채 하늘을 나는 연을 보면 어떤 느낌이 드나요? 요즘에는 많이 사라진 풍경이지만, 새해가 되면 넓고 푸른 하늘을 향해 소망을 담아 연을 날리던 모습은 우리 주변에서 흔히 볼 수 있는 풍경이었습니다.

그런데 여기 봄이 되도록 하루 종일 연만 날리며 시간을 보내는 아들이 있습니다. 연실을 마련할 돈조차 겨우 마련했을 정도로 어려운 살림인데, 홀어머니를 돕기는커녕 상급 학교를 안 보내 준 어머니를 원망이라도 하듯 철 지난 연날리기를 계속하는 거죠. 그런데도 어머니는 아들을 말리거나 혼내지 않습니다. 오히려 아침부터 해 질 녘까지 저 하늘 높이 떠오른 연을 보고 안도하곤 하죠. 그리고 저녁이 되면 그 연이 조용히 내려앉기만을 바랄 뿐입니다.

아들은 어떤 소망을 담아 연을 날리는 걸까요? 그리고 어머니는 왜 아들이 날리는 연을 전전긍긍 바라보기만 할까요? 연에 담긴 아들의 마음과 그런 아들을 바라보는 어머니의 심정을 헤아리며 작품을 감상해 봅시다.

이청준(李淸俊, 1939~2008)

전남 장흥 출생. 1965년 《사상계》에 단편 소설 〈퇴원(退院)〉이 당선되어 등단했다. 현실 이면의 진실을 탐색했던 작가는 세상을 억압으로 이해하고 예술이나 종교를 통해 이러한 억압에 대응하는 인간의 모습을 주로 다루었다. 주요 작품으로 장편 소설 《당신들의 천국》, 《춤추는 사제》, 《흰옷》, 《축제》 등과 연작 소설 《서편제》 및 단편 소설 〈병신과 머저리〉, 〈눈길〉, 〈잔인한 도시〉, 〈벌레 이야기〉, 〈줄〉 등이 있다.

연 _이청준

마을 쪽 하늘에선 연이 떠오르지 않는 날이 없었다.

연은 먼 하늘 여행을 꿈꾸는 작은 새처럼 하루 종일 마을 위를 맴돌았다.

들에서나 산에서나 마을 근처에선 언제 어디서나 새처럼 하늘을 떠도는 연을 볼 수 있었다.

연이 하늘에 떠올라 있는 동안은 어머니도 마음이 차라리 편했다.

들에서나 산에서나 어머니는 이따금 자신도 모르게 그 연을 찾아 일손을 멈추곤 했다. 그리고 그 **적막스런** 봄 하늘을 바라보며 허기진 한숨을 삼키곤 했다.

아비 없이 자란 놈이라 하는 수가 없는가 보았다.

"우리 집 처지에 상급 학교가 **당하기나** 한 소리냐. 이름자나마 쓰고 읽게 된 걸 다행으로 알거라."

어미 곁에서 함께 땅이나 파고 살자던 소리가 아들놈의 어린 가슴에 못을 박은 모양이었다.

"상급 학교 못 가면 연이나 실컷 띄우고 놀 거야. 상급 학교 안 보내 준 대신 연실이나 많이 만들어 줘."

상급 학교 진학을 단념한 대신 아들놈은 그 철 늦은 연날리기 놀이를 시작

적막스럽다(寂寞---) 고요하고 쓸쓸한 느낌이 있다.
당하다(當--) 사리에 마땅하거나 가능하다.

했다. 연실 마련이 어려워서 제철에는 남의 집 애들 연 띄우는 거나 곁에서 늘 부러워해 오던 녀석이었다.

어머니는 큰맘 먹고 연실을 마련해 냈고, 아들놈은 그때부터 **하고한** 날 연에만 붙어 지냈다.

봄이 되어 제 또래 아이들이 모두 마을을 떠나 읍내 상급 학교로 가 버린 다음에도 아들놈은 혼자서 그 파란 봄 보리밭 위로 하루같이 연만 띄워 올리고 있었다. **아침나절**에 띄워 올린 연이 해 질 녘까지 마을의 하늘을 맴돌았다.

어머니는 언제 어디서나 그 아들의 연을 볼 수 있었다.

연을 보면 아들의 얼굴을 보는 것 같았고, 아들의 마음을 보는 것 같았다.

연은 언제나 머나먼 하늘 여행을 꿈꾸고 있는 작은 새처럼 보였고, 그래서 언젠가는 실줄을 끊고 마을의 하늘을 떠나가 버릴 것처럼 어머니의 마음을 불안하게 했다.

하지만 연이 그렇게 하늘에 떠올라 있는 동안엔 어머니도 아직은 마음을 놓을 수 있었다. 연이 하늘을 나는 동안은 어느 집 양지바른 담벼락 아래, 마을의 회관 뜰 한구석에, 또는 아지랑이 피어오르는 어느 보리밭 **이랑** 끝에 그 봄 하늘처럼 적막스럽고 외로운 아들의 모습이 선하기 때문이었다.

그래서 어머니는 아들놈의 연날리기를 탓해 본 일이 한 번도 없었다.

철 늦은 연날리기에 넋이 나간 아들놈을 원망해 본 일이 한 번도 없었다.

녀석의 마음이 고이 머물고 있는 연의 위로를 감사할 뿐이었다.

연에 실린 아들의 마음이 하늘을 내려오는 저녁 연처럼 조용히 다시 마을로 가라앉기를 기다릴 뿐이었다.

하고하다 많고 많다.
아침나절 아침밥을 먹은 뒤부터 점심밥을 먹기 전까지의 한나절.
이랑 논이나 밭을 갈아 골을 타서 두두룩하게 흙을 쌓아 만든 곳. 두둑하게 쌓은 곳과 그 사이에 길고 좁게 들어간 곳을 아울러 이르는 말.

그러던 어느 날이었다.

하루는 결국 **이변**이 일어나고 말았다.

그날은 유독 봄바람이 들녘을 **설치던** 날이었다.

어머니는 이날도 고개 너머 들밭 언덕에서 봄 **무릇**을 캐고 있던 참이었다.

바람을 태우기가 좋아 그랬던지 아들놈은 이날따라 연을 더 하늘 높이 띄워 올리고 있었다. 마을에서 띄워 올린 녀석의 연이 고개 이쪽 어머니의 머리 위까지 까맣게 떠올라 와 있었다. **얼레**의 실이 모조리 풀려 나와 하늘 끝까지 닿고 있는 것 같았다.

무릇 싹을 찾아 헤매던 어머니의 발길이 자꾸만 헛디딤질을 되풀이했다. 연이 너무 높은 데다가 전에 없이 드센 바람기 때문에 마음이 놓이지 않는 탓이었다. 팽팽하게 하늘을 가로질러 올라간 연실 끝에서 드센 바람을 받고 심하게 오르내리는 연을 따라 어머니의 마음도 불안하게 흔들리고 있었다.

아니나 다를까.

불안감에 쫓기던 어머니가 어느 순간엔가 다시 그 하늘의 연을 찾았을 때였다.

연이 있어야 할 곳에 연의 모습이 보이지 않았다.

연은 어느새 실이 끊어져 날아간 것이었다. 빗살처럼 곧게 하늘로 뻗어 오르던 연실이 머리 위를 구불구불 힘없이 흘러 내려오고 있었다.

실이 뻗쳐 올라가 있던 쪽 하늘을 자세히 살펴보니, 아직도 한 점 까만 새처럼 허공 속으로 아득히 멀어져 가고 있는 것이 있었다.

어머니는 아예 밭 언덕에 주저앉아 연의 흔적이 시야에서 사라질 때까지

이변(異變) 예상하지 못한 사태나 괴이한 변고.

설치다 마구 날뛰다.

무릇 백합과의 여러해살이풀. 봄에 줄기에서 마늘잎 모양의 잎이 두세 개 나는데, 이 줄기와 어린잎을 엿처럼 조려서 먹는다.

얼레 연줄, 낚싯줄 따위를 감는 데 쓰는 기구.

그 하염없는 눈길을 하늘에 못 박고 있었다.

그리고 그 연의 모습이 완전히 시야에서 자취를 감추고 난 다음에야 어머니는 비로소 가는 한숨을 삼키면서 천천히 다시 자리를 털고 일어났다.

하지만 이제 반나마 차오른 무릇 바구니를 옆에 끼고 마을 길을 돌아가고 있는 어머니는 방금 전에 무슨 아쉬운 배웅이라도 끝내고 돌아선 사람처럼 **거동**이 무척 차분했다. 연을 지킬 때처럼 초조한 눈빛도 없었고, 발길을 조급히 서둘러 가려는 기색도 아니었다.

어머니는 이미 모든 것을 알고 있고, 모든 것을 미리 체념해 버린 것 같은 거동이었다. 마을 쪽에서 그 땅으로 내려앉은 연실을 거두어들이는 기미가 보이지 않는 것도 전혀 이상스럽지가 않은 얼굴이었다.

"아지매요. 건이 새끼 좀 빨리 쫓아가 봐야 혀요. 건이 새낀 아까 **도회지** 돈벌이 간다고 읍내께로 튀었다니께요. 지는 도회지 가서 돈 벌어 온다고 연실 같은 건 내나 실컷 감아 가지라면서요……."

어머니가 흐느적흐느적 허기진 걸음걸이로 마을을 들어섰을 때였다. 아들놈의 연실을 감아 들이고 있던 이웃집 **조무래기** 놈이 제풀에 먼저 변명을 하고 나섰으나, 어머니는 이번에도 미리 모든 것을 짐작하고 있었던 것처럼 놀라는 빛이 없었다. 앞뒤 사정을 궁금해하거나 집을 나간 녀석을 원망하는 기색 같은 것도 없었다. 아들의 뒤를 서둘러 쫓아 나서려기는커녕 걸음 한번 멈추지 않고 말없이 그냥 녀석의 곁을 지나쳐 갈 뿐이었다. 그러고는 **내처** 그 텅 빈 초가의 **사립문**을 들어서고 나서야 아들의 연이 날아간 하늘을 향해 어머니는 발길을 잠깐 머물러 섰을 뿐이었다.

거동(擧動) 몸을 움직임. 또는 그런 짓이나 태도.
도회지(都會地) 사람이 많이 살고 상공업이 발달한 번잡한 지역.
조무래기 어린아이들을 낮잡아 이르는 말.
내처 어떤 일 끝에 더 나아가.
사립문(--門) 나뭇가지를 엮어서 만든 문짝을 달아서 만든 문.

하지만 이제 연의 흔적은 보이지 않았다. 텅 빈 하늘만 하염없이 멀어져 가고 있었다.

어머니는 다만 그 **무심한** 하늘을 향해 다시 한번 가는 한숨을 삼키며 **허망스럽게** 중얼거리고 있었다.

"아가, 어딜 가거나 몸이나 **성하거라**……."

무심하다(無心--) 아무런 생각이나 감정 따위가 없다.
허망스럽다(虛妄---) 어이없고 허무한 데가 있다.
성하다 몸에 병이나 탈이 없다.

바라만 봐도 좋고 생각만 해도 웃음이 나지만, 막상 마주 서면 무슨 말을 해야 할까 머릿속이 하얘질 정도로 두근거리는 마음. 아마 첫사랑의 감성일 테지요.

〈소나기〉에는 소년과 소녀의 이런 때 묻지 않은 순수한 사랑의 마음이 잘 드러나 있습니다. 소녀가 소년에게 던진 조약돌, 소년이 만들어 준 꽃묶음, 흙물이 든 소녀의 분홍 스웨터, 소녀가 건넨 대추와 소년이 차마 전하지 못한 호두알에는 둘만이 알고 있는 추억이 알알이 물들어 있습니다. 순식간에 왔다 사라진 소나기처럼, 짧지만 순수했던 첫사랑의 모습은 안타까운 여운을 남기면서 소년의 기억에 영원히 남겠지요.

서툴지만 꾸밈없이 서로의 마음을 표현하고, 그 마음을 소중하게 간직할 줄 아는 것이야말로 우리가 꿈꾸는 사랑의 모습이 아닐까요? 마치 낭만적인 시 한 편을 읽는 것 같은, 맑은 수채화 한 폭을 떠올리게 하는 아름다운 사랑 이야기를 함께 감상해 봅시다.

황순원(黃順元, 1915~2000)

평남 대동 출생. 1930년부터 동요와 시를 신문에 발표하고 1931년 《동광》에 〈나의 꿈〉을 발표하면서 등단했다. 소설이 추구할 수 있는 예술적 성과의 한 극치를 이룬 소설가로 평가받고 있다. 짧으면서도 세련된 문체와 다양한 소설적 기법의 구사, 그리고 소박하면서도 치열한 휴머니즘 정신과 한국인의 전통적 삶에 대한 애정이 그의 소설의 주요한 특징으로 꼽힌다. 주요 작품으로는 단편소설 〈목넘이 마을의 개〉, 〈학〉, 〈소나기〉, 〈독 짓는 늙은이〉 등이 있다.

소나기 _황순원

소년은 개울가에서 소녀를 보자 곧 윤 초시네 증손녀라는 걸 알 수 있었다. 소녀는 개울에다 손을 잠그고 물장난을 하고 있는 것이다. 서울서는 이런 개울물을 보지 못하기나 한 듯이.

벌써 며칠째 소녀는 학교에서 돌아오는 길에 물장난이었다. 그런데 어제까지는 개울 기슭에서 하더니 오늘은 징검다리 한가운데 앉아서 하고 있다.

소년은 개울둑에 앉아 버렸다. 소녀가 비키기를 기다리자는 것이다.

요행 지나가는 사람이 있어 소녀가 길을 비켜 주었다.

다음 날은 좀 늦게 개울가로 나왔다.

이날은 소녀가 징검다리 한가운데 앉아 세수를 하고 있었다. 분홍 스웨터 소매를 걷어 올린 팔과 목덜미가 마냥 희었다.

한참 세수를 하고 나더니 이번에는 물속을 빤히 들여다본다. 얼굴이라도 비추어 보는 것이리라. 갑자기 물을 움켜 낸다. 고기 새끼라도 지나가는 듯.

소녀는 소년이 개울둑에 앉아 있는 걸 아는지 모르는지 그냥 날쌔게 물만 움켜 낸다. 그러나 번번이 허탕이다. 그대로 재미있는 양, 자꾸 물만 움킨다. 어제처럼 개울을 건너는 사람이 있어야 길을 비킬 모양이다.

요행(僥倖/徼幸) 뜻밖에 얻는 행운. 여기서는 '운 좋게'라는 뜻으로 쓰였다.

그러다가 소녀가 물속에서 무엇을 하나 집어낸다. 하얀 조약돌이었다. 그러고는 벌떡 일어나 팔짝팔짝 징검다리를 뛰어 건너간다.

다 건너가더니 홱 이리로 돌아서며,

"이 바보."

조약돌이 날아왔다.

소년은 저도 모르게 벌떡 일어섰다.

단발머리를 나풀거리며 소녀가 막 달린다. **갈밭** 사잇길로 들어섰다. 뒤에는 청량한 가을 햇살 아래 빛나는 갈꽃뿐.

이제 저쯤 갈밭머리로 소녀가 나타나리라. 꽤 오랜 시간이 지났다고 생각했다. 그런데도 소녀는 나타나지 않는다. 발돋움을 했다. 그러고도 상당한 시간이 지났다고 생각됐다.

저쪽 갈밭머리에 갈꽃이 한 옴큼 움직였다. 소녀가 갈꽃을 안고 있었다. 그리고 이제는 천천한 걸음이었다. 유난히 맑은 가을 햇살이 소녀의 갈꽃머리에서 반짝거렸다. 소녀 아닌 갈꽃이 들길을 걸어가는 것만 같았다.

소년은 이 갈꽃이 아주 뵈지 않게 되기까지 그대로 서 있었다. 문득 소녀가 던진 조약돌을 내려다보았다. 물기가 걷혀 있었다. 소년은 조약돌을 집어 주머니에 넣었다.

다음 날부터 좀 더 늦게 개울가로 나왔다. 소녀의 그림자가 뵈지 않았다. 다행이었다.

그러나 이상한 일이었다. 소녀의 그림자가 뵈지 않는 날이 계속될수록 소년의 가슴 한구석에는 어딘가 허전함이 자리 잡는 것이었다. 주머니 속 조약돌을 주무르는 버릇이 생겼다.

갈밭 갈대밭. 갈대가 우거진 곳.

그러한 어떤 날, 소년은 전에 소녀가 앉아 물장난을 하던 징검다리 한가운데에 앉아 보았다. 물속에 손을 잠갔다. 세수를 하였다. 물속을 들여다보았다. 검게 탄 얼굴이 그대로 비치었다. 싫었다.

소년은 두 손으로 물속의 얼굴을 움키었다. 몇 번이고 움키었다. 그러다가 깜짝 놀라 일어나고 말았다. 소녀가 이리 건너오고 있지 않느냐.

'숨어서 내 하는 꼴을 엿보고 있었구나.' 소년은 달리기 시작했다. 디딤돌을 헛짚었다. 한 발이 물속에 빠졌다. 더 달렸다.

몸을 가릴 데가 있어 줬으면 좋겠다. 이쪽 길에는 갈밭도 없다. 메밀밭이다. 전에 없이 메밀꽃 내가 짜릿하니 코를 찌른다고 생각됐다. **미간**이 아찔했다. 찝찔한 액체가 입술에 흘러들었다. 코피였다. 소년은 한 손으로 코피를 훔쳐 내면서 그냥 달렸다. 어디선가 '바보, 바보.' 하는 소리가 자꾸만 뒤따라오는 것 같았다.

토요일이었다.

개울가에 이르니 며칠째 보이지 않던 소녀가 건너편 가에 앉아 물장난을 하고 있었다.

모르는 체 징검다리를 건너기 시작했다. 얼마 전에 소녀 앞에서 한 번 실수를 했을 뿐, 여태 큰길 가듯이 건너던 징검다리를 오늘은 조심성스럽게 건넌다.

"얘."

못 들은 체했다. 둑 위로 올라섰다.

"얘, 이게 무슨 조개지?"

자기도 모르게 돌아섰다. 소녀의 맑고 검은 눈과 마주쳤다. 얼른 소녀의 손

미간(眉間) 두 눈썹의 사이.

바닥으로 눈을 떨구었다.

"비단조개."

"이름두 참 곱다."

갈림길에 왔다. 여기서 소녀는 아래편으로 한 삼 **마장**쯤, 소년은 **우대**로 한 십 리 가까운 길을 가야 한다.

소녀가 걸음을 멈추며,

"너, 저 산 너머에 가 본 일 있니?"

벌 끝을 가리켰다.

"없다."

"우리, 가 보지 않을래? 시골 오니까 혼자서 심심해 못 견디겠다."

"저래 뵈두 멀다."

"멀믄 얼마나 멀갔게? 서울 있을 땐 아주 먼 데까지 소풍 갔었다."

소녀의 눈이 금세 '바보, 바보.' 할 것만 같았다.

논 사잇길로 들어섰다. 벼 가을걷이하는 곁을 지났다.

허수아비가 서 있었다. 소년이 새끼줄을 흔들었다. 참새가 몇 마리 날아간다. '참 오늘은 일찍 집으로 돌아가 텃논의 참새를 봐야 할걸.' 하는 생각이 든다.

"아, 재밌다!"

소녀가 허수아비 줄을 잡더니 흔들어 댄다. 허수아비가 **대고** 우쭐거리며 춤을 춘다. 소녀의 왼쪽 볼에 살포시 보조개가 패었다.

저만치 허수아비가 또 서 있다. 소녀가 그리로 달려간다. 그 뒤를 소년도 달렸다. 오늘 같은 날은 일찍 집으로 돌아가 집안일을 도와야 한다는 생각을

마장 거리의 단위. 오 리나 십 리가 못 되는 거리를 이른다.
우대 위쪽.
대고 무리하게 자꾸. 또는 계속하여 자꾸.

잊어버리기라도 하려는 듯이.

소녀의 곁을 스쳐 그냥 달린다. 메뚜기가 따끔따끔 얼굴에 와 부딪힌다. 쪽빛으로 한껏 갠 가을 하늘이 소년의 눈앞에서 맴을 돈다. 어지럽다. 저놈의 독수리, 저놈의 독수리, 저놈의 독수리가 맴을 돌고 있기 때문이다.

돌아다보니 소녀는 지금 자기가 지나쳐 온 허수아비를 흔들고 있다. 좀 전 허수아비보다 더 우쭐거린다.

논이 끝난 곳에 도랑이 하나 있었다. 소녀가 먼저 뛰어 건넜다.

거기서부터 산 밑까지는 밭이었다.

수숫단을 세워 놓은 밭머리를 지났다.

"저게 뭐니?"

"원두막."

"여기 **차미** 맛있니?"

"그럼. 차미 맛도 좋지만 수박 맛은 더 좋다."

"하나 먹어 봤으면."

소년이 참외 그루에 심은 무밭으로 들어가, 무 두 **밑**을 뽑아 왔다. 아직 밑이 덜 들어 있었다. 잎을 비틀어 팽개친 후 소녀에게 한 밑 건넨다. 그러고는 이렇게 먹어야 한다는 듯이 먼저 대강이를 한 입 베어 물어 낸 다음 손톱으로 한 **돌이** 껍질을 벗겨 우적 깨문다.

소녀도 따라 했다. 그러나 세 입도 못 먹고,

"아, 맵고 지려."

하며 집어 던지고 만다.

"참, 맛없어 못 먹겠다."

차미 '참외'의 방언.
밑 밑동. 채소 따위 식물의 굵게 살진 뿌리 부분.
돌이 무엇의 둘레로 한 바퀴 돌아가거나 감긴 것을 세는 단위.

소년이 더 멀리 팽개쳐 버렸다.

산이 가까워졌다.

단풍이 눈에 따가웠다.

"야아!"

소녀가 산을 향해 달려갔다. 이번은 소년이 뒤따라 달리지 않았다. 그러고도 곧 소녀보다 더 많은 꽃을 꺾었다.

"이게 들국화, 이게 싸리꽃, 이게 도라지꽃……."

"도라지꽃이 이렇게 예쁜 줄은 몰랐네. 난 보랏빛이 좋아! …… 근데 이 양산같이 생긴 노란 꽃이 뭐지?"

"마타리꽃."

소녀는 마타리꽃을 양산 받듯이 해 보인다. 약간 상기된 얼굴에 살포시 보조개를 떠올리며.

다시 소년은 꽃 한 옴큼을 꺾어 왔다. 싱싱한 꽃가지만 골라 소녀에게 건넨다.

그러나 소녀는,

"하나두 버리지 말어."

산마루께로 올라갔다.

맞은편 골짜기에 오순도순 초가집이 몇 모여 있었다.

누가 말한 것도 아닌데 바위에 나란히 걸터앉았다. 유달리 주위가 조용해진 것 같았다. 따가운 가을 햇살만이 말라 가는 풀 냄새를 퍼뜨리고 있었다.

"저건 또 무슨 꽃이지?"

적잖이 비탈진 곳에 칡덩굴이 엉키어 끝물 꽃을 달고 있었다.

"꼭 등꽃 같네. 서울 우리 학교에 큰 등나무가 있었단다. 저 꽃을 보니까 등나무 밑에서 놀던 동무들 생각이 난다."

소녀가 조용히 일어나 비탈진 곳으로 간다. 꽃송이가 달린 줄기를 잡고 끊기 시작한다. 좀처럼 끊어지지 않는다. 안간힘을 쓰다가 그만 미끄러지고 만다. 칡덩굴을 그러쥐었다.

소년이 놀라 달려갔다. 소녀가 손을 내밀었다. 손을 잡아 이끌어 올리며, 소년은 제가 꺾어다 줄 것을 잘못했다고 뉘우친다.

소녀의 오른쪽 무릎에 핏방울이 내맺혔다. 소년은 저도 모르게 **생채기**에 입술을 가져다 대고 빨기 시작했다. 그러다가 무슨 생각을 했는지 홱 일어나 저쪽으로 달려간다.

좀 만에 숨이 차 돌아온 소년은,

"이걸 바르면 낫는다."

송진을 생채기에다 문질러 바르고는 그 달음으로 칡덩굴 있는 데로 내려가 꽃 달린 줄기를 이빨로 끊어 가지고 올라온다. 그러고는,

"저기 송아지가 있다. 그리 가 보자."

누렁 송아지였다. 아직 **코뚜레**도 꿰지 않았다.

소년이 고삐를 **바투** 잡아 쥐고 등을 긁어 주는 척 후딱 올라탔다. 송아지가 껑충거리며 돌아간다.

소녀의 흰 얼굴이, 분홍 스웨터가, 남색 스커트가, 안고 있는 꽃과 함께 범벅이 된다. 모두가 하나의 큰 꽃묶음 같다. 어지럽다. 그러나 내리지 않으리라. 자랑스러웠다. 이것만은 소녀가 흉내 내지 못할, 자기 혼자만이 할 수 있는 일인 것이다.

"너희, 예서 뭣들 하느냐."

농부 하나가 억새풀 사이로 올라왔다.

생채기 손톱 따위로 할퀴이거나 긁히어서 생긴 작은 상처.
코뚜레 소의 코청을 꿰뚫어 끼는 나무 고리. 좀 자란 송아지 때부터 고삐를 매는 데 쓴다.
바투 두 대상의 물체의 사이가 썩 가깝게.

송아지 등에서 뛰어내렸다. 어린 송아지를 타서 허리가 상하면 어쩌느냐고 꾸지람을 들을 것만 같다.

그런데 **나룻**이 긴 농부는 소녀 편을 한 번 흝어보고는 그저 송아지 고삐를 풀어내면서,

"어서들 집으로 가거라. 소나기가 올라."

참 **먹장구름** 한 장이 머리 위에 와 있다. 갑자기 사면이 소란스러워진 것 같다. 바람이 우수수 소리를 내며 지나간다. 삽시간에 주위가 보랏빛으로 변했다.

산을 내려오는데 떡갈나무 잎에서 빗방울 **듣는** 소리가 난다. 굵은 빗방울이었다. 목덜미가 선뜩선뜩했다. 그러자 대번에 눈앞을 가로막는 빗줄기.

비안개 속에 원두막이 보였다. 그리로 가 비를 **그을** 수밖에.

그러나 원두막은 기둥이 기울고 지붕도 갈래갈래 찢어져 있었다. 그런대로 비가 덜 새는 곳을 가려 소녀를 들어서게 했다. 소녀는 입술이 파랗게 질려 있었다. 어깨를 자꾸 떨었다.

무명 **겹저고리**를 벗어 소녀의 어깨를 싸 주었다. 소녀는 비에 젖은 눈을 들어 한 번 쳐다보았을 뿐, 소년이 하는 대로 잠자코 있었다. 그러고는 안고 온 꽃묶음 속에서 가지가 꺾이고 꽃이 일그러진 송이를 골라 발밑에 버린다.

소녀가 들어선 곳도 비가 새기 시작했다. 더 거기서 비를 그을 수 없었다.

밖을 내다보던 소년이 무엇을 생각했는지 수수밭 쪽으로 달려간다. 세워 놓은 수숫단 속을 비집어 보더니 옆의 수숫단을 날라다 덧세운다. 다시 속을 비집어 본다. 그러고는 이쪽을 향해 손짓을 한다.

나룻 수염.
먹장구름 먹빛같이 시꺼먼 구름.
듣다 눈물, 빗물 따위의 액체가 방울져 떨어지다.
긋다 비를 잠시 피하여 그치기를 기다리다.
겹저고리 솜을 두지 않고 옷의 겉 부분과 안을 맞추어 지은 저고리.

수숫단 속은 비는 안 새었다. 그저 어둡고 좁은 게 안됐다. 앞에 나앉은 소년은 그냥 비를 맞아야만 했다. 그런 소년의 어깨에서 김이 올랐다.

소녀가 속삭이듯이, 이리 들어와 앉으라고 했다. 괜찮다고 했다. 소녀가 다시 들어와 앉으라고 했다. 할 수 없이 뒷걸음질을 쳤다. 그 바람에 소녀가 안고 있는 꽃묶음이 우그러들었다. 그러나 소녀는 상관없다고 생각했다. 비에 젖은 소년의 몸 냄새가 확 코에 끼얹혀졌다. 그러나 고개를 돌리지 않았다. 도리어 소년의 몸기운으로 해서 떨리던 몸이 **적이** 누그러지는 느낌이었다.

소란하던 수숫잎 소리가 뚝 그쳤다. 밖이 멀게졌다.

수숫단 속을 벗어 나왔다. 멀지 않은 앞쪽에 햇빛이 눈부시게 내리붓고 있었다.

도랑 있는 곳까지 와 보니, 엄청나게 물이 불어 있었다. 빛마저 제법 붉은 흙탕물이었다. 뛰어 건널 수가 없었다.

소년이 등을 돌려 댔다. 소녀가 순순히 업혔다. 걷어 올린 소년의 **잠방이**까지 물이 올라왔다. 소녀는, 어머나 소리를 지르며 소년의 목을 **그러안았다.**

개울가에 다다르기 전에 가을 하늘은 언제 그랬는가 싶게 구름 한 점 없이 쪽빛으로 개어 있었다.

그다음 날은 소녀의 모습이 뵈지 않았다. 다음 날도, 다음 날도. 매일같이 개울가로 달려와 봐도 뵈지 않았다.

학교에서 쉬는 시간에 운동장을 살피기도 했다. 남몰래 오 학년 여자 반을 엿보기도 했다. 그러나 뵈지 않았다.

그날도 소년은 주머니 속 흰 조약돌만 만지작거리며 개울가로 나왔다. 그

적이 꽤 어지간한 정도로.
잠방이 가랑이가 무릎까지 내려오도록 짧게 지은 홑바지.
그러안다 두 팔로 싸잡아 껴안다.

랬더니 이쪽 개울둑에 소녀가 앉아 있는 게 아닌가.

소년은 가슴부터 두근거렸다.

"그동안 앓았다."

어쩐지 소녀의 얼굴이 **해쓱해져** 있었다.

"그날 소나기 맞은 것 때메?"

소녀가 가만히 고개를 끄덕였다.

"인제 다 났냐?"

"아직두……."

"그럼 누워 있어야지."

"너무 갑갑해서 나왔다. …… 그날 참 재밌었어. …… 근데 그날 어디서 이런 물이 들었는지 잘 지지 않는다."

소녀가 분홍 스웨터 앞자락을 내려다본다. 거기에 검붉은 진흙물 같은 게 들어 있었다.

소녀가 가만히 보조개를 떠올리며,

"이게 무슨 물 같니?"

소년은 스웨터 앞자락만 바라다보고 있었다.

"내 생각해 냈다. 그날 도랑 건널 때 네게 업힌 일 있지? 그때 네 등에서 옮은 물이다."

소년은 얼굴이 확 달아오름을 느꼈다.

갈림길에서 소녀는,

"저 오늘 아침에 우리 집에서 대추를 땄다. 낼 제사 지내려구……."

대추 한 줌을 내어 준다.

소년은 주춤한다.

해쓱하다 얼굴에 핏기나 생기가 없어 파리하다.

"맛봐라. 우리 증조할아버지가 심었다는데 아주 달다."

소년은 두 손을 오그려 내밀며,

"참 알도 굵다!"

"그리고 저, 우리 이번에 제사 지내고 나서 좀 있다 집을 내주게 됐다."

소년은 소녀네가 이사해 오기 전에 벌써 어른들의 이야기를 들어서 윤 초시 손자가 서울서 사업에 실패해 가지고 고향에 돌아오지 않을 수 없게 됐다는 걸 알고 있었다. 그것이 이번에는 고향 집마저 남의 손에 넘기게 된 모양이었다.

"왜 그런지 난 이사 가는 게 싫어졌다. 어른들이 하는 일이니 어쩔 수 없지만……."

전에 없이 소녀의 까만 눈에 쓸쓸한 빛이 떠돌았다.

소녀와 헤어져 돌아오는 길에 소년은 혼자 속으로 소녀가 이사를 간다는 말을 수없이 되뇌어 보았다. 무어 그리 안타까울 것도 서러울 것도 없었다. 그렇건만 소년은 지금 자기가 씹고 있는 대추알의 단맛을 모르고 있었다.

이날 밤, 소년은 몰래 덕쇠 할아버지네 호두밭으로 갔다.

낮에 봐 두었던 나무로 올라갔다. 그리고 봐 두었던 가지를 향해 작대기를 내리쳤다. 호두 송이 떨어지는 소리가 별나게 크게 들렸다. 가슴이 선뜩했다. 그러나 다음 순간, 굵은 호두야 많이 떨어져라, 많이 떨어져라, 저도 모를 힘에 이끌려 마구 작대기를 내리치는 것이었다.

돌아오는 길에는 열이틀 달이 지우는 그늘만 골라 짚었다. 그늘의 고마움을 처음 느꼈다.

불룩한 수머니를 어루만졌다. 호두 송이를 맨손으로 깠다가는 옴이 오르기 쉽다는 말 같은 건 아무렇지도 않았다. 그저 **근동**에서 제일가는 이 덕쇠 할아

근동(近洞) 가까운 이웃 동네.

버지네 호두를 어서 소녀에게 맛보여야 한다는 생각만이 앞섰다.

그러다, 아차, 하는 생각이 들었다. 소녀더러 병이 좀 낫거들랑 이사 가기 전에 한번 개울가로 나와 달라는 말을 못 해 둔 것이었다. 바보 같은 것, 바보 같은 것.

이튿날, 소년이 학교에서 돌아오니 아버지가 나들이옷으로 갈아입고 닭 한 마리를 안고 있었다.

어디 가시느냐고 물었다.

그 말에는 대꾸도 없이 아버지는 안고 있는 닭의 무게를 겨냥해 보면서,

"이만하면 될까?"

어머니가 **망태기**를 내주며,

"벌써 며칠째 걍걍하구 알 낳을 자리를 보던데요. 크진 않아두 살은 쪘을 거예요."

소년이 이번에는 어머니한테 아버지가 어디 가시느냐고 물어보았다.

"저, 서당골 윤 초시 댁에 가신다. 제상에라도 놓으시라구……."

"그럼 큰 놈으루 하나 가져가지. 저 얼룩 수탉으루……."

이 말에 아버지는 허허 웃고 나서,

"인마, 그래도 이게 실속이 있다."

소년은 공연히 **열적어**, 책보를 집어 던지고는 외양간으로 가, 소 잔등을 한 번 철썩 갈겼다. 쇠파리라도 잡는 척.

개울물은 날로 여물어 갔다.

망태기 물건을 담아 들거나 어깨에 메고 다닐 수 있도록 만든 그릇. 주로 가는 새끼나 노 따위로 엮거나 그물처럼 떠서 성기게 만든다.

열적다 열없다. 좀 겸연쩍고 부끄럽다.

소년은 갈림길에서 아래쪽으로 가 보았다. 갈밭머리에서 바라보는 서당골 마을은 쪽빛 하늘 아래 한결 가까워 보였다.

어른들의 말이, 내일 소녀네가 양평읍으로 이사 간다는 것이었다. 거기 가서는 조그마한 가겟방을 보게 되리라는 것이었다.

소년은 저도 모르게 주머니 속 호두알을 만지작거리며, 한 손으로는 수없이 갈꽃을 휘어 꺾고 있었다.

그날 밤, 소년은 자리에 누워서도 같은 생각뿐이었다. 내일 소녀네가 이사하는 걸 가 보나 어쩌나. 가면 소녀를 보게 될까 어떨까.

그러다가 까무룩 잠이 들었는가 하는데,

"허, 참, 세상일두……."

마을 갔던 아버지가 언제 돌아왔는지,

"윤 초시 댁도 말이 아니여. 그 많던 **전답**을 다 팔아 버리구, 대대로 살아오던 집마저 남의 손에 넘기더니, 또 **악상**까지 당하는 걸 보면……."

남폿불 밑에서 바느질감을 안고 있던 어머니가,

"증손이라곤 기집애 그 애 하나뿐이었지요?"

"그렇지. 사내애 둘 있던 건 어려서 잃구……."

"어쩌면 그렇게 자식 복이 없을까."

"글쎄 말이지. 이번 앤 꽤 여러 날 앓는 걸 약도 변변히 못 써 봤다더군. 지금 같애서는 윤 초시네두 대가 끊긴 셈이지……. 그런데 참 이번 기집애는 어린것이 여간 **잔망스럽지가** 않어. 글쎄 죽기 전에 이런 말을 했다지 않어? 자기가 죽거든 자기 입던 옷을 꼭 그대로 입혀서 묻어 달라구……."

전답(田畓) 논밭.
악상(惡喪) 수명을 다 누리지 못하고 젊어서 죽은 사람의 상사(殤死). 흔히 젊어서 부모보다 먼저 자식이 죽는 경우를 이른다.
남폿불 남포등(석유를 넣은 그릇의 심지에 불을 붙이고 유리로 만든 등피를 끼운 등)에 켜 놓은 불.
잔망스럽다(孱妄---) 얄밉도록 맹랑한 데가 있다.

소설의 개념과 특성

소설이란

소설(小說)은 현실에 있음 직한 일을 바탕으로 작가가 상상하여 꾸며 낸 이야기를 말합니다. 비교적 긴 분량의 글에 삶의 진실을 담아내 독자에게 즐거움과 감동을 주는 문학의 한 형식입니다.

소설의 특성

• **허구성**(虛構性) 사실이 아닌 일을 사실처럼 꾸며 만든 것

허구성은 우리가 '소설' 하면 가장 먼저 떠올리게 되는 특성입니다. 작가의 상상력을 통해 현실이 아닌 일들을 창조해 내는 것을 의미합니다. 〈소나기〉에서의 소년과 소녀는 실존하는 인물이 아니라 황순원이라는 작가가 자신의 상상력으로 창조한 인물입니다. 하지만 우리는 작품을 읽으며 비 오는 시골 풍경을 떠올리기도 하고, 소년과 소녀가 대화를 나눌 때의 표정과 말투 등을 상상하기도 하죠. 이처럼 우리는 허구성을 통해 소설의 재미를 느끼고 새로운 상상의 세계에 빠지게 됩니다.

• **진실성**(眞實性) 삶의 진실과 인생의 의미를 깨닫게 하는 것

소설은 현실에 존재하지 않는 가공의 인물과 꾸며 낸 사건들로 이루어지지만, 그 속에는 우리가 살고 있는 세계의 모습과 다양한 인간의 삶이 담겨 있습니다. 비록 허구성에 바탕을 둔 이야기이지만 소설 속에는 우리 삶의 진실이 담겨 있는 것이죠. 소설에서의 진실성이란 이러한 삶의 진실과 그 안에서 인간의 참모습을 찾아 나가는 것을 의미합니다.

• **산문성**(散文性) 운율과 같은 규범에 얽매이지 않고 자유로운 문장으로 풀어 쓴 것

우리는 노래를 듣거나 시를 읽을 때 리듬감, 즉 운율을 느낍니다. 하지만 소설은 노래 가사나 시와 비교했을 때 특정 규칙에 매여 있지 않고 자유로운 형식으로 표현됩니다. 운율을 살리려는 규범을 지닌 글을 운문이라 하고, 어떤 규칙 없이 줄글로 쓴 글을 산문이라고 합니다. 소설은 자유로운 문장으로 풀어 쓴 산문의 특성을 지닌 글입니다. 이러한 산문성은 소설에서뿐만 아니라 희곡이나 수필 같은 글에서도 찾을 수 있지요. 그래서 흔히 소설·수필·희곡을 묶어 '산문 문학'이라고 합니다.

• **서사성**(敍事性) 인물·사건·배경을 갖춘 사건이 일정한 시간의 흐름에 따라 전개되는 것

소설은 '누가-어디에서-무엇을-어떻게-했다'를 기본 축으로 하여 이러저러한 사건이 진행됩니다. 시의 특징 중 하나인 '서정성'이 감정을 표현한 것이라면, '서사성'은 이야기를 전개하는 것을 말하죠. 〈소나기〉에서도 소년과 소녀는 개울가에서 처음 마주친 후 여러 사건을 겪으면서 점점 가까워집니다. 시간의 흐름에 따라 등장인물 사이에 친밀감이 깊어지고 아름다운 감정이 싹트게 되는 것이죠. 이처럼 인물·사건·배경을 갖춘 이야기가 시간 순서에 따라 전개되는 소설의 특성을 서사성이라고 합니다.

• **모방성**(模倣性) 현실의 모습이나 시대의 특성을 반영하는 것

모방이란 무언가를 본뜨거나 본받는다는 뜻입니다. 소설은 상상을 통해 꾸며 낸 이야기이지만, 그 안에는 작품의 배경이 되는 현실의 상황들이 반영되어 있습니다. 예를 들어 2부에서 배울 〈자전거 도둑〉은 1970년대 산업화 과정을 겪는 서울의 모습을 잘 보여 주며, 4부에서 배울 〈사랑손님과 어머니〉는 남자와 여자가 만나 연애하는 것이 지금보다 자유롭지 못했던 1930년대 시대적 상황이 잘 드러나는 작품입니다. 모방성이란 이렇게 현실에 뿌리를 둔 소설의 특성을 말합니다. 소설이 현실을 모방했다는 뜻입니다.

• **예술성**(藝術性) 예술의 한 갈래로서 일정한 형식미와 예술미를 갖춘 것

예술이란 특정한 재료와 양식을 가지고 아름다움을 표현하는 활동, 또는 그 활동을 통해 만들어지는 작품을 말합니다. 소설 역시 작가의 상상력을 통해 창조된 예술입니다. 작가는 언어를 재료로 하여 이야기를 꾸미고, 이를 통해 독자는 즐거움과 감동을 느낍니다. 이처럼 소설은 작가의 창조적 표현을 통해 나타나는 기록, 즉 형상물이라는 점에서 예술성을 지닙니다.

• **개연성**(蓋然性) 어떤 일이 일어날 가능성이 높을 것으로 생각되는 것

소설에서 보통 앞에 일어난 사건은 뒤에 일어난 사건의 원인이 됩니다. 〈소나기〉의 마지막 부분에 소녀가 죽는 대목이 나오는데, 그 앞 장면에는 소녀가 소년과 함께 산에 놀러 갔다가 소나기를 맞는 이야기가 펼쳐집니다. 독자는 소녀가 원래 몸이 안 좋았는데 그날 소나기를 맞고 병이 악화되었고, 결국 병을 이기지 못하고 죽었음을 추론할 수 있습니다. 이처럼 앞의 사건이 원인이 되어 어떤 일이 일어날 가능성이 높아졌다면, 이를 '개연성이 높다'고 합니다. 개연성은 현대 소설의 중요한 특징입니다.

소설의 3요소

주제(主題)란 작가가 작품을 통해 드러내고자 하는 중심 생각을 말합니다. 작가가 세상을 바라보는 관점이나 가치관 등이 작품에 스며 있는 것입니다. 소설의 주제는 설명문이나 논설문과는 달리 작품 속에 숨어 있는 경우가 많습니다.

독자는 작가가 창조한 이야기 속에서 주제를 찾아낼 수 있는데, 이때 이야기를 일정한 흐름으로 질서 있게 배열한 구조를 **구성**(構成)이라고 합니다. 짜임새 있게 얽어 낸 구성은 독자를 이야기 속으로 집중시키며, 주제를 효과적으로 전달하는 역할을 합니다.

문체(文體)란 문장에 나타나는 작가만의 개성이나 독특한 표현 방식을 말합니다. 작품에 드러나는 작가의 개성 있는 표현은 작가의 의도를 독자에게 효과적으로 전달합니다.

소설 구성의 3요소

인물(人物)은 사건을 이끌어 가는 행위의 주체를 말합니다. 소설에서는 사람뿐 아니라 동물이나 사물도 인간의 삶을 비판적으로 보여 주는 상징적인 존재가 될 수 있습니다. 조지 오웰의 《동물농장》이나 우리 고전 소설 〈규중칠우쟁론기〉 등을 예로 들 수 있습니다.

사건(事件)이란 인물들이 일으키고 겪는 일이나 행동을 말합니다. 사건은 대체로 인과 관계에 따라 전개됩니다. 그럴듯하게 짜인 사건이 우리 삶의 중요한 가치를 들춰내고 그 속에서 독자가 감동을 느끼게 되었다면, 그 소설은 완성도 높은 작품이 됩니다.

배경(背景)은 작품 속에서 사건이 벌어지는 시간과 공간, 사회적·시대적 환경을 말합니다. 작품 속 배경은 주제를 구체화하고, 인물과 사건을 실제처럼 느끼게 해 줍니다.

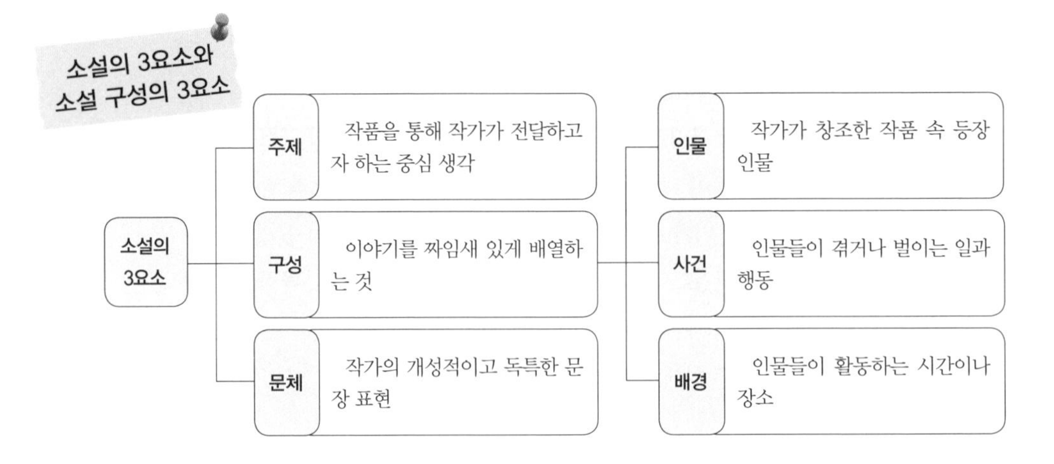

※ 〈연〉의 소설 구성 3요소를 알아봅시다.

1_ 다음을 참고하여 〈연〉의 배경과 **중심인물**을 정리해 봅시다.

> 들에서나 산에서나 어머니는 이따금 자신도 모르게 그 연을 찾아 일손을 멈추곤 했다. 그리고 그 적막스런 봄 하늘을 바라보며 허기진 한숨을 삼키곤 했다.
> 아비 없이 자란 놈이라 하는 수가 없는가 보았다.
> "우리 집 처지에 상급 학교가 당하기나 한 소리냐. 이름자나마 쓰고 읽게 된 걸 다행으로 알거라."

• 배경

시간적 배경	
공간적 배경	

• 중심인물: ______________________

2_ 〈연〉의 중심 사건을 한 문장으로 정리해 봅시다.

____

____

• **중심인물** 소설에서 차지하는 비중이 큰 인물
　예) 고전 소설 《춘향전》의 춘향과 이몽룡
• **보조적 인물** 소설에서 차지하는 비중이 적은 인물
　예) 고전 소설 《춘향전》의 변학도와 월매

※ 〈소나기〉의 소설 구성 3요소를 알아봅시다.

1_ 다음을 참고하여 〈소나기〉의 배경을 정리해 봅시다.

소재		시간적 배경
갈밭, 갈꽃, 가을 햇살, 벼 가을걷이, 허수아비, 메뚜기	…………………	

소재		공간적 배경
개울가, 논 사잇길, 징검다리, 텃논, 도랑, 원두막	…………………	

2_ 〈소나기〉의 등장인물을 모두 적고, 중심인물에 ○표를 해 봅시다.

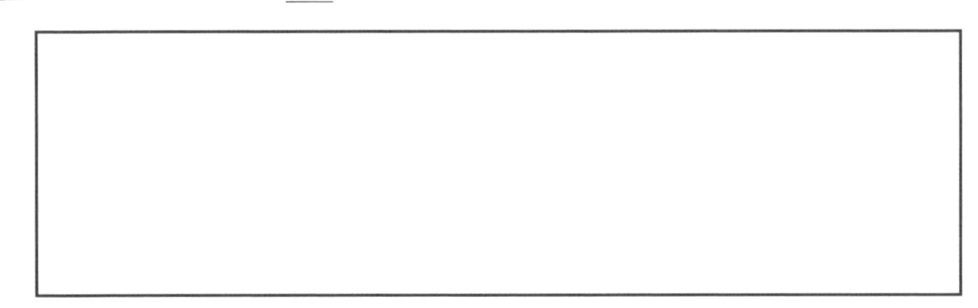

3_ 〈소나기〉의 중심 사건을 한 문장으로 정리해 봅시다.

황순원 문학촌 '소나기 마을'

경기도 양평군에는 우리나라에서 가장 크고 아름다운 문학촌으로 알려져 있는 황순원 문학촌 '소나기 마을'이 있습니다. 작가와 특별한 인연이 없는 양평군에 작가를 **기리는** 문학관이 들어선 데에는 〈소나기〉에서 소녀네가 양평읍으로 이사를 간다고 했던 대목이 계기가 되었다고 합니다.

이곳 문학관 건물의 정면으로 들어서다 보면 소년과 소녀가 소나기를 피했던 수숫단이 원뿔 모양으로 형상화되어 있습니다. 그 투명한 천장 유리로 햇빛이 들어오면 은색 벽이 아름다운 빛을 내곤 합니다.

문학관 내 전시실 중 가장 인기 있는 곳은 제1전시실입니다. '작가와의 만남'이라는 테마로 구성된 이 전시실은 작가이자 인간으로서 황순원 선생의 삶을 만날 수 있는 공간입니다. 방의 맨 중앙 오래된 나무 탁자 위에는 생전에 사용하시던 원고지와 만년필이 놓여 있고, 뒷벽에 기대선 책장 왼쪽으로는 선생의 옷과 모자가 걸려 있습니다. 이렇듯 별다른 장식 없이 소박하고 단정한 서재에는 늘 검소한 삶을 지냈던 작가의 모습이 그대로 반영되어 있습니다.

제2전시실의 주요 테마는 '작품 속으로'입니다. 〈학〉, 〈독 짓는 늙은이〉, 〈목넘이 마을의 개〉, 《카인의 후예》 등 작가의 대표작을 만날 수 있는 공간으로, '언어를 **벼리는** 대장장이'라 이름 붙은 작가의 작품 세계를 입체적으로 이해할 수 있습니다.

제3전시실의 이름은 '남폿불 영상실'입니다. 〈소나기〉의 뒷이야기를 다룬 애니메이션 〈그날〉을 감상할 수 있는 공간입니다. 비와 바람, 번개 등 특수 효과가 더해진 4D 영상을 관람하다 보면 원작의 감동이 더욱 생생하게 다가옵니다.

문학관 밖에는 소나기 광장 너머로 산책로가 있습니다. 두 사람이 만난 '수숫단 오솔길', 두 사람의 마음이 담긴 호두와 대추를 소재로 한 '고백의 길', 두 사람이 함께 건넌 징검다리 '너와 나만의 길'을 거닐며 그들의 순수한 마음을 되새길 수 있습니다. 또 광장에는 매일 두 시간마다 한 번씩 소나기가 내리는데, 소년과 소녀가 그랬듯 원두막과 수숫단 아래로 몸을 피하면 누구나 〈소나기〉 속 주인공이 된 기분이 든답니다.

기리다 뛰어난 업적이나 바람직한 정신, 위대한 사람 따위를 칭찬하고 기억하다.
벼리다 무디어진 연장의 날을 불에 달구어 두드려서 날카롭게 만들다.

연

1_ 다음을 참고하여 아들 '건이'를 소개해 봅시다.

> 아비 없이 자란 놈이라 하는 수가 없는가 보았다.
> "우리 집 처지에 상급 학교가 당하기나 한 소리냐. 이름자나마 쓰고 읽게 된 걸 다행으로 알거라."
> 어미 곁에서 함께 땅이나 파고 살자던 소리가 아들놈의 어린 가슴에 못을 박은 모양이었다.
> "상급 학교 못 가면 연이나 실컷 띄우고 놀 거야. 상급 학교 안 보내 준 대신 연실이나 많이 만들어 줘."
> 상급 학교 진학을 단념한 대신 아들놈은 그 철 늦은 연날리기 놀이를 시작했다. 연실 마련이 어려워서 제철에는 남의 집 애들 연 띄우는 거나 곁에서 늘 부러워해 오던 녀석이었다.

2_ 다음 부분이 작품 안에서 어떤 역할을 하고 있는지 적어 봅시다.

> 그러던 어느 날이었다.
> 하루는 결국 이변이 일어나고 말았다.
> 그날은 유독 봄바람이 들녘을 설치던 날이었다.

3_ 작품의 내용을 바탕으로 '연'을 바라보는 어머니의 심리 변화 과정을 정리해 봅시다.

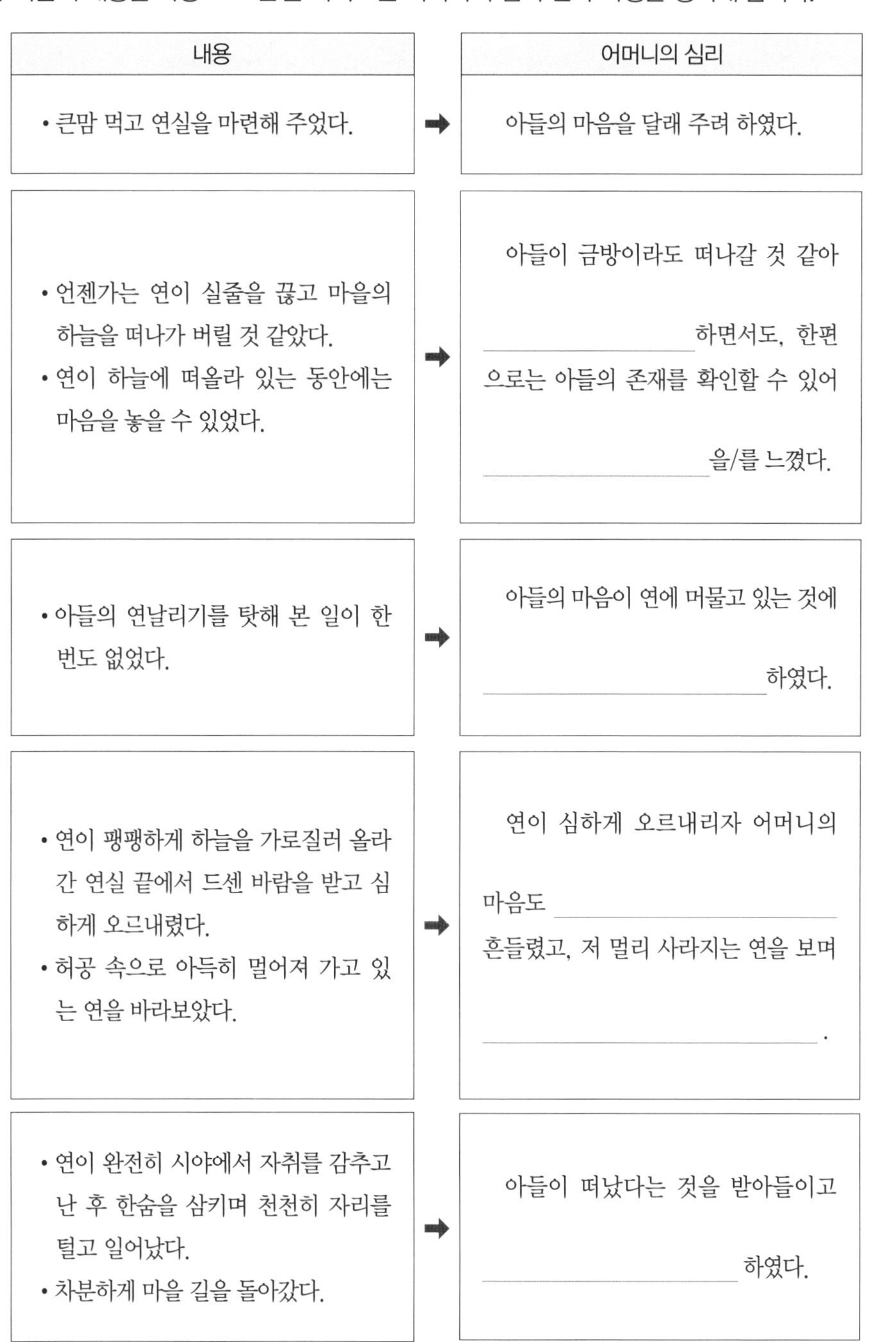

내용		어머니의 심리
• 큰맘 먹고 연실을 마련해 주었다.	➡	아들의 마음을 달래 주려 하였다.
• 언젠가는 연이 실줄을 끊고 마을의 하늘을 떠나가 버릴 것 같았다. • 연이 하늘에 떠올라 있는 동안에는 마음을 놓을 수 있었다.	➡	아들이 금방이라도 떠나갈 것 같아 ______________ 하면서도, 한편으로는 아들의 존재를 확인할 수 있어 ______________ 을/를 느꼈다.
• 아들의 연날리기를 탓해 본 일이 한 번도 없었다.	➡	아들의 마음이 연에 머물고 있는 것에 ______________ 하였다.
• 연이 팽팽하게 하늘을 가로질러 올라간 연실 끝에서 드센 바람을 받고 심하게 오르내렸다. • 허공 속으로 아득히 멀어져 가고 있는 연을 바라보았다.	➡	연이 심하게 오르내리자 어머니의 마음도 ______________ 흔들렸고, 저 멀리 사라지는 연을 보며 ______________.
• 연이 완전히 시야에서 자취를 감추고 난 후 한숨을 삼키며 천천히 자리를 털고 일어났다. • 차분하게 마을 길을 돌아갔다.	➡	아들이 떠났다는 것을 받아들이고 ______________ 하였다.

4_ 다음 설명을 참고하여 빈칸을 알맞게 채워 봅시다.

> • 비유란 어떤 사물을 다른 사물에 빗대어 표현하는 것을 말한다. 사물의 모양이나 상태 등을 보다 효과적으로 표현하기 위하여 그것과 비슷한 다른 사물에 빗대어 표현하는 방법이 '비유적 표현'이다. '보름달'을 표현하기 위해 '동그란 쟁반'이나 '아기의 동그란 얼굴'에 빗대어 표현하는 것을 말한다.
>
> • 원관념과 보조 관념 사이에는 공통점이 있어야 한다. 비유를 할 때 원래 표현하려고 하는 대상을 '원관념'이라고 하고, 그것을 표현하기 위해 끌어온 대상을 '보조 관념'이라고 한다. 표현하려는 '둥근 보름달'이 원관념이 되고, 그것을 표현하기 위해 끌어온 '동그란 쟁반'이나 '아이의 동그란 얼굴' 등은 보조 관념이 된다. 그런데 원관념과 보조 관념 사이에는 반드시 공통점이 있어야 한다. 즉, 보조 관념은 원관념과 모양, 색깔, 성질 등이 비슷해야 한다.

비유적 표현이 사용된 구절	표현하려는 대상	빗대어 표현한 대상
• 연은 먼 하늘 여행을 꿈꾸는 작은 새처럼 하루 종일 마을 위를 맴돌았다. ➡		
	공통점:	
• 봄 하늘처럼 적막스럽고 외로운 아들의 모습이 선하기 때문이었다. ➡		
	공통점:	
• 빗살처럼 곧게 하늘로 뻗어 오르던 연실이 머리 위를 구불구불 힘없이 흘러 내려오고 있었다. ➡		
	공통점:	

➡ 표현하고자 하는 대상을 더욱 ____________________ 드러낸다.

소나기

1_ 소녀가 소년에게 조약돌을 던진 까닭은 무엇일지 적어 봅시다.

____

____

____

2_ 작품 속 행동을 통해 알 수 있는 소년과 소녀의 성격을 정리하고, 소년의 성격이 어떻게 변하였는지 적어 봅시다.

소녀

- 징검다리 한가운데 앉아서 물장구를 쳤다.
- 소년에게 '바보'라고 말하며 조약돌을 던졌다.
- 소년에게 '비단조개'의 이름을 물어보았다.

소녀는 ______________ 인 성격이다.

소년

- 소녀가 징검다리에서 비키기를 기다리며 개울둑에 앉아 버렸다.
- 다음 날은 좀 늦게 개울가로 나왔다.

소년은 ______________ 인 성격이다.

⬇ 소년의 변화

- 소녀의 상처를 치료해 주었다.
- 소녀 대신 칡꽃을 꺾어 왔다.
- 소녀를 이끌며 송아지를 타고 자랑스러워하였다.

소년의 성격이 ______________ (으)로 변하였다.

3_ 다음 부분이 작품 안에서 어떤 역할을 하고 있는지 적어 봅시다.

> "어서들 집으로 가거라. 소나기가 올라."
> 참 먹장구름 한 장이 머리 위에 와 있다. 갑자기 사면이 소란스러워진 것 같다. 바람이 우수수 소리를 내며 지나간다. 삽시간에 주위가 보랏빛으로 변했다.
> 산을 내려오는데 떡갈나무 잎에서 빗방울 듣는 소리가 난다. 굵은 빗방울이었다. 목덜미가 선뜩선뜩했다. 그러자 대번에 눈앞을 가로막는 빗줄기.

4_ 공간의 변화에 따라 사건의 흐름을 정리해 봅시다.

개울가	소년과 소녀가 처음으로 마주쳤다.

↓

산	

↓

( )	갑자기 소나기가 내려 대피하였다.

↓

도랑	

↓

개울가	소녀는 소년에게 자신이 이사를 가게 되었다고 이야기하였다.

↓

( )	소년이 소녀가 죽었다는 사실을 알게 되었다.

5_ 다음과 같은 결말의 서술 방식이 가져오는 효과를 생각하며 빈칸에 알맞은 단어를 넣어 봅시다.

이 작품은 소녀를 그리워하던 소년이 잠결에 부모의 대화를 듣고 소녀의 죽음에 대해 알게 되면서 결말을 맺고 있다. 소년의 이후 반응이나 행동에 대해서는 서술되어 있지 않으며, 아버지의 마지막 말도 마무리하지 않고 말줄임표로 끝을 맺는다.

- 독자의 ______________ 을/를 불러일으킨다.
- ______________ 와/과 ______________ 을/를 남긴다.
- 안타까움과 애틋한 감정을 불러일으킨다.

한걸음 더

〈소나기〉의 원제(原題)

작가 황순원은 1953년에 소년과 소녀의 짧은 사랑 이야기를 담은 소설 〈소녀(少女)〉를 발표합니다. 작품의 결말 부분은 다음과 같습니다.

> "그런데 참 이번 기집애는 어린 것이 여간 잔망스럽지가 않어. 글쎄 죽기 전에 이런 말을 했다지 않어? 자기가 죽거든 자기 입던 옷을 꼭 그대루 입혀서 묻어 달라구……."
> "아마 어린것이래두 집안 꼴이 안될 걸 알고 그랬든가 부지요?"
> 끄응! 소년이 자리에서 저도 모를 신음 소리를 지르며 돌아누웠다.
> "재가 여적 안 자나?"
> "아니, 벌써 아까 잠들었어요. …… 애, 잠꼬대 말구 자라!"

이 작품을 발표한 지 6년 뒤, 작가는 마지막 네 줄을 삭제하고 제목을 바꾼 소설을 다시 발표합니다. 이것이 바로 강렬한 여운을 주는 결말, 상징성이 뚜렷한 제목으로 작가의 대표작이 된 〈소나기〉입니다.

같지만 다른 두 작품의 제목과 결말이 주는 느낌을 비교해 봅시다. 이렇게 우리에게 익숙한 작품의 숨은 모습을 살피는 것도 소설을 감상하는 또 다른 재미입니다.

Step_1 암시와 복선

〈연〉과 〈소나기〉를 통해 소설 속 암시와 복선에 대해 알아봅시다.

가 소설이나 희곡, 드라마나 영화처럼 이야기가 있는 예술 장르에서는 사건이 전개되는 과정을 직접 말하거나 묘사해서 보여 주지 않고 힌트만 주는 경우가 있습니다. 이러한 서술 방법을 암시(暗示)라고 합니다. 작가는 공간 묘사를 통해 느껴지는 분위기나 등장인물의 감정 상태, 다양한 소재 등을 암시의 방법으로 서술해 앞으로의 사건 전개를 미루어 짐작할 수 있게 합니다. 원인이 되는 사건보다 나중에 일어난 사건을 먼저 제시하거나, 등장인물의 성격이나 생김새 등을 단서(端緖)로 삼기도 합니다. 암시는 독자의 호기심을 불러일으켜 소설에 흥미를 더해 줍니다. 또한 작품의 분위기를 형성하며, 사건 전개를 그럴듯하게 이끌어 가는 역할을 합니다.

작품 속에서 암시를 위해 사용하는 장치가 바로 복선(伏線)입니다. 사건의 실마리를 독자에게 미리 던져두는 것이지요. 이야기가 있는 예술 장르는 각각의 사건이 긴밀한 인과 관계를 유지하며 전개됩니다. 보통 중심 사건이 전개되는 과정에서 주요 인물들 간의 관계가 주를 이루고, 나머지 인물이나 배경들은 부수적인 역할을 하게 됩니다. 하지만 이때 독자들이 미처 주목하지 못했던 작은 소품이나 배경들, 혹은 보조적 사건들이 이후에 일어날 중심 사건의 전개를 미리 보여 주는 경우가 있는데, 이것이 바로 복선입니다.

〈소나기〉에서 소녀는 "난 보랏빛이 좋아!"라고 말합니다. 흔히 보랏빛은 어둡고 우울한 느낌을 주며 죽음을 연상하게 만드는 빛깔이라고 하지요. 결국 이 말은 소녀의 슬픈 운명을 암시하는 복선 구실을 합니다.

나 심청이 부엌으로 들어가 눈물로 밥을 지어 부친께 올린다. 밥상머리에 앉아 아무쪼록 많이 잡수시게 하느라고 고등어자반도 떼어 입에 넣어 드리고 김도 싸서 수저에 놓으며,

"아버지 진지 많이 잡수시오."

"오냐, 많이 먹으마. 오늘은 각별하게 반찬이 매우 좋구나. 뉘 집 제사 지냈느냐?"

심청이는 기가 막혀 속으로만 느껴 울며 훌쩍훌쩍 소리 나니, 심 봉사는 **물색없이** 귀 밝은 체 말을 한다.

"아가, 너 몸 아프냐? 감기가 들었나 보구나. 오늘이 며칠이냐? 오늘이 열닷새지, 응?"

부녀의 천륜이 중하니 **몽조**가 어찌 없을쏘냐. 심 봉사가 간밤 꿈 이야기를 하되, "간밤에 꿈을 꾸니 네가 큰 수레를 타고 한없이 가 보이니 수레라 하는 것은 귀한 사람이 타는 것이라. 아마도 오늘 무릉촌 승상 댁에서 너를 가마에 태워 가려나 보다."

심청이 들어 보니 분명히 자기 죽을 꿈이로다. 속으로 슬픈 생각 가득하나 겉으로는 아무쪼록 부친이 안심하도록, "그 꿈이 참 좋습니다."

– 작자 미상, 《심청전》

- **물색없이** 말이나 행동이 형편이나 조리에 맞는 데가 없이.
- **몽조**(夢兆) 꿈에 나타나는 길흉의 징조.

1_ 〈소나기〉에서 작품의 결말을 암시하는 복선을 찾아봅시다.

(1) '꽃'의 역할을 고려하여, 복선 역할을 하는 문장을 작품에서 찾아 적어 봅시다.

- 소녀 아닌 갈꽃이 들길을 걸어가는 것만 같았다.
- 소녀의 흰 얼굴이, 분홍 스웨터가, 남색 스커트가, 안고 있는 꽃과 함께 범벅이 된다. 모두가 하나의 큰 꽃묶음 같다.

➡ 꽃은 ____________ 을/를 상징한다.

⬇

문장	• ____________ ____________ • ____________

⬇

복선	꽃이 망가지는 것은 소녀가 소중하게 생각하는 추억이 망가지는 것으로, ____________ 을/를 암시한다.

(2) 작품의 결말을 암시하는 또 다른 복선을 2개 이상 찾아 적어 봅시다.

2_ 〈연〉에서 아들이 떠났음을 암시하는 문장을 찾아 적어 봅시다.

3_ 제시문 **나**의 밑줄 친 부분은 《심청전》의 결말을 암시하는 복선 역할을 합니다. 이를 참고하여 소설이나 영화, 드라마에서 복선의 예를 찾아 소개해 봅시다.

Step_2 소재와 주제

소재가 갖는 상징성을 알아보고, 이를 통해 〈연〉과 〈소나기〉의 주제를 정리해 봅시다.

가 글을 쓰는 데 바탕이 되는 모든 재료를 소재(素材, 글감)라고 합니다. 작가는 한 편의 이야기를 전개하기 위해 다양한 재료를 끌어와 소재로 삼는데, 이때 소재는 특정 사물이나 대상, 환경, 인물의 감정이나 행동 등 모든 것이 될 수 있습니다. 소재와 비교하여 제재(題材)란 여러 소재 가운데 가장 중심이 되는 재료를 말합니다. 그래서 제재를 다른 말로 중심 소재라고도 하지요. 모든 소재가 다 제재가 될 수는 없고, 소재에 주제적 의도가 더해질 때 비로소 제재가 됩니다.

한편 작가가 작품을 통해 드러내고자 하는 중심 생각이 주제입니다. 독자는 작가가 작품을 통해 무엇을 나타내려고 했는지 알아내야 작품을 온전히 이해했다고 할 수 있습니다. 즉 주제는 작품 속에 구체적으로 나타나 있는 작가의 중심 생각이자 소설의 의미입니다. 보통 글의 제목은 주제를 포괄할 수 있는 가장 중요한 내용으로 정하는데, '소나기'나 '연'처럼 주제와 밀접한 관련이 있는 중심 소재 자체가 글의 제목이 될 수도 있습니다.

나 상징(象徵)은 추상적인 사물, 관념, 사상 등을 구체적인 사물로 나타내어 머릿속에 떠오르도록 하는 표현 방법입니다. 예를 들어 우리는 흔히 '비둘기' 하면 하늘을 날아다니는 새의 종류를 생각하는 것과 동시에 '평화'나 '자유' 등과 같은 의미도 떠올리게 됩니다. 책을 읽다 '대나무'라는 소재가 나오면 곧게 뻗은 나무의 모습을 떠올리면서 '지조', '절개' 같은 의미도 함께 생각할 수 있지요. '평화'나 '지조'라는 눈으로 볼 수 없는 정신적 내용이나 추상적인 관념을 '비둘기'나 '대나무'라는 구체적인 사물을 통해 나타내는 것, 이것이 바로 상징입니다.

이러한 상징은 보통 시에서 많이 사용합니다. 다만 시에서 쓰인 상징은 '비둘기'나 '대나무'처럼 보편적 의미를 담고 있기보다는 시인 개인의 상상력에 의해 만들어진 것이 많기 때문에 숨은 의미를 알아내기가 쉽지 않습니다. 시의 상징은 의미를 겉으로 드러내지 않고 넌지시 보여 주기 때문입니다.

물론 소설에서도 상징은 사용됩니다. 작가는 독자의 상상력을 최대한으로 자극하고 주제를 효과적으로 드러낼 수 있는 상징적 표현을 다양하게 사용합니다. 이처럼 상징은 소설에서 빠질 수 없는 핵심 요소가 된답니다.

다 연을 보면 아들의 얼굴을 보는 것 같았고, 아들의 마음을 보는 것 같았다.

연은 언제나 머나먼 하늘 여행을 꿈꾸고 있는 작은 새처럼 보였고, 그래서 언젠가는 실 줄을 끊고 마을의 하늘을 떠나가 버릴 것처럼 어머니의 마음을 불안하게 했다.

하지만 연이 그렇게 하늘에 떠올라 있는 동안엔 어머니도 아직은 마음을 놓을 수 있었다. 연이 하늘을 나는 동안은 어느 집 양지바른 담벼락 아래, 마을의 회관 뜰 한구석에, 또는 아지랑이 피어오르는 어느 보리밭 이랑 끝에 그 봄 하늘처럼 적막스럽고 외로운 아들의 모습이 선하기 때문이었다. (중략)

아니나 다를까.

불안감에 쫓기던 어머니가 어느 순간엔가 다시 그 하늘의 연을 찾았을 때였다.

연이 있어야 할 곳에 연의 모습이 보이지 않았다.

연은 어느새 실이 끊어져 날아간 것이었다. 빗살처럼 곧게 하늘로 뻗어 오르던 연실이 머리 위를 구불구불 힘없이 흘러 내려오고 있었다.

실이 뻗쳐 올라가 있던 쪽 하늘을 자세히 살펴보니, 아직도 한 점 까만 새처럼 허공 속으로 아득히 멀어져 가고 있는 것이 있었다.

어머니는 아예 밭 언덕에 주저앉아 연의 흔적이 시야에서 사라질 때까지 그 하염없는 눈길을 하늘에 못 박고 있었다.

그리고 그 연의 모습이 완전히 시야에서 자취를 감추고 난 다음에야 어머니는 비로소 가는 한숨을 삼키면서 천천히 다시 자리를 털고 일어났다. (중략)

어머니는 다만 그 무심한 하늘을 향해 다시 한번 가는 한숨을 삼키며 허망스럽게 중얼거리고 있었다.

"아가, 어딜 가거나 몸이나 성하거라……." – 이청준, 〈연〉

라 비안개 속에 원두막이 보였다. 그리로 가 비를 그을 수밖에.

그러나 원두막은 기둥이 기울고 지붕도 갈래갈래 찢어져 있었다. 그런대로 비가 덜 새는 곳을 가려 소녀를 들어서게 했다. 소녀는 입술이 파랗게 질려 있었다. 어깨를 자꾸 떨었다.

무명 겹저고리를 벗어 소녀의 어깨를 싸 주었다. 소녀는 비에 젖은 눈을 들어 한 번 쳐다보았을 뿐, 소년이 하는 대로 잠자코 있었다. 그러고는 안고 온 꽃묶음 속에서 가지가 꺾이고 꽃이 일그러진 송이를 골라 발밑에 버린다. (중략)

소란하던 수숫잎 소리가 뚝 그쳤다. 밖이 멀게졌다.

수숫단 속을 벗어 나왔다. 멀지 않은 앞쪽에 햇빛이 눈부시게 내리붓고 있었다.

도랑 있는 곳까지 와 보니, 엄청나게 물이 불어 있었다. 빛마저 제법 붉은 흙탕물이었다. 뛰어 건널 수가 없었다.

소년이 등을 돌려 댔다. 소녀가 순순히 업혔다. 걷어 올린 소년의 잠방이까지 물이 올라왔다. 소녀는, 어머나 소리를 지르며 소년의 목을 그러안았다.

개울가에 다다르기 전에 가을 하늘은 언제 그랬는가 싶게 구름 한 점 없이 쪽빛으로 개어 있었다. (중략)

"어쩌면 그렇게 자식 복이 없을까."

"글쎄 말이지. 이번 앤 꽤 여러 날 앓는 걸 약도 변변히 못 써 봤다더군. 지금 같애서는 윤 초시네도 대가 끊긴 셈이지……. 그런데 참 이번 기집애는 어린것이 여간 잔망스럽지가 않어. 글쎄 죽기 전에 이런 말을 했다지 않어? 자기가 죽거든 자기 입던 옷을 꼭 그대루 입혀서 묻어 달라구……."

– 황순원, 〈소나기〉

1_ 제시문 **가**와 **나**를 참고하여 〈연〉의 중심 소재인 '연'의 상징적 의미를 정리해 봅시다.

속성	• 하늘에 떠 있지만 얼레에 감긴 연실에 매여 있다. • 연실이 끊어지면 자유롭게 날아갈 수 있다.
의미	• ______________________ ______________________ • ______________________

⬇

연은 ______________________ 을/를 상징한다.

2_ 〈소나기〉에 등장하는 다양한 소재의 역할을 생각하며 다음 물음에 답해 봅시다.

(1) 다음의 의미를 갖는 작품 속 주요 소재를 적어 봅시다.

소재	의미
	• 소년에 대한 소녀의 관심(발단 부분) • 소녀에 대한 소년의 그리움(전개 이후)
	• 소년과 소녀가 대화를 나누게 되는 계기
	• 소년과 소녀가 헤어져야 하는 장소 • 사건 전환의 계기(전개 부분) • 소년과 소녀의 이별 암시(절정 부분)
	• 소년을 생각하는 소녀의 마음
	• 소녀를 생각하는 소년의 마음
분홍 스웨터	• 소년을 계속 기억하고 싶어 하는 소녀의 마음

(2) 〈소나기〉의 중심 소재인 '소나기'의 역할과 상징적 의미를 정리해 봅시다.

속성	• 맑았던 하늘에 먹구름이 껴 주위가 어두워지고, 강풍이나 천둥, 번개 등을 동반한다. • 갑자기 세차게 쏟아지다가 곧 그친다.
역할	• 소년과 소녀가 더 가까워지는 계기가 된다. • ________________ •

⬇

소나기는 ________________ 을/를 상징한다.

3_ 〈연〉과 〈소나기〉에서 소재가 갖는 상징성을 고려하여, 작품의 주제를 정리해 봅시다.

- 〈연〉: ____________________

- 〈소나기〉: ____________________

4_ 앞에서 정리한 주제를 고려하여, 내가 만약 작가라면 각 작품에 어떤 제목을 새롭게 붙이고 싶은지 이유와 함께 적어 봅시다.

연

- 내가 붙인 제목: ____________________
- 이유: ____________________

소나기

- 내가 붙인 제목: ____________________
- 이유: ____________________

Step_3 결말 이후

〈연〉과 〈소나기〉의 뒷이야기를 읽고, 여러분도 뒷이야기를 상상해 봅시다.

※ 문제를 풀기 전 58쪽 '더 읽어 보기'에 실린 〈빗새 이야기〉와 〈지워지지 않는 그 황토물〉 전문을 먼저 감상해 봅니다.

가 비— 비—.

봄부터 가을 녘까지 비가 오는 날에만 우는 새가 있었다.

뽀얀 여름 빗줄기의 장막 속에 파묻힌 마을 앞 밤나무 숲이나 가을비에 젖고 있는 등 너머 솔밭 골 쪽을 때로는 아득하고 때로는 **지척**인 듯싶게 정처 없이 새 울음소리가 떠돌곤 했다.

"빗새가 가엾게 찬비를 못 피해 저리 울고 다닌단다."

어머니는 그게 빗새가 우는 소리라 말했었다. 빗새는 원래 비가 와도 **깃들일** 둥지가 없는 새여서, 날씨가 궂으면 그렇게 젖은 몸을 쉴 곳을 찾아 빗속을 울며 헤매 다닌다는 것이었다.

그래서 어머니는 빗새 소리만 떠도는 날이면 당신도 함께 그 이상한 근심기로 얼굴빛이 어둡게 흐려지곤 하였다.

비— 비—.

여름날 저녁 칠흑 같은 어둠 속에서도 여전히 그 차가운 비 사이를 헤매고 다니는 소리를 들을 때가 있었는데, 그런 날은 어머니도 밤잠을 못 자고 마루 밖 어둠 속으로 나와 앉아 무한정 그놈의 울음소리를 지키고 있을 적이 허다했다.

"무슨 놈의 새짐승이 제 둥지 하나 못 지닐 팔자를 타고났던가……."

줄기찬 밤비 소리 속으로 까마득히 멀어져 갔다가 가까워지고, 가까워졌다간 다시 아득히 멀어져 가고 하는 그 구슬픈 빗새 소리 한 대목마다에 어머니의 그런 푸념과 한숨 소리가 번번이 뒤따랐다. (중략)

상급 학교 진학을 못 하게 되자 도회지 돈벌일 나간다고 줄 끊어진 한 점 연이 되어 까마득히 마을을 떠나갔던 당신의 아들이 집으로 다시 돌아오던 날이었다.

마을을 한번 떠나간 후론 소식이 영영 끊어져 버렸던 사람이 30년 만엔가 다시 당신을 찾아 털털뱅이로 돌아왔을 때, 어머니는 그 지치고 피곤한 아들의 보잘것없는 **귀향**을 원망하는 빛이 조금도 없었다.

"긴 세월을 허구한 날 어느 낯선 골을 헤매고 다녔더냐. 비바람 치고 어두운 밤인들 어느 한데다 의지나 삼았더냐."

어머니는 미처 피어 보지도 못하고 늙어 가는 아들이 측은해서 거치른 두 손만 하염없이 쓰다듬어 댈 뿐이었다.

– 이청준, 〈빗새 이야기〉

나 언젠가 담배 피우는 어른이 되어 있을 거란 건 꿈도 못 꾸던 어린 날…… 흐르던 생각이 뚝 끊긴다. 자리에서 일어선다. 그땐 지금보다 키가 작았다. 자연히 걸음 폭도 달랐을 것이다. 성큼성큼 바위로 다가간다. 보폭을 줄여서 천천히 걷는다. 하나, 둘, 셋…… 지금까지 살아온 시간들이 발밑에 밟히는 것 같다. 스물한 걸음에서 멈춘 채 내려다본다. 감나무 가지가 아까보다 지붕 가장자리로 조금 비낀 듯하다. 누르스름한 벌판에 까치밥으로 남긴 감의 주홍빛 무늬가 환하다. 두더지 지난 것처럼 발치가 아주 조금 **도도록한** 것도 같다. 거기라고 믿기로 한다. 산어귀에서 구절초라도 몇 송이 뜯어 올 것을. 연보랏빛이 눈앞에 어른거린다. 도라지꽃은 보랏빛, 언니가 좋아하던 꽃. 나리꽃은 빨간빛, 내가 좋아하던 꽃. 노랫가락이 바람결처럼 머릿속을 스친다. 도라지꽃은 보랏빛, 그 애가 좋아하던 꽃. 오래전에 불렀던 동요를 고쳐 흥얼거리다 만다. 거긴 편안하지? 여긴……, 말을 떠올리다 고개를 저으며 깊은 숨을 쉰다.

– 이혜경, 〈지워지지 않는 그 황토물〉

- **지척(咫尺)** 아주 가까운 거리.
- **깃들이다** 주로 조류가 보금자리를 만들어 그 속에 살다.
- **귀향(歸鄕)** 고향으로 돌아가거나 돌아옴.
- **도도록하다** 가운데가 조금 솟아서 볼록하다.

1_ 제시문 **가**의 서술자는 귀향자의 모습에서 빗새의 형상을 보았다고 말합니다. 30년 만에 귀향한 아들과 빗새의 공통점은 무엇인지 적어 봅시다.

2_ 제시문 나에서 밑줄 친 부분의 의미를 다음 조건에 맞게 적어 봅시다.

조건

- '거기'는 어디를 의미하는지 정확하게 적을 것.
- '거기'라고 확신하지 못하는 이유가 무엇인지를 포함할 것.

함께해요

3_ 모둠을 구성하여 다음 〈보기〉의 두 가지 주제 중 하나를 정해 뒷이야기를 만들어 봅시다.

보기

- 〈연〉에서 어머니를 떠났던 아들은 고향에 돌아오기 전 어떤 일을 겪었을까?
- 〈소나기〉에서 소녀의 죽음 이후 소년에게는 어떤 일이 벌어졌을까?

중심 인물		
배경	공간	
	시간	
중심 사건		

어머니를 위한 노래

〈연〉에서 도회지로 떠난 아들과 한숨을 삼키며 그런 아들을 보낸 어머니는 어떻게 되었을까요? 〈빗새 이야기〉는 〈연〉과 함께 '어머니를 위한 노래'라는 제목으로 발표된 작품으로, 〈연〉에서 아들이 떠난 뒤의 이야기를 다루고 있습니다.

그날 이후 어머니는 '빗새' 이야기를 하면서 텃밭에 작은 동백나무를 심고 정성껏 돌보기 시작합니다. 빗새는 봄부터 가을까지 비가 오는 날에만 구슬프게 울어 댄다는 가상의 새입니다. '젖은 몸 깃들일 둥지 하나 없이 정처 없이 떠돌다 쉴 곳을 찾아 울며 헤매고 다닌다.'는 새입니다. 아들을 기다리던 어머니가 잎과 가지가 무성한 동백나무를 심은 이유는 아들을 닮은 빗새에게 안식처를 주고 싶은 마음 때문이었을 것입니다. 그러면서 빗새처럼 머물 곳 없이 떠돌아다닐 아들 역시 또 다른 '어머니'가 가꾸는 동백나무 안식처를 만나게 되길 바랐을 것입니다.

작가는 두 작품을 쓰고 난 몇 년 뒤에 또 다른 **후속작**인 〈학(鶴)〉을 발표합니다. 그리고 이번에는 아들의 시선에서 어머니의 모습을 그립니다. 세월이 훌쩍 지난 뒤, 늙은 어머니는 사흘째 몸져누웠고 아들은 그런 어머니의 손을 꼭 잡은 채 긴 밤을 뜬눈으로 지새웁니다. 그러다가 아들은 깜박 잠이 들고, 꿈속에서 집 앞 울타리 곁에 서 있는 어머니와 만납니다. 아들은 그 옛날 조그만 소년이 되어 어머니를 붙잡으려 하지만, 눈부시게 하얀 학이 된 어머니는 높푸른 하늘로 날아가 버립니다. 꿈에서 깬 아들은 아침이 없는 잠에 빠진 어머니의 깨끗하고 평화로운 얼굴을 보게 됩니다.

작가 이청준의 문학에서 '고향'과 '어머니'는 가장 중요한 소재이자 반복되는 주제입니다. 실제로도 작가는 일찍이 아버지를 여의고 어려운 환경 속에서 어머니의 지극한 모정을 느끼며 자랐다고 합니다. 〈연〉과 〈빗새 이야기〉도 **자전적** 성격이 강한 소설이지요. 작가는 훗날 한 수필에서 '내 삶과 문학에 대한 은혜를 따지면야 그 삶을 주고 길러 준 고향과 그 고향의 얼굴이라 할 어머니를 앞설 자리가 없다.'고 고백합니다. 그리고 우리는 〈눈길〉, 〈새가 운들〉, 《축제》 등 그의 다른 작품에서 자식을 향한 어머니의 깊은 사랑을 느낄 수 있습니다.

후속작(後續作) 뒤를 이어 계속 쓴 작품.
자전적(自傳的) 자서전의 성질을 띠고 있는. 또는 그런 것.

1_ '생각 나누기'에서 친구들과 구성한 내용을 바탕으로 작품의 뒷이야기를 적어 봅시다.

2_ 〈연〉과 〈소나기〉 중 한 작품을 정하여 시로 각색해 봅시다.

※ 다음 감상해 볼 작품은 〈연〉과 〈소나기〉의 뒷이야기입니다. 〈빗새 이야기〉와 〈지워지지 않는 그 황토물〉 두 작품을 감상한 후, 어떤 이야기가 더 인상적이었는지 이유와 함께 말해 봅시다.

빗새 이야기 _이청준

비— 비—.

봄부터 가을 녘까지 비가 오는 날에만 우는 새가 있었다.

뽀얀 여름 빗줄기의 장막 속에 파묻힌 마을 앞 밤나무 숲이나 가을비에 젖고 있는 등 너머 솔밭 골 쪽을 때로는 아득하고 때로는 지척인 듯싶게 정처 없이 새 울음소리가 떠돌곤 했다.

"빗새가 가엾게 찬비를 못 피해 저리 울고 다닌단다."

어머니는 그게 빗새가 우는 소리라 말했었다. 빗새는 원래 비가 와도 깃들일 둥지가 없는 새여서, 날씨가 궂으면 그렇게 젖은 몸을 쉴 곳을 찾아 빗속을 울며 헤매 다닌다는 것이었다.

그래서 어머니는 빗새 소리만 떠도는 날이면 당신도 함께 그 이상한 근심기로 얼굴빛이 어둡게 흐려지곤 하였다.

비— 비—.

여름날 저녁 칠흑 같은 어둠 속에서도 여전히 그 차가운 비 사이를 헤매고 다니는 소리를 들을 때가 있었는데, 그런 날은 어머니도 밤잠을 못 자고 마루 밖 어둠 속으로 나와 앉아 무한정 그놈의 울음소리를 지키고 있을 적이 허다했다.

"무슨 놈의 새짐승이 제 둥지 하나 못 지닐 팔자를 타고났던가……."

줄기찬 밤비 소리 속으로 까마득히 멀어져 갔다가 가까워지고, 가까워졌다간 다시 아득히 멀어져 가고 하는 그 구슬픈 빗새 소리 한 대목마다에 어머니의 그런 푸념과 한숨 소리가 번번이 뒤따랐다.

어머니가 텃밭가 동백나무에 쏟은 온 관심과 정성 역시 그러니까 알고 보면 바로 그 빗새에 대한 당신의 측은한 마음에서인 것이 틀림없었다.

어머니는 언제부턴가 집 앞 텃밭 한쪽 가에 어린 동백나무 한 그루를 옮겨다 심어 놓고 말없이 정성을 다해 오고 있었다. 어머니는 추운 겨울철에도 그 동백에 쏟는 당신의 정성으로 누구보다 간절히 봄을 기다렸고, 누구보다 일찍 그 동백나무의 봄을 반겨 맞았다. 추운 겨울을 용케도 잘 참아 넘긴 나무에 해마다 고운 꽃망울이 다시 맺혀 나오는 것을 보고서야 어머니의 그 기나긴 겨울은 비로소 끝이 나는 것이었다.

하지만 어머니가 그토록 텃밭 동백에 마음이 쏠리는 것은 나무에 오는 봄을 기다리고 꽃을 보기 위해서만이 아니었다. 어머니가 거기 나무를 가꾸는 것은 빗새가 머물 곳을 마음에 두고서였던 게 분명했다.

여름이나 가을 빗새 소리가 극성을 떨고 난 다음 날 아침이면, 어머니는 유달리 그 동백나무 쪽으로 자주 마음이 쓰이고 있었다.

아침 일찍부터 나가 나무를 살피면서, 씨좁쌀 말린 것을 새 모이로 주위에다 뿌려 주는 일까지 종종 있었다. 사람들이 집 가까이 두기를 꺼리는 동백을 고른 것도 빗새가 의지 삼기 좋은 그 넓은 나뭇잎과 가지들을 염두에 두고서였음이 분명했다.

하지만 나는 실상 그 빗새라는 게 모양이 어떻게 생긴 새인지 진짜 모습을 알 수가 없었다. 소리 이외에 빗새의 모습을 눈으로 본 적이 한 번도 없었기 때문이다. 어머니마저도 진짜 빗새를 알지는 못했다. 어머니 역시 빗새가 우는 것을 눈으로 직접 본 일은 없었기 때문이다.

"그건 알아서 뭣에 쓸래. 날짐승 중에 어떤 놈이 그렇게 울던 놈이 있었겄제……."

어머니는 그냥 **어림짐작**만으로 나무로 깃들여 온 날짐승들에겐 어느 것에게나 똑같이 모이를 뿌려 줄 뿐이었다. 동백나무 잎새 밑으로 비를 피해 들었다가 아침 모이를 얻어먹고 가는 새는 수도 없이 많았다. 어느 놈이나 밤을 새고는 모이를 쪼고 날아갔다. 그 많은 새들 가운데 어느 것이 진짜 빗새인지는 짐작조차도 할 수 없는 일이었다. 알아낼 수도 없는 일이거니와 알아내려고 하지도 않았다.

하지만 마침내 그 빗새의 모양이 어떻게 생겼는지 어림짐작을 해 볼 수 있는 날이 찾아왔다.

상급 학교 진학을 못 하게 되자 도회지 돈벌일 나간다고 줄 끊어진 한 점 연이 되어 까마득히 마을을 떠나갔던 당신의 아들이 집으로 다시 돌아오던 날이었다.

마을을 한번 떠나간 후론 소식이 영영 끊어져 버렸던 사람이 30년 만엔가 다시 당신을 찾아 털털뱅이로 돌아왔을 때, 어머니는 그 지치고 피곤한 아들의 보잘것없는 귀향을 원망하는 빛이 조금도 없었다.

"긴 세월을 허구한 날 어느 낯선 골을 헤매고 다녔더냐. 비바람 치고 어두운 밤인들 어느 한데다 의지나 삼았더냐."

어머니는 미처 피어 보지도 못하고 늙어 가는 아들이 측은해서 거치른 두 손만 하염없이 쓰다듬어 댈 뿐이었다.

"하지만 어머니, 그런 일은 없었어요. 바깥세상을 나가 돌아다니다 보니 엄니같이 자식을 일찍 외지로 내보내고 사는 노인들을 자주 만날 수가 있었어요. 그런 분들 인정으로 전 이렇게 다시 무사하게 돌아온 걸요."

그런데 그 아들이 거꾸로 어머니를 위로하듯 조용히 그렇게 말하고 나서,

"그러고 보니 엄니, 제가 너무도 긴 세월 동안 불효를 했군요. 제가 집을 떠날 때에는 아무것도 없었는데, 텃밭에 저렇게 동백나무가 크게 자라 있는 걸 보니까요."

텃밭가의 그 동백나무를 내려다보며 새삼스럽게 죄스런 목소리로 덧붙여 왔을 때였다. 나는 그 **회한기** 어린 귀향자의 모습에서 그 오랜 빗새의 형상을 문득 본 것이다.

빗새란 아마도 비에라도 젖어 돌아온 듯한 그 아들의 지치고 가련한 **몰골**처럼, 그래서 언제나 꽁지와 부리를 힘없이 내려뜨린 모습을 하고, 젖은 몸을 의지할 둥지를 찾아 빗속을 비비— 끝없는 울음을 울고 다니는 그런 새가 아닐까 하고 말이다.

지워지지 않는 그 황토물 _이혜경

바위에서 해 뜨는 쪽으로 스물한 발짝. 숫자를 헤아리며 한 발짝씩 걸을 때마다 한 해씩 나이 먹는 듯했다. 스물하나, 지금 그의 나이가 딱 그랬다. 열아홉, 스물, 스물하나! 발이 멈춘 자리엔 누렇게 말라 버린 풀과 **청미래덩굴**뿐. 눈 아래, 명절 앞둔 마을은 조용한 듯 분주하다. 밭 자락엔 수숫단이, 그루터기만 남은 논엔 볏단들이 쌓여 있다. **함지**를 이고 들길을 걷는 사람, 공터에 모인 아이들. 아이들은 아마도 제기를 차고 있을 것이다.

산 바로 아래에 있는 집 감나무의 가지가 전에는 초가지붕의 끝자락에 초승달처럼 걸렸다. 그런데 지금은 조금 더 가운데 쪽으로 옮겨진 것 같다. 하긴, 감나무가 가지를 여럿 뻗을 만한 시간이 흘렀다.

마른풀 위에 앉아 점퍼 안 호주머니에서 담뱃갑을 꺼낸다. 한 개비 집어 손바닥에 톡톡 친 다음 불을 붙인다. 공장에서 형들에게 배운 담배가, 어느새 **인**이 박였다. 집에 들어선 건 점심 무렵이었다. 점심을 먹고 나자 담배 생각이 났다. 바람 쐬고 오겠다며 집을 나섰다. 어른들 눈길이 닿지 않는 곳을 찾다 보니, 어느새 산길을 오르고 있었다.

어린애라 **봉분**도 못 올리고……. 사립문으로 들어선 아버지는 바짓가랑이를 툭툭 털며 말했다. 매캐한 기운이 콧구멍을 간질였다. 에취, 마당 귀퉁이에 쪼그리고 앉아 흙바닥에 그림을 그리던 소년은 재채기를 했다. 어머니가 부엌에서 사발을 들고 나왔다. 아버지는 벌컥벌컥 물을 들이켰다. 손등으로 입가를 훔치는 아버지를 보다가 땅바닥으로 눈길을 돌렸다. 단발머리도, 빛나서 더 커 보이던 눈동자도 그대로인데 뭔가 부족했다. 간이 안 든 국물을 떠 넣은 듯 밍밍했다. 제가 그린 그림을 골똘히 바라보다 문득 깨달았다. 볼이 허전했다. 보조개! 그림을 그리던 돌의 뾰족한 부분을 찾아 치켜들었다. 점을 찍으려다 주춤했다. 어느 쪽이었지? 허수아비를 흔들어 댈 때 소녀의 볼에 살포시 패었던 보조개. 거기에 새끼손가락을 찔러 보고 싶어서 얼굴이 달아올랐는데, 오른쪽인지 왼쪽인지 헷갈렸다. 오른쪽 볼을 먼저 돌로 꾹 눌렀다. 고개가 절로 갸웃거려졌다. 기껏 찍은 점을 손가락으로 흩뜨렸다. 아무래도 왼쪽이었던 것 같다. 콕!

"뭐 하냐? 밥 먹어야지."

어머니가 부엌에서 상을 들고 나왔다. 마루에 걸터앉아 담배를 피우던 아버지가 꽁초를 툭, 마당으로 내던졌다. 기껏 공들인 그림을 손바닥으로 쓸어 버렸다.

언젠가 담배 피우는 어른이 되어 있을 거란 건 꿈도 못 꾸던 어린 날…… 흐르던 생각이 뚝 끊긴다. 자리에서 일어선다. 그땐 지금보다 키가 작았다. 자연히 걸음 폭도 달랐을 것이다. 성큼성큼 바위로 다가간다. 보폭을 줄여서 천천히 걷는다. 하나, 둘, 셋…… 지금까지 살아온 시간들이 발밑에 밟히는 것 같다. 스물한 걸음에서 멈춘 채 내려다본다. 감나무 가지가 아까보다 지붕 가장자리로 조금 비낀 듯하다. 누르스름한 벌판에 까치밥으로 남긴 감의 주홍빛 무늬가 환하다. 두더지 지난 것처럼 발치가 아주 조금 도도록한 것도 같다. 거기라고 믿기로 한다. 산어귀에서 구절초라도 몇 송이 뜯어 올 것을. 연보랏빛이 눈앞에 어른거린다. 도라지꽃은 보랏빛, 언니가 좋아하던 꽃. 나리꽃은 빨간빛, 내가 좋아하던 꽃. 노랫가락이 바람결처럼 머릿속을 스친다. 도라지꽃은 보랏빛, 그 애가 좋아하던 꽃. 오래전에 불렀던 동요를 고쳐 흥얼거리다 만다. 거긴 편안하지? 여긴……, 말을 떠올리다 고개를 저으며 깊은 숨을 쉰다.

동네에서 중학교에 간 사람은 세 명이었다. 아침 햇발이 아주 낮은 각도로 들판에 퍼질 무렵이면 마을 어귀에서 만나서 산을 넘었다. 산길은 학교로 가는 지름길이었다. 바위 근처에 오면 소년은 짐짓 뭉그적거렸다. 두 동무에게 뒤처져서 살짝 손으로 바위를 쓸고 지나는 버릇이 들었다. 그날도 바위를 향해 손을 뻗치는데, 앞서가던 동무가 돌아보며 말했다.

"니들 아냐? 몇 해 전 동네 떠난 윤 초시네, 그 서울 애……, 그 애가 묻힌 곳이 바로 이 근처라더라. 어쩐지, 혼자 여기를 지날 때면 으스스했어. 이상해서 엄마한테 말했더니 그래서 그럴 거라고……."

"정말? 너도 그랬냐? 난 나만 그런 줄 알았는데!"

혼자 겁먹은 게 아니어서 기쁘다는 듯 다른 애가 맞장구쳤다. 동무들이 이상하게 생각할까 봐 소년도 덩달아 말했다. 나도! 소녀가 묻힌 곳에 들리지 않게 작은 목소리로. 그러느라 바위를 그냥 지나치며 호주머니 속에 든 조약돌만 만지작거렸다.

그날, 청소 당번이라는 핑계로 동무들을 먼저 보냈다. 다른 때보다 걸음이 느려졌다. 청미래덩굴에 발목이 걸렸다. 다음엔 걷어 내야겠다고 생각했다. 아깐 미안했어. 제 마음을 꺼내듯, 호주머니에서 조약돌을 꺼냈다. 봐, 이 조약돌! 나 여태 갖고 있잖아. 개울물에 닳아 동글납작하던 조약돌은 소년의 손에 길들어 반들거렸다. 이 바보! 낭랑한 목소리가 들리는 듯했다. 아주 짧은 기간 마을에 머물렀을 뿐인데, 내려다보는 마을 곳곳에 소녀가 있었다. 마을의 유일한 기와집이었던 윤 초시네 집은 기왓골마다 돋은 풀이 말라서 빈집이라는 걸 드러냈다. 그 집을 사서 이사 온 사람은 두 해를 못 살고 떠나갔다. 새로 샀다는 사람은 얼씬도 하지 않았다. **업구렁이**가 담장 너머로 나가는 걸 보았다는 둥, **지신**이 들떴다는 둥, 무성한 말이 빈집을 에워쌌다.

"거, 윤 초시 영감 내외도 오래 못 사실 것 같던데……. 정든 집 떠나는 뒷모습이 꼭 **짚검불**과 한가지야."

"터 잡고 살던 곳 떠나시려니 마음이 오죽하겠어요. 가뜩이나 **상노인**인데. 손자가 그리 됐다니 뒤를 안 봐줄 수도 없었을 테고, 참 안됐어요."

"그러게, 그 손자라는 사람도 마음고생 어지간했던 모양이야. 얼굴이 누렇게 뜬 게, 보기 딱하더라고. 도시로 나가 제법 살다가 그리되었으니 더 힘들겠지. 게다가 **고명딸**까지 **창졸간**에 보냈으니. 상 치르랴, 이사하랴, 혼이 다 나간 사람 같더라니까."

"윤 초시 손주며느리, 산에서 내려오는데 다리 힘이 다 풀렸는지 비칠거리던 걸요. 눈두덩이 두꺼비처럼 **소복해져서**……. 하기야 하나뿐인 딸을 묻고 떠나려니 오죽했겠어요. 복은 쌍으로 안 오고 화는 홀로 안 온다더니 어쩌면 그렇게……."

마당가에서 두런두런 나누는 부모의 이야기가 사립을 넘었다. 소년은 집으로 들어서는 대신 슬그머니 발길을 돌렸다. 마을 한복판, 기와집 앞마당 대추나무의 잎은 무심하게 반짝였다. 절반쯤 붉어진 대추 몇 알이 나무 아래 떨어져 있었다. 대추를 집어 호주머니에 넣었다. 호두 알이 든 호주머니는 대추 알 덕분에 더 불룩해졌다.

소녀가 묻힌 곳은 금방 알아볼 수 있었다. 봉분이랄 수도 없는 흙무더기가 드러나 있었다. 윤 초시 손주며느리가 놓고 갔을까. 구절초 다발이 그 앞에 놓여 있었다. 연보랏빛 꽃잎은 초가을 볕에 끝동이 조금씩 말렸다. 그 옆에 호두 세 알을 나란히 놓고, 대추도 꺼냈다. 절을 해야 하나, 잠깐 망설였다. 명절에 성묘할 때면 산소 앞에 **제수**를 **진설하고** 나란히 서서 절했다. 돌아가신 조상에게나 절하는 거지, 어린 나이에 죽은 사람에겐 해선 안 될 것 같았다. 그냥 가만히 서서 호두와 대추만 내려다보았다. 오랫동안 땅속에 있다가 파헤쳐진 흙에선 마르다 만 흙냄새가 은은히 풍겼다. 누군가 억센 손으로 심장을 움켜쥐는 것만 같았다. 제 등판에서 소녀의 스웨터로 황토물이 옮아갈 때, 어쩐지 자기 마음도 한 조각 묻어간 듯했다.

구름 몇 점이 동동 뜬 하늘 가장자리에 불그스름한 기운이 번지고 있었다. 들판 곳곳의 굴뚝에서 연기가 모락모락 피어올랐다. 저녁밥 지을 시간이었다. 그새 시간이 이렇게 지난 줄 알지 못했다. 어머니가 사립문 밖을 자주 내다보셨을 것만 같았다. 이젠 안 아프지? 잘 있어. 속으로 말하고 그 자리를 떠났다. 바위까지는 꼭 스물한 걸음이었다. 산을 내려오는데 땅거미가 **스름스름** 따라왔다. 어귀에서 올려다본 산엔 그새 그늘이 짙게 어렸다. 밤이면 산짐승 울음소리가 검은 들판에 길게 번졌다. 밤에 방에서 들어도 섬뜩했다. 무섭겠구나, 혼자 산속에서 들으면 얼마나 더 무서울까……. 고개를 저었다. 아니야, 벌써 하늘나라에 가 있을 거야. 잘못한 거 없는 어린이인 데다, 착하기까지 하니 벌써 하늘나라로 올라갔을 거야. 파르스름한 하늘가에 저녁 별 한 점 반짝였다.

"왜, 속이 안 좋으냐?"

밥술 뜨는 속도가 한결 느려진 소년에게 어머니가 물었다.

중학교를 마친 뒤 소년은 삼촌의 소개로 도시의 공장에 취직했다. 사람도 집도 자동차도 많은 곳이었다. 사람들의 걸음마저 빨랐고, 부딪혀도 돌아보지 않은 채 지나쳤다. 얼이 빠졌다. 기계 소리 때문에 목소리도 커졌다. 일을 마치면 파김치가 되어 공장 위의 천장 낮은 다락방에 쓰러지기 일쑤였다. 기계를 껐다는 걸 아는데도 귓전에선 윙윙거리는 기계 소리가 끊임없이 울렸다. 월급봉투를 받은 주말에 같이 일하는 동료들과 어묵이나 호떡을 사 먹는 즐거움이 고된 나날에 반딧불처럼 반짝였다.

외출했던 동료가 팔에 책을 끼고 들어섰다.

"웬 책이냐?"

"응, 옆 가발 공장 여자애들 있잖아, 전에 떡볶이 같이 먹은 애들. 오다가 보니 포장마차에서 이걸 보고 있더라. 좀 빌려 달라고 했더니…… 깨끗이 보고 꼭 돌려 달라더라."

쉬는 날, 점심 먹고 식곤증에 널브러져 있던 동료를 표지의 예쁜 여자애가 일어나게 했다. 얼마나 많이 돌려 보았는지, 표지 끝동이 나달거렸다.

"야, 예쁘다! 그런데 왜 이 동네엔 이런 예쁜 애가 없냐. 다들 메줏덩이 같구만."

"인마, 예쁜 애들은 부모 잘 만나서 학교 다니겠지."

"그렇지 않으면, 다른 데서 일하거나."

그 말을 한 동료는 휙, 짧은 휘파람을 뱉었다.

"왜, 내 눈엔 예쁜 애들만 많던데. 니들 눈엔 안 보이냐?"

화보를 넘기던 동료들이 옥신각신하는 소리에 고개를 빼고 들여다보았다. 흰 블라우스에 감색 점퍼스커트 차림의 여학생이 미소 짓고 있었다. 가슴이 철렁 내려앉았다. 단발머리에 하얀 얼굴, **볼우물**이며 분꽃 씨앗처럼 까맣게 영근 눈동자가 영락없는 그 서울 애였다. 살아 있다면 지금 꼭 이럴 것이다. 쌍둥이라 해도 믿을 것 같았다. 그럴 리 없다는 걸 알면서도, 그 사진 아래에 적힌 이름을 유심히 보지 않을 수 없었다. 윤 씨는 아니었다.

잡지에서 슬쩍 그 페이지를 찢어 낼 때, 그 소리가 확성기를 거친 것처럼 크게 들렸다. 난생처음 한 도둑질이었다. 뜯긴 했지만, 감출 데가 없었다. 하는 수 없이 접었다가 사람이 없는 곳에서나 살짝 펼쳐 볼 수 있었다. 일을 하다가도 작업복 호주머니에 든 종이를 만지작거렸다. 공장은 사람보다 기계가 더 중요한 곳이었다. 동료의 손가락을 자르고도 이내 기계는 아무 일 없었다는 듯 돌아갔다. 기계의 부속품 취급을 받는 동안 오그라들었던 마음은 그 종이를 만지작거리다 보면 아침 볕 받는 나팔꽃처럼 펴졌다. 그 얼굴 하얀 서울 애, 제 등에서 묻은 흙물을 그 애가 그토록 소중히 여겼다는 걸 관리자들이 알 리 없었다.

언젠가 연기처럼 달아난 조약돌을 대신하던 종이쪽은 접힌 자국이 닳았다. 옥상의 빨랫줄에서 작업복을 걷는데 우툴두툴한 게 만져졌다. 헤실헤실 풀린 채 뭉친 종이 부스러기가 호주머니 안에 들어 있었다. 호주머니를 뒤집어 털어 냈다. 말라 버린 종이 부스러기는 시나브로 흩어져 콘크리트 바닥에 떨어졌다.

오랜만에 온 집은 이전보다 더 작게 느껴졌다. 그래도 도시에선 느끼지 못한 아늑함이 있었다. 약 먹은 병아리처럼 자꾸만 눕게 되었다. 집에 도착하자마자 점심을 먹고, 쓰러져 잠들었다 일어났다. 두어 시간 눈을 붙였을 뿐인데, 아주 오랫동안 잠들었다 깨어난 듯했다. 어쩌면 **한생**을 건넌 듯했다. 우리도 도시로 가기로 했다. 늬 아버지가 집 내놓으셨다. 상을 내가면서 어머니가 흘린 말. 마지막일지도 모르는 풍경을 눈에 담으며 산을 내려온다. 산 어귀, 연보랏빛 구절초가 쓸쓸하게 흔들린다.

※ '꿩'의 상징적 의미가 무엇일지 생각하며 작품을 감상해 봅시다.

꿩 _이오덕

"엄마, 정말 나 이제 학교 안 갈래요."

김이 모락모락 오르는 보리밥 그릇을 무릎 앞에 놓고 먹을 생각도 않는 용이가 투정을 부렸습니다.

"야가 또 이런다. 지발 어미 속 그만 썩여라. 3년이나 다닌 학교를 그만두면 어쩔래? 순이 봐라. 글 한 자도 모르제. 초등학교도 졸업 못 하면 어떡할라고."

순이는 뒷집에 있는 아이입니다. 작년에 학교에 입학했는데, 하도 아이들이 곰보딱지라고 놀려서 한 달도 다니지 못하고 학교를 그만두었습니다. 그래서 순이는 요즘 아침밥만 먹으면 책 보퉁이 대신 바구니를 들고 혼자 들로 나갑니다. 냉이를 캐는 것입니다.

"나도 이젠 4학년 됐잖아요? 남의 책 보퉁이만 메고 다니는 거 부끄럽다니까요."

"글쎄, 그거 늘 하는 소리제. 지발 좀 참아라. 아이구, 없는 기 원수지. 그 애들이 왜 그렇게 못살게 하나!"

어머니도 밥숟갈을 들 생각을 않으시고 한숨을 쉬시더니 또 말을 이었습니다.

"야야, 너 아부지도 올해만 남의 일을 하면 그만두실 끼다. 한 해만 참아라. 부디 한 해만……."

용이는 아버지가 남의 집 머슴살이를 올해만 하면 그만두신다는 말에 귀가 번쩍 열렸습니다.

"정말 그만둬요? 올해만 하고?"

"너 장래를 생각해서도 그만두시게 해야지. 남의 **산전**을 얻어서 죽을 먹더래도……."

용이는 된장국에 보리밥을 말더니 단숨에 퍼먹고는 책 보퉁이를 허리에 둘러매고 일어났습니다.

'올해만 참으면 된다!'

"용아, 빨리 나와!"

바깥에서는 벌써 아이 하나가 기다리고 있었습니다. 마을 앞을 지났을 때는 여러 아이가 되었습니다.

"야들아, 오늘은 우리, 고개 위에서 참꽃 좀 꺾어 가자!"

"아직 꽃도 안 폈을걸?"

"병에 꽂아 두면 빨리 핀단다."

"그래, 꺾어 가자. 새 교실이 환하게."

모진 겨울을 이겨 낸 보리들이 푸릇푸릇 살아난 밭둑길을 걸어가면서 아이들은 모두 어깨를 우쭐거리며 향토 예비군의 노래를 소리쳐 불렀습니다.

그러다가 산기슭을 돌아 고갯길에 올라섰을 때 그들은 모두 용이 발밑에 책 **보퉁이**를 던졌습니다. 3년 동안 용이 어깨에 매달려 재를 넘어가고 넘어오던 책 보퉁이들입니다. 용이 아버지가 같은 동네에서 머슴살이를 하고 있기 때문에 아이들은 모두 용이까지 남의 짐을 날라 주어야 하는 것으로 생각하고 있는 것입니다.

"자! 인마, 너 이제 4학년이 돼서 기운도 세졌잖아. 하나 더 날라라."

지금까지 같은 반의 아이들만 그렇게 하던 것이 오늘은 한 학년 위의 성윤이까지도 따라와 이렇게 말하면서 커다란 책 보퉁이를 놓고 갑니다.

책 보퉁이는 용이 제 것까지 모두 일곱 개나 되었습니다.

책 보퉁이를 용이에게 맡겨 버린 아이들은 모두 소리치면서 산길을 달려 올라갔습니다.

"올해만 참자!"

용이는 언제나처럼 바위 밑에 가서 참나무 지겟작대기를 찾아와 책 보퉁이를 모두 꿰어 달았습니다. 그러고는 어깨로 가운데를 메고 올라가기 시작했습니다.

아침 햇빛이 산 위에서 쫙 비쳐 내렸습니다.

고갯마루까지는 산허리를 세 번이나 돌면서 올라가야 합니다. 더구나 오늘은 책 보퉁이가, 모두 한 학년씩 올라가서 그런지 굉장히 무겁습니다.

용이는 첫 굽이를 돌아가기도 전에 마른 잔디 위에 앉아 쉬어야 했습니다. 이렇게 무거운 짐을 날마다 메고 올라가야 할 일을 생각하니 기가 막힙니다.

더구나 5학년의 성윤이까지 맡기기 시작했으니 이러다가 올해는 지게로 져다 날라야 할지 모릅니나. 이걸 어떻게 하나?

저 밑에서 따라 올라오던 2학년, 3학년 아이들이 모두 책 보퉁이를 허리에 둘러매고 용이를 앞질러 올라갑니다. 그 아이들은 용이를 돌아보면서 저희끼리 무엇이라 수군거렸습니다.

"헤헤, 4학년이 됐다는 아이가 남의 책 보퉁이나 메다 주고……."

"참 못난 아이제."

모두 이런 말로 수군거리는 것 같았습니다.

'뭐, 못난 아이라고?'

용이는 화가 났습니다. 벌써 고개 위에 다 올라갔는지 아이들의 고함이 산 위에서 들려왔을 때, 갑자기 용이는 눈앞에 있는 책 보퉁이들을 그냥 콱콱 짓밟아 버리고 싶은 생각이 났습니다. 발밑에 돌멩이 하나가 밟혔습니다. 용이는 벌떡 일어나 그 돌멩이를 집어 힘껏 골짜기 아래로 던졌습니다. 돌멩이가 저 밑에 떨어지자, 갑자기 온 산골을 뒤흔드는 소리를 치면서 커다란 뭉텅이 하나가 솟아올랐습니다.

"꼬공 꼬공, 푸드득!"

그것은 온 산골의 가라앉은 공기를 뒤흔들어 놓고 하늘을 날아오르는, 정말 살아 있는 생명의 소리였습니다.

'야, 참 멋지다!'

날개를 쫙 펴고 꽁지를 쭉 뻗고 아침 햇빛에 눈부신 모습으로 산을 넘어가는 꿩을 쳐다보는 용이의 온몸에 갑자기 어떤 힘이 마구 솟구쳤습니다. 용이는 그 자리에서 한번 훌쩍 뛰어올라 보았습니다. 하늘에라도 날아오를 듯합니다. 용이는 발에 채는 책 보퉁이 하나를 집어 들었습니다. 그리고 그것을 하늘 위로 던졌습니다.

휭! 공중에서 몇 바퀴 돌던 책 보퉁이가 퍽 소리를 내면서 골짜기에 떨어졌을 때, 용이는 두 번째 책 보퉁이를 집어 던졌습니다.

또 하나, 또 하나…….

마지막에 던진 작대기는 건너편 벼랑의 소나무 가지를 철썩 치도록 멀리 떨어졌습니다.

"됐다!"

용이는 이제 하늘이 탁 트이고 가슴이 시원해져서, 저 건너 산을 보고 "하하하." 웃었습니다.

떠가는 구름을 따라 마구 날아갈 것 같았습니다.

'내가 정말 못난이였구나! 이제 다시는 그런 짓 안 한다!'

용이는 제 책 보퉁이만 허리에 둘러맸습니다. 그러고는 고개를 향해 날 듯이 뛰어 올라갔습니다.

고갯마루에는 아이들이 앉아 기다리고 있었습니다. 모두 손에 참꽃 가지를 한 줌씩 들었습니다.

어떤 가지는 벌써 불그레한 봉오리가 피어나려고 했습니다.

"어, 용이가 빈손으로 오네?"

"정말 저 자식이?"

"인마, 책 보퉁이 모두 어쨌나?"

용이는 아무 말이 없이 그냥 올라오고만 있습니다. 아이들이 용이를 빙 둘러쌌습니다.

"너, 책 보퉁이 어쨌어?"

"이 자식, 죽고 싶나? 빨리 말해!"

용이는 아이들을 한번 둘러보고는 조용히, 그러나 힘찬 소리로 말했습니다. 이상하게도 책 보퉁이를 모두 날리고 나니 마음이 가라앉는 것이 조금도 겁이 나지 않았습니다.

"너희들 **책보** 말이제? 저 밑에 두꺼비 바위 아래 던져 놨어."

"뭐? 이 자식이!"

"이 자식 돌았나?"

"빨리 못 가져오겠나?"

그러나 용이는 여전히 조용한 소리로 말했습니다.

"나, 이젠 못난 아이 아니야!"

"어, 이 자식이?"

"요런, 머슴의 자식이."

"나쁜 자식! 맛 좀 볼래?"

아이들의 발과 주먹이 용이를 덮쳐 왔을 때, 용이는 번개같이 거기를 빠져나와 몇 걸음 발을 옮기더니, 발밑에 있는 돌을 두 손으로 한 개씩 거머쥐고는 거기 있는 커다란 바윗돌 위에 껑충 뛰어올랐습니다.

그 몸놀림이 어찌나 재빠른지, 아이들이 모두 놀랐습니다. 지금까지의 용이와는 아주 다른, 딴 아이였습니다.

"자, 덤빌람 덤벼! 누구든지 오는 녀석은 가만두지 않을 끼다!"

아이들이 입을 벌리고 어쩔 줄 모르고 서 있을 때, 뒤에서 한 아이가,

"난, 내 책보 가질러 갈란다."

하고 달려갔습니다. 그 소리에 다른 아이들도 모두 정신이 돌아온 것처럼,

"나도 간다."

"나도 간다."

하고 달려갔습니다.

"이 자식, 두고 봐라."

맨 마지막에 내려가면서 성윤이가 말했습니다.

"오냐, 인마, 얼마든지 봐 준다."

용이 목소리는 한층 크고 자랑스러웠습니다.

아이들이 모두 '와아!' 하고, 아까 올라온 길을 내려가는 뒷모양을 보면서 용이는 또 한 번 가슴을 확 펴고 '하하하.' 웃었습니다. '나 인제 못난 아이 아니야!'

그러고는 다시 혼잣말로 중얼거렸습니다.

"내일 아침에는 순이를 데리고 오자. 순이를 놀리는 녀석은 어떤 녀석이고 용서 안 할 끼다."

용이는 돌아서서, 햇빛이 눈부신 **내리받이** 길을 바라보았습니다. 이제는 단숨에 학교까지 뛰어갈 듯합니다. 하늘에는 하얀 구름 한 송이가 날고 있었습니다. 용이는 훌쩍 한 번 뛰더니 마구 두 팔을 내저으면서 내리 달렸습니다. 그것은 마치 한 마리의 꿩이 소리치면서 하늘을 날아오르는 모습과도 같았습니다.

어휘 풀이

빗새 이야기

어림짐작(--斟酌) 대강 헤아리는 짐작.
회한기(悔恨氣) 뉘우치고 한탄하는 기운.
몰골 볼품없는 모양새.

지워지지 않는 그 황토물

청미래덩굴 백합과의 낙엽 활엽 덩굴성 관목.
함지 나무로 네모지게 짜서 만든 그릇. 운두가 조금 깊으며 밑은 좁고 위는 넓다.
인 여러 번 되풀이하여 몸에 깊이 밴 버릇.
봉분(封墳) 흙을 둥글게 쌓아 올려서 무덤을 만듦. 또는 그 무덤.
업구렁이 집안의 재산을 늘려 준다는 구렁이.
지신(地神) 땅을 다스리는 신령.

짚 검불 마른 짚.
상노인(上老人) 여러 노인 가운데 가장 나이가 많은 사람.
고명딸 아들 많은 집의 외딸.
창졸간(倉卒間) 미처 어찌할 수 없이 매우 급작스러운 사이.
소복하다 살이 찌거나 부어 볼록하게 도드라져 있다.
제수(祭需) 제사에 쓰는 음식물.
진설하다(陳設--) 제사나 잔치 때, 음식을 법식에 따라 상 위에 차려 놓다.
스름스름 눈에 뜨이지 않게 조금씩 움직이는 모양.
볼우물 볼에 팬 우물이라는 뜻으로, '보조개'를 이르는 말.
한생 세상에 태어나서 죽을 때까지의 동안.

꿩

산전(山田) 산에 있는 밭.
보퉁이(褓--) 물건을 보에 싸서 꾸려 놓은 것.
책보(冊褓) 책을 싸는 보자기.
내리받이 비탈진 곳의 내려가는 방향. 또는 그런 방향에 있는 부분.

Memo

02 갈등

작품 – 현덕 〈하늘은 맑건만〉, 박완서 〈자전거 도둑〉

이론 – 갈등의 개념과 종류

토론 – 수남이의 선택

더 읽어 보기 – 헤르만 헤세 〈공작 나방〉

학습 목표

소설에 나타나는 갈등의 개념과 종류를 알아보고, 이를 적용하여 현덕의 〈하늘은 맑건만〉과 박완서의 〈자전거 도둑〉을 분석해 봅니다. 이 과정을 통해 소설에서는 갈등 해소 과정에서 작가가 말하고자 하는 주제가 구체화됨을 알 수 있습니다. 또한 두 작품의 시대적 배경을 파악하고, 이와 연계하여 주제를 좀 더 깊이 있게 이해할 수 있습니다.

이 작품의 주인공 문기는 양심의 가책을 느끼며 괴로워하는 소년입니다. 얼마나 큰 잘못을 저질렀는지 사람이 없는 곳만 찾아다니고, 누가 살짝만 건드려도 소스라쳐 깜짝깜짝 놀랍니다. 언제나 다름없이 하늘은 맑고 푸르건만, 그런 하늘조차 떳떳하게 올려다보지 못하지요.

여러분도 잘못을 저지른 뒤 괴롭고 두려웠던 경험이 있었을 겁니다. 그리고 처음에는 사소했던 잘못을 감추려다 더 큰 잘못을 저지르고, 결국 일이 걷잡을 수 없이 커져 버리는 경험을 한 적도 있을 테죠. 사실 잘못은 순식간에 일어나는 경우가 많습니다. 문기도 처음에는 망설였지만, 결국 순간적인 유혹에 넘어가고 말았지요. 이처럼 이 작품에는 양심에 어긋난 행동 때문에 괴로워하던 한 소년이 잘못을 깨닫고 한층 더 성장해 나가는 모습이 담겨 있습니다.

수십 년 전 문기를 내려다보고 있던 '하늘'은 그때나 지금이나 맑고 파랗습니다. 혹시 지금 떳떳하지 못한 행동 때문에 양심의 가책을 느끼며 맑은 하늘을 쳐다보지 못하는 친구가 있다면, 문기가 갈등을 해결하고 양심을 회복해 나가는 과정을 살펴보며 고민을 해결할 용기를 얻었으면 합니다.

현덕(玄德, 1909~?)

서울 출생. 1938년 《조선일보》에 단편 소설 〈남생이〉가 당선되면서 문단에 등단했다. 소설가 김유정과 교류하며 문학에 전념해 1940년까지 〈경칩〉, 〈층〉 등의 단편 소설과 40여 편의 연작 동화 《노마》 등을 발표했다. 주로 농민들이 고향을 버리고 도시 변두리로 이주하여 몰락해 가는 과정을 그려 냄으로써 일제하의 사회적 모순을 드러내고자 했다. 하지만 1940년 이후로는 거의 작품 활동을 하지 않았으며, 6·25 전쟁 중 월북했다. 주요 작품으로 소설집 《남생이》, 《집을 나간 소년》, 《포도와 구슬》 등이 있다.

하늘은 맑건만 _현덕

중문 안 **안반** 뒤에 숨겨 둔 공이 간 데가 없다. 팔을 넣어 아무리 더듬어도 **빈탕**이다. 문기는 가슴이 두근거리기 시작하였다.

'혹 동네 아이들이 집어 갔을까?'

도리어 그랬으면 다행이다. 만일에 그 공이 숙모 손에 들어가기나 했으면 큰일이다.

문기는 아무 일 없는 태도로 전일과 다름없이 안마당에서 화초분에 물을 준다. 그러면서 연신 숙모의 눈치를 살핀다. 숙모는 부엌에서 저녁을 짓는다. 마루로 부엌으로 오르고 내릴 때 얼굴이 마주치는 것이나 문기는 자기를 보는 숙모 눈에 별다른 것이 없다 싶었다. 문기는 차츰 생각을 고친다.

'필시 공은 거지나 동네 아이들이 집어 갔기 쉽지. 그렇잖으면 작은어머니가 알고 가만있을 리 있나.'

조금 후 문기는 아랫방으로 내려갔다.

그리고 책상 서랍을 열어 보았을 때 문기는 또 좀 놀랐다. 서랍 속에 깊숙이 간직해 둔 쌍안경이 보이질 않는다. 그것뿐이 아니다. 서랍 안이 뒤죽박죽이고 누가 손을 댔음이 분명하다.

중문(中門) 대문 안에 세운 문.
안반 떡을 칠 때에 쓰는 두껍고 넓은 나무 판.
빈탕 실속이 없는 것을 비유적으로 이르는 말.

'인제 얼마 안 있으면 작은아버지가 회사에서 돌아오시겠지. 그리고 필시 일은 나고 말리라.'

문기는 책상 앞에 돌아앉아 책을 펴 들었다.

그러나 눈은 아물아물 가슴은 두근두근 도시 글이 읽히질 않는다.

며칠 전 일이다. 문기는 저녁에 쓸 고기 한 근을 사 오라고 숙모에게 **지전** 한 장을 받았다. 언제나 그맘때면 사람이 붐비는 삼거리 고깃간이다. 한참을 기다려서 문기 차례가 왔다. 문기는 지전을 내밀었다. 뚱뚱보 고깃간 주인은 그 돈을 받아 **둥구미**에 넣고 천천히 고기를 베어 저울에 단 후 종이에 말아 내밀었다. 그리고 그 거스름돈으로 지전 아홉 장과 그 위에 은전 몇 닢을 얹어 내주는 것이 아닌가. 문기는 어리둥절하였다. 처음 그 돈을 숙모에게 받을 때와 고깃간 주인에게 내밀 때까지도 일 원짜리로만 알았던 것이다. 문기는 돈과 주인을 의심스레 쳐다보았다. 허나 그는 다음 사람의 고기를 베느라 분주하다. 문기는 **주뼛주뼛하는** 사이 사람에게 밀려 뒷줄로 나오고 말았다. 그러나 다시 생각하면 정말 숙모가 일 원짜리를 준 것인지 아닌지 모르겠다. 아니라면 도리어 큰일이 아닌가. 하여튼 먼저 숙모에게 알아볼 일이었다. 문기는 집을 향해 돌아가면서도 연신 고개를 기웃거리며 그 일을 생각하였다. 내가 잘못 본 것인가, 고깃간 주인이 잘못 본 것인가 하고.

골목 모퉁이를 꺾어 돌아섰다. 서너 간 앞을 서서 동무 수만이가 간다. 문기는 쫓아가 그와 나란히 서며,

"너 집에 인제 가니?"

하고 어깨에 손을 걸고,

"이거 이상한 일 아냐?"

지전(紙錢) 지폐.
둥구미 짚으로 둥글고 깊게 엮어 만든 그릇.
주뼛주뼛하다 어줍거나 부끄러워서 자꾸 주저주저하거나 머뭇거리다.

"뭐가 말야?"

"고길 사러 갔는데 말야. 난 일 원짜리로 알구 냈는데 십 원으로 거슬러 주니 말야."

"정말야? 어디 봐."

문기는 손바닥을 펴 돈과 또 고기를 보였다. 수만이는 잠시 눈을 끔벅끔벅 무슨 궁리를 하는 듯 문기 얼굴을 보고 섰더니,

"너 이렇게 해 봐라."

"어떻게 말야?"

"먼저 잔돈만 너희 작은어머니에게 주는 거야."

"그러고 어떡해?"

"그러고 아무 말 없거든 내게로 나와. 헐 일이 있으니."

"무슨 헐 일?"

"글쎄, 그러구만 나와. 다 좋은 일이 있으니."

마침내 문기는 수만이가 이르는 대로 잔돈만 양복 주머니에서 꺼내 놓았다. 숙모는 그 돈을 받아 두 번 자세히 세어 보고 주머니에 넣고는 아무 말 없이 돌아서 고기를 씻는다. 그래도 문기는 한동안 머뭇머뭇 눈치를 보다가 슬며시 밖으로 나갔다. 그리고 문밖에선 수만이가 이상한 웃음으로 그를 맞이하였다.

수만이가 있다던 좋은 일이란 다른 것이 아니었다. 거리에서 보고 지내던 온갖 가지고 싶고 해 보고 싶은 가지가지를 한번 모조리 돈으로 바꾸어 보자는 것이다.

그러나 문기는,

"돈을 쓰면 어떻게 되니."

"염려 없어. 나 하는 대로만 해."

하고 머뭇거리는 문기 어깨에 팔을 걸고 수만이는 우쭐거리며 걸음을 옮긴다.

하긴 문기 역시 돈으로 바꾸고 싶은 것이 없지 않은 터, 그리고 수만이가 시키는 대로 하기만 하면 남이 하래서 하는 것이니까 어떻게 자기 책임은 없는 듯싶었다. 그리고 수만이는 수만이대로 돈은 문기가 만든 돈, 나중에 무슨 일이 난다 하여도 자기 책임은 없으니까 또 안심이었다. 이래서 두 소년은 마침내 **손이 맞고** 말았다.

그래도 으슥한 골목을 걸을 때에는 알 수 없는 두려움에 가슴이 두근거리었으나 밝은 큰 행길로 나오자 차차 다른 기쁨으로 변했다. 길 좌우편 환한 상점 유리창 안의 온갖 것이 모두 제 것인 양, 손짓해 부르는 듯했다. 드디어 그들은 공을 샀다. 만년필을 샀다. 쌍안경을 샀다. 만화책을 샀다. 그리고 **활동사진** 구경도 갔다. 다니며 이것저것 군것질도 했다.

그리고 그 나머지 돈으로 또 한 가지 즐거운 계획이 있었다. 조그만 **환등 기계** 한 틀을 사자는 것이다. 이것을 놀려 아이들에게 일 전씩 받고 구경을 시킨다. 그리고 여기서 나오는 것으로 두고두고 용돈에 **주리지** 않도록 하자는 계획이다. 하고 오늘 저녁부터 그 첫 **착수**를 하자는 **약조**였다.

그러나 이 즐거운 계획을 앞두고 이내 올 것은 오고 말았다. 안방에서 저녁상을 받고 앉았던 삼촌은 문기를 불렀다. 두 번 세 번 문기야, 소리가 아랫방 창을 울린다. 방 안에서 문기는 못 들은 양 대답하지 않는다. 그러나 네 번째는 안방 미닫이를 열고 삼촌은,

"문기 아랫방에 없니?"

댓돌 위에 신이 놓여 있는데 없는 양할 수는 없다. 기어이 문기는 그 삼촌

손이 맞다 함께 일할 때 생각, 방법 따위가 서로 잘 어울리다.
활동사진(活動寫眞) '영화'의 옛말.
환등 기계(幻燈機械) 환등기. 불빛을 사진 필름에 비춘 뒤 영상을 확대하여 크게 보여 주는 기계.
주리다 원하는 것을 얻지 못하여 몹시 아쉬워하다.
착수(着手) 어떤 일을 시작함.
약조(約條) 조건을 붙여서 약속함.

앞에 나가 무릎을 꿇고 앉지 않을 수 없었다. 삼촌은 잠잠히 식사를 계속한다. 그 상 밑에, 안반 뒤에 숨겨 두었던 공이 와 있다. 상을 물릴 **임시**에 삼촌이 입을 열었다.

"너 요새 학교에 매일 갔었니?"

"네."

삼촌은 상 밑에 그 공을 굴려 내며,

"이거 웬 공이냐?"

"수만이가 준 공예요."

"이것두?"

하고 삼촌은 무릎 밑에서 쌍안경을 꺼내 들었다.

"네."

"수만이가 얼마나 돈을 잘 쓰는 아인지 몰라두 이 공은 오십 전은 줬겠구나. 이건 못 줘두 일 원은 넘겨 줬겠구."

그리고 삼촌은,

"수만이란 뭣 하는 집 아이냐?"

문기는 고개를 숙이고 앉아 말이 없다. 삼촌은 숭늉을 마시고 상을 물렸다.

"네 입으로 수만이가 줬다니 네 말이 옳겠지. 설마 네가 날 속이기야 하겠니. 하지만 남이 준다고 아무것이고 덥적덥적 받는다는 것두 좀 생각해 볼 일이거든."

삼촌은 다시 말을 계속한다.

"말 들으니 너 요샌 저녁두 가끔 나가 먹는다더구나. 그것두 수만이에게 얻어먹는 거냐?"

문기는 벌겋게 얼굴이 달아 수그리고 앉았다. 삼촌은 잠시 묵묵히 건너다

임시(臨時) 정해진 시간에 이름. 또는 그 무렵.

만 보고 있더니 음성을 고쳐 엄한 어조로,

"어머님은 어려서 돌아가시구 아버지는 저 모양이시구, 앞으로 집안을 일으킬 사람은 너 하나야. 성실치 못한 아이들하고 어울려 다니다 혹 나쁜 데 빠지거나 하면 첫째 네 꼴은 뭐구 내 모양은 뭐냐. 난 너 하나는 어디까지든지 공부도 시키구 사람을 만들어 주려구 애를 쓰는데 너두 그 뜻을 받아주어야 사람이 아니냐."

그리고 삼촌은 어떻게 **뒤뚝** 맘 한번 잘못 가졌다가 영 신세를 망치고 마는 예를 이것저것 들어 말씀하고는 이후론 절대 이런 것 받아들이지 말라는 단단한 다짐을 받은 후 문기를 내보냈다.

문기는 아랫방에 내려와 혼자 되자 삼촌 앞에서보다 갑절 얼굴이 달아올랐다. 지금까지 될 수 있는 대로 생각지 않으려고 힘을 써 오던 그편에 정면으로 제 몸을 세워 놓고 보지 않을 수 없었다. 그러자 자기라는 몸은 벌써 삼촌의 이른바 나쁜 데 빠지고 만 것이었다. 그야 자기는 수만이가 시켜서 한 일이니까 잘못이 없다는 것이지만 당초에 그것은 제 허물을 남에게 미루려는 얄미운 구실이 아니고 뭐냐. 그리고 문기는 이미 삼촌을 속이었다. 또 써서는 아니 될 돈을 쓰고 말았다. 아아, 일찍이 어머니를 여의고 아버지란 사람은 일상 천 냥 만 냥 하고 **허한** 소리만 하면서 **남루한** 주제에 거처가 없이 시골, 서울로 돌아다니는 사람이고, 어려서부터 문기를 길러 낸 사람이 삼촌이었다. 그리고 조카의 장래를 자기의 그것보다 더 중히 알고 염려하며 잘되어주기를 바라는 삼촌이었다. 그 삼촌의 기대에 어그러지지 않는 인물이 되어 보이겠다고 엊그제도 주먹을 쥐고 결심하던 문기가 아니냐. 생각할수록 낯이 뜨거워지는 일이다.

뒤뚝 물체가 중심을 잃고 한쪽으로 기울어지는 모양. 여기서는 '자칫'의 뜻.
허하다(虛--) 속이 빈 상태에 있다.
남루하다(襤褸--) 옷 따위가 낡아 해지고 차림새가 너저분하다.

마침내 문기는 공과 쌍안경을 집어 들고 문밖으로 나갔다. 어둑어둑 저물어 가는 행길이다. 문기는 골목으로 들어섰다. 대낮에 많은 사람 가운데서 거리낌 없이 가지고 놀던 그 공이 지금은 사람이 드문 골목 안에서도 남이 볼까 두려워졌다. 컴컴해질수록 더 허옇게 드러나 보이는 커다란 공을 처치하기에 곤란해 문기는 옆으로 꼈다 뒤로 돌렸다 하며 사람의 눈을 피한다. 쌍안경이 든 불룩한 주머니가 또 성화다. 골목 하나를 돌아서 나올 즈음 문기는 모르고 흘리는 것인 양 슬며시 쌍안경을 꺼내 길바닥에 떨어뜨리었다. 그리고 걸음을 빨리 건너편 골목으로 들어간다. 개천가 앞에 이르렀다. 거기서 문기는 커다란 공을 바지 앞에 품고 앉아서 길 가는 사람이 없기를 기다린다.

자전거가 가고 노인이 오고 **동이 뜬** 그 중간을 타서 문기는 허옇게 흐르는 물 위로 공을 던져 버리었다. 이어 양복 안주머니에 간직해 두었던 나머지 돈을 꺼내 들었다. 그것도 마저 던져 버리려다가 문득 들었던 손을 멈춘다. 그리고 잠시 둥실둥실 물을 따라 떠나가는 공을 통쾌한 듯 바라보다가는 돌아서 걸음을 옮긴다.

문기는 삼거리 고깃간을 향해 갔다. 그리고 골목으로 돌아가 나머지 돈을 종이에 싸서 담 너머로 그 집 안마당을 향해 던졌다.

그제야 문기는 무거운 짐을 풀어 놓은 듯 어깨가 거뜬했다. 아까 물 위로 둥실둥실 떠가던 그 공, 지금은 벌써 십 리고 이십 리고 멀리 떠갔을 듯싶은 그 공과 함께 문기는 자기의 허물도 멀리 사라져 깨끗이 벗어난 듯 속이 후련했다. 그리고,

'다시는, 다시는.'

하고 문기는 두 번 다시 그런 허물을 범하지 않겠다고 백번 다지며 집을 향해 돌아간다.

동이 뜨다 사이가 조금 생기다.

그러나 문기는 그것만으로는 도저히 자기 허물을 완전히 벗을 수 없었다. 그가 자기 집 어귀에 이르렀을 때 뜻하지 않은 것이 기다리고 있다 나타났다.

"너 어디 갔다 오니?"

하고 컴컴한 처마 밑에서 수만이가 튀어나오며 반긴다.

"지금 느이 집 다녀오는 길이다."

그리고 문기 어깨에 팔 하나를 걸고 행길을 향해 돌아서며,

"어서 가사."

약조한 환등 틀을 사러 가자는 것이다. 극장 앞 장난감 가게에 있는 조그만 환등 틀을 오고 가는 길에 물건도 보고 **금**도 보아 두었던 것이다. 그리고 오늘 낮에도 보고 온 것이건만 수만이는,

"그새 팔리지나 않았을까?"

하고 걸음을 재촉한다. 문기는 생각 없이 몇 걸음 끌려가다가는 갑자기 그 팔을 쳐 내리며 물러선다.

"난 싫다."

수만이는 어리둥절해 쳐다본다.

"뭐 말야? 환등 틀 사기 싫단 말야?"

"나 인제 돈 가진 것 없다."

"뭐?"

하고 수만이는 의외라는 듯 눈이 둥그레지다가는 금세 능청스러운 웃음을 지으며,

"너 혼자 두고 쓰잔 말이지? 그러지 말구 어서 가자."

"정말 없어. 지금 고깃간 집 안마당으로 던져 주고 오는 길야. 공두 쌍안경두 버리구."

금 물건의 값.

하고 문기는 증거를 보이느라고 이쪽저쪽 주머니를 털어 보이는 것이나 수만이는 흥 하고 코웃음을 친다.

"누군 너만 못 **약을** 줄 아니?"

그리고 연신 빈정댄다.

"고깃간 집 마당으로 던졌다? 아주 핑계가 됐거든."

"거짓말 아니다. 참말야."

할 뿐, 문기는 어떻게 변명할 줄을 몰라 쳐다보기만 하다가 고개를 떨어뜨리고 울상을 한다.

"오늘 작은아버지에게 막 꾸중 듣구. 그리고 나두 인젠 그런 건 안 헐 작정이다."

"그래도 나하구 약조헌 건 실행해야지. 싫으면 너는 빠져도 좋아. 그럼 돈만 이리 내."

하고 턱 밑에 손을 내민다.

"정말 없대두 그래."

수만이는 내밀었던 손으로 대뜸 멱살을 잡는다.

"이게 그래두 **느물거려.**"

이런 때 마침 기침을 하며 이웃집 사람이 골목으로 들어서자 수만이는 슬며시 물러선다. 그러나,

"낼은 안 만날 테냐. 어디 두고 보자."

하고 피해 가는 문기 등을 향해 소리쳤다.

이튿날 아침이다. 학교를 가는 길에 문기가 큰 행길로 나오자 맞은편 **판장**에 백묵으로 커다랗게 '김문기는' 하고 그 밑에 동그라미 셋을 쳐 '○○○했

약다 자신에게만 이롭게 꾀를 부리는 성질이 있다.
느물거리다 말이나 행동을 자꾸 능글맞게 하다.
판장(板牆) 널빤지로 친 울타리.

다.' 하고 써 있다. 그리고 학교 어귀에 이르러 삼거리 잡화상 빈지판에도 같은 것이 쓰여 있는 것이다. 문기는 이번에도 **무춤하고** 보다가는 얼른 모자를 벗어서 이름자만 지워 버렸다. 그러는 것을 건너편 길모퉁이에서 수만이가 일그러진 웃음으로 보고 섰다. 그리고 문기가 앞으로 지나가자,

"왜, 겁이 나니? 지우게."

하고 뒤를 오면서 작은 소리로,

"그래, 정말 돈 너만 두고 쓸 테냐? 그럼 요건 약과다."

그리고 수만이는 **추근추근하게** 쫓아다니며 은근히 골리었다.

철봉 틀 옆에 정신없이 선 문기를 불시에 **다리오금**을 쳐 골탕을 먹게 하였다. 단거리 경주 연습을 하는 척 달음박질을 하다가는 일부러 문기 앞으로 달려들어 몸째 부딪는다. 그리고 으슥한 곳에서 단둘이 만나는 때면 수만이는,

"너, 네 맘대루만 허지. 나두 내 맘대루 헐 테다. 내 안 **풍길** 줄 아니? 풍길 테야."

하고 손을 들어 꼽는다.

"풍기기만 하면 첫째 학교에서 쫓겨날 것이요, 둘째 너희 집에서 쫓겨날 것이요, 그리고 남의 걸 훔친 거나 일반이니까 또 그런 곳으로 붙들려 갈 것이요."

하고는 또,

"풍길 테다."

사실 그다음 시간 교실을 들어갔을 때 문기는 크게 놀랐다. 칠판 한가운데, '김문기는 ○○○했다.'가 커다랗게 쓰여 있다. 뒤미처 선생님이 들어왔다. 일

무춤하다 놀라거나 어색한 느낌이 들어 갑자기 하던 짓을 멈추다.
추근추근하다 성질이나 태도가 검질기고 끈덕지다.
다리오금 무릎 뒤쪽의 오목한 부분.
풍기다 어떤 분위기가 나다. 여기서는 '소문내다'의 뜻.

은 간단히 선생님이 한 번 쳐다보고 누구 장난이냐, 하고 쓱쓱 지워 버리고는 고만이었지만 선생님이 들어오고 그것을 지우기까지의 그동안 문기는 실로 앞이 캄캄했다.

그러나 수만이는 그것으로 고만두지 않았다. 학교를 **파해** 거리로 나와서는 한층 심했다. 두어 간 문기를 앞세워 놓고 따라오면서 연신 수만이는,

"앞에 가는 아이는 공공공했다지."

그리고 점점 더해 나중엔 도적질을 거꾸로 붙여서,

"앞에 가는 아이는 질적도했다지."

하고 거리거리 외며 따라오는 것이다.

문기 집 가까이 이르렀다. 수만이는 문기 앞으로 다가서며 작은 음성으로 **조졌다**.

"너, 지금으로 가지고 나오지 않으면 낼은 가만 안 둔다. 도적질했다 하구 똑바루 써 놓을 테야."

문기는 여전히 못 들은 척 걸음만 옮긴다. 자기 집 마당엘 들어섰다. 숙모는 뒤꼍에서 화초 모종을 하는지 여기 심어라 저기 심어라 하고 아랫집 심부름하는 아이와 이야기하는 소리가 날 뿐 집 안엔 아무도 없다.

그리고 눈앞에 보이는 **붙장** 안 앞턱에 잔돈 얼마와 지전 몇 장이 놓여 있다. 그리고 문밖엔 지금 수만이가 돈을 가지고 나오기를 기다리고 섰다. 여기서 문기는 두 번째 허물을 범하고 말았다.

"진작 듣지."

하고 빙그레 웃는 수만이 얼굴에다 뺨을 때리듯 돈을 던져 주고 문기는 달아났다.

파하다(罷--) 어떤 일을 마치거나 그만두다.
조지다 일이나 말이 허술하게 되지 않도록 단단히 단속하다.
붙장(-欌) 물건을 보관하기 위하여 부엌 벽 안쪽이나 바깥쪽에 붙여 만든 가구.

급한 걸음으로 문기는 네거리 하나를 지났다. 또 하나를 지났다. 또 하나를 지났다. 걸음은 차차 풀이 죽는다. 그리고 문기는 이런 생각을 하였다.

'나는 몰래 작은어머니 돈을 축냈다. 그러나 갚으면 고만 아니냐. 그 돈 값어치만큼 밥도 덜 먹고 학용품도 아껴 쓰고 옷도 조심해 입고, 이렇게 갚으면 고만 아니냐.'

몇 번이고 이 소리를 속으로 되뇌며 문기는 떳떳이 얼굴을 들고 집으로 들어갈 수 있을 만한 **뱃심**을 만들려 한다. 그러나 **일없이** 공원으로 거리로 돌며 해를 보낸다.

날이 저물어서 문기는 풀이 죽어 집 마루에 걸터앉았다. 숙모가 방에서 나오다 보고,

"너 학교에서 인제 오니?"

그리고 이어,

"너 혹 붙장 안의 돈 봤니?"

하다가는 채 문기가 입을 열기 전에 숙모는,

"학교서 지금 오는 애가 알겠니. 참 점순이 고년 앙큼헌 년이드라. 낮에 내가 뒤꼍에서 화초 모종을 내고 있는데 집을 간다고 나가더니 글쎄 돈을 집어 갔구나."

문기는 잠잠히 듣기만 한다. 그러나 속으로는 갚으면 고만이지 소리를 또 한 번 외워 본다.

그날 밤이었다. 아랫방 **들창** 밑에 훌쩍훌쩍 우는 어린아이 울음소리가 났다. 아랫집 심부름하는 아이 점순이 음성이었다. 숙모가 직접 그 집에 가서 무슨 말을 한 것은 아니로되 자연 그 말이 한 입 건너 두 입 건너 그 집에까지

뱃심 염치나 두려움이 없이 제 고집대로 버티는 힘.
일없이 아무런 까닭이나 실속 없이.
들창 벽의 위쪽에 자그맣게 만든 창.

들어갔고, 그리고 그 집주인 여자는 점순이를 때려 쫓아낸 것이다. 먼저는 동네 아이들이 모여 지껄지껄하더니 차차 하나 가고 둘 가고 훌쩍훌쩍 우는 그 소리만 남는다. 방 안의 문기는 그 밤을 뜬눈으로 새웠다.

이튿날 아침이다. 문기는 밥을 두어 술 뜨다가는 고만둔다. 그 돈을 갚기 위한 그것이 아니다. 도시 입맛이 나지 않았다. 학교엘 갔다. 첫 시간은 **수신** 시간, 그리고 공교로이 제목이 '정직'이다. 선생님은 뒷짐을 지고 교단 위를 왔다 갔다 하며 거짓이라는 것이 얼마나 악한 것이고 정직이 얼마나 귀하고 중한 것인가를 누누이 말씀하신다. 그리고 안경 쓴 선생님의 그 눈이 번쩍하고 문기 얼굴에 머물렀다 가고 가고 한다. 그럴 때마다 문기는 가슴이 뜨끔뜨끔해진다. 문기는 자기 한 사람에게만 들리기 위한 정직이요 수신 시간인 듯싶었다. 그만치 선생님은 제 속을 다 들여다보고 하는 말인 듯싶었다.

운동장에서도 문기는 **풀**이 없다. 사람 없는 교실 뒤 버드나무 옆 그런 데만 찾아다니며 고개를 숙이고 깊은 생각에 잠기거나 팔짱을 찌르고 왔다 갔다 하기도 한다. 그러다 누가 등을 치면 소스라쳐 깜짝깜짝 놀란다.

언제나 다름없이 하늘은 맑고 푸르건만 문기는 어쩐지 그 하늘조차 쳐다보기가 두려워졌다. 자기는 감히 떳떳한 얼굴로 그 하늘을 쳐다볼 만한 사람이 못 된다 싶었다.

언제나 다름없이 여러 아이들은 넓은 운동장에서 마음대로 뛰고 마음대로 지껄이고 마음대로 즐기건만 문기 한 사람만은 어둠과 같이 컴컴하고 무거운 마음에 잠겨 고개를 들지 못한다. 무엇보다도 문기는 전일처럼 맑은 하늘 아래서 아무 거리낌 없이 즐길 수 있는 마음이 갖고 싶다. 떳떳이 하늘을 쳐다볼 수 있는, 떳떳이 남을 대할 수 있는 마음이 갖고 싶었다.

수신(修身) 악을 물리치고 선을 북돋아서 마음과 행실을 바르게 닦아 수양함. 여기서는 일제 강점기 '도덕' 과목을 이른다.

풀 세찬 기세나 활발한 기운.

오후 해 저물녘이다. 문기는 책보를 흔들흔들 고개를 숙이고 담임 선생님 집 앞을 왔다가는 무춤하고 섰다가 그대로 지나가고 그대로 지나가고 한다. 세 번째는 드디어 그 집 문 안을 들어서서 선생님을 찾았다. 선생님은 문기를 안방으로 맞아들이었다. 학교에서 볼 때 엄하고 딱딱하던 선생님은 의외로 부드러이 웃는 낯으로 문기를 대한다. 문기는 선생님 앞에 엎드려 모든 것을 자백할 결심이었다. 그런데 선생님의 부드러운 태도에 도리어 문기는 말문이 열리지 않았다. 다음은 건넌방에서 어린애가 울어 못 했다. 다음은 사모님이 들락날락하고 그리고 다음엔 손님이 왔다. 기어이 문기는 입을 열지 못한 채 물러 나오고 말았다.

먼저보다 갑절 무겁고 컴컴한 마음이었다. 도저히 문기의 약한 어깨로는 지탱하지 못할 무거운 눌림이다. 걸음은 집을 향해 가는 것이지만 반대로 마음은 멀어진다. 장차 집엘 가서 대할 숙모가 두려웠고 삼촌이 두려웠고 더욱이 점순이가 두려웠다.

어느덧 걸음은 삼거리를 지나고 있었다. 문기 등 뒤에서 아주 멀리 뿡뿡 하고 자동차 소리와 비켜라 하는 사람의 소리가 나는 듯하더니 갑자기 귀밑에서 크게 울린다. 언뜻 돌아다보니 바로 눈앞에 자동차 머리가 달려든다. 그리고 문기는 으쓱하고 높은 데서 아래로 떨어져 가는 듯싶은 감과 함께 정신을 잃고 말았다.

얼마 동안을 지났는지 모른다. 문기가 어렴풋이 눈을 떴을 때 무섭게 전등불이 밝아 눈이 부시었다. 문기는 다시 눈을 감았다. 두 번째 문기는 눈을 뜨자 희미하게 삼촌의 얼굴이 나타나며 그것이 차차 똑똑해지더니 삼촌은,

"너 내가 누군 줄 알겠니?"

하고 웃지도 않고 내려다본다. 문기는 이것도 꿈인가 하고 한번 웃어 주면서 그대로 맑은 정신이 났다. 문기는 병원 침대 위에 누워 있었다. 어디 아픈 데는 없으면서도 몸을 움직일 수는 없다. 삼촌은 근심스러운 얼굴로 내려다본다.

"작은아버지."

하고 문기는 입을 열었다. 그리고,

"저는 마땅히 받아야 할 벌을 받은 거예요."

하고 문기는 눈을 감으며 한 마디 한 마디 그러나 똑똑하게 처음서부터 끝까지 먼저 고깃간 주인이 일 원을 십 원으로 알고 거슬러 준 것, 그 돈을 써 버린 것, 그리고 또 붙장 안의 돈을 자기가 훔쳐 낸 것, 이렇게 하나하나 숨김없이 자백을 하자 이때까지 겹겹으로 몸을 싸고 있던 허물이 한 꺼풀 한 꺼풀 벗어지면서 마음속의 어둠도 차차 사라지며 맑아지는 것을 문기는 확실히 깨달을 수 있었다. 마음이 맑아지며 따라 몸도 **가뜬해진다**. 내일도 해는 뜨고 하늘은 맑아지리라. 그리고 문기는 그 하늘을 떳떳이 마음껏 쳐다볼 수 있을 것이다.

가뜬해지다 몸과 마음이 가벼워 기분이 좋아지다.

서울 청계천과 종로 사이에 위치한 세운 상가는 1968년에 지어진 국내 최초의 주상 복합 건물입니다. 작품 속 수남이는 당시 국내 유일의 종합 가전제품 상가 단지로서 큰 번영을 누렸던 이곳 주변 도매상(물건을 한꺼번에 많이 싸게 샀다가 소매상에게 되팔면서 차익을 얻는 상점)에서 점원으로 일하고 있는 열여섯 살 소년입니다.

성실하기로 소문난 꼬마 점원 수남이는 월급이 조금 짠 데다 적어도 세 사람 분량은 되어 보이는 일을 혼자 하자니 벅차기도 하지만, 불평 한마디 없이 가게 일을 해냅니다. 수남이가 그럴 수 있는 것은 주인 영감님 덕분입니다. '짜아식' 하며 머리를 쓰다듬는 주인 영감님의 따스한 손길에 수남이는 마치 부모님이 베푸는 애정 같은 걸 느끼며 힘을 냅니다.

그런 수남이에게 큰 위기가 닥칩니다. 순진하고 착하기 그지없던 수남이가 졸지에 '자전거 도둑'이 되어 버린 것입니다. 도대체 어떻게 된 영문인지, 자전거를 들고 도망한 수남이를 주인 영감님은 왜 칭찬한 건지, 내가 수남이라면 어떻게 행동했을지 등을 상상하며 작품을 감상해 봅시다.

박완서(朴婉緖, 1931~2011)

경기 개풍 출생. 1970년 장편 소설 《나목》이 《여성동아》 현상 모집에 당선되어 등단했다. 《엄마의 말뚝》, 《그 남자네 집》, 《도시의 흉년》, 《목마른 계절》, 《서 있는 여자》, 《그대 아직도 꿈꾸고 있는가》 등의 작품을 통해 6·25 전쟁과 그로 인한 상처, 물질 만능주의 풍조, 가족 및 여성 문제 등 다양한 사회 문제를 섬세한 감각으로 다루었다. 기타 《나의 가장 나종 지니인 것》, 《그 산이 정말 거기 있었을까》, 《너무도 쓸쓸한 당신》 등 삶에 대한 관조가 담긴 자전적인 작품들도 있다.

자전거 도둑 _박완서

수남이는 청계천 세운 상가 뒷길의 전기용품 도매상의 꼬마 점원이다.

수남이란 **어엿한** 이름이 있는데도 꼬마로 통한다. 열여섯 살이라지만 볼은 아직 어린아이처럼 토실하니 붉고, 눈 속이 깨끗하다. 숙성한 건 목소리뿐이다. 제법 굵고 부드러운 저음이다. 그 목소리가 전화선을 타면 점잖고 떨떠름한 늙은이 목소리로 들린다.

이 가게에는 변두리 전기 상회나 **전공**들로부터 걸려 오는 전화가 잦다. 수남이가 받으면,

"주인 영감님이십니까?"

하고 깍듯이 존대를 해 온다.

"아, 아닙니다. 꼬맙니다."

수남이는 제가 무슨 큰 실수나 저지른 것처럼 황공해하며 볼까지 붉어진다.

"짜아식, 새벽부터 재수 없게 누굴 놀려. 너 이따 두고 보자."

이런 호령이라도 들려오면 수남이는 우선 고개를 움츠려 알밤을 피하는 시늉부터 한다. 설마 전화통에서 알밤이 튀어나올 리는 없는데 말이다. 실수만 했다 하면 알밤 먹을 것을 예상하고 고개가 자라 모가지처럼 오그라드는 게

어엿하다 행동이 거리낌 없이 아주 당당하고 떳떳하다.

전공(電工) 전기공. 전기 장치의 가설 및 수리 따위의 직업에 종사하는 사람.

수남이가 이곳 전기 상회에 취직하고 나서부터 얻은 **조건 반사**다.

이곳 단골손님들은 우락부락한 전공들이 대부분이어서 성질들이 거칠고 급하다. 자기가 요구하는 것을 수남이가 빨리 알아듣고 척척 챙기지 못하고 조금만 **어릿어릿하면** '짜아식' 하며 사정없이 밤송이 같은 머리에 알밤을 먹인다.

수남이는 그 숱한 전기용품 이름을 척척 알아들을 수 있을 만큼 일에 익숙해질 때까지 숱한 알밤을 먹었다.

그런데 일에 익숙해진 후에도 수남이는 심심찮게 까닭도 없는 알밤을 얻어먹는다. 이 거친 사내들은 그런 짓궂은 방법으로 수남이를 귀여워하는 것이다. 예쁜 아이를 보면 물어뜯어 울려 놓고 마는 사람이 있듯이, 이 사내들은 그런 방법으로 수남이에게 애정 표시를 했다.

"짜아식, 잘 잤냐?"

"짜아식, 요새 제법 컸단 말야. 장가들여야겠는데? 짜아식, 좋아서……."

그러고는 알밤이다. 주먹과 팔짓만 허풍스럽게 컸지, 아주 부드러운 알밤이다. 그러니까 수남이는 그만큼 인기 있는 점원인 셈이다.

수남이는 단골손님들에게만 인기가 있는 게 아니라, 주인 영감에게도 여간 잘 뵌 게 아니다. 누구든지 수남이에게 알밤을 먹이는 걸 들키기만 하면 **단박** 불호령이 내린다.

"왜 하필 남의 머리를 쥐어박어? 채 굳지도 않은 머리를. 그게 어떤 머린 줄이나 알고들 그래, 응? 공부 많이 해서 대학도 가고 박사도 될 머리란 말야. 임자들 같은 돌대가리가 아니란 말야."

그러면 아무리 막돼먹은 손님이라도 선생님 꾸지람에 떠는 초등학생처럼

조건 반사(條件反射) 동물이 환경에 적응하기 위하여 후천적으로 획득하는 반사.
어릿어릿하다 말과 행동이 활발하지 못하고 자꾸 생기 없이 움직이다.
단박 그 자리에서 바로를 이르는 말.

풀이 죽어서 수남이에게 진심으로 미안해했다. 그러고는,

"꼬마야, 그럼 너 요새 어디 **야학**이라도 다니니?"

하며 은근히 부러워하는 눈치까지 보였다. 그러면 영감님은 딱하다는 듯이 혀를 차며,

"아니, 야학은 아무 때나 들어가나. 똥통 학교라면 또 몰라. 수남이는 내년 봄에 시험 봐서 들어가야 해. 야학이라도 일류로, 그래서 인석이 그저 틈만 있으면 책이라고. 허허……."

수남이는 가슴이 크게 출렁인다. 수남이는 한 번도 주인 영감님에게 하다못해 야학이라도 들어가 공부를 해 보고 싶단 말을 비친 적이 없다. 맨손으로 어린 나이에 서울에 와서 거지도 안 되고 깡패도 안 되고 이런 어엿한 가게의 점원이 된 것만도 수남이로서는 눈부신 성공인데, 벼락 맞을 노릇이지, 어떻게 감히 공부까지를 바라겠는가.

그러면서도 자기 또래의 고등학생만 보면 가슴이 짜릿짜릿하던 수남이다. 처음 전기용품 취급이 서툴러 시험을 하다 툭하면 손끝에 감전이 되어 짜릿하며 화들짝 놀랐던 것처럼, 고등학교 교복은 수남이의 심장에 짜릿한 감전을 일으키며 가슴을 온통 마구 휘젓는 이상한 힘이 있었다.

그런 수남이의 비밀을 주인 영감님은 알고 있었던 것이다. 수남이는 부끄럽고도 기뻤다.

그래서 수남이는 "내년 봄에 시험 봐서 들어가야 해. 야학이라도 일류로……." 할 때의 주인 영감님이 그렇게 좋을 수가 없다. 그 소리를 듣기 위해서라면 그까짓 알밤쯤 하루 골백번을 맞는 것도 좋았다. 그런 소리를 자기를 위해 해 주는 주인 영감님을 위해서라면 뼛골이 부러지게 일을 한들 눈곱만큼도 억울할 것이 없을 것 같다. 월급은 좀 짜게 주지만, 그 감미로운 소리를

야학(夜學) 야간 학교. 밤에 수업을 받을 수 있도록 시설과 체계적인 교과 과정을 갖추고 있는 교육 기관.

어찌 후한 월급에 비기겠는가.

수남이의 하루는 눈코 뜰 새 없이 고단하지만 행복하다. 내년 봄—내년 봄은 올봄보다는 멀지만 오기는 올 것이다. 그리고 영감님이 잘못 알아서 그렇지 시험 볼 때는 봄이 아니라 겨울이다. 겨울은 봄보다 이르다.

수남이는 온종일 눈코 뜰 새 없이 바쁘게 일을 하고 밤에는 가겟방에서 **숙직**을 한다. 꾀죄죄한 **다후다** 이불에 몸을 휘감고 나면 방바닥이야 차건 덥건 잠이 쏟아진다.

그럴 때 "인석은 그저 틈만 있으면 책이라고." 하던 주인 영감님의 목소리가 생생하게 들려온다. 수남이는 낮 동안 책은커녕 신문 한 귀퉁이 읽은 적이 없다. 도대체가 그럴 틈이 없다. 점원이 적어도 세 명은 있어야 해낼 가게 일을 혼자서 해내자니 여간 벅찬 것이 아니다. 그래도 수남이는 **혹사**당하고 있다는 억울한 생각 같은 것은 전혀 없다. 어쩌다 남들이 영감님에게,

"꼬마 혼자 데리고 벅차시겠습니다. 좀 큰 애 하나 더 쓰셔야죠."

영감님은 그런 소리를 제일 싫어한다. 벌레라도 씹어 먹은 듯이 이상야릇한 얼굴로 상대방을 흘겨보며,

"누가 뭐 사람 더 쓰기 싫어 안 쓰나. 어디 사람 같은 놈이 있어야 말이지. 깡패 놈이라도 걸려들어 봐. 우리 수남이가 물든다고. 이런 순진한 놈일수록 구정물 들긴 쉽거든."

얼마나 고마운 주인 영감님인가. 이런 고마운 어른을 위해 그까짓 세 사람이 할 일 혼자 못 할까 하고 양팔의 근육이 팽팽히 긴장한다.

그런 고마운 어른이 보지도 않는 책을 틈만 있으면 본다고 남들에게 자랑을 한 뜻은 밤에라도 잠만 자지 말고 열심히 공부해 두라는 뜻일 것이다. 수

숙직(宿直) 관청, 회사, 학교 따위의 직장에서 밤에 교대로 잠을 자면서 지키는 일.
다후다 태피터(taffeta). 합성 섬유의 한 종류로, 광택이 있는 얇은 평직 견직물을 일컫는다.
혹사(酷使) 혹독하게 일을 시킴.

남이가 그렇게 풀이한 것이다. 그런 생각을 하면 눈이 말똥말똥해지며 잠이 저만큼 달아난다. 혹시나 하고 보따리 속에 찔러 가지고 온 중학교 때 교과서랑 고등학교까지 다닌 형이 쓰던 참고서 나부랭이를 이렇게 유용하게 쓸 줄은 정말 몰랐었다. 책이라야 통틀어 그것뿐이다.

주인 영감님이 심심할 때 사 본 주간지 같은 것이 굴러다닐 적도 있어서 소년다운 호기심이 **동하지** 않는 것도 아니었지만 "인석은 그저 틈만 있으면 책이라고." 하며 주인 영감님이 가리키는 책이란 결코 이런 주간지 조각이 아닐 것이라는 영리한 짐작으로 수남이는 결코 그런 데 한눈을 파는 법이 없다. 시간이 아까워서라도 그렇게는 할 수 없다.

가게를 닫고 셈을 맞추고 주인댁 **식모**가 날라 온 저녁을 먹고 나서 혼자가 될 수 있는 시간은 거의 열한 시경이다. 그때부터 공부라고 해야 되는 것이다. 그러고도 수남이는 이 동네 가게의 누구보다도 먼저 일어나야 하는 것이다. 수남이의 부지런함은 이 근처에서도 **평판**이 자자했다.

제일 먼저 가게 문을 열고, 물뿌리개로 골목길에 물을 뿌리고는 긴 골목길을 남의 가게 앞까지 말끔히 쓸고 나서 가게 안 물건 먼지를 털고, 어떡하면 보기 좋을까 연구를 해 가며 다시 진열을 하고 제 몸단장까지 개운하게 끝낸다. 그제야 주인 영감님이 나온다.

주인 영감님은 만족한 듯 빙긋 웃고 '짜아식' 하며 손으로 수남이의 머리를 더듬는다. 그러나 알밤을 먹이는 일은 한 번도 없었다. 따뜻하고 큰 손으로 머리를 빗질하듯 두어 번 쓸어내려 주고는, 부드러운 볼로 해서 둥근 턱까지를 큰 손바닥에 한꺼번에 감쌌다가는 다시 한번 '짜아식' 하곤 놓아 준다. 수남이는 그 시간이 좋다. 그래서 남보다 일찍 일어나야 하는 것이다.

동하다(動--) 어떤 욕구나 감정 또는 기운이 일어나다.
식모(食母) 남의 집에 고용되어 주로 부엌일을 맡아 하는 여자.
평판(評判) 세상 사람들의 비평.

아직은 **육친애**에 철모르고 푸근히 감싸여야 할 나이다. 그를 실제 나이보다 어려 뵈게 하는, 아직 상하지 않은 순진성이 더욱 그에게 육친애를 목마르게 한다. 주인 영감님의 든든하고 거친 손에서 볼과 턱을 타고 전해 오는 따뜻함, 훈훈함은 거의 육친애적이었고 그래서 수남이는 그 시간이 기다려질 만큼 좋았고, 꿀같이 단 새벽잠을 떨쳐 낸 보람을 느끼고도 남을 충족된 시간이기도 했다.

그 어느 해보다도 긴 겨울이 가고 봄이 왔다. 내년 봄이 아니라 올봄이 온 것이다. 달력에는 벚꽃이 만발해 있었다. 그런데도 그 어느 해보다도 길게 해먹은 겨울은 뭘 아직도 덜 해 먹었는지 화창한 봄날에 끼어들어 심술을 부렸다. 별안간 기온이 급강하하더니 바람까지 세차게 몰아쳤다.

낮 동안 떼어서 세워 놓은 가게 판자문이 요란한 소리를 내고 나자빠지는가 하면, 가게 함석지붕은 얇은 헝겊처럼 곧 뒤집힐 듯이 펄럭대고, 골목 위 공중을 가로지른 전화 줄에서는 온종일 귀신의 휘파람 같은 이상한 소리가 났다.

낮에는 이 가게 골목에서 사고까지 났다. 전선을 도매하는 집 아크릴 간판이 다 마른 빨래처럼 훨훨 나는가 했더니, 곧장 땅으로 떨어지면서 때마침 지나가던 아가씨의 정수리를 들이받고 떨어졌다.

피가 아가씨의 분결 같은 볼을 타고 흘러 흰 스웨터에 선명한 붉은 반점을 줄줄이 그렸다. 피를 보자 다 큰 아가씨가 어린애처럼 앙앙 울어 댔다.

가게마다에서 사람들이 뛰어나왔으나 아가씨를 부축해서 병원으로 달려간 것은 바람에 간판을 날린 전선 도매집 주인아저씨였다.

사람들은 모두 치료비를 톡톡히 부담해야 할 그 아저씨를 동정했다. 지랄 같은 바람이지, 그 아저씨가 무슨 잘못이 있기에 생돈을 빼앗기냐고, 그렇지만 돈지갑 옆구리에 차고 부는 바람 못 봤으니, 그 재수 나쁜 아가씬들 그 재

육친애(肉親愛) 부모와 자식, 형제자매 등과 같이 혈족 관계에 있는 사람들 사이의 애정. 또는 그와 같은 정.

수 나쁜 아저씨한테 떼를 쓸밖에 도리 없지 않겠느냐고 사람들은 쑥덕댔다.

하여튼 수남이가 알 수 있는 것은 그 아가씨도 그렇고 그 아저씨도 그렇고 오늘 재수 옴 붙었다는 것뿐이었다.

수남이는 문득 자기도 재수 옴 붙을 것 같은 예감이 들었다. 그래서 화들짝 놀라 큰 간판을 다시 점검하고 힘껏 흔들어 보고, 대롱대롱 매달린 아크릴 간판은 아예 떼어서 안에다 갖다 두고, 떼어 세워 놓은 **빈지문**은 좁은 옆 골목 변소 앞에 끼워 놓았다.

바람 부는 서울의 뒷골목은 흉흉하고 **을씨년스러웠다**. 먼지는 물론 온갖 잡동사니들이 다 날아들어 가게 앞에 쓰레기 무더기를 만들었다. 쓸어도 쓸어도 당해 낼 도리가 없었다.

손님도 딴 날보다 적고 수남이는 까닭 없이 마음이 울적했다.

시골의 바람 부는 날 풍경이 생생하게 떠올랐다. 보리밭은 바람을 얼마나 우아하게 탈 줄 아는가, 큰 나무는 바람에 얼마나 안달 맞게 **들까부는가**, 큰 나무와 작은 나무가 함께 사는 숲은 바람에 얼마나 우렁차고 비통하게 **포효하는가**, 그것을 알고 있는 것은 이 골목에서 자기 혼자뿐이라는 생각이 수남이를 고독하게 했다.

전선 가게 아저씨가 어두운 얼굴을 하고 돌아왔다. 가게 주인들이 우르르 전선 가게로 모였다. 아가씨의 안부보다도 그 아저씨 손해가 얼마인가, 모두 그것이 궁금한 모양이었다.

수남이네 주인 영감님도 가더니, 한참 만에 돌아오면서 하늘을 쳐다보며 욕지거리를 했다.

빈지문(--門) 비바람을 막기 위해 한 짝씩 끼웠다 떼었다 하게 만든 문.
을씨년스럽다 보기에 날씨나 분위기 따위가 몹시 스산하고 쓸쓸한 데가 있다.
들까불다 '들까부르다'의 준말. 위아래로 심하게 흔들리다.
포효하다(咆哮--) 사람, 기계, 자연물 따위가 세고 거칠게 소리를 내다.

"육시랄 놈의 바람, 무슨 끝장을 보려고 온종일 이 지랄이야."

아마 전선 가게 아저씨 손해가 대단했던 모양이다. 그래서 동정 삼아 그렇게 화를 내는 눈치다. 하긴 그런 일이 아니더라도 서울 사람들에게는 바람이 손톱만큼도 반가울 리가 없겠다. 바람의 의미를, 간판이 날아가는 **횡액**, 한없이 날아오는 먼지, 쓰레기 그것밖에 모르니까.

봄바람이 게으른 나무들에게, 잠든 뿌리들에게, **생경한** 꽃망울들에게 얼마나 신기한 마술을 베풀고 지나갔나를 보르니까. 봄바람이 한차례 지나고 거짓말같이 화창하고 아늑하게 갠 날, 들판이나 산등성이에 있어 본 적이 없을 테니까.

수남이는 다시 한번 울고 싶도록 고독해진다.

전화를 받은 주인 영감님이 좀 생기가 나더니 계산서를 작성해 주면서 ×× 상회에 20와트 형광 램프 다섯 상자만 배달해 주고 오란다. 가까운 데 있는 소매상에서는 이렇게 전화 주문으로 배달까지를 부탁해 오는 수가 많다. 수남이는 자전거도 잘 타 배달이라면 문제도 없다.

그래도 오늘은 바람이 유난해서 조심하느라 형광 램프 상자를 밧줄로 꼼꼼히 묶는다. 주인 영감님까지 묶는 걸 거들어 주면서,

"인석아, 까불지 말고 조심해. 사고 내 가지고 누구 못할 노릇 시키지 말고."

오늘 장사가 좀 잘 안돼서 그런지 말씨가 퉁명스럽긴 했지만, 나쁜 말은 아닌데도 수남이는 **고깝게** 듣는다.

꼭 네깐 놈 다칠 게 걱정이 아니라 나 손해 볼 게 겁난다는 소리로 들린다.

수남이는 보통 때 같으면 "할아버지 다녀오겠습니다." 하고 신바람 나게, 그리고 **붙임성** 있게 외치고는 방긋 웃어 보이고 나서야 페달을 밟고 씽 달렸

횡액(橫厄) '횡래지액(橫來之厄)'의 준말. 뜻밖에 닥쳐오는 불행.
생경하다(生硬--) 익숙하지 않아 어색하다.
고깝다 섭섭하고 야속하여 마음이 언짢다.
붙임성(--性) 남과 잘 사귀는 성질이나 수단.

을 터인데, 오늘은 왠지 그래지지가 않는다. 아무 말 안 하고 자전거를 무거운 듯이 질질 끌다가 뭉기적 올라타면서 느릿느릿 페달을 젓는다. 주인 영감님이 뒤에서 악을 쓴다.

"인석아, 조심해. 까불지 말고."

주인 영감님의 목소리가 회오리바람을 타고 이상하게 날카롭고 기분 나쁘게 들린다. 수남이는 "쳇." 하고 혀를 차고는 도망치듯 씽 자전거의 속력을 낸다.

형광 램프를 ××상회에 **부리고** 나서 수금하는 데 또 한참이 걸린다. 장사꾼의 **생리**란 묘한 데가 있다.

수남이는 아직도 그 생리만은 이해가 안 될뿐더러 문득문득 **혐오감**까지 느끼고 있다.

금고에 돈을 수북이 넣어 놓고도 꼭 땡전 한 푼 없는 얼굴을 하고 도무지 돈을 내주려 들지를 않는다. 조금 이따 오란다. 그동안에 수금이 되면 주겠다는 것이다.

그러나 이쪽에선 그 수에 넘어가지 말고 악착같이 지키고 서서 받아 내야 하는 것이다. 그것이 수남이가 서울에 와서 점원 노릇 하면서 배운 상인 철학 제1항이었다.

"아유, 오늘 더럽게 장사 안된다."

××상회 주인은 니코틴이 새까맣게 달라붙은 이빨 안쪽을 드러내고 크게 하품을 한다. 돈을 빨리 안 주는 변명 같기도 하고, '인석아, 하루 종일 기다려 봐라, 누가 돈을 **호락호락** 내줄 줄 아니.' 하는 **공갈** 같기도 하다.

그러나 수남이는 들은 척도 안 하고 장승처럼 버티고 서 있다. 저런 수에

부리다 사람의 등에 지거나 자동차나 배 따위에 실었던 것을 내려놓다.
생리(生理) 생활하는 습성이나 본능.
혐오감(嫌惡感) 병적으로 싫어하고 미워하는 감정.
호락호락 일이나 사람이 만만하여 다루기 쉬운 모양.
공갈(恐喝) '거짓말'을 속되게 이르는 말.

넘어가 호락호락 물러가면 주인 영감님에게 야단맞는 것도 맞는 거려니와, 앞으로 열 번도 넘게 헛걸음을 해야 수금을 끝마칠 수 있기 때문이다.

그것도 목돈이 아니라 오백 원, 천 원씩 푼돈을 녹여서 말이다.

이럴 때 수남이는 이 세상에 장사꾼처럼 징그러운 **족속**이 또 있을까 싶은 생각이 나서 한숨이 절로 난다. 그러면서도 자기도 어느 틈에 장사꾼다운 징그러운 수를 쓰고 만다.

"오늘 물건 내금은 꼭 결제해 주셔야 돼요. 은행 막을 돈이란 말예요."

수남이는 은행 막는다는 말의 정확한 뜻을 잘 모른다. 그 번들번들하고 위엄 있는 은행이 뒤로 어디 큰 구멍이라도 뚫려 있단 소린지, 뚫려 있기로서니 왜 장사꾼이 막아야 하는지 잘 모르는 채로, 급하게 돈을 받아 내려는 장사꾼들이 **으레** 심각한 얼굴을 하고 그런 소리를 하길래 수남이도 그래 보는 것이다.

"짜아식, 알았어. 기다려 봐. 돈 들어오는 대로 줄게."

주인이 퉁명스럽게 대답하곤 수남이의 머리에 힘껏 알밤을 먹인다. 수남이는 잽싸게 고개를 움츠러뜨렸는데도 눈에 눈물이 핑 돌 만큼 독한 알밤이다.

장사 더럽게 안된다는 주인 말과는 달리 손님이 쉴 새 없이 들락거린다. 정말로 가게는 조그맣지만 길 **목**이 아주 좋다. 수남이는 좁은 가게에서 이리 밀리고 저리 밀리면서 잘 버틴다. 버틸 뿐 아니라 속으로 돈이 얼마나 들어오나 암산까지 하고 있다.

소매상이라 큰돈은 안 들어와도 그동안 들어온 돈이 어림잡아 만 원은 됨직하다. 수남이는 비실비실 안 나오는 웃음을 웃으며,

---

족속(族屬) 같은 패거리에 속하는 사람들을 낮잡아 이르는 말.
으레 틀림없이 언제나.
목 자리가 좋아 장사가 잘되는 곳이나 길 따위.

"어떻게 결제 좀 해 줍쇼."

하고 또 한 번 빌붙는다. 주인은 '짜아식' 하며 또 한 번 알밤을 먹이곤 오백 원짜리, 백 원짜리 합해서 만 원을 세 번이나 세어 보더니 아까운 듯이 내준다.

"짜아식, 끈덕지기가 꼭 **되놈** 같다니까, 됐어."

칭찬인지 욕인지 모를 소리를 하고 찍 웃는다. 수남이는 주인이 세 번씩이나 세어서 준 돈을 또 두 번이나 센다. 그러고 나서야 "고맙습니다. 안녕히 계십쇼." 하고는 저만큼 자전거를 세워 놓은 쪽으로 휑하니 달음질친다.

바람이 여전하다. 저만큼서 흙먼지가 땅을 한 꺼풀 벗겨 홑이불처럼 둘둘 말아 오는 것같이 엄청난 기세로 몰려온다. 골목 안의 모든 것이 '뎅그렁', '와장창', '우르릉' 하고 제각기의 음색으로 소리 높이 비명을 지른다.

드디어 흙먼지 홑이불이 집어삼킬 듯이 수남이의 조그만 몸뚱이를 덮친다. 수남이는 눈을 꼭 감고 숨을 죽인다.

바람이 지난 후 수남이는 눈을 뜨고 침을 탁 뱉는다. 입속에 모래가 들어와 깔깔하고 목구멍이 알싸하니 아프다. 다시 자전거 쪽으로 걷는다. 조금 전만 해도 서 있던 자전거가 누워 있다. 그래도 날아가진 않았으니 다행이다.

자전거뿐 아니라 골목의 모든 것이 다 제자리에 그대로 있다. 수남이는 그것이 신기하다. 누워 있는 자전거를 일으켜 세우고 날렵하게 올라타 막 페달을 밟으려는데, 어디선지 고함 소리가 **벽력같이** 들린다.

"이놈아, 어딜 도망가는 거야! 게 섰거라! 꼼짝 말고."

수남이는 자기에게 지르는 고함은 아니겠지 싶어 그대로 페달을 밟는다.

"아니 이놈이, 어디로 도망을 가려고 이래!"

뒷덜미를 사납게 붙들린다. 점잖고 깨끗한 신사다. 이런 신사가 자기에게

되놈 되놈. 중국 사람을 낮잡아 이르는 말.
벽력같이(霹靂--) 목소리가 매우 크고 우렁차게.

어떤 볼일이 있다는 것인지, 수남이는 **도시** 짐작을 할 수 없다. 게다가 신사는 몹시 화가 나 있다. 신사를 화나게 할 일을 자기가 저질렀다고는 더구나 생각할 수 없다.

"인마, 꼼짝 말고 있어."

신사의 말이 아니더라도 꼼짝하려야 할 수 있을 처지가 아니다. 꼼짝은커녕 숨도 제대로 쉴 수 없을 만큼 수남이의 뒷덜미는 신사의 손에 잔뜩 움켜쥐어져 있다.

"인마, 네놈의 자전거가 쓰러지면서 내 차를 들이받았단 말이야. 이런 고급 차를 말이야. 이런 미련한 놈, 왜 눈은 째려, 째리긴! 그러니 내 차에 흠이 안 나고 배겼겠냐. 내 차는 인마, 여자들 손톱만 살짝 닿아도 생채기가 나는 고급 차야 인마, 알간?"

그러고는 거울처럼 티 하나 없이 번들대는 차체를 **면밀히** 훑어보더니 "그러면 그렇지." 하고 환성을 질렀다. 아마 생채기를 찾아낸 모양이다.

"일은 컸다. 인마, 칠만 살짝 긁혔어도 또 모르겠는데 여 봐라, 여기가 이렇게 우그러지기까지 했으니 일은 컸다, 컸어."

신사가 덩칫값도 못 하게 팔짝팔짝 뛰면서, 잘 봐 두라는 듯이 수남이의 얼굴을 차에다 바싹 밀어붙였다.

수남이는 차체에 비친 울상이 된 자기 얼굴을 볼 수 있을 뿐이었다. 꼭 오늘 재수 옴 붙은 일이 날 것 같더라만 이런 끔찍한 일이 일어나고 말았구나. 울음이 왈칵 솟구친다. 그러자 제 얼굴도, 차체의 흠도 아무것도 안 보이고 온 세상이 부옇게 흐려 보일 뿐이다.

"울긴, 인마. 너 한 달에 얼마나 버냐?"

도시(都是) 도무지. 아무리 해도.
면밀히(綿密–) 자세하고 빈틈이 없이.

신사의 목청이 다분히 누그러지며 목소리에 **연민**이 담긴 것을 수남이는 재빨리 알아차린다. 그러자 흑흑 소리까지 내어 운다.

"울긴 짜아식, 할 수 없다. 너나 나나 오늘 재수 옴 붙은 걸로 치고 반반씩 손해 보자. 오천 원만 내."

수남이는 너무 놀라 울음까지 끄르륵 삼키고 신사를 쳐다본다. 그사이 사람들이 큰 구경이나 난 것처럼 모여들어 신사와 수남이를 에워싼다.

누군가가 뒤에서 "빌어, 이놈아. 그저 잘못했다고 무조건 빌어." 하고 속삭인다. 수남이는 여러 사람이 자기를 동정하고 있다고 느끼자 적이 용기가 난다.

"아저씨, 잘못했습니다. 한 번만 용서해 주십시오. 네, 아저씨."

제법 또렷한 소리로 용서를 빈다.

"용서라니, 이만큼 했으면 됐지 어떻게 더 용서를 해."

"아저씨, 그러시지 말고 한 번만 봐주셔요. 네, 아저씨."

수남이는 주머니에 든 만 원을 생각하면 얼굴이 화끈대고 공연히 무섭기까지 하다. 그렇지만 주인 영감님을 위해 그 돈만은 죽기를 무릅쓰고 지킬 각오를 단단히 한다.

"아니 욘석이 이제 보니 이런 큰일을 저지르고 그냥 내뺄 심사 아냐? 요런 **악질** 녀석 같으니라고."

신사의 표정은 은은히 감돌던 연민이 싹 가시고 점잖게 무표정해진다.

그러고는 옆에 섰던 운전사인 듯한 남자에게,

"안 되겠네. 요런 악질 깡패 녀석하고 시비해 봤댔자 공연히 시간만 낭비니, 자네 자물쇠 하나 마련해다 주게. 이 녀석 자전걸 잡아 놓기로 하세. 언제든지 오천 원 가져와서 찾아가라고."

연민(憐憫) 불쌍하고 가련하게 여김.
악질(惡質) 못된 성질. 또는 그 성질을 가진 사람.

그러고는 주머니에서 오백 원짜리를 한 장 꺼내서 운전사에게 주는 것이었다. 수남이로서는 전혀 **예기치** 못했던 **사태**였다.

주머니의 만 원에 대해서만 생각했었지 자전거에 대해선 전혀 생각이 미치지 못했었다.

운전사는 금방 커다란 자물쇠를 하나 사 가지고 왔다. 신사는 다시 네놈은 쳐다보기도 싫다는 듯이 수남이를 전혀 상대 안 하고, 묵묵히 자전거 바퀴에다 자물쇠를 채우고, 앞에 빌딩을 가리키면서,

"나 저기 306호실에 있으니까 돈 오천 원 갖고 와. 그러면 열쇠 내줄 테니."

하고는 수남이를 힐끗 흘겨보고 유유히 빌딩 속으로 사라져 갔다.

수남이는 울지도 못하고 빌지도 못하고 그냥 막연히 서 있었다. 수남이와 신사의 시비를 흥미진진하게 구경하던 사람들도 헤어지지 않고 그냥 서 있었다. 아마 수남이가 앙앙 울거나, 펄펄 뛰면서 욕을 하거나 그런 일이 일어나 주기를 기다리는 눈치였다.

수남이는 바보가 돼 버린 아이처럼 조용히 멍청히 서 있었다. 누군가가 나직이 속삭였다.

"토껴라, 토껴. 그까짓 것 갖고 토껴라."

그것은 악마의 속삭임처럼 은밀하고 감미로웠다. 수남이의 가슴은 크게 뛰었다. 이번에는 좀 더 점잖고 어른스러운 소리가 나섰다.

"그래라, 그래. 그까짓 거 들고 도망가렴. 뒷일은 우리가 감당할게."

그러자 모든 구경꾼이 수남이의 편이 되어 와글와글 외쳐 댔다.

"도망가라, 어서어서 자전거를 번쩍 들고 도망가라, 도망가라."

수남이는 자기편이 되어 준 이 많은 사람들을 도저히 배반할 수 없었다. 이

예기하다(豫期--) 앞으로 닥쳐올 일을 미리 생각하고 기다리다.
사태(事態) 일이 되어 가는 형편이나 상황. 또는 벌어진 일의 상태.

상한 용기가 솟았다. 수남이는 자전거를 마치 **검부러기**처럼 가볍게 옆구리에 끼고 질풍같이 달렸다.

정말이지 조금도 안 무거웠다. 타고 달릴 때보다 더 신나게 달렸다. 달리면서 마치 오래 참았던 오줌을 시원스레 내깔기는 듯한 쾌감까지 느꼈다.

주인 영감님은 자전거를 옆에 끼고 질풍처럼 달려온 놈을 눈을 휘둥그렇게 뜨고 바라볼 뿐이었다. 오늘 바람이 세더니만 필시 이 조그만 놈이 바람에 날아왔나, 설마 그럴 리야 없을 텐데 내 눈이 어떻게 된 것인가 그런 눈치였다.

수남이는 너무 숨이 차서 이런 주인 영감님의 궁금증을 시원히 풀어 주지 못하고 한동안 헉헉대기만 한다.

"인마, 말을 해. 무슨 일이야? 네놈 꼴이 영락없이 도둑놈 꼴이다, 인마."

도둑놈 꼴이라는 소리가 수남이의 가슴에 가시처럼 걸린다. 수남이는 겨우 숨을 가라앉히고 자초지종을 주인 영감님께 고해바친다. 다 듣고 난 주인 영감님은 무엇이 그리 좋은지 무릎을 치면서 통쾌해한다.

"잘했다, 잘했어. 만날 촌놈인 줄만 알았더니 제법인데, 제법이야."

그러고는 가게에서 쓰는 드라이버니 펜치를 가지고 자전거에 채운 자물쇠를 분해하기 시작한다. 엎드려서 그 짓을 하고 있는 주인 영감님이 수남이의 눈에 흡사 도둑놈 두목 같아 보여 속으로 정이 떨어진다. 주인 영감님 얼굴이 누런 똥빛인 것조차 지금 깨달은 것 같아 속이 메스껍다.

마침내 자물쇠를 깨뜨렸나 보다. 영감님 얼굴에 **회심**의 미소가 떠오르더니 자유롭게 된 자전거 바퀴를 시험이라도 하려는 듯이 자전거로 골목을 한 바퀴 빙그르르 돌아 들어와서는,

---

검부러기 가느다란 마른 나뭇가지, 마른 풀, 낙엽 따위의 부스러기.
회심(會心) 마음에 흐뭇하게 들어맞음. 또는 그런 상태의 마음.

"네놈 오늘 운 텄다."

그러고는 수남이의 머리를 쓰다듬고 볼과 턱을 두둑한 손으로 귀여운 듯이 감싼다. 영감님이 기분이 좋을 때면 수남이에 대한 애정의 표시로 으레 그렇게 했었고, 수남이도 그걸 좋아했었다.

그런데 오늘은 싫다. 영감님의 손이 싫다. 그것이 운 트기는커녕 재수 옴 붙었다는 생각이 여전하고, 수남이는 그날 온종일 우울했다. 그러나 자기가 왜 그렇게 우울한지 그걸 차분히 생각할 새도 없는 바쁜 하루였다.

가게 문을 닫고 주인댁에서 날라 온 저녁밥을 먹고 나면 비로소 수남이 혼자만의 시간이다. 꿀 같은 시간이었다. 책을 펴 놓고 영어 단어를 찾고, 수학 문제를 풀어 보고, 턱을 괴고 소년답게 감미로운 공상에 잠길 수 있는 그런 시간이었다.

그러나 오늘 수남이는 그게 되지를 않았다. 책을 집어 던졌다.

낮에 내가 한 짓은 옳은 짓이었을까? 옳을 것도 없지만 나쁠 것은 또 뭔가. 자가용까지 있는 주제에 나 같은 아이에게 오천 원을 **우려내려고** 그렇게 간악하게 굴던 신사를 그 정도 골려 준 것이 뭐가 나쁜가? 그런데도 왜 무섭고 떨렸던가. 그때의 내 꼴이 어땠으면, 주인 영감님까지 "네놈 꼴이 꼭 도둑놈 꼴이다."라고 하였을까.

그럼 내가 한 짓은 도둑질이었단 말인가. 그럼 나는 도둑질을 하면서 그렇게 기쁨을 느꼈더란 말인가.

수남이는 몸을 부르르 떨면서 낮에 자전거를 갖고 달리면서 맛본 공포와 함께 그 까닭 모를 쾌감을 회상한다. 마치 참았던 오줌을 내깔길 때처럼 무거운 억압이 갑자기 풀리면서 전신이 날아갈 듯이 가벼워지는 그 상쾌한 해방감—한번 맛보면 도저히 잊힐 것 같지 않은 그 짙은 쾌감, 아아 도둑질하면

우려내다 꾀거나 위협하거나 하여서 자신에게 필요한 돈이나 물품을 빼내다.

서도 나는 죄책감보다는 쾌감을 더 짙게 느꼈던 것이다.

혹시 내 핏속에 도둑놈의 피가 흐르고 있기 때문이 아닐까. 순간 수남이는 방바닥에서 송곳이라도 치솟은 듯이 후다닥 일어서서 안절부절못하고 좁은 방 안을 헤맸다.

수남이의 눈앞에는 수갑을 차고, 순경들에게 끌려와 도둑질 흉내를 그대로 내보이던 형의 얼굴이 환히 떠오른다. 그리고 서울 가서 무슨 짓을 하든지 도둑질만은 하지 말라고 신신당부하던 아버지의 얼굴도 떠오른다.

수남이의 형 수길이는, 온 집안 식구가 기대를 걸고 고등학교까지 마쳐 준 보람도 없이 집에서 **빈들대다가**, 어느 날 갑자기 서울 가서 돈 벌고 성공해서 돌아오겠다는 말 한마디를 남기고 훌쩍 집을 나갔다.

편지 한 장, 하다못해 **인편**에 안부 한마디 없는 2년이 지났다. 그동안 아버지는 폭 노쇠하고, 어머니는 뼈만 남게 야위어서 수남이랑 동생들을 들볶았다.

들볶는 푸념 속에서 무정한 장남에 대한 원망과 함께 그래도 행여나 하는 기대가 곁들여 있는 것을 수남이는 느낄 수 있었다.

수남이도 뭔가 형에 대한 기대를 안 할 수가 없었다. 동생들이 발바닥이 다 닳아 없어져 **웃더껑이**만 남은 운동화를 신고 다니는 걸 봐도 "조금만 참아, 큰형이 돈 많이 벌어 가지고 오면 운동화랑 잠바랑 다 사 줄게." 하는 말을 할 지경이었다.

형이 돈을 많이 벌어 오면—이런 기대에 온 집안 식구가 하루하루를 매달려 살았다. 어느 날 밤, 형은 돌아왔다. 옷과 운동화와 과자와 고기를 한 짐이나 되게 사 가지고. 형이 정말 돈을 벌어서 별의별 것을 다 사 가지고 온 것이

빈들대다 부끄러운 줄 모르고 게으름을 피우며 뻔뻔스럽게 놀기만 하다.
인편(人便) 오거나 가는 사람의 편.
웃더껑이 물건의 위에 덮어 놓는 물건을 이르는 말.

었다. 아버지는 밤중이지만 동네 사람을 모아 큰 잔치를 벌이지 못해 안달을 했다. 형이 험악한 얼굴을 하고 안 된다고 했다. 잔치는커녕 동생들이 좋아서 떠드는 것도 못 하게 윽박질렀다.

수남이는 지금도 그날 밤 일이 생생하다. 그날 밤 형의 누런 똥빛 얼굴은 정말로 못 잊겠다. 꼭 악몽 같다.

다음 날 형은 읍내에서 온 순경한테 수갑이 채워져 붙들려 갔다. 형은 악을 써서 변명을 하며 갔다.

"2년 만에 빈손으로 집에 들어갈 수는 없었단 말야. 도저히 그럴 수는 없었단 말야."

그래서 읍내 양품점을 털어 돈과 물건을 훔친 것이다. 다음에 수남이가 형을 본 것은 읍내에 **현장 검증**인가를 나왔을 때다. 도둑질한 것을 다시 한번 되풀이해 보여 주는 것인데, 딴 구경꾼들 틈에 섞여 수남이는 몸서리를 치면서 그것을 봤다. 그 도둑놈과 형제간이란 게 두고두고 생각해도 몸서리가 쳐졌다.

아버지는 화병으로 몸져눕고 집안 형편은 말이 아니었다. 수남이는 드디어 어느 날 형이 그랬던 것처럼 서울 가서 돈 벌어 오겠다고 집을 나섰다. 아버지는 말리지 않았다. 문지방을 짚고 일어나 앉아서 띄엄띄엄 수남이를 타일렀다.

"무슨 짓을 하든지 그저 도둑질만은 하지 마라, 알았쟈."

그런데 도둑질을 하고 만 것이다. 하지만 수남이는 스스로 그것을 결코 도둑질이 아니었다고 변명을 한다.

그런데 왜 그때, 그렇게 떨리고 무서우면서도 짜릿하니 기분이 좋았던 것인가? 문제는 그때의 그 쾌감이었다. 자기 내부에 **도사린 부도덕성**이었다.

현장 검증(現場檢證) 법원이나 수사 기관이 범죄 현장이나 기타 법원 외의 장소에서 실시하는 검증.
도사리다 마음이나 생각 따위가 깊숙이 자리 잡다.
부도덕성(不道德性) 도덕에 어긋나는 성질.

오늘 한 짓이 도둑질이 아닐지 모르지만 앞으로 도둑질을 할지도 모르겠다는 생각이 들었다. 형의 일이 자기와 정녕 무관한 일이 아니란 생각이 들었다.

소년은 아버지가 그리웠다. 도덕적으로 자기를 **견제해** 줄 어른이 그리웠다. 주인 영감님은 자기가 한 짓을 나무라기는커녕 손해 안 난 것만 좋아서 "오늘 운 텄다."라고 좋아하지 않았던가.

수남이는 짐을 꾸렸다. 아아, 내일도 바람이 불었으면. 바람이 물결치는 보리밭을 보았으면.

마침내 결심을 굳힌 수남이의 얼굴은 누런 똥빛이 말끔히 가시고, 소년다운 청순함으로 빛났다.

견제하다(牽制--) 일정한 작용을 가함으로써 상대편이 지나치게 세력을 펴거나 자유롭게 행동하지 못하게 억누르다.

갈등의 개념과 종류

갈등의 개념

갈등(葛藤)은 '칡 갈(葛)' 자와 '등나무 등(藤)' 자가 결합해서 만들어진 단어입니다. 칡과 등나무가 서로 한 나무를 휘감고 올라갈 때 서로 감고 올라가는 방향이 달라 충돌을 일으키다, 결국 올라가지 못하게 되는 모습에 빗대어 생긴 말입니다.

소설에서 인물들은 생각이나 처한 위치, 이해의 정도가 달라 마음속에서 또는 다른 인물이나 환경과 갈등합니다. 인물이 자신의 내면이나 다른 인물 또는 세상과 부딪치는 모습 속에서 인물과 인물, 인물과 사회, 인물과 환경과의 갈등 관계가 드러나게 되지요. 그리고 독자들은 갈등 관계를 파악하며 긴장과 흥미를 느끼게 됩니다.

갈등은 소설의 구성 단계를 이루어 갑니다. 소설의 사건은 갈등을 품고 있고, 갈등의 실마리가 드러나고 전개·심화·해소되는 과정을 거쳐 결말에 이르게 됩니다. 그리고 이러한 과정에서 작품의 주제도 드러납니다.

갈등의 종류

소설에서 갈등은 크게 **내적 갈등**과 **외적 갈등**으로 나눌 수 있습니다. 내적 갈등은 한 인물의 마음속에서 일어나는 갈등으로, 완전히 다른 감정이나 바람이 마음속에 동시에 나타나면서 생기는 갈등을 말합니다. 갈등의 양상이 겉으로 드러나는 외적 갈등은 인물과 그를 둘러싼 외부 환경 사이에서 일어나는 갈등으로, 크게 네 가지로 분류할 수 있습니다.

인물 vs 인물 서로 다른 가치관을 가진 인물 사이에서 복잡한 감정 때문에 생겨나는 갈등을 인물과 인물 또는 개인과 개인 간의 갈등이라고 합니다. 〈하늘은 맑건만〉에서 문기와 수만이의 갈등을 예로 들 수 있습니다.

인물 vs 사회 인간은 사회적 동물이기에 자신이 살고 있는 사회의 영향을 받을 수밖에 없습니다. 사회가 정한 규칙에 의해 규제를 받기도 하지요. 허균이 지은 《홍길동전》의 길동 역시 사회의 규범 때문에 좌절하고 갈등하는 인물입니다. 길동이 겪는 갈등의 원인은 그가 몸담고 있는 조선 사회의 신분 제도입니다. 이렇게 소설 속에서 인물이 자신을 억누르는 사회 제도나 윤리 규범과 겪는 갈등을 인물과 사회와의 갈등이라고 합니다.

인물 vs 자연환경 헤밍웨이의 소설 《노인과 바다》에서 늙은 어부 산티아고는 힘겨운 싸움 끝에 거대한 청새치를 잡습니다. 하지만 곧 피 냄새를 맡고 몰려온 상어 떼가 청새치를 노리는 바람에 노인은 다시 이들과 목숨을 건 다툼을 벌이게 되지요. 노인은 장대한 바다의 거친 파도 속에서 상어 떼와 대결을 합니다. 이 작품에서 노인의 갈등 대상은 자신을 둘러싼 자연입니다. 이처럼 인물과 자연환경 간의 갈등을 담은 소설은 장엄한 자연의 힘과 여기에 맞서는 인간의 도전 정신 및 굳센 의지를 보여 줍니다.

인물 vs 운명 운명이란 인간을 포함한 모든 것을 지배하는 초인간적인 힘으로, 인간이 스스로의 힘으로는 벗어나기 힘든 굴레와 같은 것입니다. 문학 작품 속에서 운명에 대항한 대표적인 인물로 그리스 신화의 오이디푸스를 들 수 있지요. 오이디푸스는 고대 그리스 도시 테베의 왕 라이오스와 왕비 이오카스테의 아들로 태어납니다. 그러나 그는 '장차 아버지를 죽이고 어머니와 결혼한다.'는 신의 예언 때문에 태어나자마자 친부모에게 버림받습니다. 훗날 오이디푸스는 괴물 스핑크스의 수수께끼를 풀어 테베의 영웅이 되었으나, 신이 예언한 비극적 운명을 피하지 못했다는 사실을 깨닫고 스스로 장님이 되는 고통을 겪게 됩니다. 이렇게 거스를 수 없는 운명의 힘과 이에 대항하는 인간 사이의 대립이 바로 인물과 운명 간의 갈등입니다.

갈등의 종류

구분		내용
내적 갈등		한 인물의 마음속에서 일어나는 갈등
외적 갈등	인물 ↔ 인물	인물 사이의 성격이나 가치관이 대립하여 발생하는 갈등
	인물 ↔ 사회	인물이 그가 속한 사회의 관습이나 제도로 인해 겪는 갈등
	인물 ↔ 자연환경	인물이 자연재해를 겪거나 자연에 도전하면서 겪는 갈등
	인물 ↔ 운명	인물이 자신에게 주어진 운명 때문에 겪는 갈등

※ 〈하늘은 맑건만〉 속 문기의 갈등의 원인과 해결 과정을 알아봅시다.

원인	고깃간 주인에게서 잘못 받은 거스름돈을 수만이와 함께 써 버린다.
전개	작은아버지의 훈계를 듣고 나서 자신의 잘못을 떠올리며 죄책감을 느낀다.
해결	

⬇

원인	수만이에게 이제는 돈이 없다고 하며 함께 계획했던 일들을 하지 않겠다고 말한다.
전개	
해결	수만이의 괴롭힘을 참다못해 결국 붙장 안에 있던 작은어머니의 돈을 훔쳐 수만이에게 가져다준다.

⬇

원인	자기 때문에 누명을 쓰고, 일하던 집에서 쫓겨난 점순이의 울음소리를 들으며 뜬눈으로 밤을 새운다.
전개	수신 시간에 정직이 중요하다는 선생님의 말을 듣고 죄책감을 느껴 하늘을 제대로 쳐다보지 못한다.
해결	

※ 〈자전거 도둑〉 속 갈등의 원인과 해결 과정을 알아봅시다.

1_ 수남이와 ××상회 주인과의 갈등 전개 과정을 알맞게 정리해 봅시다.

(1) 갈등의 원인과 해결 과정에 따라 다음 표를 채워 봅시다.

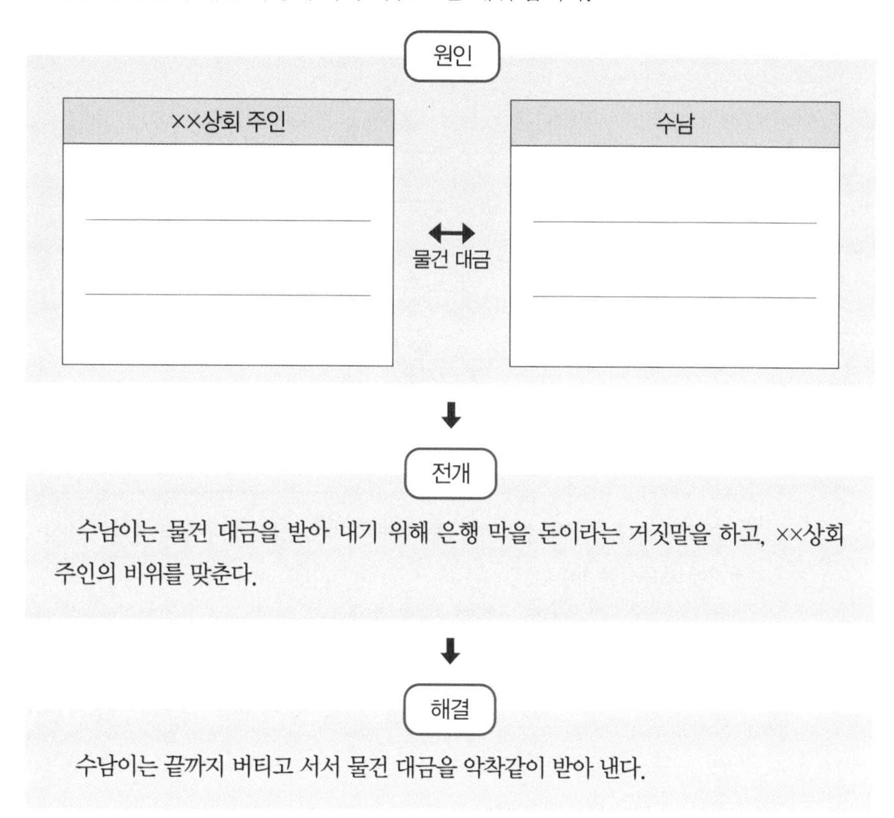

(2) 다음에서 알맞은 갈등의 종류를 골라 ○표를 해 봅시다.

수남이와 ××상회 주인은 물건 대금 때문에 갈등하고 있다. 이러한 갈등은 (내적 갈등 / 외적 갈등)으로, (인물과 인물 간의 갈등 / 인물과 사회와의 갈등 / 인물과 자연 환경 간의 갈등 / 인물과 운명 간의 갈등)에 해당한다.

2_ 수남이와 신사와의 갈등 전개 과정을 알맞게 정리해 봅시다.

(1) 갈등의 원인과 해결 과정에 따라 다음 표를 채워 봅시다.

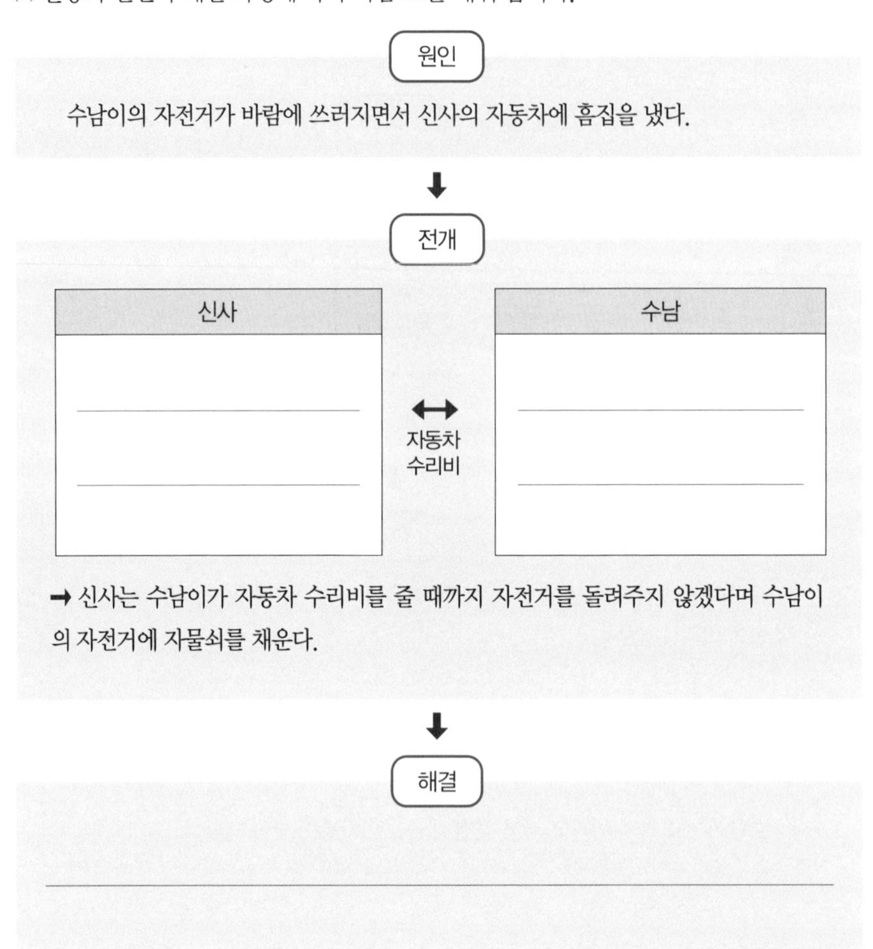

(2) 갈등의 대상과 원인 그리고 갈등의 종류가 잘 드러나도록 수남이의 갈등 상황을 정리해 봅시다.

3_ 수남이의 갈등 전개 과정을 알맞게 정리해 봅시다.

(1) 갈등의 원인과 해결 과정에 따라 다음 표를 채워 봅시다.

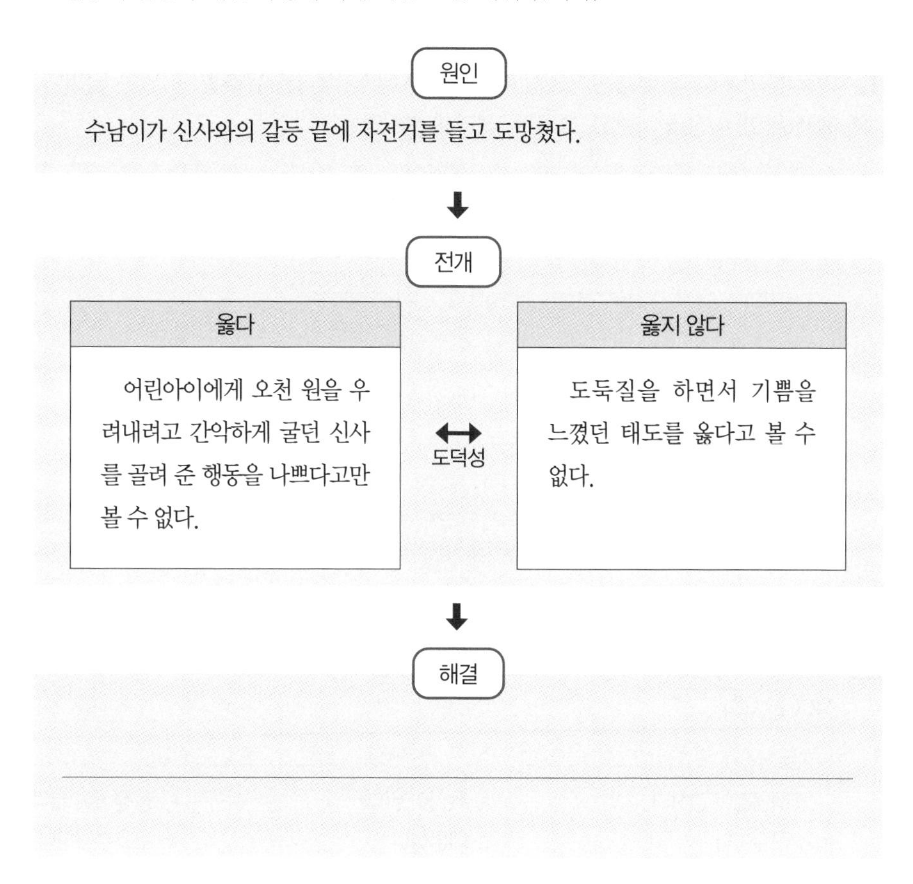

(2) 다음 〈조건〉에 맞춰 수남이가 갈등하는 이유를 정리해 봅시다.

조건
- 갈등의 종류를 포함하여 서술할 것.

하늘은 맑건만

1_ 이 작품의 시대적 배경은 1930년대입니다. 시대적 배경을 **유추**할 수 있는 단어를 작품에서 세 개 이상 찾아보고, 그 뜻을 정리해 봅시다.

내가 찾은 단어	뜻
지전	

• **유추(類推)** 같은 종류의 것 또는 비슷한 것에 기초하여 다른 사물을 미루어 추측하는 일.

2_ 다음 말과 행동을 통해 알 수 있는 각 인물의 성격이나 태도를 〈보기〉에서 찾아 기호로 적어 봅시다.

보기

㉠ 책임감이 강하다	㉡ 욕심이 많다	㉢ 동정심이 많다
㉣ 끈질기다	㉤ 대범하다	㉥ 우유부단하다
㉦ 반성할 줄 안다	㉧ 양심의 가책을 느낀다	

문기

• 쓰고 남은 거스름돈을 종이에 싸서 고깃간 집 안마당으로 던진다.
• "오늘 작은아버지에게 막 꾸중 듣구. 그리고 나두 인젠 그런 건 안 헐 작정이다."
• 수신 시간 이후 하늘을 바로 보지 못한다.
• 담임 선생님을 찾아가 잘못을 고백하려 하지만 입을 열지 못한 채 나온다.

수만

• 문기를 꼬여 거스름돈을 쓰게 한다.
• 머뭇거리는 문기 어깨에 팔을 걸고 우쭐거리며 걸음을 옮긴다.
• "낼은 안 만날 테냐. 어디 두고 보자."
• 문기를 추근추근하게 쫓아다니며 은근히 골리는 행동을 한다.

작은아버지

• "난 너 하나는 어디까지든지 공부도 시키구 사람을 만들어 주려구 애를 쓰는데……."
• 사고를 당해 누워 있는 문기를 근심스러운 얼굴로 내려다본다.

3_ 다음 밑줄 친 부분에서 드러나는 문기의 갈등을 〈조건〉에 맞게 적어 봅시다.

조건

• 문기의 심리 상태에 대해 원인과 결과가 드러나도록 쓰고, 갈등의 종류를 밝힐 것.

그날 밤이었다. 아랫방 들창 밑에 훌쩍훌쩍 우는 어린아이 울음소리가 났다. 아랫집 심부름하는 아이 점순이 음성이었다. 숙모가 직접 그 집에 가서 무슨 말을 한 것은 아니로되 자연 그 말이 한 입 건너 두 입 건너 그 집에까지 들어갔고, 그리고 그 집주인 여자는 점순이를 때려 쫓아낸 것이다. 먼저는 동네 아이들이 모여 지껄지껄하더니 차차 하나 가고 둘 가고 훌쩍훌쩍 우는 그 소리만 남는다. 방 안의 문기는 그 밤을 뜬눈으로 새웠나.

4_ 다음에서 문기의 심정을 유추하여 적고, 이를 통해 얻을 수 있는 교훈을 적어 봅시다.

> "작은아버지."
> 하고 문기는 입을 열었다. 그리고,
> "저는 마땅히 받아야 할 벌을 받은 거예요."
> 하고 문기는 눈을 감으며 한 마디 한 마디 그러나 똑똑하게 처음서부터 끝까지 먼저 고깃간 주인이 일 원을 십 원으로 알고 거슬러 준 것, 그 돈을 써 버린 것, 그리고 또 붙장 안의 돈을 자기가 훔쳐 낸 것, 이렇게 하나하나 숨김없이 자백을 하자 이때까지 겹겹으로 몸을 싸고 있던 허물이 한 꺼풀 한 꺼풀 벗어지면서 마음속의 어둠도 차차 사라지며 맑아지는 것을 문기는 확실히 깨달을 수 있었다. 마음이 맑아지며 따라 몸도 가뜬해진다. 내일도 해는 뜨고 하늘은 맑아지리라. 그리고 문기는 그 하늘을 떳떳이 마음껏 쳐다볼 수 있을 것이다.

• 문기의 심정: ______________________________

• 교훈: ______________________________

____

5_ 작품의 제목을 완결된 문장으로 적고, 그렇게 생각한 이유를 주제와 연결 지어 설명해 봅시다.

> 하늘은 맑건만 ______________________________

• 이유: ______________________________

____

자전거 도둑

1_ 다음을 참고하여 작품의 시간적 배경을 적고, 작품에서 공간적 배경을 찾아 정리해 봅시다.

> 이 소설은 국가적 차원에서 경제 개발이 활발히 전개되던 시대를 배경으로 한다. 당시는 산업화·도시화가 급속하게 진행되면서 점차 물질적 가치를 중시하는 사회 분위기가 널리 퍼졌다. 이 소설은 그러한 분위기 속에서 도덕성을 잃고 물질적 이익만을 좇는 사람들의 모습을 보여 준다.

• 시간적 배경: ______________________

• 공간적 배경: ______________________

2_ 작품의 주요 사건을 정리해 봅시다.

발단 시골에서 올라와 전기용품 도매상 점원으로 일하는 수남이는 주인 영감의 보살핌에 사랑을 느끼며 고마워한다.

전개 바람이 심하게 불던 날 배달을 간 수남이는 ××상회 주인에게서 악착같이 돈을 받아 낸다.

위기 ______________________

____

절정 수남이는 자전거를 들고 도망쳤던 자신의 행동을 되돌아보며 고민에 빠진다.

결말 ______________________

____

3_ 수남이가 주인 영감에게 느끼는 감정을 주인 영감의 속마음과 비교하여 〈조건〉에 맞게 적어 봅시다.

조건

• 수남이의 감정은 작품에서 3**음절**의 단어로 찾아 쓸 것.

"꼬마 혼자 데리고 벅차시겠습니다. 좀 큰 애 하나 더 쓰셔야죠."

영감님은 그런 소리를 제일 싫어한다. 벌레라도 씹어 먹은 듯이 이상야릇한 얼굴로 상대방을 흘겨보며,

"누가 뭐 사람 더 쓰기 싫어 안 쓰나. 어디 사람 같은 놈이 있어야 말이지. 깡패 놈이라도 걸려들어 봐. 우리 수남이가 물든다고. 이런 순진한 놈일수록 구정물 들긴 쉽거든."

얼마나 고마운 주인 영감님인가. 이런 고마운 어른을 위해 그까짓 세 사람이 할 일 혼자 못 할까 하고 양팔의 근육이 팽팽히 긴장한다.

• **음절**(音節) 한 번에 소리 낼 수 있는 소리마디.

예 아버지 ➡ 3음절 / 전기용품 ➡ 4음절

• **어절**(語節) 문장을 몇 개의 마디로 끊어 읽을 때 끊어 읽는 대로 나누어지는 도막도막의 마디를 말하는 것으로, 띄어쓰기나 끊어 읽기의 단위가 됨.

예 날씨가 ∨ 매우 ∨ 좋다 ➡ 3어절

4_ 작품의 내용을 참고하여 작품 속 '세찬 바람'의 역할을 적어 봅시다.

내용		'세찬 바람'의 역할
• 낮 동안 떼어서 세워 놓은 가게 판자문이 요란한 소리를 내며 나자빠졌다. • 가게 함석지붕은 얇은 헝겊처럼 곧 뒤집힐 듯이 펄럭댔다. • 공중을 가로지른 전화 줄에서는 온종일 귀신의 휘파람 같은 이상한 소리가 났다.	➡	
아크릴 간판이 다 마른 빨래처럼 훨훨 나는가 했더니, 곧장 땅으로 떨어지면서 때마침 지나가던 아가씨의 정수리를 들이받고 떨어졌다.	➡	

➡ 수남이는 아가씨가 다치는 사고를 보며 ______________ 은/는 예감을 하는데, 이는 수남이가 겪을 사건의 ______________ (으)로 작용한다.

5_ 다음에서 설명하는 2어절의 단어를 작품에서 찾아 그 의미와 함께 적어 봅시다.

• 수남이가 자전거를 들고 도망쳐 온 일을 칭찬하던 주인 영감의 얼굴빛
• 돈과 물건을 훔쳐서 오랜만에 집에 돌아온 날 밤 수길이의 얼굴빛
• 자전거를 들고 도망친 자신의 행동에 대해 고민하던 수남이의 얼굴빛

• 단어: ______________

• 의미: ______________

6_ 〈자전거 도둑〉이 전하고자 하는 주제는 무엇인지 빈칸에 들어갈 말을 적어 봅시다.

> 순진한 소년 수남이의 눈에 비친 도시 사람들(주인 영감, ××상회 주인, 신사, 구경꾼들)의 부도덕한 모습을 통해 ________________ 을/를 비판하고 있다. 또한 이러한 비판적 시각을 통해 오늘날 우리가 소중히 여겨야 할 정신적 가치는 무엇인지 고민하게 한다.

한걸음 더

인물의 성격 제시 방법

소설에서 인물의 성격을 제시하는 방법에는 두 가지가 있습니다. 직접 제시는 서술자가 직접 인물의 성격, 특징, 심리 등을 말해 주는 방법입니다. 반면 간접 제시는 인물의 행동이나 대화 등을 통해 간접적으로 인물의 성격을 보여 주는 방법입니다.

〈자전거 도둑〉에서는 인물의 성격을 간접적으로 제시한 부분을 찾아볼 수 있습니다. '인마, 인마' 하는 고약한 말버릇으로 어린 소년 수남이에게 자동차 수리비를 받아 내려고 하는 신사, 자전거를 들고 도망가라며 수남이를 부추기는 구경꾼들, 자전거를 훔쳐 온 수남이를 "만날 촌놈인 줄만 알았더니 제법인데, 제법이야."라며 칭찬하는 주인 영감 등 인물의 행동과 대화를 통해 이들의 이기적이며 냉정하고 탐욕스러운 성격을 파악할 수 있습니다.

한편, 간접적 성격 제시 방법은 직접 제시보다 인물의 성격을 빨리 파악할 수는 없지만, 인물의 성격이 행동, 대화, 외모 등을 통해 드러나기 때문에 생동감을 주며, 독자들에게 깊은 인상을 남길 수 있습니다.

문기가 살던 그때 그 시절

〈하늘은 맑건만〉은 1938년에 발표된 소설입니다. 시대상이 또렷하게 드러나는 작품은 아니지만, 몇몇 단어나 화폐 단위 등에서 시대적 배경을 짐작할 수 있습니다.

먼저 문기는 숙모에게 1원짜리 지전을 한 장 받고 심부름을 갔다가 고깃간에서 지전 아홉 장과 은전 몇 닢을 거스름돈으로 받게 되는데, 이때 쓰인 '1원, 10원, 1전' 등이 바로 일제 강점기였던 1930년대의 화폐 단위입니다. 1원, 10원이 동전이 아닌 종이돈인 것이 흥미로운 부분입니다. 문기가 죄책감을 느끼는 수업 시간 '수신'도 일제 강점기 때 지금의 도덕이나 윤리처럼 양심이나 사회적 관습에 따라 개인이 지켜야 할 규범을 가르치던 교과 과목이었습니다.

당시 아이들에게 최고의 오락거리는 골목길에서 친구들과 하는 술래잡기나 딱지치기였습니다. 컴퓨터나 게임기는커녕 **변변한** 놀이터도 없던 시절이었지요. 문기나 수만이도 학교가 끝난 뒤 책보를 집어던지고 친구들과 함께 골목에 모여 뛰놀았을 것입니다. 그런 아이들에게 환등기가 비추는 활동사진의 장면들이 얼마나 신기하게 다가왔을지 쉽게 짐작할 수 있습니다.

실제로 1930년대 영화의 인기는 상상을 초월할 정도였습니다. 시험이 끝나면 학급 친구들이 모두 함께 영화 관람을 가곤 했고, 아이들 사이에서는 영화의 인물처럼 분장하고 대사를 따라 하는 것이 유행이었습니다. 그때 물가로 쌀 한 가마가 13원, 여자 직공의 월급이 12원 정도였던 시절, 영화관 입장료는 보통석이 40~50전, 특등석은 1원 정도였다고 합니다. 1935년에는 하루에만 2만 명이 극장에서 영화를 관람했다는 기록이 남아 있는데, 입장료가 그리 만만한 금액이 아니었음을 생각해 볼 때 영화의 인기가 얼마나 대단했는지 짐작할 수 있습니다. 새삼 환등기를 사서 친구들에게 1전씩 받고 영화를 보여 주자던 수만이의 계획이 **영악하게** 느껴집니다.

이처럼 문기와 수만이가 살던 시대는 지금과는 너무나도 다른 모습이지만, 당시 또래 아이들의 생활과 상황을 상상하며 작품을 읽다 보면 갈등하던 문기의 마음에 더욱 쉽게 공감할 수 있을 것입니다.

변변하다 제대로 갖추어져 충분하다.
영악하다(靈惡--) 이해가 밝으며 약다.

Step_1 현실과 이상

작품에 드러난 현실과 인물이 추구한 삶에 대해 이야기해 봅시다.

가 죽는 날까지 하늘을 우러러
한 점 부끄럼이 없기를,
잎새에 이는 바람에도
나는 괴로워했다.
별을 노래하는 마음으로
모든 죽어 가는 것을 사랑해야지
그리고 나한테 주어진 길을
걸어가야겠다.

오늘 밤에도 별이 바람에 스치운다.

– 윤동주, 〈서시〉

〈서시〉는 1941년 11월 20일 윤동주(尹東柱, 1917~1945)가 쓴 시이다. 그의 **유고** 시집 《하늘과 바람과 별과 시(詩)》(1948)에 수록되어 있다. 윤동주는 일제 강점기 지식인으로서 겪어야 했던 정신적 고통을 섬세한 서정으로 노래한 시인이다. 그는 시 속에서 현실적 존재의 슬픔이 어디로부터 나온 것인가에 대해 끊임없이 탐구한다. 그래서 그의 시는 그의 생애 흐름과 일치하며 함께 발전한다. 그리고 이러한 그의 작품 세계가 **오롯이** 반영된 작품이 바로 〈서시〉이다. 〈서시〉는 현실의 어둠과 괴로움 속에서 자기의 양심을 지키며 맑고 아름다운 삶을 살고자 했던 젊은이의 모습을 보여 주고 있다.

윤동주, 그는 민족 독립을 기다리며 자신의 부끄러움 없는 삶을 위해 죽을 때까지 시대적 양심을 잃지 않은 시인이었다.

나 이튿날 아침이다. 문기는 밥을 두어 술 뜨다가는 고만둔다. 그 돈을 갚기 위한 그것이 아니다. 도시 입맛이 나지 않았다. 학교엘 갔다. 첫 시간은 수신 시간, 그리고 공교로이 제목이 '정직'이다. 선생님은 뒷짐을 지고 교단 위를 왔다 갔다 하며 거짓이라는 것이 얼마나 악한 것이고 정직이 얼마나 귀하고 중한 것인가를 누누이 말씀하신다. 그리고 안경 쓴 선생님의 그 눈이 번쩍하고 문기 얼굴에 머물렀다 가고 가고 한다. 그럴 때마다 문기는 가슴이 뜨끔뜨끔해진다. 문기는 자기 한 사람에게만 들리기 위한 정직이요 수신 시간인 듯싶었다. 그만치 선생님은 제 속을 다 들여다보고 하는 말인 듯싶었다.

운동장에서도 문기는 풀이 없다. 사람 없는 교실 뒤 버드나무 옆 그런 데만 찾아다니며 고개를 숙이고 깊은 생각에 잠기거나 팔짱을 찌르고 왔다 갔다 하기도 한다. 그러다 누가 등을 치면 소스라쳐 깜짝깜짝 놀란다.

언제나 다름없이 하늘은 맑고 푸르건만 문기는 어쩐지 그 하늘조차 쳐다보기가 두려워졌다. 자기는 감히 떳떳한 얼굴로 그 하늘을 쳐다볼 만한 사람이 못 된다 싶었다.

언제나 다름없이 여러 아이들은 넓은 운동장에서 마음대로 뛰고 마음대로 지껄이고 마음대로 즐기건만 문기 한 사람만은 어둠과 같이 컴컴하고 무거운 마음에 잠겨 고개를 들지 못한다. 무엇보다도 문기는 전일처럼 맑은 하늘 아래서 아무 거리낌 없이 즐길 수 있는 마음이 갖고 싶다. 떳떳이 하늘을 쳐다볼 수 있는, 떳떳이 남을 대할 수 있는 마음이 갖고 싶었다.

– 현덕, 〈하늘은 맑건만〉

• **유고**(遺稿) 죽은 사람이 생전에 써서 남긴 원고.
• **오롯이** 모자람이 없이 온전하게.

1_ 제시문을 읽고 각 인물이 처한 현실을 정리해 봅시다.

가의 '나'	
나의 '문기'	

2_ 제시문 **가**에서 밑줄 친 문장의 의미를 말해 보고, 제시문 **나**에서 같은 의미로 쓰인 문장을 찾아 써 봅시다.

• 밑줄 친 문장의 의미: ______________________

____

____

• 같은 의미의 문장: ______________________

____

____

____

3_ 제시문 **가**와 **나**에 공통적으로 드러난 '하늘'의 의미를 말해 봅시다.

____

____

____

____

하늘을 우러러 한 점 부끄럼이 없기를

〈하늘은 맑건만〉의 문기와 〈자전거 도둑〉의 수남이는 양심에 반하는 행동 때문에 괴로움을 겪는 소년들입니다.

문기의 잘못은 **우발적**인 상황에서 발생했습니다. 거스름돈을 더 많이 받아 망설이고 있던 순간, 친구 수만이의 유혹에 넘어가 양심을 저버리고 만 것입니다. 문기가 그럴 수 있었던 것은 수만이라는 대상을 만나 자신의 부도덕성을 **합리화할** 수 있었기 때문입니다. 수만이의 유혹은 문기가 나쁜 짓을 하게 되는 과정에서 변명의 계기가 됩니다. 하지만 그 존재가 문기의 행동을 끝까지 정당하게 만들어 주는 것은 아니었습니다. 수만이의 협박에 못 이겨 숙모 돈에까지 손을 댄 문기는 걷잡을 수 없는 죄책감에 시달리게 됩니다.

〈자전거 도둑〉의 수남이는 자전거를 들고 도망칠 때 약간의 공포와 함께 쾌감을 느꼈습니다. 하지만 자신의 행동을 칭찬하는 주인 영감의 얼굴을 보며 메스껍다고 생각하죠. 그리고 혼자가 된 저녁 시간, 아까의 행동을 되돌아보며 자기 안에 도사린 부도덕성을 발견합니다. 성공한 척 고향에 돌아왔지만 사실은 도둑이 되어 버렸던 형의 모습을 떠올리며, 자신에게도 도둑의 피가 흐르는 것은 아닐까 안절부절못합니다.

양심을 저버린 두 주인공은 이처럼 아무도 자신을 의심하거나 비난하지 않는데도 죄책감에 시달립니다. 그리하여 양심이 가장 무서운 심판자이며, 법이 주는 벌이나 타인의 손가락질보다 양심의 가책이 더 무섭다는 사실을 깨닫게 됩니다. 이처럼 개인의 삶은 시대의 상황이나 환경에 크게 영향을 받지만, 결국 그 사람이 어떤 가치관을 갖고 살아가느냐에 따라 결정됩니다. 상황과 배경이 서로 다른 이 두 작품도 문기와 수남이가 모두 양심의 소리에 귀를 기울였고, 그에 따른 삶을 살기로 결심하고 노력했다는 점에서 공통의 가치를 지닙니다.

그 노력의 결과 문기는 파란 하늘을 떳떳한 마음으로 바라볼 수 있게 되었고, 수남이도 맑고 환하게 빛나는 얼굴을 되찾았습니다. 그렇게 두 친구는 아이에서 어른으로 한 걸음 더 성장하게 됩니다.

우발적(偶發的) 어떤 일이 예기치 아니하게 우연히 일어나는 것.
합리화하다(合理化--) 어떤 일을 한 뒤에, 자책감이나 죄책감에서 벗어나기 위하여 그것을 정당화하다.

Step_2 물질 만능주의와 우리 사회의 문제

산업화에 따른 부작용을 살펴보고, 오늘날 우리 사회의 문제점에 대해 생각해 봅시다.

가 〈자전거 도둑〉의 배경이 되는 시대는 경제 개발이 한창이던 1970년대입니다. 경제 개발을 위해서는 공산품(工産品)을 많이 만들어 내고, 이것을 수출해 외화를 벌어들여야 했습니다. 이를 위해 도시에는 수많은 공장이 지어졌고, 공장에서는 많은 인력을 필요로 하게 되었습니다. 당시 청년들이나 어린아이들은 가정 형편이 어려워지면 서울로 올라와서 일거리를 찾는 일이 많았습니다. 수남이 역시 가난한 살림 때문에 고향을 떠나 서울 청계천 세운 상가의 한 가게에서 점원으로 일하게 된 것입니다.

나 18년 동안 독재를 했던 박정희 전 대통령 시기에는 '경제 개발 계획'이 꾸준히 추진되어 나라의 살림살이가 조금씩 나아졌다. 경제 성장률은 세계 최고 수준이었다. 그래서 1970년대를 '고도성장의 시대'라고도 부른다.

이 고도성장의 시대에는 농촌을 비롯한 모든 사회에서 '새마을 운동'이 활발했으며, 경부 고속 도로, 포항 제철 등이 건설되어 산업화를 이끌어 나갔다. 하지만 이런 눈부신 고도성장의 뒤에는 어두운 그늘도 있었다. 본래 천연자원이 부족한 데다 기술력도 모자랐던 한국이 경제를 발전시킬 방법은 무엇이었을까? 외국에서 원자재와 자본을 끌어들이는 수밖에 없었다. 정부는 원유, 생고무, 펄프, 철 등 거의 모든 원자재를 수입했다. 대기업들은 정부의 도움으로 외국에서 빚을 끌어들여 공장을 세워 나갔다. 그리고 노동자들을 투입해 제품을 만들어 그것을 외국에 수출해 달러를 벌어들이는 식이었다.

– 이정범, 《상위 5%로 가는 역사 탐구 교실 6 – 현대사》

다 산업화를 거치며 물질적으로 풍요로워지고, 개인적 권리를 누릴 수 있는 기회가 증가하면 삶의 가치가 물질적 요소로 치우치게 되고, 이에 따른 여러 가지 부작용이 발생한다. 가치관의 혼란 과정에서 등장하는 것이 바로 물질 만능주의이다. 물질 만능주의는 삶의 물질적 조건이 부족했던 사회에서 이 조건이 향상하면서 나타나는 일반적 현상이다. 특히 우리나라의 경우 단기간에 걸친 산업화와 근대화의 과정 속에서 급속한 사회 변화를 경험했고, 이 과정에서 물질문화와 전통적 가치관 사이의 갈등을 겪었다.

한편 물질 만능주의를 정신적 측면에서 살펴보면 인간의 이기심에서부터 원인을 찾을 수 있다. 물질적 욕구로부터 시작된 인간의 이기심은 자기 것에 대한 집착으로 나타나고, 이러한 현상은 어느 시대나 어느 곳에서나 등장하는 문제들이다. 우리나라에서는 짧은 과정에서 근대화가 진행되었기 때문에 계층 갈등, 집단 갈등, 지역 갈등 등 다양한 부분에서 이기주의의 형태가 나타났고, 이것이 사회 갈등을 초래하고 국민의 정신적 통합을 이루는 데 걸림돌로 작용하게 되었다.

물론 자본주의 경제 체제가 발전하다 보면 이러한 현상은 피할 수 없다. 경제 문제라는 것이 원래 이기적 인간상을 전제로 하기 때문이다. 하지만 수천 년간 이어져 내려온 전통 윤리와 풍속들이 불과 몇십 년의 산업화 과정에서 변질되고, 이로부터 심각한 사회 갈등과 분열이 발생한다는 것은 문제가 있다. 따라서 물질에만 너무 집착하는 마음과 태도를 경계해야 한다. 우리 전통 윤리를 되돌아보고, 이로부터 현재 우리 사회를 반성해 보아야 한다. 그리고 현재 단계의 경제 발전 방향이 옳은 것인지를 다시 한번 살펴보고 점검해 보아야 한다.

– 한림학사, 《개념어 사전 – 통합 논술》

1_ 제시문을 읽고 물음에 답해 봅시다.

(1) 〈자전거 도둑〉에서 부정적으로 그려지는 인물들을 모두 찾아보고, 이들이 지닌 가치관의 공통점을 적어 봅시다.

• 인물: ______________________________

• 공통점: ______________________________

(2) 앞에서 정리한 인물들이 그러한 가치관을 갖게 된 이유를 1970년대 산업화 과정과 연관지어 정리해 봅시다.

____

____

____

2_ 문제 1번의 인물들과 가장 비슷한 인물을 〈하늘은 맑건만〉에서 찾아 적고, 그렇게 생각한 이유를 적어 봅시다.

- 인물: ______________________

- 이유: ______________________

____

3_ 물질 만능주의는 오늘날 우리 사회에서 어떤 문제들을 불러일으키고 있는지 적고, 그 해결 방안을 생각해 봅시다.

문제점	______________________
해결 방안	______________________

세운 상가와 1970년대

건설 전부터 세간의 관심을 끌었던 세운 상가는 당시 전자 제품의 중심지로 발돋움하면서 서울의 랜드마크로 자리매김합니다. 그리하여 사람보다는 돈, 정신적 가치보다는 물질적 가치를 우선시하던 1970년대 서울의 상징이 되기도 했죠. 〈자전거 도둑〉의 수남이는 바로 이곳에서 의도치 않은 사건을 겪으며, 주변 사람들이 '돈'만을 위해 움직이는 존재라는 것을 깨닫게 됩니다.

이제 세운 상가는 오래전 명성과 활기를 잃어 누구도 이곳을 서울의 중심지라 여기지 않습니다. 하지만 세운 상가가 상징했던 물질 만능의 세태를 꼬집는 〈자전거 도둑〉은 시대를 넘어 우리가 추구해야 할 가치가 무엇인지 끊임없이 생각해 보게 합니다.

Step_3 수남이의 선택

〈자전거 도둑〉의 수남이가 신사 몰래 자전거를 들고 도망친 일은 비난받아 마땅한지 토론해 봅시다.

※ 제시문 가~마의 밑줄 친 부분을 참고하여 찬성 측과 반대 측의 근거를 정리해 봅니다.

가 바람이 여전하다. 저만큼서 흙먼지가 땅을 한 꺼풀 벗겨 홑이불처럼 둘둘 말아 오는 것같이 엄청난 기세로 몰려온다. 골목 안의 모든 것이 '뎅그렁', '와장창', '우르릉' 하고 제각기의 음색으로 소리 높이 비명을 지른다. (중략)

바람이 지난 후 수남이는 눈을 뜨고 침을 탁 뱉는다. 입속에 모래가 들어와 깔깔하고 목구멍이 알싸하니 아프다. 다시 자전거 쪽으로 걷는다. 조금 전만 해도 서 있던 자전거가 누워 있다. 그래도 날아가진 않았으니 다행이다.

나 "인마, 꼼짝 말고 있어."

신사의 말이 아니더라도 꼼짝하려야 할 수 있을 처지가 아니다. 꼼짝은커녕 숨도 제대로 쉴 수 없을 만큼 수남이의 뒷덜미는 신사의 손에 잔뜩 움켜쥐어져 있다.

"인마, 네놈의 자전거가 쓰러지면서 내 차를 들이받았단 말이야. 이런 고급 차를 말이야. 이런 미련한 놈, 왜 눈은 째려, 째리긴! 그러니 내 차에 흠이 안 나고 배겼겠냐. 내 차는 인마, 여자들 손톱만 살짝 닿아도 생채기가 나는 고급 차야 인마, 알간?"

그러고는 거울처럼 티 하나 없이 번들대는 차체를 면밀히 훑어보더니 "그러면 그렇지." 하고 환성을 질렀다. 아마 생채기를 찾아낸 모양이다.

"일은 컸다. 인마, 칠만 살짝 긁혔어도 또 모르겠는데 여 봐라, 여기가 이렇게 우그러지기까지 했으니 일은 컸다, 컸어."

다 "울긴, 인마. 너 한 달에 얼마나 버냐?"

신사의 목청이 다분히 누그러지며 목소리에 연민이 담긴 것을 수남이는 재빨리 알아차린다. 그러자 흑흑 소리까지 내어 운다.

"울긴 짜아식, 할 수 없다. 너나 나나 오늘 재수 옴 붙은 걸로 치고 반반씩 손해 보자. 오천 원만 내."

수남이는 너무 놀라 울음까지 끄르륵 삼키고 신사를 쳐다본다. 그사이 사람들이 큰 구경이나 난 것처럼 모여들어 신사와 수남이를 에워싼다.

누군가가 뒤에서 "빌어, 이놈아. 그저 잘못했다고 무조건 빌어." 하고 속삭인다. 수남이는 여러 사람이 자기를 동정하고 있다고 느끼자 적이 용기가 난다.

"아저씨, 잘못했습니다. 한 번만 용서해 주십시오. 네, 아저씨."

제법 또렷한 소리로 용서를 빈다.

"용서라니, 이만큼 했으면 됐지 어떻게 더 용서를 해."

라 "토껴라, 토껴. 그까짓 것 갖고 토껴라."

그것은 악마의 속삭임처럼 은밀하고 감미로웠다. 수남이의 가슴은 크게 뛰었다. 이번에는 좀 더 점잖고 어른스러운 소리가 나섰다.

"그래라, 그래. 그까짓 거 들고 도망가렴. 뒷일은 우리가 감당할게."

그러자 모든 구경꾼이 수남이의 편이 되어 와글와글 외쳐 댔다.

"도망가라, 어서어서 자전거를 번쩍 들고 도망가라, 도망가라."

수남이는 자기편이 되어 준 이 많은 사람들을 도저히 배반할 수 없었다. 이상한 용기가 솟았다. 수남이는 자전거를 마치 검부러기처럼 가볍게 옆구리에 끼고 질풍같이 달렸다.

마 낮에 내가 한 짓은 옳은 짓이었을까? 옳을 것도 없지만 나쁠 것은 또 뭔가. 자가용까지 있는 주제에 나 같은 아이에게 오천 원을 우려내려고 그렇게 간악하게 굴던 신사를 그 정도 골려 준 것이 뭐가 나쁜가? 그런데도 왜 무섭고 떨렸던가. 그때의 내 꼴이 어땠으면, 주인 영감님까지 "네놈 꼴이 꼭 도둑놈 꼴이다."라고 하였을까. – 박완서, 〈자전거 도둑〉

바 **찬반 의견 정리**

의견 1 바람이 심하게 부는 날 자전거 관리를 제대로 하지 못한 점은 수남이의 책임이다. 뜻하지 않은 사고라도 피해를 입은 사람이 있으니 누군가는 책임을 져야 한다. 게다가 수리비를 요구하는 신사의 말을 무시하고 자전거를 들고 도망친 것도 모자라 고향으로 돌아가려 마음먹는 행동은 문제를 회피하려는 의도이다. 적극적으로 문제를 해결하려 하기는커녕 무책임하게 행동한 수남이는 당연히 비난받아야 한다.

의견 2 자전거가 넘어진 것은 바람 때문이지 일부러 자동차를 파손한 것이 아니다. 그리고 주인 영감이 시킨 일을 하느라 자전거를 몰았던 수남이에게 책임을 물 수 없다. 또한 아무리 손해를 입었더라도, 남의 자전거에 함부로 자물쇠를 채운 신사의 행동을 옳다고 볼 수 없다. 내 자전거를 내가 들고 가는 것을 도둑질이라고 볼 수도 없다.

주장 1 수남이가 자전거를 가져온 행동은 비난받아야 한다.

주장 2 수남이가 자전거를 가져온 행동은 비난받지 않아도 된다.

1_ 'STEP 3'에서 토론한 내용을 바탕으로, 수남이가 자전거를 들고 도망친 일에 대한 자신의 생각을 서술해 봅시다.

2_ 앞에서 배운 두 작품을 바탕으로 소설에서 갈등의 개념과 종류를 설명해 봅시다.

소설과 갈등의 해소

소설에서 **갈등의 해소**란 '인물의 내적 갈등이나 인물 간의 관계 등에서 나타나는 대립이 해결되고, 인물의 운명이 결정되는 것'을 말합니다. 따라서 사건이 벌어지고 해결되는 소설의 모든 과정이 사실은 인물의 갈등 해소 과정이라고 할 수 있지요. 특히 〈자전거 도둑〉처럼 인물의 내적·외적 갈등이 잘 드러나는 소설의 경우 갈등 해소 과정을 따라 사건을 정리하다 보면 내용을 좀 더 쉽게 이해할 수 있습니다. 소설의 마지막 장면에서 '결심'을 굳힌 수남이의 얼굴은 누런 똥빛이 말끔히 가시고, '소년다운 청순함'으로 빛나고 있지요. 잠시 가졌던 탐욕과 비양심적인 마음을 극복하고, 순수한 인간성과 도덕성을 회복하는 것으로 내적 갈등을 해소한 것입니다.

※ 〈공작 나방〉을 읽고 '나'가 겪는 갈등의 종류와 해결 방식에 대해 생각해 봅시다.

공작 나방 _헤르만 헤세

모처럼 나를 방문한 친구 하인리히 모어가 저녁 산책을 마치고 돌아와 함께 이야기를 나누고 있었다. 해는 저물고 있었다. 창문 너머로는 가파른 언덕으로 둘러싸인 호수가 어둠 속에서 희미하게 보였다. 때마침 내 어린 아들이 밤 인사를 하고 나가자 우리는 자연스럽게 아이들과 어린 시절의 기억에 대해 이야기를 시작했다.

"아이들이 생기고부터는 어릴 때 좋아하던 취미들이 다시 생생하게 되살아나더군. 그래서 한 일 년 전부터 나는 나비 수집을 새로 시작했다네. 한번 보겠나?"

그에게 보여 주려고 종이 상자 몇 개를 가지고 돌아와 열어 보았을 때는 나비가 보이지 않을 정도로 날이 어두워져 있었다. 램프를 찾아 불을 켜자 희미하던 창밖의 풍경은 어둠 속에 묻혀 버렸다. 그러나 상자 속의 나비는 밝은 램프 불 아래 빛나는 자태를 드러냈다. 우리는 고개를 숙이고 그 고운 빛깔을 한 형상들의 이름을 하나하나 불러 가며 천천히 살펴보았다.

내가 말했다.

"여기 이건 노란 밤나방이라네. **학명**은 풀미네아(fulminea)라고 하는데, 이곳에서는 매우 드문 종이지."

하인리히 모어는 핀에 꽂힌 나비들 중 한 마리를 상자 속에서 조심스럽게 꺼내 날개 아랫부분을 살펴보았다.

그가 말했다.

"참, 이상하지. 나비를 볼 때만큼 어릴 때의 기억을 불러일으키는 건 없으니 말야."

그는 나비를 다시 제자리에 꽂고 상자 뚜껑을 덮으며 말했다.

"잘 봤네."

약간 딱딱한 어조로 이렇게 말하는 그에게 그 추억은 별로 달갑지 않은 것처럼 보였다.

그가 말했다.

"자네 수집 판을 자세히 보지 않은 걸 기분 나쁘게 생각하지는 말아 주게. 나도 어릴 때 비슷한 것을 가지고 있었지. 그때의 기억이 떠올라서 기분이 좀 상했다네. 창피하긴 하지만 그 이야기를 들려주지."

그가 램프 덮개를 열어 담뱃불을 붙이고 나서 다시 램프 위에 갓을 씌우자, 우리의 얼굴은 어슴푸레해졌다. 그러고 나서 그가 열려 있는 창문 곁으로 가 앉자 조금 야위고 길쭉한 그의 얼굴은 거의 어둠 속에 묻혀 버렸다. 내가 담배를 피우는 동안 밖에서는 멀리서 들려오는 개구리 울음소리가 밤을 수놓았고, 내 친구는 다음과 같은 이야기를 들려주었다.

내가 나비를 잡기 시작한 것은 여덟 살인가 아홉 살 때부터였어. 처음엔 큰 관심 없이 다른 애들이 다 하니까 나도 해 보는 정도였지. 그런데 열 살쯤 된 두 번째 여름에 나는 완전히 이 **유희**에 빠져서, 이 때문에 다른 일은 전혀 관심을 두지 않게 되었다네. 그래서 주위 어른들은 내가 그것을 못 하도록 말려야 되겠다고 걱정을 할 정도였어. 나비 잡기에 열중하면 학교 수업 시간도, 점심시간도 잊어버리고, 탑시계가 우는 것도 귀에 들어오지 않았다네. 학교를 쉬는 날은 빵 한 쪽을 호주머니에 넣고는, 아침 일찍부터 밤늦게까지, 끼니때에도 집으로 돌아가지 않고 뛰어다니곤 했지.

지금도 아름다운 나비를 보면, 이따금 그때의 열정이 몸에 스미는 듯 느껴진다네. 그럴 때면 나는 잠시 어린아이만이 느낄 수 있는, 뭐라고 표현할 수 없는 **황홀감**에 사로잡히곤 하지. 소년 시절에 처음으로 노랑나비를 찾아냈던 그때의 기분 그대로를 느낄 수 있는 거야. 또한 그럴 때면 어린 날의 무수한 시간이 홀연히 떠오른다네. 풀 향기가 코를 찌르는 메마른 벌판의 찌는 듯한 무더운 낮과, 정원 속의 서늘한 아침과, 신비스러운 숲 속의 저녁때, 나는 마치 보물을 찾아 헤매는 사람처럼 **포충망**을 들고 나비를 노리고 다녔어. 그리하여 아리따운 나비를 발견하면—특별히 진귀한 것이 아니라도 좋았네. 햇볕 아래 졸고 있는, 꽃 위에 앉아서 빛깔이 고운 날개를 호흡과 함께 파르르 떨고 있는 것을 보면— 그것을 잡는 기쁨에 숨이 막힐 지경이 되어, 가만가만 다가섰어. 반짝이는 반점 하나하나, 날개 속에 드러난 **맥줄** 하나하나, 가는 더듬이의 갈색 잔털 하나하나가 눈에 뚜렷이 보이면, 그 긴장과 환희란 이루 다 말할 수가 없었다네. 그때의 그 미묘한 기쁨과 거센 욕망과의 교차를 그 뒤엔 자주 느낄 수 없었지.

부모님께서 좋은 도구를 하나도 마련해 주시지 않았기 때문에 나는 잡은 나비들을 낡고 헌 종이 상자에 두는 수밖에 없었어. 병마개에서 뽑은 동그란 **코르크**를 밑바닥에 붙이고 그 위에 핀을 꽂는 것이었지. 이렇게 초라한 상자 속에 나는 나의 보물을 간직했네. 처음 한동안에는 이 수집물을 친구들에게 즐겨 보여 주기도 하였지만, 친구들이 가진 도구는 대개 유리 뚜껑의 나무 상자에 푸른빛 **거즈**를 친 사육 상자와 그 밖의 여러 가지 사치스러운 것들이었기에, 내가 가진 초라한 설비를 더 자랑할 수가 없게 되었네. 그뿐만 아니라 아주 아름답고 희귀한 나비가 손에 들어와도, 남에게는 비밀로 하고 내 누이들에게만 이것을 보여 주곤 하였어.

그러던 어느 날 나는 우리 고장에서 보기 드문 푸른 날개의 나비를 잡았었네. 날개를 펴서 말린 다음에, 나는 하도 들뜨고 자랑스러워, 꼭 이웃집 아이에게만은 보여 주리라고 생각했지. 이웃집 아이란 뜰 건너편 집에 사는 교사의 아들 에밀이었어. 이 소년은 흠을 잡을 수 없을 만큼 깜찍한 녀석으로, 아이로서는 어딘지 못마땅한 구석도 있었지. 그의 수집물은 그리 대단하지는 않았으나, 깨끗하고 섬세한 솜씨는 보석을 간직한 것과 다름이 없었어. 게다가 그는 찢어진 나비의 날개를 풀로 이어 붙이는, 남이 잘 못하는 어려운 기술을 가지고 있었다네. 어쨌든 모든 점에서 그는 모범적인 소년이었어. 그 때문에 나는 그를 부러워하면서도, 속으로는 시기했던 거야.

나는 이 소년에게 푸른 날개의 나비를 보여 주었어. 그는 무슨 전문가나 되는 듯이 그것을 세세히 보고 나더니, 신기한 것임을 인정하면서 20**페니히**는 나가겠다고 말했어. 그러나 곧장 그는 트집을 잡기 시작하였네. 날개를 편 방식이 나쁘다느니, 오른쪽 더듬이가 비틀어졌다느니, 왼쪽 더듬이가 뻗어 있다느니, 그 위에 다리가 두 개 떨어졌다느니 하며, 제법 그럴듯한 결함을 늘어놓았어. 나는 그러한 결점을 그다지 대단한 것이라고는 생각지 않았으나, 그의 **혹평** 탓에 내 푸른 날개의 나비에 대한 기쁨은 **다분히** 허물어지고 말았다네. 그래서 나는 두 번 다시 그에게 수집물을 보여 주지 않았지.

두 해가 지나서 우리는 꽤 머리가 굵은 소년이 되었는데, 그때도 나의 나비 잡기에 대한 열정은 변함이 없었다네. 그때 이웃집 에밀이 공작 나방을 번데기에서 길러 냈다는 소문이 퍼졌지. 나는 이 말을 들은 때만큼 흥분한 적이 없었다네. 내가 아는 친구들 중에서는 아직 공작 나방을 잡은 사람이 없었으니까. 나 역시 내가 가진 낡은 책에서 그림으로 보았을 뿐이었어. 그 이름을 알면서도 아직 잡아 보지 못한 나비들 중에서 나는 공작 나방을 가장 가지고 싶어 하였어. 몇 번이고 나는 책 속의 그림을 들여다보았다네.

한 친구는 내게 이런 말을 했어. 나무둥치나 바위에 앉아 있는 이 갈색 나방은 새나 다른 짐승이 자기에게 덤벼들려고 하면 거무스름한 앞날개를 펼치고 아름다운 뒷날개를 드러내 보일 뿐인데, 그 커다랗고 빛나는 무늬가 매우 이상한 모양을 나타내어 새는 겁을 먹고 함부로 덤비지 못한다고…….

에밀이 이 이상한 나방을 가졌다는 소문을 듣고부터 나의 흥분은 절정에 이르러, 그것을 꼭 한 번 보고 싶어 견딜 수 없었다네. 나는 식사를 마친 뒤 곧장 뜰을 건너서 이웃집 4층으로 올라갔어. 이 4층에서 교사의 아들 에밀은 작으나마 제 방을 하나 차지하고 있었는데 그것이 내게는 얼마나 부러웠는지 몰라. 방으로 가는 도중에 나는 아무와도 만나지 않았네. 문을 두드려 보았지만 아무런 대답도 없었다네. 에밀이 없는 것 같아 문손잡이를 돌려 보니, 문은 열려 있었어.

어쨌든 실물을 한번 보리라는 생각에 나는 안으로 발을 들여놓았어. 그리고 에밀이 나비를 보관하는 두 개의 커다란 상자를 집어 들었네. 어느 상자에도 공작 나방은 들어 있지 않았어. 그런데 문득 날개 판에 물려 있을지도 모른다는 생각이 들어 찾아보니, 과연 생각한 그대로였네. 갈색 **비로드** 날개가 길쭉한 종이쪽 위에 펼쳐진 채 날개 판에 걸려 있었어. 나는 그 앞에 허리를 굽히고, 털이 돋친 적갈색의 더듬이와, 그지없이 아름다운 빛깔을 띤 날개의 선과, 밑 날개 양쪽 선이 있는 양털 같은 털을 바로 곁에서 들여다볼 수 있었다네. 그러나 그 유명한 무늬만은 보이지 않았어. 종이쪽에 가려져 보이지 않은 거야. 두근대는 가슴으로 나는 유혹에 끌려 종이쪽을 떼어 내고, 꽂혀 있는 핀을 뽑았어. 그러자 네 개의 커다란 무늬가 그림에서보다는 훨씬 더 아름답게, 훨씬 더 찬란하게 나의 눈앞에 드러났지. 이것을 본 나는 이 보배를 손에 넣고 싶은, 견딜 수 없는 욕망으로 그만 난생처음 도둑질을 했다네. 나방은 벌써 말라 있어서, 웬만큼 손을 대어도 형체가 일그러지지 않았어. 나는 그것을 손바닥 위에 받쳐 들고 에밀의 방을 나왔네. 그때 나는 어떤 커다란 만족감 이외에는 아무 생각도 없었지.

내가 나방을 오른쪽 손에 감추고 층계를 내려섰을 때였어. 아래편에서 위로 올라오는 발자국 소리가 났지. 그 순간 나의 양심은 눈을 떴다네. 내가 도둑질을 했다는 것과 비겁한 놈이란 것을 별안간 깨달은 거지. 그와 동시에 들키면 어쩌나 하는 무서운 불안에 사로잡혀, 나는 본능적으로 나방을 감추었던 손을 그대로 양복저고리 주머니 속에다 우겨넣었어. 그러고는 천천히 발을 떼어 놓았네. 그러면서 속으로, 해서는 안 될 일을 했다는 부끄러운 생각에 가슴이 서늘해졌지. 나는 어느새 올라온 하녀와 어물어물 엇갈려서, 가슴이 두근거리고 이마에 땀을 흘리며 침착을 잃어 벌벌 떨며 현관에 우뚝 섰다네.

이 나방을 가져서는 안 된다, 될 수만 있다면 그전대로 돌려놓아야겠다, 나는 이런 생각으로 마음이 괴로웠다네. 그리고 혹시 사람들의 눈에 뜨이지나 않을까 두려워하면서 날쌔게 발을 돌려 층계를 뛰어올라, 일 분 후에는 다시 에밀의 방 가운데 서 있었지. 나는 주머니에서 손을 빼서 나방을 책상 위에다 꺼내 놓았어. 그 모습을 보기 전에 벌써 어떤 불행한 일이 생겼다는 것쯤은 미리 짐작하고 있었어. 그저 울고 싶은 생각뿐이었다네. 아니나 다를까, 나방은 보기 싫게 망가져 있었어. 앞날개 하나와 더듬이 한 개가 떨어져 버렸지. 떨어진 날개를 조심스레 주머니 속에서 끄집어내려고 하니까, 그나마 산산이 부서져서 이어 붙일 수조차 없게 되었어. 도둑질을 했다는 생각보다도, 그 아름답고 찬란한 나방을 내 손으로 망가뜨렸다는 사실이 나로서는 더 괴로운 일이었다네. 날개의 갈색 분이 온통 나의 손끝에 묻은 것을 보았지. 또 산산이 부서진 날개가 책상 위에 이리저리 흩어진 것을 보았어. 그것을 완전하게 원형대로 돌려놓을 수만 있다면, 나는 그 대신 내가 가진 어떠한 물건, 어떠한 즐거움이든지 기꺼이 버릴 수 있었을 거야.

우울한 생각으로 가득 차 집으로 돌아온 나는 하루 종일 좁은 뜰 안에 주저앉아 있었네. 그러다가 마침내 나는 용기를 내어, 모든 일을 어머니에게 말씀드렸어. 어머니는 놀라움과 슬픔에 잠겨 어쩔 줄을 몰라 하였지만, 내게는 나의 이 고백이, 차라리 벌을 받는 일보다 몇 배가 더 괴롭다는 것도 넉넉히 짐작하시는 것 같았어.

"지금 당장 에밀에게로 가야 한다."

어머니는 한마디로 잘라 말했지.

"에밀을 찾아가서 사실을 고백하고 용서를 빌어라. 그밖에는 아무런 길이 없다. 네가 가진 것 중에서 하나를 대신 가지라고 말해 보렴. 그리고 용서를 빌어야지."

만일 모범 소년인 에밀이 아니고 다른 동무였다면, 나는 용서를 비는 것쯤 서슴지 않았을 걸세. 그가 나의 고백을 이해해 준다거나 나의 사과를 믿어 주지 않을 것을 나는 미리부터 잘 알고 있었지. 그럭저럭 밤이 되었으나 나는 그때까지도 그를 찾아갈 용기를 얻지 못한 채 주저하고만 있었어. 어머니는 내가 뜰에 있는 것을 보고 **나직한** 목소리로 말씀하셨어.

"오늘 중으로 갔다 와야 해. 지금 가거라."

나는 에밀을 찾아갔다네. 그는 나를 만나자 곧 나방에 관한 말을 꺼냈어. 누가 그랬는지 나방을 아주 못쓰게 만들어 놓았다고 하면서, 사람의 **소행**인지 혹은 고양이가 그랬는지 알 수 없는 일이라고 하였지. 나는 그 나방을 좀 보여 달라고 청했네. 우리는 방으로 올라갔어. 그는 촛불을 켰지. 못쓰게 된 그 나방이 날개 판 위에 있었어. 에밀이 그 날개를 손질하느라고 무척 고심한 흔적이 **역력했다네**. 그는 부서진 날개를 정성껏 주워 모아서 작은 **압지** 위에 펴 놓았더군. 그러나 그것은 도저히 원래 모양으로 바로잡힐 가망이 없었다네. 더듬이도 떨어진 그대로였지. 나는 그제야 그것이 나의 소행인 것을 밝혔어. 그랬더니 에밀은 격분한다거나 나를 큰소리로 탓하지 않고, 혀를 차며 한동안 나를 지켜보았어. 그러더니 나직한 목소리로 말하였다네.

"알았어. 말하자면 너는 그런 자식이란 말이지?"

나는 그에게 내 장난감을 모두 주겠다고 하였어. 그래도 그는 듣지 않고 **냉담하게** 앉아, 여전히 나를 비웃는 눈으로 지켜보고만 있더군. 이번에는 내가 수집한 나비의 전부를 주겠다고 하였어.

"뭐, 그렇게까지 하지 않아도 좋아. 나는 네가 모은 것이 어떤 것들인지 잘 알고 있어. 게다가 오늘은 네가 나비를 다루는 성의가 어떻다는 것을 알 만큼 알았어."

그 순간, 나는 녀석의 멱살을 움켜쥐고 늘어지고 싶었어. 이제는 아무런 도리가 없다는 걸 알았지. 나는 아주 나쁜 놈으로 결정이 나고, 에밀은 천하에 정직한 사람이 되어 냉정한 정의를 방패 삼아 **모멸적**인 태도로 내 앞에 버티는 것이었어. 그는 욕설을 늘어놓지도 않았어. 다만 나를 바라보면서 경멸할 따름이었네.

그때 나는 비로소 한번 저지른 일은 어떻게 해도 바로잡을 도리가 없다는 것을 깨달았네. 나는 그 자리에서 물러섰어. 어떻게 되었는지 물어보려고도 하지 않고, 나에게 키스만을 하고 내버려 두는 어머니가 고마웠지. 어머니는 나더러 그만 잠자리에 들라고 하셨어. 어느 날보다는 시간이 늦어진 편이기는 하였지. 그러나 나는 가만히 식당으로 가서, 갈색으로 된 두껍고 커다란 종이 상자를 찾아 가지고 와서 침대 위에 올려놓고, 어둠 속에서 뚜껑을 열었어. 그리고 그 속에 든 나비들을 끄집어내어 손끝으로 비벼서 못쓰게 가루를 내어 버렸다네.

어휘 풀이

학명(學名) 학술적 편의를 위하여 동식물 따위에 붙이는 이름.
유희(遊戲) 즐겁게 놀며 장난함. 또는 그런 행위.
황홀감(恍惚感) 어떤 사물에 마음이나 시선이 혹하여 달뜬 느낌.
포충망(捕蟲網) 벌레를 잡는 데 쓰는 둥근 모양의 그물.
맥줄(脈-) 맥이 벋어 있는 줄기.
코르크(cork) 코르크나무의 겉껍질과 속껍질 사이의 두껍고 탄력 있는 부분. 또는 그것을 잘게 잘라 가공한 것.
거즈(gauze) 가볍고 부드러운 무명베.
페니히(Pfennig) 유로(Euro, 유럽 연합의 단일 통화) 이전에 쓰이던 독일의 화폐 단위.
혹평(酷評) 가혹하게 비평함.
다분히(多分-) 그 비율이 어느 정도 많게.
비로드(veludo) 거죽에 곱고 짧은 털이 촘촘히 돋게 짠 비단.
나직하다 소리가 꽤 낮다.
소행(所行) 이미 해 놓은 일이나 짓.
역력하다(歷歷--) 자취나 기미, 기억 따위가 환히 알 수 있게 또렷하다.
압지(押紙/壓紙) 잉크나 먹물 따위로 쓴 것이 번지거나 묻어나지 아니하도록 위에서 눌러 물기를 빨아들이는 종이.
냉담하다(冷淡--) 태도나 마음씨가 동정심 없이 차갑다.
모멸적(侮蔑的) 업신여기고 얕잡아 보는 느낌이 있는 것.

Memo

03 구성

작품 – 성석제 〈약방 할매〉, 현덕 〈나비를 잡는 아버지〉

이론 – 소설의 구성과 단계

토론 – 아버지의 결정

더 읽어 보기 – 박목월 〈가정(家庭)〉 외

학습 목표

가족을 주제로 한 두 작품을 감상하며 소설 구성의 5단계에 대해 알아봅니다. 각 단계의 개념 및 갈등의 시작과 심화·고조·해결의 과정을 살펴보고, 이를 통해 작품의 주제가 형상화된다는 점을 이해합니다. '생각 나누기'에서는 작품의 주제와 연계하여 나의 가족과 부모님의 의미를 다시 생각해 봅니다. 또한 독서 이력철을 직접 써 보는 과정을 통해 독서 이력철 작성법을 이해할 수 있습니다.

우리는 고민이 있거나 어려운 일이 생겼을 때 가장 먼저 엄마를 찾습니다. 힘들 때 가장 든든한 안식처가 되어 주는 사람이 바로 '엄마'라는 존재이죠. 믿음직스러운 슈퍼우먼처럼 언제나 우리를 위해 궂은 일도 마다하지 않는 엄마. 그런데 이런 엄마가 지칠 때는 누구의 위로를 받아야 할까요? 언제나 '누구누구의 아내', '누구누구의 엄마'로 불리며 베풀기만 하는 엄마는 누구에게 기댈 수 있을까요?

〈약방 할매〉는 아버지가 집을 떠나 있는 동안 혼자서 자식들을 키우며 힘든 삶을 살았던 한 어머니의 이야기를 다룬 소설입니다. 자식들이 말썽을 피우거나 마음이 어지러울 때 어머니가 어김없이 찾아간 약방 할매. '나'는 먼 훗날 어른이 되어서야 약방 할매의 진짜 정체를 알게 됩니다. 어린 '나'가 어머니를 바라보는 시선에서 느껴지는 작품의 분위기와 함께, 어른이 된 '나'가 옛날 어머니가 짊어졌던 삶의 무게를 깨닫게 되는 순간에 주목하며 작품을 감상해 봅시다.

성석제(成碩濟, 1960～)

경북 상주 출생. 1986년 《문학사상》에 시 〈유리 닦는 사람〉을 발표하며 등단했으며, 1994년부터 본격적으로 소설을 쓰기 시작했다. 해학과 풍자, 과장과 익살을 통해 현대의 인간 군상을 그려 내는 작가로 평가받고 있고, 희비극을 넘나드는 자유로운 서사와 독창적 문체로 독자들의 사랑을 받고 있다. 주요 작품으로 소설집 《그곳에는 어처구니들이 산다》, 《재미나는 인생》, 《황만근은 이렇게 말했다》 등과 장편 소설 《왕을 찾아서》, 《궁전의 새》, 《순정》 등이 있다.

약방 할매 _성석제

내가 태어나서 아버지라는 존재를 의식하기 시작했을 때부터 아버지는 늘 어깨에 연장 가방을 둘러메고 길을 떠나는 사람이었다. 아버지의 직업이 목수라는 것을 알게 된 초등학교 시절에도 아버지는 여전히 같은 모습으로 집을 나서서 짧으면 보름, 길면 반년 동안 어디에 있다는 편지 한 장 없이 돌아오지 않았다. 그렇다고 다른 집보다 아이들이 적었던 것도 아니어서 내 위로 누나가 둘 있었고 내가 초등학교를 들어간 뒤에 내 아래로 여동생이 셋이나 더 태어났다.

어머니는 한쪽 어깨가 구부러진 아버지를 **전송하고** 난 다음, 집 바로 아래 우물가의 커다란 향나무 곁에 오래도록 서 있곤 했다. 그 뒷모습은 내가 학교에서 배운 〈선녀와 나무꾼〉의 이야기에 나오는 선녀처럼 어여뻤고 서글퍼 보였다. 물론 선녀의 하늘 옷은 우리 집 낡은 장롱 속에 없었다. 하늘 옷이 있더라도 계속 태어나는 아이들 때문에 절대로 하늘로 올라갈 수 없을 것이었다. 그러나 나는 뭔지 모르게 불안했다. 내가 병든 닭 같은 불안한 눈으로 훔쳐보고 있는 걸 아는지 모르는지, 이윽고 어머니는 향나무에서 손을 떼고 길게 한숨을 쉰 뒤에 집으로 들어왔다. 그런 뒤면 어머니는 역전의 기회를 흘려보낸 노름꾼처럼 지쳐 보였다.

전송하다(餞送--) 예를 갖추어 떠나보내다. 서운하여 잔치를 베풀고 보낸다는 뜻에서 나온 말이다.

집으로 들어온 어머니는 부엌으로 가서 아버지가 집에 사들여 온 쌀로 가마솥 가득 밥을 지었다. 김이 오르는 밥이 솥째 방에 들어오면 아버지가 있을 때는 슬그머니 사라졌던 짜디짠 장아찌와 간장, 고추장 같은 밑반찬이 다시 등장했다. 역시 아버지가 있을 때는 필요한 경우에만 펴지던 밥상이 자나 깨나 **윗목**에 펴지게 마련이었다. 언제든 밥을 먹고 싶을 때 먹으라는 배려 때문은 아니고, 일일이 밥을 해 주기가 귀찮아서 그러는 것 같았다. 굳이 그런 말을 하지 않아도 아이들에게 그 정도 눈치쯤은 있었다.

아버지가 떠나고 난 후 우리가 느끼는 해방감은 밥솥에 숟가락을 들고 덤벼드는 동작에서 나타났다. 밥솥의 밥을 형제 수만큼 줄을 그어 나눈 뒤에 숟가락을 부딪쳐 가며 밥을 **포식했다**. 어리다고, 여자라고 해서 자신의 밥을 양보하는 법은 없었다. 숟가락질이 치열할수록 신이 났고 밥맛이 있었다.

배를 어지간히 채우고 나서 어쩌다 어머니를 돌아볼 때마다 나는 가슴이 철렁 내려앉곤 했다. 어머니는 아버지가 있을 때는 피우지 않던 담배를 피워 물고 골똘히 생각에 잠겨 있었다. 천장을 향해 연기를 뿜는 그 모습에서 혹시 어머니가 우리를 몽땅 버리고 **야반도주**라도 하지 않을까 하는 느낌을 받았다. 아, 저 아름답고 젊은 어머니가 없어지면 우리는 어떻게 할 것인가. 누나들과 함께 동생들을 업고 안고 어디 있는지도 모르는 아버지를 거지 떼처럼 찾아가야 하는 게 아닐까.

아버지가 집에 안 계실 때 밥을 먹고 난 다음 설거지는 으레 누나들이 하는 것으로 되어 있었다. 두 누나 중 하나가 설거지를 하고 다른 누나는 동생들을 돌봤다. 배부른 아이들은 칭얼거리지도 않았고 울 만한 일이 있어도 한구석에서 조용히 눈물을 흘렸을 뿐 어머니를 괴롭히지 않았다. 나는 불안으로 밖

윗목 온돌방에서 아궁이로부터 먼 쪽의 방바닥. 불길이 잘 닿지 않아 아랫목보다 상대적으로 차가운 쪽이다.
포식하다(飽食--) 배부르게 먹다.
야반도주(夜半逃走) 남의 눈을 피하여 한밤중에 도망함.

에 나가 놀지도 못하고 어머니만 훔쳐보고 있었다. 누나가 설거지를 하고 난 뒤에 방 안에 들어오면 어머니는 문득 잊었던 일이라도 되는 양 말했다.

"아 참, 저 위에 약방 할매한테 갔다 와야겠다."

그와 함께 우리의 불안은 연기처럼 날아가 버리고 방 안에는 생기가 돌기 시작했다. 우리를 버리고 도망만 가지 않는다면 어떤 일이라도 해도 좋았고 어디로 가도 좋았다. 그게 또 그전에 다녀오던 약방 할머니의 집이라면 좋고도 좋은 일이었다. 그런 기쁨을 더 확실하게 하기 위해 나는 일부러 약방 할머니에 대해 물어보곤 했다.

"엄마, 약방 할매는 올해 몇 살이야?"

그러면 어머니는 눈을 조금 찡긋하면서 "나이가 **한정**도 없이 많지. 약방 할매가 여우였으면 벌써 꼬리가 아홉 개 생기고 처녀로 **도섭**을 했어도 여러 번 했을 게다." 하고는 우리가 따라오지 못하게 겁을 주었다. 나는 집안에 하나뿐인 사내로서 "여우가 뭐가 무서워, 진짜 무서운 건 원자폭탄이란 말이야." 하고 큰소리를 쳤지만 종내 약방 할머니에게 **마실** 가는 어머니를 따라가지 못하고 말았다.

아버지가 집에 없음으로 해서 내가 어머니의 속을 썩일 때마다 어머니는 남보다 더 큰 절망에 사로잡히는 듯했다. 그럴 때마다 나는 어머니의 입에서 한시라도 빨리 "약방 할매에게 마실이라도 가야겠다."라는 말이 나오기를 기다렸다.

초등학교 5학년 때인가, 내가 학교에서 유리창을 깨 가며 친구와 싸워 나란히 코피가 터졌을 때, 그래서 친구의 어머니가 내 귀를 잡고 우리 집에 와서 "애가 벌써부터 이렇게 주먹이 사나워서 어쩌려고 그러는지 모르겠네. 도

한정(限定) 수량이나 범위 따위를 제한하여 정함. 또는 그런 한도.
도섭 '모양을 바꾸어서 원래의 모습과는 전혀 다르게 변함'을 일컫는 말.
마실 '마을'의 방언. 이웃에 놀러 다니는 일.

대체 이 집에는 애 버릇 가르치는 **남정네**는 없나." 하고 악을 썼을 때, 그날 어머니의 입에서는 종내 '약방 할매'의 이름이 나오지 않았다. 입술이 새파래지도록 깨문 채 힘껏 쥔 두 주먹을 공중에서 떨 뿐이었다. 내 종아리를 치지도 않았다. 그러고 보니 어머니는 당신의 자식 누구에게도 매를 대지 않았다. 그날이 다 가도록 용서를 받지 못하고, 어머니와 다른 형제들이 자는 안방에서 쫓겨나 곰팡내 나는 건넌방에서 혼자 잠을 자면서 나는 '약방 할매'의 꿈을 꾸었다.

약방 할매는 머리칼이 모두 새하얀데 얼굴은 **홍옥**처럼 붉었다. 몸이 자그마하고 둥글었다. 말소리는 나직했으며 얼굴은 미소로 차 있었다. 약방 할매는 어머니의 양손을 **부여안고** 어머니가 눈물을 흘리며 하소연하는 말을 듣고 있다가 등을 쓸어 주며 "사는 게 다 그런 게요. 참고 기다리면 좋은 날이 오겠지." 하고 위로를 해 주는 것이었다. 또 약방 할매는 서랍이 셀 수 없이 많은 약장에서 무슨 **환약** 같은 걸 꺼내 어머니에게 먹여 주었다. 그러고 나니 어머니의 얼굴이 환하게 밝아지고 손뼉 치며 노래까지 하는 것이었다.

내가 중학교 3학년이 되면서 아버지는 더 이상 집을 오래도록 비우지 않게 되었다. 그때부터 어머니의 입에서 약방 할매에게 마실을 가겠다는 말이 여간해서는 나오지 않았다. 나는 고등학교에 입학하면서 집을 떠나 도시로 유학을 갔고 그때부터 일 년에 평균 두세 달밖에 집에 머무르지 못했다. 재수를 하고 대학에 들어가고 군대를 가면서 나는 약방 할머니의 존재를 잊어버리게 되었다. 내가 약방 할머니의 이름을 들은 것은 군대에서 첫 휴가를 나왔을 때였다. 집에 도착하니 어머니는 없고 아버지 혼자서 방 안에서 화투장을 떼고

남정네(男丁–) 여자들이 사내를 가리켜 이르는 말.
홍옥(紅玉) 껍질이 아주 붉은 사과 품종의 하나. 피부색이나 안색 따위가 윤이 나고 아름다운 사람을 비유적으로 이르는 말.
부여안다 두 팔로 힘껏 안다.
환약(丸藥) 약재를 가루로 만들어 반죽하여 작고 둥글게 빚은 약.

있었다. 어머니가 어디 갔느냐고 묻자 아버지는 "약방 할마씨라든가 뭐라든가 하는 늙은이한테 간다고 아까 나갔다."라고 하는 것이었다. 그때 아버지는 실직 상태였고 술독에 빠져 있었으며 천장에서는 비가 새고 방바닥에서 연탄가스가 올라오는데 고치지도 못하는 형편이었다.

제대를 하고 복학을 했고 졸업하고 직장을 잡았다. 결혼을 했고 아이도 낳았다. 아이가 말을 제법 하게 되었을 무렵, 갓 산 중고차를 끌고 열 시간 넘게 운전한 끝에 설 전날 오후에 고향 집에 닿았다. 아버지는 밖에 나가고 없었다. 어머니에게 아이의 재롱을 보여 주고 새로 들어서는 동생과 매부들을 맞고 하다가 어느 순간 **정적**이 찾아왔다. 그때 나는 문득 약방 할머니가 아직 살아 있는지 궁금해졌다. 어머니는 손자를 무릎에서 내려놓고 막 담배 한 대를 피워 무는 참이었다.

"엄마, 약방 할머니가 아직 살아 계셔? 지금 연세가 백 살은 넘었겠네?"

어머니는 나를 힐끗 돌아보고는 눈을 다시 천장으로 돌리며 "약방 할미가 뉘고?" 하는 것이었다.

"나 어릴 때 엄마가 마실 가던 할머니 있잖아. 아버지 안 계실 때 우리가 속썩이면 저 위에 사는 약방 할매한테 간다고 그랬잖아요."

나는 누이들한테 동의를 구했다. 그러나 누이들은 둘러앉아 전을 부치고 떡을 썰며 수다를 떠느라 정신이 없었다. 어머니는 천장을 쳐다보며 가만히 고개를 흔들고 있었다. 큰누이가 아내에게 내 이야기를 했다.

"현이 애비는 나이 서른이 넘어도 아직 애지? 좋겠네, 어린 남편하고 살아서."

아내가 대꾸했다.

"큰애하고 작은애하고 같이 키우느라고 정신만 사납지요, 뭐."

정적(靜寂) 고요하여 잠잠함.

나는 여인네들의 **호탕한** 웃음소리를 뒤로하고 집을 나와 우리 집에서 '저 위'에 해당하는 언덕으로 올라갔다. 삼십여 분 동안 주변을 샅샅이 뒤지며 돌아다녔지만 약방은커녕 약방을 할 만한 곳도 보이지 않았다. 언덕을 오르내리느라 숨이 차올랐던 나는 산중턱의 넓적한 바위를 발견하고 그 위에 앉았다. 바위는 아래로 약간 기울어져 있어서 앉은 사람이 자연스럽게 턱을 짚고 아래를 내려다보게 만들었다. 그곳에서는 아래 주택가의 흰 빨래들이며 추위도 아랑곳 않고 뛰노는 아이들, 들판을 둘러싸며 어디론가 흘러가는 냇물, 둑에 서 있는 미루나무가 세세하게 내려다보였다. 바람은 있는 듯 없는 듯 하고 아이들 웃음소리가 들렸다 말았다 했다.

나는 담배를 한 대 피워 물었다. 그제야 약방 할매가 누구인지 알 듯했다. 엉덩이 밑의 바위는 저물기 전의 길고 부드러운 햇빛을 받아 아직 따뜻했다.

호탕하다(豪宕--) 호기롭고 걸걸하다.

약방 할매의 정체

〈약방 할매〉는 어린 시절 '나'의 시선에 비친 어머니의 모습을 애틋하게 그려 낸 작품입니다. 어머니는 아버지가 돈을 벌기 위해 집을 비운 사이 여섯 남매를 거두며 어렵게 집안을 일구어야 했습니다. 어린 주인공의 눈에도 당시 어머니의 삶은 무척 고단하고 힘겨운 것이었습니다. 신나게 밥을 먹다가도 어머니를 보면 가슴이 철렁 내려앉았고, 어머니가 달아날까 두려워 놀러 나가지도 못한 채 어머니를 몰래 지켜보기도 했습니다. 그럴 때마다 '나'에게 안도감을 주었던 존재가 바로 '약방 할매'입니다. 힘든 마음을 달래 줄 '약'이 필요할 때마다 어머니는 '약방 할매에게 마실 가야겠다.'며 집을 나섰고, '나'와 형제들은 적어도 어머니가 도망가지는 않을 거라는 생각에 불안한 마음을 내려놓을 수 있었습니다.

주인공에게 약방 할매는 **미지**의 존재입니다. 꿈속에 나타난 약방 할매는 '홍옥 같은 얼굴에 머리는 하얗게 세고 자그마한 모습의 인자한 노인'이었지만 끝내 그 정체는 밝혀지지 않습니다. 대신 주인공이 대학을 가고 직장을 얻고 결혼을 하는 동안 약방 할매는 관심에서 점차 멀어집니다.

세월이 훌쩍 지나 '나'는 문득 약방 할매가 아직 살아 있는지 궁금해집니다. 그리고 '저 위' 언덕에 올라 넓적한 바위에 앉아서 마을을 내려다보며, 약방 할매가 누구인지 알 것 같다고 느낍니다.

약방 할매는 실존 인물이 아니었습니다. 다만 어머니는 언덕 위 바위에 앉아 평화로운 마을을 내려다보며 지친 마음을 달랬던 것입니다. 가상의 존재 약방 할매는 어린 시절 어리광을 부리고 칭얼댈 때마다 어르고 달래 주었던 진짜 '할머니'처럼 따스하게 어머니를 위로해 주었을 것입니다.

작품의 마지막 부분에서 어머니는 "약방 할매가 뉘고?"라며 되묻습니다. 작가는 약방 할매의 정체가 드디어 밝혀질 것만 같은 가장 중요한 순간, 순식간에 상황을 어리둥절하게 만드는 **반전**으로 독자의 예상을 뒤엎습니다. 그리고 이러한 반전 기법은 극적 효과를 높이며 소설의 완성도를 높여 주고 있습니다.

미지(未知) 아직 알지 못함.
반전(反轉) 일의 형세가 뒤바뀜.

〈나비를 잡는 아버지〉의 두 주인공 바우와 경환이는 화려하고 우아한 나비를 두고 다툼을 벌입니다. 화가가 꿈인 바우는 나비를 그리고 싶어 하고, 경환이는 나비로 동물 표본을 만들어 좋은 점수를 받고 싶어 하죠. 또래 친구들 사이에서 충분히 생길 수 있을 법한 갈등인데, 사건은 조금 이상하게 흘러갑니다. 나비를 두고 벌인 신경전이 불씨가 되어 결국 부모님 싸움으로까지 번진 거죠. 그런데 경환이 아버지를 만나고 온 바우 아버지는 바우를 크게 나무랍니다. 그러면서 나비를 잡아 가지고 가서 경환이에게 빌라고 하죠. 심술쟁이 경환이와 다툼을 벌인 것도 속이 상한데 아버지마저 자초지종은 듣지도 않고 무조건 윽박지르니, 바우는 아버지가 너무나 원망스럽기만 합니다.

바우 아버지가 경환이 아버지 말에 꼼짝 못 하는 이유가 무엇인지, 바우를 무섭게 혼내던 아버지가 직접 나비를 잡으러 간 까닭은 무엇인지 생각해 봅시다. 그리고 그런 아버지를 본 순간 바우의 심정은 어땠을지 상상하며 작품을 감상해 봅시다.

현덕(玄德, 1909~?)

서울 출생. 1938년 《조선일보》에 단편 소설 〈남생이〉가 당선되면서 문단에 등단했다. 소설가 김유정과 교류하며 문학에 전념해 1940년까지 〈경칩〉, 〈충〉 등의 단편 소설과 40여 편의 연작 동화 《노마》 등을 발표했다. 주로 농민들이 고향을 버리고 도시 변두리로 이주하여 몰락해 가는 과정을 그려 냄으로써 일제하의 사회적 모순을 드러내고자 했다. 하지만 1940년 이후로는 거의 작품 활동을 하지 않았으며, 6·25 전쟁 중 월북했다. 주요 작품으로 소설집 《남생이》, 《집을 나간 소년》, 《포도와 구슬》 등이 있다.

나비를 잡는 아버지 _현덕

황혼의 종로로 방향을 돌려서

버스는 떠난다. 경쾌스럽게.

간드러진 노랫소리가 푸른 언덕을 넘어온다. 바우는 송아지를 뜯기며 밤나무 그늘에 앉아 그림 그리는 책을 펴 들었다. 송아지가 움직이는 대로 자리를 옮아앉으며 옆으로 풀을 뜯는 송아지 모양을 그리느라 열심히 들여다보고 연필을 놀리고 하더니 잠시 멈추고 귀를 기울인다. 그리고 "흥!" 하고 빈정거리는 웃음을 한 번 웃고는 그 소리가 듣기 싫다는 듯 그편에 등을 대고 돌아앉는다.

'겨우 서울 가서 공부한다고 배워 가지고 온 것이 유행가 **나부랭이**냐. 그리고 나비 잡는 것하구.'

지난해 봄에 바우와 경환이는 한날에 그곳 **소학교**를 졸업을 하였다. 그리고 경환이는 서울로 상급 학교를 가고 바우 자기는 집에서 꾸벅꾸벅 땅이나 파며 있지 않으면 아니 될 때, 바우는 무척 슬퍼하고 억울해하고 따라서 경환이를 부러워도 하였다. 바우 자기가 **값없이** 보내는 그 하루하루에 경환이는 좋은 학교, 훌륭한 선생 아래서 날마다 새로워 가고 높아 갈 것을 생각할 때

간드러지다 목소리나 맵시 따위가 마음을 녹일 듯이 예쁘고 애교가 있으며, 멋들어지게 보드랍고 가늘다.
나부랭이 어떤 부류의 사람이나 물건을 낮잡아 이르는 말.
소학교(小學校) 옛날에 '초등학교'를 이르던 말.
값없이 보람이나 대가 따위가 없이.

바우는 가만히 있지 못했다. 그 상급 학교에 가지 못하는 **벌충**을 여기다 하려는 듯이 틈 있는 대로 그림을 그리었고 또 그것으로 즐거움이 되었다.

그리고 얼마 전에 그 경환이가 **하기휴가**를 하고 서울서 집에 돌아왔다. 그러나 전보다 얼굴빛이 희어지고 바지통이 넓은 양복에 흰 테두리 한 모자를 멋있게 쓴 것이 달라졌을 뿐, 서울이 얼마나 좋고 자기 다니는 학교가 얼마나 훌륭한 곳인가를 자랑하는 것과 또는 활동사진 배우 중 누구는 어떻고 누구는 어쩌고, 그리고 **잡된** 유행가를 부르며 동네 어린아이들을 몰고 다니며 나비를 잡는 것이 하는 일이었다. 아마 경환이 자기는 이러는 것으로 전일 **보통학교** 때 늘 바우에게 성적으로 머리를 눌려 오던 분풀이를 하려는 듯이 뻐기며 다니는 것이다. 바우는 그 꼴이 곱게 보일 수 없었다.

꽃 피는 남산으로 방향을 돌리고
버스는 떠난다. 가로수 그늘.

노랫소리는 점점 가까워 온다. 그리고 잠시 언덕 너머가 떠들썩하더니 호랑나비 한 마리가 피로한 **나래**로 갈팡질팡 날아와 밤나무 가지에 야트막하게 앉는다. 바우는 그 나비를 쉽게 잡을 수 있었다. 그리고 잠깐 그 **호사스러운** 모양, 찬란한 빛깔을 들여다보다가 도로 날려 보내려 할 즈음 언덕 위로 동네 아이들의 머리가 불쑥불쑥 나타나며 뒤미처 경환이가 나비 잡는 채를 휘두르며 뛰어 내려온다. 경환이는 바우가 앉았는 밤나무 그늘로 들어서며,

---

벌충 손실이나 모자라는 것을 보태어 채움.
하기휴가(夏期休暇) 여름 방학.
잡되다(雜--) 됨됨이가 조촐하지 못하고 잡상스럽고 막되다.
보통학교(普通學校) 일제 강점기에 우리나라 사람들에게 초등 교육을 하던 학교.
나래 '날개'의 방언.
호사스럽다(豪奢---) 호화롭게 사치하는 태도가 있다.

"너 호랑나비 어디로 날아가는 거 봤니?"

하다가는 바우 손에 잡히어 있는 나비를 보고는 **반색**을 한다.

"나 다우."

하고 으레 줄 것으로 알고 손을 내미는 것이나 바우는 그 손을 툭 쳐 버리고 몸을 돌린다.

"넌 무슨 까닭으로 어린애들을 몰고 다니며 **앰한** 나비를 못살게 하는 거냐?"

"뭐?"

하고 경환이는 뜻하지 않은 말에 잠시 멍하니 바라보다가는,

"누가 장난으로 잡는 거냐? 학교서 숙제를 냈어. 동물 표본을 만들어 오라구."

"장난 아니믄, 벌써 너 나비 잡기 시작한 지가 며칠이냐. 그동안에 못 잡아도 백 마리는 잡았겠구나. 거 다 동물 표본 만들고도 모자라서 또 잡는 거냐?"

"모두 못쓰게 잡았으니까 그렇지. 날개가 상하구."

하다가는 경환이는 **변색**을 하고 한 발자국 다가서며,

"넌 남이 나빌 잡건 말건 무슨 상관이냐, 건방지게."

"나두 상관할 만해서 그런다."

"무슨 상관야."

"너 때문으로 해서 담부턴 나비 구경을 못 하게 되겠으니까 허는 말이다."

하고 바우는 경환이 얼굴을 마주 노리다가,

"니가 동물 표본을 만들기에 나비가 필요하다면 난 그림 그리는 데 필요한 나비야. 너만 위해서 생긴 나비는 아니지."

그러나 경환이는 "흥!" 하고 코웃음을 친다. 바우는 한층 음성을 높여 계속한다.

반색 매우 반가워함. 또는 그런 기색.
앰한 애먼. 일의 결과가 다른 데로 돌아가 억울하게 느껴지는.
변색(變色) 놀라거나 화가 나서 얼굴빛이 달라짐.

"그리고 어린아이들에게 잡된 유행가는 너 왜 가르치는 거냐? 부르고 싶으면 네나 부르지."

이 말엔 매우 괘씸한 모양, 경환이는 낯을 붉히며 대든다.

"이 동네서 나 하는 거 시비할 사람 없어. 건방지게 왜 이래?"

하는 그 말 속엔 분명 자기는 **마름** 집 외아들로서 지위가 높은 몸, 너 같은 소나 뜯기는 놈에게 시비를 받을 몸이 아니라는 빈정거림이 있다. 바우는 썩 비위가 상해서,

"흥!"

하고 마주 코웃음을 치고, 그리고 좀 더 골을 올리려고 두 손가락에 날개를 접어 쥔 나비를, 이것 너 줄까, 하는 시늉으로 경환이 등을 향해 두어 번 겨누다가는 그대로 공중으로 날려 버린다. 나비는 방향이 없이 어지러이 한 바퀴 맴을 돌더니 언덕 아래로 높았다 낮았다 날아간다. 경환이는 갑자기 몸을 날려 그 나비를 쫓아간다. 그러다가 나비가 아래 논 가운데로 날아가자 뒤돌아서 바우를 무섭게 한 번 눈을 흘겨보고, 그리고 돌 하나를 집어 근처에서 풀을 뜯고 있는 송아지를 때리고는 언덕 아래로 달아났다.

그러나 경환이의 심술은 이것만으로 고만두지 않았다. 송아지에게 먹을 만치 풀을 뜯기고 언덕 아래로 몰고 내려와 수수밭 모퉁이를 돌아섰을 때 바우는 다시금 놀랐다. 개울 건너 바우네 참외밭에서 경환이란 놈이 나비 잡는 채를 휘두르며 날뛰고 있다. 그까짓 송장나비를 잡으려고 그러는 것이 아닐 텐데, 경환이는 그 나비를 쫓아 구두 신은 발로 지금 한창 참외가 익기 시작하는 넝쿨을 함부로 질겅질겅 밟으며 이리 뛰고 저리 뛰고 한다. 일부러 그러는 것이 분명하다. 나비를 잡는 척 참외밭으로 몰아넣고 참외 넝쿨을 **결딴내는**

마름 땅주인을 대리하여 소작권을 관리하는 사람.
결딴내다 어떤 일이나 물건을 망가뜨려서 손을 쓸 수 없는 상태가 되게 하다.

것이리라. 바우는 눈이 뒤집혔다. 더욱이 그 참외밭은 장차 햇곡식 나기 전까지의 바우 집 식구들의 식량을 거기다 **예산하고** 있는 것이요, 바우 자기도 잘 열면 책 한 권쯤 사 달래려고 벼르고 있던 터다. 바우는 나는 듯 개울을 건너 뒤로 쫓아가 한 번 등줄기를 **후리고**, 그리고,

"인마, 눈 없어! 이거 못 봐!"

하고 **낭자한** 그 자취를 손으로 가리키며,

"넌 남의 집 농사 결딴내두 상관없니, 인마?"

그러나 경환이는,

"우리 집 땅 내가 밟았기로 무슨 상관야."

하고 기가 막히다는 듯 피이 하고 고개를 옆으로 돌린다. 그러나 사실 기가 막히기는 바우다.

"우리 집 땅?"

하고 허 참, 하늘을 쳐다보고 탄식하고,

"땅은 너희 집 거라두 참외 넝쿨은 우리 집 거 아니냐. 누가 너희 집 땅을 밟는대서 말야? 우리 집 참외 넝쿨을 결딴내니까 말이지."

그러니 경환이는 머리에 썼던 운동모자를 벗으며 한 발 다가선다.

"너희 집 참외 넝쿨을 그렇게 소중히 알면서, 어째 남의 나비 잡는 건 훼방을 놓는 거냐? 나두 장난으로 잡는 건 아냐."

"장난이 아닌지도 몰라도 넌 나비를 잡는 거고 우리 집 참외 넝쿨은 거기서 양식도 팔고 그래야 할 것이거든. 그래, 나비가 중하냐, 사람 사는 게 중하냐?"

바우는 팔을 저어 시늉하며 어느 것이 소중하냐고 턱을 대는데 경환이는,

예산하다(豫算--) 필요한 비용을 미리 헤아려 계산하다.
후리다 휘둘러서 때리거나 치다.
낭자하다(狼藉--) 여기저기 흩어져 어지럽다.

"나두 거기 학교 성적이 달린 거야."

하고 피이 하고 **업신여기는** 웃음을 짓더니,

"너희 집 집안 살림을 내가 알 게 뭐냐."

하고 같은 웃음으로 좌우를 돌아본다. 개울 건너 길가에 동네 아이들이 모여 섰고 그 뒤로 지게를 진 어른들도 섰다. 바우는 낯이 화끈 달았다.

"뭐, 인마?"

하고 대뜸 상대의 멱살을 잡고,

"그래서 남의 참외밭 결딴내는 거냐? 나빈 우리 집 참외밭에만 있구, 다른 덴 없어? 인마."

경환이는 멱살을 잡히고 이리저리 목을 저으며,

"이게 유도 맛을 보지 못해 이래. 너 다 그랬니, 다 그랬어?"

하고 으르다가 날래게 궁둥이를 들이대고 팔을 낚아 넘겨 치려 하나 그러나 원체 나무통처럼 버티고 섰는 바우의 몸은 호리호리한 경환의 허릿심으로는 꺾이지 않았다. 도리어 바우가 슬쩍 **딴죽**을 걸고 밀자 경환이 자신이 쿵 나둥그러졌다. 그러나 쓰러졌다가 다시 일어설 때 경환이는 손에 돌을 집어 들고 그리고 얼굴에 울음을 만들고는,

"이 자식아, 남 나비 잡는 사람, 왜 때리고 훼방을 놓는 거야, 왜!"

하고 비겁하게 돌 든 손을 머리 위로 쳐들어 겨누는 것이다. 결국 싸움은 이때껏 아이들 등 뒤에 입을 벌리고 서서 보고만 있던 동네 어른 하나가 성큼성큼 개울을 건너가 사이를 뜯어 놓고, 그리고 경환이를 참외밭 밖으로 이끌어 나간 것으로 끝났으나, 그러나 경환이가 손목을 이끌려 가면서 **연해** 뒤를 돌아보며 어디 두고 보자고 벼르던 그 말이 허사가 아니었다.

업신여기다 교만한 마음에서 남을 낮추어 보거나 하찮게 여기다.
딴죽 씨름이나 택견에서, 발로 상대편의 다리를 옆으로 치거나 끌어당겨 넘어뜨리는 기술.
연해 연신. 잇따라 자꾸.

바우가 자기 집 장독간 앞에서 벌통을 들여다보고 앉았는데 경환이 집에서 부엌 심부름을 하는 계집아이가 왔다. 바우는 까닭 없이 가슴이 성큼했다.

"바우 어머니 집에 있수?"

하고 계집아이는 안방과 부엌을 기웃거리다가 마당에 섰는 바우를 보고,

"너 우리 집 서울 학생 때렸니?"

하고 쳐다보다가 대답이 없으니까,

"너 야단났다. 우리 집 아씨가 막 **역정**이 나서 너희 어머니 불러오래, 얘."

마침 우물에서 돌아오는 바우 어머니를 보고 계집아이는 다시 한번 그 말을 옮겨 들리며 함께 문밖으로 사라졌다.

'난 잘못한 거 없으니까.'

하면서 바우는 가슴이 두근거리었다. 일없이 뒤꼍으로 갔다, 마당으로 나왔다 하며, 어머니가 돌아올 때를 기다리면서 조마조마해한다.

먼저 아버지가 뒷밭에서 돌아왔다. 이맛살을 찌푸린 얼굴로 아버지는 기색이 좋지 못하다. 호미를 마당 가운데 던지더니 아버지는 갑자기 큰소리를 냈다.

"참외밭에서 누구하구 싸웠니?"

바우는 벌통 앞에 돌아앉아서 말이 없다.

"너두 눈 있거든 참외밭에 좀 가 봐. 넝쿨 하나고 성한 게 있나. 인마, 그 밭에 **도지**가 얼만지 아니? 벼로 열 말야. 참외는 안 돼두 낼 것은 내야지. 그리고 허구한 날 먹을 건 먹어야지. 그런 걱정은 없구, 인마, 참외밭에서 싸움이 뭐냐, 싸움이."

바우는 벌통 앞에서 일어서며 **볼멘소리**로,

역정(逆情) 몹시 언짢거나 못마땅하여서 내는 성.
도지(賭地) 남의 논밭을 빌려서 농사를 짓고 그 대가로 해마다 내는 벼.
볼멘소리 서운하거나 성이 나서 퉁명스럽게 하는 말투.

"누가 싸웠나. 경환이가 나빌 잡는다고 참외밭에서 막 넝쿨을 밟길래 말린 거지."

그러나 아버지는 한층 음성을 **거슬렸다**.

"내가 뭐랬어. 참외밭 근처서 멀리 떠나지 말고 지키랬지. 그놈의 그림책 이리 내놔라. 그것만 잡고 앉았으면 정신없다가 참외밭을 결딴내는 것두 몰랐지, 인마."

하고 그 그림책을 찾는 것처럼 두리번거리고 뒤꼍으로 가며 아버지는 혼잣말로 서울 가서 공부한 것이 나비 잡는다고 남의 집 참외밭 결딴내는 거냐고 중얼중얼 울타리에서 호박잎을 따고 있다. 아마 부러진 참외 넝쿨을 그것으로 이어 보려는 것이리라. 조금 후 아버지는 호박잎을 따 가지고 나오며,

"너희 어머니 어디 갔니?"

그러나 바우는 경환이 집에서 어머니를 불러 갔다는 말은 아니 나왔다. 묵묵히 바우는 대답이 없다. 하지만 아버지는 더 묻지 않아도 좋았다. 바로 그 어머니가 **상기한** 얼굴로 대문을 들어섰다.

어머니는 다짜고짜로 바우에게로 달려가 등줄기를 후리고는,

"자식이 어떻게 했으면 어미 망신을 그렇게 시키니. 어서 나비 잡아 가지고 가서 빌어라, 빌어."

그리고 아버지를 향하고는,

"당신도 가 보우. 바깥사랑에서 부릅디다."

아버지는 어리둥절하여 바우와 어머니를 번갈아 쳐다보다가,

"어떻게 된 일야, 응?"

그러나 어머니는 바우를 향해서만 또,

거슬리다 순순히 받아들여지지 않고 언짢은 느낌이 들며 기분이 상하다.
상기하다(上氣--) 흥분이나 부끄러움으로 얼굴이 붉어지다.

"남 나빌 잡거나 말거나 내버려 두지 **어쭙잖게** 왜 다니며 훼방을 놓는 거냐?"

"누가 훼방을 놓았나. 남의 참외밭에 들어가 그러길래 못 하게 말린 거지."

"아, 니가 밤나무 골 언덕에서 손에 잡았던 나비까지 날려 보내며 뭐라구 그랬다는데그래."

그리고 어머니는 경환이 집 안주인이 꾸중꾸중하더라는 것, 그리고 바우가 나비를 잡아 가지고 와서 경환이에게 빌지 않으면 내년부턴 땅 얻어 **부칠** 생각을 말라더란 말을 옮기며 또 바우에게,

"어서 나비 잡아 가지고 가서 빌어라, 빌어."

아버지는 연해 끙끙 땅이 꺼지는 못마땅한 소리로 뒷짐을 지고 마당을 오락가락하며 무섭게 눈을 흘겨 바우를 본다. 그리고 바우는 어머니가 등을 미는 대로 부엌으로 뒤꼍으로 피하다가는 대문 밖으로 나갔다. 그러나 담 밑에 붙어 서서 움직이지 않는 바우를 어머니는 쫓아 나와 **다조진다**.

"이렇게 고집을 부리고 안 가면 어떡할 셈이냐. 땅 떨어져도 좋겠니? 너두 **소견**이 있지."

그러나 바우는 어슬렁어슬렁 길로 나가더니 우물 앞 정자나무 앞에 이르자 걸음을 멈추고, 그리고 동네 노인들이 장기를 두고 앉았는 것을 넋을 놓고 들여다보고 섰다. 장기가 두 **캐**가 끝나고 세 캐가 끝나고 모였던 사람이 헤어져도 바우는 자리를 뜨지 않는다. 바우는 다만 자기가 조금도 잘못한 것이 없는 것, 그러니까 누구에게든 머리를 굽힐 까닭이 없다는 고집이 정자나무통만큼 뻣뻣할 뿐이었다.

어쭙잖다 비웃음을 살 만큼 언행이 분수에 넘치는 데가 있다.
부치다 논밭을 이용하여 농사를 짓다.
다조지다 일이나 말을 섣불리 하지 못하도록 단단히 주의를 주다.
소견(所見) 어떤 일이나 사물을 살펴보고 가지게 되는 생각이나 의견.
캐 장기 두는 횟수를 헤아리는 단위.

해가 저물었다. 지붕 너머로 바우 집 굴뚝에도 연기가 오르고, 그리고 그 연기가 잦아든 때에야 바우는 슬슬 눈치를 살피며 대문을 들어섰다. 그러나 건넌방 쪽에 눈이 갔을 때 바우는 크게 놀랐다. 아궁이 앞에, 위하던 그림 그리는 책이 조각조각 찢기어 허옇게 흩어져 있다. 바우는 그 앞에 이르러 **멍멍히** 내려다보고 섰는데 등 뒤에서 아버지 음성이 났다.

"인마, 남은 서울 학교 다녀서 다 나비도 잡고 그러는 건데 건방지게 왜 다니며 훼방을 놓는 거냐, 훼방을."

그리고 바우가 그림 그리는 것과 그것은 아랑곳없는 일일 텐데 아버지는,

"담부터 내 눈앞에 그 그림 그리는 꼴 보이지 말어라. 네깟 놈이 그림 그걸루 남처럼 이름을 내겠니, 먹고살게 되겠니."

하고 돌아서 문밖으로 나가려다가 다시 돌아서며 아버지는,

"나빈 잡아 갔지?"

하고 다져 묻는다. 바우는 고개를 숙인 채 묵묵하다. 아버지는 기가 막힌 듯 잠시 건너다보기만 하다가 언성을 높였다.

"이때껏 나가서 뭘 했어. 인마, 간 봄에 늙은 아비가 땅 얻어 부치느라고 갖은 애 다 쓰던 것을 네 눈으로도 보았지. **가뜩한데** 너까지 말썽일 게 뭐냐. 어서 가서 빌지 못하겠어?"

아버지는 담뱃대 끝으로 바우의 수그린 머리를 찌를 듯 겨눈다. 그러는 대로 바우는 **무춤무춤** 피할 뿐 조금도 걸음을 옮기려 하지 않는다.

"그래도 네 고집만 세울 테냐. 그럴라거든 아주 나가거라. 아주 나가."

하고 아버지는 빗자루를 들고 나섰다. 이런 때 어머니가 방에서 나와 그걸 빼앗아 던져 버리고,

멍멍히 정신이 빠진 것같이 어리벙벙하게.
가뜩한데 지금의 사정도 매우 어려운데 그 위에 더.
무춤무춤 놀라거나 어색한 느낌이 들어 하던 짓을 갑자기 자꾸 멈추는 모양.

"가서 빌기만 허면 뭘 하우. 나빌 잡아 가야지. 그리고 지금은 어두워서 잡겠수. 내일 잡아 가라지."

그리고 어머니는 바우의 등을 밀며,

"어서 올라가 저녁이나 먹어라."

하지만 아버지는 여전히 못마땅한 눈으로 흘겨보며,

"저런 놈 저녁은 먹여 뭘 해. 아주 내쫓으라니깐그래."

하고 자기가 먼저 문밖으로 나간다. 어머니는 그 아버지가 들어오기 전에 어서 저녁을 먹으라고 권한다. 그러나 바우는 섰는 자리에 그대로 고개를 숙이고 어머니가 달랠수록 더 짜증만 낸다. 한종일 아버지 어머니에게 애매한 미움을 받고 또 그림책을 찢기우고 한 그 억울한 감이 가슴속에 벅차 다른 무엇이 들어갈 여지가 없었다.

이튿날 아침이다. 건넌방 모퉁이서 바우는 아버지와 얼굴이 마주쳤다. 아버지는 어제와 다름없는 그 얼굴 그 음성으로 부엌에서 아침을 짓는 어머니를 향해 소리쳤다.

"오늘도 저놈이 제 고집만 세고 나빌 잡아 가지 않거든 밥 주지 말어."

그리고 바우를 향해서는,

"오늘은 나빌 잡아 가지고 가 봐야 허지, 그러지 않으려거든 영 집에 들어올 생각 말어라, 인마."

그 아버지가 보이지 않는 곳에 이르자 어머니는 부엌에서 나와 작은 음성으로 바우를 달랜다.

"아비지 속상하시게 하지 말고 오늘은 나빌 잡아 가지고 가 봐라. 땅이 떨어지거나 하면 너는 좋겠니? 생각해 봐라."

바우는 여전히 말이 없다. 어머니는 그것을 바우가 순종하는 뜻으로 여긴 모양, 부엌에서 아침을 차리기에 분주하였다.

"얼른 밥 차려 줄게, 먹고 나가 봐."

그러나 바우는 어머니가 밥상을 날라 오기 전에 자기가 먼저 슬며시 집 밖으로 나갔다. 밥을 열 끼를 굶는 한이 있더라도 그 경환이 앞에 나비를 잡아 가지고 가서 머리를 숙이기는 무엇보다 싫었다. 아들의 그만한 체면쯤 보아줄 줄 모르고 자기네 요구만 고집하는 아버지가, 그리고 어머니까지 바우는 무척 **야속했다**. 노여웠다.

바우는 **동구** 밖 아랫마을로 가는 길가 **축동**, 버드나무 그늘 밑을 고개를 숙여 생각에 잠기며 걷는다. 아침부터 요란스레 매미는 울고 그리고 속상하게 눈에 보이는 것은 여기저기 풀 위로 **너훌거리는** 나비다. 바우는 그 나비를 피해 가는 듯 문득 걸음을 바꿔 뒷산으로 올라갔다. 거기서 바우는 일상 하던 버릇으로 풀을 베어 널고, 그 위에 벌렁 나둥그러져 하늘을 쳐다본다. 집에서보다 갑절 어버이에게 대한 야속함과 노여움이 사무친다.

'아버지 말대로 정말 집을 나오고 말까? 그러면 아버지도 뉘우칠 때가 있겠지. 그리고 서울 같은 도회로 나가서 어떻게 **고학**이라도 해 볼까?'

바우는 정말 그렇게 해 볼 것처럼 벌떡 일어선다. 그리고 걸음 걸리는 대로 따라 산 아래로 내려간다. 산 중턱쯤 이르렀다. 건너다보이는 맞은편 언덕을 넘어 메밀밭 두덩에 허연 사람의 그림자가 엎드렸다 일어섰다 하며 무엇을 쫓는 모양으로 움직인다.

'흥! 경환이 저놈이 또 나비를 잡는구나.'

하고 바우는 입가에 업신여기는 웃음을 짓는다. 산을 또 좀 내려와 바라볼 때 경환이로 본 그것은 어른이 분명했다.

'흥, 경환이란 놈이 저의 집 머슴을 시켜 나비를 잡게 하는구나.'

야속하다(野俗--) 무정한 행동이나 그런 행동을 한 사람이 섭섭하게 여겨져 언짢다.
동구(洞口) 동네 어귀.
축동(築垌) 물을 막기 위하여 크게 둑을 쌓음. 또는 그 둑.
너훌거리다 너울거리다. 팔이나 날개 따위를 활짝 펴고 위아래로 부드럽게 자꾸 움직이다. 또는 그렇게 되게 하다.
고학(苦學) 학비를 스스로 벌어서 고생하며 배움.

그리고 바우는 또 한 번 같은 웃음을 웃는다.

바우는 산을 내려와 맞은편 언덕 위로 올라섰다. 그리고 가까운 거리에서 메밀밭을 내려다보았을 때 그는 놀라 벌린 입을 다물지 못했다. 경환이 집 머슴으로 본 사람은 남 아닌 바로 자기 아버지였다. 아버지는 **농립**을 벗어 들고 나비를 쫓아 엎드렸다 일어섰다 하며 그 똑똑지 못한 걸음으로 밭두덩을 **지척지척** 돌고 있다.

바우는 머리를 얻어맞은 듯 멍하니 아래를 바라보고 섰다. 그러다가 갑자기 언덕 모래 비탈을 지르르 미끄러져 내려가며 그렇게 빠른 속력으로 지금까지 잠기어 있던 어두운 마음에서 벗어나, 그 아버지가 무척 불쌍하고 정답고, 그리고 그 아버지를 위하여서는 어떠한 어려운 일이든지 못할 것이 없을 것 같고……. 바우는 울음이 되어 터져 나오려는 마음을 가슴 가득히 참으며 언덕 아래 메밀밭을 향해 소리쳤다.

"—아버지!"

"—아버지!"

"—아버지!"

농립(農笠) 여름에 농사일을 할 때 쓰는 모자. 밀짚이나 보릿짚 또는 얇고 긴 대팻밥 따위로 만든다.
지척지척 힘없이 다리를 끌면서 억지로 걷는 모양.

소설의 구성과 단계

줄거리(스토리)와 구성(플롯)

독서 감상문을 쓰거나 국어 수업을 하면서 소설의 **줄거리**를 정리해 본 적이 있을 것입니다. 소설의 줄거리는 이야기의 주요 내용만을 요약한 것이지요. 영어로는 '**스토리**(story)'에 해당합니다. 앞에서 배운 〈하늘은 맑건만〉을 예로 들어 볼까요?

문기는 고깃간에 심부름을 갔다가 거스름돈을 더 받았다. 그리고 친구인 수만이에게 이 사실을 이야기했다가 그만 꼬임에 넘어가 둘이 함께 더 받은 거스름돈을 써 버린다. 곧 거스름돈으로 산 공과 쌍안경을 삼촌에게 들켜 꾸중을 들은 후, 남은 돈을 고깃간 집 안마당에 던지고 이를 수만이에게 이야기한다. 하지만 수만이는 도리어 돈을 내놓으라며 문기를 협박하고, 사실이 드러나는 것이 두려워진 문기는 숙모의 돈을 훔쳐 수만이에게 준다. 이 일로 이웃집에서 일을 돕던 점순이가 누명을 쓰고 쫓겨나자 문기는 죄책감으로 괴로워한다. 결국 문기는 모든 사실을 털어놓을 결심으로 담임 선생님을 찾아가지만 차마 고백하지 못하고, 돌아오는 길에 교통사고를 당한다. 병원에서 깨어난 문기는 삼촌에게 모든 사실을 고백한 후 비로소 죄책감을 벗게 된다.

이렇게 단편 소설 한 편을 한 단락으로 정리할 수 있습니다. 이것이 줄거리입니다. 일반적으로 소설의 줄거리는 시간 순서에 따르며, 사건의 원인과 결과의 관계로 엮이는 경우가 많습니다.

그런데 〈하늘은 맑건만〉의 첫 부분은 안반 뒤에 숨겨 두었던 공과 서랍 속 쌍안경이 사라진 것을 발견한 문기가 불안해하고 초조해하는 사건부터 시작합니다. 사건 진행 순서와 서술 순서가 뒤바뀌어 있는 것이죠. 왜 이렇게 순서를 바꾸어서 쓴 것일까요? 다른 장르에서도 문장을 쓸 때 강조하고 싶은 부분을 주어 앞으로 넣거나 서술어 뒤로 빼기도 합니다. 예를 들어 김영랑 시인의 시 〈모란이 피기까지는〉의 한 구절을 살펴볼까요?

나는 아직 기다리고 있을 테요, 찬란한 슬픔의 봄을.

이 문장의 어법상 옳은 순서는 '나는 아직 찬란한 슬픔의 봄을 기다리고 있을 테요.'입니다. 의미를 강조하기 위해 문장 성분의 서술 순서를 바꾼 것이죠. 소설도 마찬가지입니다. 시간 순서를 바꾸어 서술하는 것 역시 주제를 효과적으로 전달하기 위한 장치입니다.

소설의 이야기는 단순하게 내용을 전달하고자 하는 의도로 쓰인 것이 아닙니다. 작가는 소설 속에서 자신만의 메시지, 주제를 전달하고자 하며 이를 위해 의도한 대로 이야기를 배치합니다. 문기가 공과 쌍안경이 사라졌다는 것을 알고 불안해하는 장면이 먼저 제시되면서 독자는 문기가 정직하지 못한 방법으로 두 물건을 얻었음을 짐작할 수 있고, 이것들을 얻게 된 배경을 궁금해하게 됩니다. 또한 떳떳하지 못한 행동을 하게 되면 불안하고 초조할 수밖에 없다는 점이 부각되면서 주제를 쉽게 이해할 수 있지요. 이처럼 작가의 의도나 사건의 필연성 등 일정한 질서에 따라 사건을 짜임새 있게 재구성하는 것을 '**구성**', 영어로 '**플롯**(plot)'이라고 합니다.

구성과 갈등

구성은 인물이 작품 속에서 겪는 갈등의 영향을 받아 완성됩니다. 즉 갈등이 사건을 전개하고 인물의 성격을 그려 이야깃거리를 제공한다면, 구성은 이러한 이야깃거리를 잘 엮어서 작품으로 만들어 내는 역할을 하는 것입니다. 그러므로 갈등이 생겨난 원인을 파악하고 심화·해소되는 과정 등을 살피면 소설의 구성 방식을 알 수 있습니다.

구성의 5단계

발단(發端)은 소설의 첫 단계로서 인물과 배경이 소개되고 사건이 시작되는 부분으로, 주요 인물의 성격과 소설 전체의 분위기가 드러납니다. 고전 소설 《흥부전》에서 놀부가 부모님의 유산을 독차지하고 흥부네 가족을 내쫓는 장면이 여기에 해당합니다.

전개(展開)는 사건이 본격적으로 진행되고 갈등이 표면화되는 부분입니다. 인물의 성격이 직접적으로 드러나며, 복선을 제시하여 다가올 사건을 암시하기도 합니다. 쫓겨난 흥부가 굶주림을 견디다 못해, 놀부에게 밥을 구걸하러 갔다가 매만 맞고 돌아오는 부분이 여기에 해당합니다.

위기(危機)는 갈등이 고조되고 긴장감이 심화되는 부분으로, 절정에 이르는 계기가 드러나기도 합니다. 흥부가 부러진 제비 다리를 치료해 준 뒤 이듬해 제비가 물어다 준 박씨 덕분에 부자가 되는 부분이 바로 위기에 해당합니다. 갈등과 긴장감이 있는 것처럼 보이지 않지만, 흥부가 부자가 되고 놀부가 가난해진다는 결말의 반전을 이끌어 낸다는 점에서 이 사건은 위기에 해당됩니다.

절정(絕頂)은 갈등이 최고조에 이르는 부분이자, 사건 해결의 실마리가 제시되는 부분입니다. 놀부 내외가 흥부처럼 부자가 될 욕심에 일부러 제비 다리를 고쳐 주었다가 도깨비에게 벌을 받는 장면이 《흥부전》의 절정입니다.

결말(結末)은 갈등과 위기가 해소되는 부분입니다. 주인공의 운명이 결정되며, 모든 사건이 해결되고 주제가 제시됩니다. 마음씨 고운 흥부가 형님 놀부를 용서하고 두 가족이 모두 행복하게 살았다는 《흥부전》의 마지막 장면이 바로 결말 단계입니다.

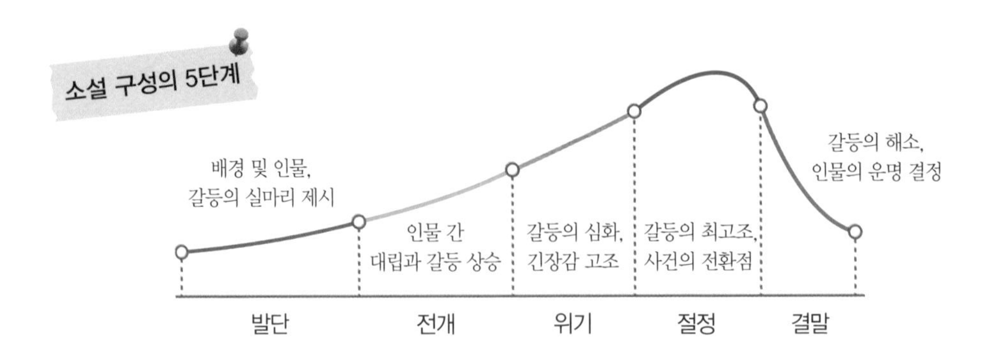

확인문제

※ 소설 구성의 5단계에 맞게 작품을 정리해 봅시다.

1_ 소설 구성 단계에 알맞게 〈약방 할매〉의 주요 사건을 연결해 봅시다.

① 발단 •	• ㉠ 한동안 약방 할매를 찾지 않던 어머니는 '나'가 군대에서 첫 휴가를 나왔을 때 약방 할매에게 가 있었다.
② 전개 •	• ㉡ 고향 집 뒤편 '저 위' 언덕으로 올라간 '나'는 비로소 약방 할매의 의미를 깨닫는다.
③ 위기 •	• ㉢ 목수였던 아버지가 돈을 벌기 위해 집을 비운 사이 어머니는 여섯 남매를 거두며 힘들게 집안을 일궈야 했다.
④ 절정 •	• ㉣ 결혼을 한 '나'는 약방 할매의 정체가 궁금해져 어머니에게 묻지만, 어머니는 약방 할매를 기억조차 하지 못한다.
⑤ 결말 •	• ㉤ 아버지가 떠난 후 어머니는 고단하고 힘들 때마다 약방 할매에게 다녀오고는 하였다.

TIP

- **순행적 구성** 한 사건이 시간 순서에 따라 진행되는 구성 방식(= 평면적 구성)
  예 〈약방 할매〉, 〈나비를 잡는 아버지〉
- **역순행적 구성** 사건의 진행이 시간 순서에 따르지 않는 방식(= 입체적 구성)
  예 〈하늘은 맑건만〉, 〈우리들의 일그러진 영웅〉

2_ 〈나비를 잡는 아버지〉의 줄거리를 생각하며 빈칸을 정리해 봅시다.

발단	여름 방학을 맞아 고향에 내려온 경환이는 학교 숙제라며 나비를 잡으러 다니는데, 바우는 그 모습이 곱게 보이지 않는다.

⬇

전개	

⬇

위기	바우 어머니와 아버지는 차례로 경환이네 집에 불려간다. 바우 아버지는 바우에게 나비를 잡아가서 경환이에게 사과하라고 요구한다.

⬇

절정	바우가 사과를 하지 않자 아버지는 바우가 아끼는 그림책을 찢어 버리고 바우의 분노는 더욱 커진다.

⬇

결말	

성장 그리고 가족

지금까지 배운 소설 중에 많은 작품이 다양한 사건을 겪으며 정신적으로 한층 더 성장해 나간 인물들을 주인공으로 하고 있습니다. 첫사랑의 아픔을 겪은 〈소나기〉의 소년도, 양심의 소리에 귀 기울이며 용기 있게 잘못을 고백한 〈하늘은 맑건만〉의 문기도 소설이 끝날 무렵에는 한 뼘 더 자란 어른이 되었죠. 〈나비를 잡는 아버지〉의 바우도 마찬가지입니다. 자기 자신만 생각하던 바우가 나비를 잡는 아버지의 모습을 보고 부모님의 깊은 사랑을 깨닫게 되기 때문입니다.

이렇게 다른 사람의 생각을 읽고 감정을 나누며 이들과 공감할 줄 알게 되는 과정을 겪으며 사람들은 성장해 나갑니다. 하지만 이 과정이 그저 행복한 것만은 아닙니다. '나'라는 존재에 대해 고민하기도 하고, 내가 아닌 다른 사람과의 관계를 진지하게 생각하기도 하죠. 이 과정에서 상처와 아픔을 겪으며 점점 더 생각의 폭이 넓고 깊어지게 되는 것, 이게 바로 어른이 되는 과정입니다.

성장을 이야기할 때 빼놓을 수 없는 요소가 바로 '가족'입니다. 사람은 보통 가족 안에서 성장하고 세상을 배우기 시작합니다. 그런데 가족이라는 울타리 안에서 생기는 크고 작은 일들은 나를 행복하게도 하지만 나에게 상처를 주기도 하죠. 그래서 가족은 때로 우리에게 아픔과 고통의 원인이 됩니다. 맨 처음 세상을 알려준 곳이기에, 그리고 내가 마음대로 고르거나 포기할 수 없는 존재이기에 가족이 주는 상처는 더 크고 깊게 다가옵니다. 그럴 땐 마냥 벗어나고 싶지만, 그럼에도 가족은 언제나 우리의 마지막 안식처이자 피난처입니다.

〈나비를 잡는 아버지〉 역시 바우와 아버지의 관계가 중심입니다. 바우가 겪게 되는 갈등의 첫 시작은 경환이와의 다툼이지만, 결국 아버지라는 존재와 가족의 사랑을 깨닫게 되며 갈등이 해소되죠. 〈약방 할매〉, 〈연〉과 〈빗새 이야기〉 연작도 마찬가지입니다. 〈약방 할매〉의 아들은 존재한 적 없는 약방 할매에게 마실 가던 어머니의 마음을 성인이 된 후에 알게 됩니다. 가난을 핑계로 오랜 세월 어머니를 외면했던 〈연〉과 〈빗새 이야기〉의 아들도 평생 빗새처럼 자신을 품어 온 어머니의 사랑을 뒤늦게 깨닫게 되죠. 그리고 그 순간 아픔이었던 가족은 무엇과도 비할 수 없는 소중한 가치가 되어 우리에게 다가옵니다.

약방 할매

1_ '나'의 어머니에 대한 설명으로 옳지 않은 것을 모두 골라 봅시다.

① 여섯 명의 아이를 키워 낸 의지력이 강한 여인이다.

② 남편은 돈을 벌기 위해 집을 떠나 있는 일이 많았다.

③ 어린 '나'가 바라본 어머니의 모습은 젊고 아름다웠다.

④ '나'가 친구와 싸웠을 때 '나'의 종아리를 치며 단호하게 혼을 냈다.

⑤ '나'가 중학교 3학년이 된 이후로는 단 한 번도 약방 할매를 찾지 않았다.

2_ 다음을 참고하여 아버지가 계실 때와 떠나고 난 뒤 집안 분위기가 어떻게 다른지 빈칸을 알맞게 채워 봅시다.

- 아버지가 떠난 날이면 밥이 솥째로 상에 올라왔고, 아버지가 있을 때는 사라졌던 장아찌와 간장, 고추장 같은 밑반찬이 다시 등장했다.
- 아버지가 있을 때는 필요한 경우에만 펴지던 밥상이 아버지가 없을 때는 자나 깨나 윗목에 펴지게 마련이었는데, '나'는 어머니가 일일이 밥을 해 주기 귀찮아서 그런 거라고 생각했다.
- 어머니는 아버지가 있을 때는 피우지 않던 담배를 피우며 골똘히 생각에 잠기곤 했다.

• 아버지가 계실 때 집안 분위기는 ______________________________,

아버지가 떠나고 난 뒤 집안 분위기는 ______________________________.

3_ 다음을 읽고 물음에 답해 봅시다.

> 아버지는 여전히 같은 모습으로 집을 나서서 짧으면 보름, 길면 반년 동안 어디에 있다는 편지 한 장 없이 돌아오지 않았다. 그렇다고 다른 집보다 아이들이 적었던 것도 아니어서 내 위로 누나가 둘 있었고 내가 초등학교를 들어간 뒤에 내 아래로 여동생이 셋이나 더 태어났다.
>
> 어머니는 한쪽 어깨가 구부러진 아버지를 전송하고 난 다음, 집 바로 아래 우물가의 커다란 향나무 곁에 오래도록 서 있곤 했다. 그 뒷모습은 내가 학교에서 배운 〈선녀와 나무꾼〉의 이야기에 나오는 선녀처럼 어여뻤고 서글퍼 보였다. 물론 선녀의 하늘 옷은 우리 집 낡은 장롱 속에 없었다. 하늘 옷이 있더라도 계속 태어나는 아이들 때문에 절대로 하늘로 올라갈 수 없을 것이었다. 그러나 나는 뭔지 모르게 불안했다. 내가 병든 닭 같은 불안한 눈으로 훔쳐보고 있는 걸 아는지 모르는지, 이윽고 어머니는 향나무에서 손을 떼고 길게 한숨을 쉰 뒤에 집으로 들어왔다. 그런 뒤면 어머니는 역전의 기회를 흘려보낸 노름꾼처럼 지쳐 보였다.

(1) 아버지를 떠나보낸 어머니의 모습을 비유한 표현 두 가지를 찾고, 각각의 비유 대상과 어머니와의 공통점을 적어 봅시다.

비유한 표현	공통점

(2) 아버지가 떠나고 난 후 어머니의 심정은 어떠했을지 적어 봅시다.

4_ '나'가 밑줄 친 부분과 같이 생각한 이유를 적어 봅시다.

> 아버지가 집에 없음으로 해서 내가 어머니의 속을 썩일 때마다 어머니는 남보다 더 큰 절망에 사로잡히는 듯했다. 그럴 때마다 나는 어머니의 입에서 한시라도 빨리 "약방 할매에게 마실이라도 가야겠다."라는 말이 나오기를 기다렸다.

5_ 어머니가 약방 할매의 나이를 묻는 '나'의 물음에 다음과 같이 답한 이유를 유추하여 적어 봅시다.

> "나이가 한정도 없이 많지. 약방 할매가 여우였으면 벌써 꼬리가 아홉 개 생기고 처녀로 도섭을 했어도 여러 번 했을 게다."

6_ 어른이 된 '나'가 알게 된 약방 할매는 누구인지 빈칸에 알맞은 단어를 넣어 봅시다.

> 아래편 주택가의 모습이 모두 보이는 산 중턱의 ________________(으)로,
>
> 어머니에게 ________________을/를 주던 장소이다.

나비를 잡는 아버지

1_ 작품의 갈등 구조를 생각하며 다음 인물 관계도를 완성해 봅시다.

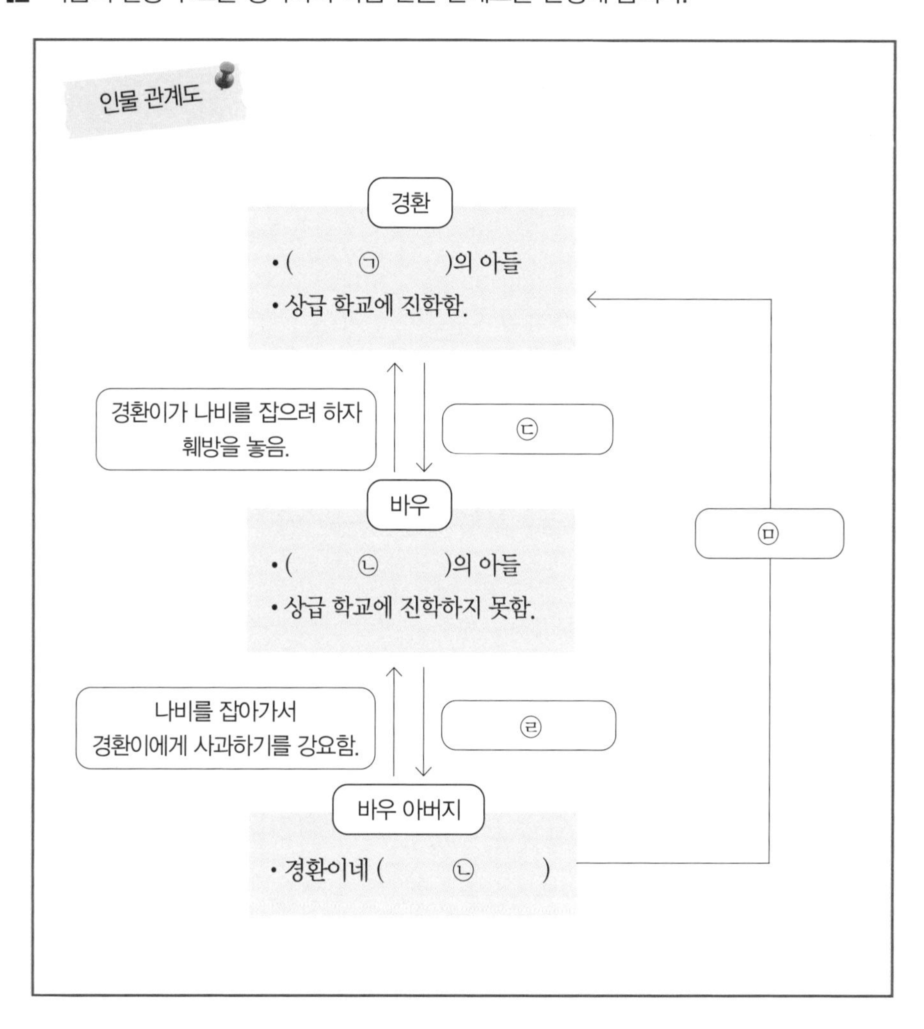

㉠: ____________ ㉡: ____________

㉢: ____________

㉣: ____________

㉤: ____________

2_ 바우와 경환이에게 나비가 필요한 이유를 각각 적어 봅시다.

• 바우: ______________________________

____

• 경환: ______________________________

____

3_ 경환이의 다음 주장에 대한 바우의 반박을 작품에서 찾아 적어 봅시다.

(1) "우리 집 땅 내가 밟았기로 무슨 상관야."

→ ______________________________

____

(2) "너희 집 참외 넝쿨을 그렇게 소중히 알면서, 어째 남의 나비 잡는 건 훼방을 놓는 거냐?"

→ ______________________________

____

한걸음 더

바우와 경환이의 입장 차이

경환이는 나비를 잡는 일이 제 뜻대로 되지 않자 앙심을 품고 바우네 참외밭을 망가뜨립니다. 바우에게 못한 분풀이를 대신하고, 마름의 아들인 자신의 우월함을 과시하려는 의도이지요. 하지만 바우에게 참외밭이 망가진 일은 온 가족의 생계가 위협받는 일이었습니다. 이렇게 참외밭이 망가진 일 하나에도 두 사람의 입장에는 큰 차이가 드러난답니다.

4_ 다음을 참고하여 물음에 답해 봅시다.

> 바우가 자기 집 장독간 앞에서 벌통을 들여다보고 앉았는데 경환이 집에서 부엌 심부름을 하는 계집아이가 왔다. 바우는 까닭 없이 가슴이 성큼했다.
>
> "바우 어머니 집에 있수?"
>
> 하고 계집아이는 안방과 부엌을 기웃거리다가 마당에 섰는 바우를 보고,
>
> "너 우리 집 서울 학생 때렸니?"
>
> 하고 쳐다보다가 대답이 없으니까,
>
> "너 야단났다. 우리 집 아씨가 막 역정이 나서 너희 어머니 불러오래, 얘." (중략)
>
> 바로 그 어머니가 상기한 얼굴로 대문을 들어섰다.
>
> 어머니는 다짜고짜로 바우에게로 달려가 등줄기를 후리고는,
>
> "자식이 어떻게 했으면 어미 망신을 그렇게 시키니. 어서 나비 잡아 가지고 가서 빌어라, 빌어."
>
> 그리고 아버지를 향하고는,
>
> "당신도 가 보우. 바깥사랑에서 부릅디다."

(1) 어머니가 바우에게 자초지종도 묻지 않은 채 혼을 내는 이유는 무엇인지 적어 봅시다.

(2) 위와 같은 상황에서 바우의 심정이 어떠했을지 유추하여 이유와 함께 적어 봅시다.

5_ 다음 밑줄 친 부분의 의미가 무엇인지 〈조건〉에 맞게 적어 봅시다.

조건
- 완결된 문장으로 작성할 것.
- 부모님이 바우에게 요구한 두 가지 행위를 모두 포함할 것.

> 바우는 여전히 말이 없다. 어머니는 그것을 바우가 순종하는 뜻으로 여긴 모양, 부엌에서 아침을 차리기에 분주하였다.
> "얼른 밥 차려 줄게, 먹고 나가 봐."
> 그러나 바우는 어머니가 밥상을 날라 오기 전에 자기가 먼저 슬며시 집 밖으로 나갔다. (중략) 아들의 그만한 체면쯤 보아 줄 줄 모르고 자기네 요구만 고집하는 아버지가, 그리고 어머니까지 바우는 무척 야속했다. 노여웠다.

6_ 다음 밑줄 친 부분을 계기로 변화된 바우의 심리를 작품에서 찾아 적어 봅시다.

> 바우는 산을 내려와 맞은편 언덕 위로 올라섰다. 그리고 가까운 거리에서 메밀밭을 내려다보았을 때 그는 놀라 벌린 입을 다물지 못했다. 경환이 집 머슴으로 본 사람은 남 아닌 바로 자기 아버지였다. 아버지는 농립을 벗어 들고 나비를 쫓아 엎드렸다 일어섰다 하며 그 똑똑지 못한 걸음으로 밭두렁을 지척지척 돌고 있다.

호가호위(狐假虎威), 마름의 횡포

'만길이'는 남의 땅을 부쳐 먹는 소작농이다. 땅 주인은 경성에서 이름 난 부자 '민보국'이란 사람인데, '이 참봉'이라는 마름이 주인 대신 땅을 관리한다. 만길이는 이 참봉의 비위를 맞추느라 때때로 닭을 잡고 갈비를 선물하고 술도 대접했다. 그것도 모자라 농한기에는 그 집에 가서 마당도 쓸고 장작도 패 주었다. 이 참봉과 부인이 외출할 때에는 가마꾼 노릇도 했다. 만길이의 아내도 이 참봉 집의 방아를 찧고 물을 긷고 빨래까지 해 주었다. 그런데도 어느 해에는 세배를 늦게 왔다고 맞기까지 했다. 온갖 말도 안 되는 일을 당하면서도 올해 만길이가 손에 쥔 곡식은 자신이 농사지어 거둔 전체의 10%가 채 되지 않았다. 소작료로 50%를 내고, 참봉에게 갖다 바치고, 각종 세금을 내고, 지난해 흉년 때 빌린 곡식을 갚았기 때문이다.

– 《개벽(開闢)》(1921년 9월호)

1920년대 잡지에 실린 기사로, 일제 강점기 마름과 소작인의 관계가 잘 드러나는 글입니다. 지주를 대신해 소작농을 관리하던 마름은 식민지 농촌의 실질적 권력자였습니다. 그리고 마름과 소작농의 갈등은 일제 강점기를 배경으로 하는 수많은 문학 작품의 단골 소재가 되었죠. 마름을 예비 장인으로 둔 주인공이 등장하는 소설, 김유정의 〈봄·봄〉을 살펴볼까요?

조그만 아이들까지도 그를 돌아 세 놓고 욕필이(본이름이 봉필이니까.) 욕필이 하고 손가락질을 할 만치 두루 인심을 잃었다. 하나 인심을 정말 잃었다면 욕보다 읍의 배 참봉 댁 마름으로 더 잃었다. (중략) 작인이 닭 마리나 좀 보내지 않는다든가 애벌논 때 품을 좀 안 준다든가 하면 그해 가을에는 영락없이 땅이 뚝뚝 떨어진다. 그러면 미리부터 돈도 먹이고 술도 먹이고 안달재신으로 돌아치던 놈이 그 땅을 슬쩍 돌라안는다. 이 바람에 장인님 집 빈 외양간에는 눈깔 커다란 황소 한 놈이 절로 엉금엉금 기어들고, 동리 사람은 그 욕을 다 먹어 가면서도 그래도 굽실굽실하는 게 아닌가.

– 김유정, 〈봄·봄〉

뒤에서는 욕을 퍼부을지언정 앞에서는 그 누구도 마름에게 함부로 대들지 못했습니다. 오히려 잘 보여야 했기에 뇌물을 바쳐야 했습니다. 장인어른 집 외양간에 황소가 저절로 생기는 이유인 것이죠. 소작농은 마름에게 노예처럼 굽실거릴 수밖에 없었습니다. 이처럼 땅 주인의 권세를 빌려 위세를 부리던 마름의 횡포는 지금으로서는 상상하기 힘들 정도였답니다.

Step_1 인물이 처한 상황과 심리

작품 속 인물들은 자신이 처한 상황에서 어떤 생각을 했을지 이야기해 봅시다.

가 소작 제도(小作制度)란 농민이 토지를 빌려 경작하고, 그 대가로 토지 소유자인 지주에게 일정한 대가(소작료)를 지급하는 제도를 말한다. 많지 않은 땅을 가진 중소 지주들은 직접 땅을 관리했지만, 가진 땅이 많은 대지주나 땅과 멀리 떨어져 사는 지주들은 대리인을 두어 소작을 관리했다. 이 대리인이 바로 마름이다. 마름은 지주와 소작농 사이에서 소작료를 협상하고, 협상한 소작료를 거두어들이는 역할을 맡았다. 그래서 지주들은 친분이 두텁거나 소작농 가운데 믿을 만한 사람을 마름으로 뽑았다.

소작제는 우리나라에서 아주 오래전부터 시행되어 왔다. 원래 조선 시대에는 토지 소유권이 없더라도 국가에 소작료를 내면 대대로 자기 땅처럼 안정적으로 농사를 지을 수 있었다. 하지만 일제가 실시한 토지 조사 사업 이후 국가의 것이었던 땅의 소유권이 개인에게 넘어가면서 문제가 발생했다. 농사지을 권리를 잃은 많은 농부들이 생겨나 소작농이 급증했고, 이러한 소작농은 지주의 허락을 받지 않으면 개인의 소유가 된 땅에서 더 이상 농사를 지을 수 없는 처지가 되었다. 지주의 눈치를 봐야 하는 농민들이 늘어난 상황에서 지주와 소작인을 연결해 주던 마름은 자연스럽게 그 역할이 커지게 되었다.

일제 강점기에 마름은 소작료를 걷는 일, 소작농을 정하고 해지하는 일, 그리고 때때로 소작료를 결정하는 일까지 맡으면서, 지주보다 더한 권한을 행사하며 농민들을 괴롭혔다.

나 아궁이 앞에, 위하던 그림 그리는 책이 조각조각 찢기어 허옇게 흩어져 있다. 바우는 그 앞에 이르러 멍멍히 내려다보고 섰는데 등 뒤에서 아버지 음성이 났다.

"인마, 남은 서울 학교 다녀서 다 나비도 잡고 그러는 건데 건방지게 왜 다니며 훼방을 놓는 거냐, 훼방을."

그리고 바우가 그림 그리는 것과 그것은 아랑곳없는 일일 텐데 아버지는,

"담부터 내 눈앞에 그 그림 그리는 꼴 보이지 말어라. 네깟 놈이 그림 그겔루 남처럼 이름을 내겠니, 먹고살게 되겠니."

하고 돌아서 문밖으로 나가려다가 다시 돌아서며 아버지는,

"나빈 잡아 갔지?"

하고 다져 묻는다. 바우는 고개를 숙인 채 묵묵하다. 아버지는 기가 막힌 듯 잠시 건너다 보기만 하다가 언성을 높였다.

"이때껏 나가서 뭘 했어. 인마, 간 봄에 늙은 아비가 땅 얻어 부치느라고 갖은 애 다 쓰던 것을 네 눈으로도 보았지. 가뜩한데 너까지 말썽일 게 뭐냐. 어서 가서 빌지 못하겠어?"

아버지는 담뱃대 끝으로 바우의 수그린 머리를 찌를 듯 겨눈다. 그러는 대로 바우는 무춤무춤 피할 뿐 조금도 걸음을 옮기려 하지 않는다.

"그래도 네 고집만 세울 테냐. 그럴라거든 아주 나가거라. 아주 나가."

다 바우는 산을 내려와 맞은편 언덕 위로 올라섰다. 그리고 가까운 거리에서 메밀밭을 내려다보았을 때 그는 놀라 벌린 입을 다물지 못했다. 경환이 집 머슴으로 본 사람은 남 아닌 바로 자기 아버지였다. 아버지는 농립을 벗어 들고 나비를 쫓아 엎드렸다 일어섰다 하며 그 똑똑지 못한 걸음으로 밭두덩을 지척지척 돌고 있다. – 현덕, 〈나비를 잡는 아버지〉

라 아버지가 집에 없음으로 해서 내가 어머니의 속을 썩일 때마다 어머니는 남보다 더 큰 절망에 사로잡히는 듯했다. 그럴 때마다 나는 어머니의 입에서 한시라도 빨리 "약방 할매에게 마실이라도 가야겠다."라는 말이 나오기를 기다렸다. (중략)

집에 도착하니 어머니는 없고 아버지 혼자서 방 안에서 화투장을 떼고 있었다. 어머니가 어디 갔느냐고 묻자 아버지는 "약방 할마씨라든가 뭐라든가 하는 늙은이한테 간다고 아까 나갔다."라고 하는 것이었다. 그때 아버지는 실직 상태였고 술독에 빠져 있었으며 천장에서는 비가 새고 방바닥에서 연탄가스가 올라오는데 고치지도 못하는 형편이었다.

마 언덕을 오르내리느라 숨이 차올랐던 나는 산중턱의 넓적한 바위를 발견하고 그 위에 앉았다. 바위는 아래로 약간 기울어져 있어서 앉은 사람이 자연스럽게 턱을 짚고 아래를 내려다보게 만들었다. 그곳에서는 아래 주택가의 흰 빨래들이며 추위도 아랑곳 않고 뛰노는 아이들, 들판을 둘러싸며 어디론가 흘러가는 냇물, 둑에 서 있는 미루나무가 세세하게 내려다보였다. 바람은 있는 듯 없는 듯 하고 아이들 웃음소리가 들렸다 말았다 했다.

나는 담배를 한 대 피워 물었다. 그제야 약방 할매가 누구인지 알 듯했다. 엉덩이 밑의 바위는 저물기 전의 길고 부드러운 햇빛을 받아 아직 따뜻했다. – 성석제, 〈약방 할매〉

1_ 제시문 **가**를 참고하여 제시문 **나**와 **다**에서 아버지의 속마음을 추측하여 적어 봅시다.

• **나**: ______________________________

____

• **다**: ______________________________

____

2_ 제시문 **라**와 〈보기〉를 참고하여 어머니가 약방 할매를 찾아가는 때는 언제인지, 어머니에게 약방 할매는 어떤 의미인지 각각 적어 봅시다.

보기

약방(藥房)[-빵]

명 1. [같은 말] 약국(藥局). (1. 약사가 약을 조제하거나 파는 곳.)
2. 약사가 없이 약종상 면허만으로 양약을 소매하는 가게.
3. 대갓집에 마련된, 약을 짓는 방.

할매

명 부모의 어머니를 이르는 말. '할머니'의 방언.

• 어머니는 약방 할매를 ______________________________ 때 찾아간다.

• 어머니에게 약방 할매는 ______________________________

____

____

3_ 여러분의 가족에게 약방 할매와 같은 존재는 무엇인지 적어 봅시다.

가족	
나	

4_ 제시문 **다**의 바우와 제시문 **마**의 '나'가 아버지와 어머니의 마음을 깨달은 뒤 어떤 생각을 했을지 유추하여 적어 봅시다.

- **다**의 바우:

- **마**의 '나':

Step_2 우리 가족 헌법

가족 간 갈등을 줄이고 더 행복한 가정을 만들기 위해 서로 지켜야 할 약속이나 원칙 등을 담은 가족 헌법을 재치 있고 의미 있는 내용으로 구성해 봅시다.

가족 헌법 만들기

- 제목 만들기: 우리 가족만의 특징이 담긴 고유한 제목을 만듭니다.
  예 레인보우 가족 헌법, 행복 지킴이 가정 헌법
- 헌법 내용 작성하기: 실제 실천할 가족 헌법 내용을 가족들과 상의하여 결정합니다.
- 가족 헌법 예시: 법무부 주최 '우리 헌법 만들기' 공모전 수상작

성숙한 희☆준이네 한마음 헌법

아빠와 엄마가 만나 단란한 가정을 이루고,
사랑스러운 딸과 든든한 아들이 함께 엮어 가는 생활의 진솔한 모습을 담아,
세상에서 유일한 가족 헌법을 제정합니다.

제1장(한걸음) **스스로 실천하는 가족**

제1조 우리 가족의 가훈인 "스스로 하자(생각·판단·선택·행동)."를 잘 실천한다.
제2조 어떤 일을 할 때 내가 먼저, 지금부터, 작은 것부터 실천하는 모습을 보인다.
제3조 생각하는 것보다 10분 먼저 시작하고, 실행이 가능한 약속을 하여 꼭 지킨다.
제4조 '스스로 가족' 구성원으로서의 자존심을 가지고 명예를 소중히 여긴다.

제2장(한 몸) **밥상머리 예절을 지키는 가족**

제1조 평일 아침식사는 가장 먼저 출근(등교)하는 사람에게 맞춰 함께한다.
제2조 주말에 가족이 함께 식사할 때는 끝까지 자리를 지키고 대화에 동참한다.
제3조 식탁에서의 이야기는 가벼운 주제로 하고, 서로 경청하고 공감한다.
제4조 자신이 먹은 그릇은 각자 싱크대에 갖다 놓고 설거지는 공동으로 한다.
제5조 주말에는 집 안 청소, 빨래 널고 개기, 재활용 분리 배출을 분담한다.

제3장(한줄기) 기본에 충실한 가족

제1조 언제 어디서든(특히 엘리베이터에서) 이웃을 만나면 먼저 반갑게 인사한다.

제2조 주말 저녁(신문 토론 전), 온 가족이 할아버지, 할머니께 안부 전화를 한다.

제3조 자신이 사용한 물건은 자신이 정리한다.

제4조 휴대 전화 사용은 1일 90분 내외로 줄이고, 밤 11시 이후에는 수신 외에는 사용하지 않는다.

제5조 정기적인 운동(아빠: 테니스, 엄마: 배드민턴, 희주: 요가, 준혁: 농구)으로 건강을 챙긴다.

제4장(한 뜻) 토론하고 소통하는 가족

제1조 매주 토요일 저녁 시간(21~22시)에 종이 신문을 읽고 1시간씩 토론한다.

제2조 책을 한 달에 한 권 이상 읽고, 분기별 1회 소감 발표를 하며 기억에 남는 책을 소개한다.

제3조 꾸중, 비난, 잔소리보다는 칭찬, 격려 등 긍정적인 말을 자주 사용한다.

제4조 가족이 함께하는 문화생활을 통해 친밀감을 형성한다.

제5조 주말부부로 지내는 아빠를 위해 카카오톡 가족 단체방에서 자주 대화한다.

제5장(한사랑) 나눔을 실천하는 가족

제1조 2009년에 처음 시작한 후 5년째 계속하고 있는 '한마음의 집' 가족 봉사 활동을 계속 이어 간다.

제2조 매월 셋째 주 일요일은 온 가족이 봉사 활동에 참여할 수 있도록 일정을 우선적으로 고려한다.

제3조 지난해 '0촌 맺기'로 한 가족이 된 정수 삼촌을 반갑게 맞이하고 정성껏 보살핀다.

제4조 봉사 활동이 확산되도록 주위 사람들에게 알리고 참여를 권유한다.

우리 가족은 위 사항을 항상 준수하겠습니다.

20○○년 ○○월 ○○일

우리 집 가족 헌법

제1장 ______

제1조 ______

제2조 ______

제3조 ______

제4조 ______

제2장 ______

제1조 ______

제2조 ______

제3조 ______

제4조 ______

제3장 ______

제1조 ______

제2조 ______

제3조 ______

제4조 ______

Step_3 아버지의 결정

다음 제시문 라의 밑줄 친 아버지의 결정이 가장으로서 올바른 결정인지, 아니면 지나치게 권위적인 결정인지 제시문에서 근거를 찾아 토론해 봅시다.

가 "참외밭에서 누구하구 싸웠니?"

바우는 벌통 앞에 돌아앉아서 말이 없다.

"너두 눈 있거든 참외밭에 좀 가 봐. 넝쿨 하나고 성한 게 있나. 인마, 그 밭에 도지가 얼만지 아니? 벼로 열 말야. 참외는 안 돼두 낼 것은 내야지. 그리고 허구한 날 먹을 건 먹어야지. 그런 걱정은 없구, 인마, 참외밭에서 싸움이 뭐냐, 싸움이."

나 바우는 어슬렁어슬렁 길로 나가더니 우물 앞 정자나무 앞에 이르자 걸음을 멈추고, 그리고 동네 노인들이 장기를 두고 앉았는 것을 넋을 놓고 들여다보고 섰다. 장기가 두 캐가 끝나고 세 캐가 끝나고 모였던 사람이 헤어져도 바우는 자리를 뜨지 않는다. 바우는 다만 자기가 조금도 잘못한 것이 없는 것, 그러니까 누구에게든 머리를 굽힐 까닭이 없다는 고집이 정자나무통만큼 뻣뻣할 뿐이었다.

다 돌아서 문밖으로 나가려다가 다시 돌아서며 아버지는,

"나빈 잡아 갔지?"

하고 다져 묻는다. 바우는 고개를 숙인 채 묵묵하다. 아버지는 기가 막힌 듯 잠시 건너다 보기만 하다가 언성을 높였다.

"이때껏 나가서 뭘 했어. 인마, 간 봄에 늙은 아비가 땅 얻어 부치느라고 갖은 애 다 쓰던 것을 네 눈으로도 보았지. 가뜩한데 너까지 말썽일 게 뭐냐. 어서 가서 빌지 못하겠어?"

라 이튿날 아침이다. 건넌방 모퉁이서 바우는 아버지와 얼굴이 마주쳤다. 아버지는 어제와 다름없는 그 얼굴 그 음성으로 부엌에서 아침을 짓는 어머니를 향해 소리쳤다.

"오늘도 저놈이 제 고집만 세고 나빌 잡아 가지 않거든 밥 주지 말어."

그리고 바우를 향해서는,

"오늘은 나빌 잡아 가지고 가 봐야 허지, 그러지 않으려거든 영 집에 들어올 생각 말어라, 인마." (중략)

바우는 어머니가 밥상을 날라 오기 전에 자기가 먼저 슬며시 집 밖으로 나갔다. 밥을 열 끼를 굶는 한이 있더라도 그 경환이 앞에 나비를 잡아 가지고 가서 머리를 숙이기는 무엇보다 싫었다. 아들의 그만한 체면쯤 보아 줄 줄 모르고 자기네 요구만 고집하는 아버지가, 그리고 어머니까지 바우는 무척 야속했다. 노여웠다. – 현덕, 〈나비를 잡는 아버지〉

마 바우 아버지는 바우의 싸움이 불씨가 되어 가족들의 생계까지 위험해질 지경이 되자 바우를 다그쳐 경환이에게 나비를 잡아다 주라고 말합니다. 바우의 마음은 헤아리지 못하고 바우의 그림책마저 찢어 버리죠. 사실 가장 속이 상하고 화가 나는 사람은 바우 아버지일 것입니다. 경환이가 애써 가꾼 참외밭을 망가뜨리는 바람에 손해를 본 쪽은 바우네인데, 하소연할 새도 없이 도리어 경환이네에 불려가 혼이 났으니 말입니다. 억울할 법도 한데 아버지는 상황을 인정하고 묵묵히 참는 방법을 선택합니다. 아마 아버지의 입장에서는 힘없는 소작인으로서 마름의 심기(心氣)를 상하게 할 수 없었을 것입니다.

결국 아버지는 아들을 대신해 나비를 잡기로 결심합니다. 손 놓고 앉아서 소작을 떼일 수는 없었으니까요. 그리고 이 모습을 본 순간, 바우는 아버지를 향한 원망이 눈 녹듯 사라지는 것을 느낍니다. 마름 아들과 소작인 아들의 다툼 때문에 '나비 효과'처럼 불어닥쳤던 부자(父子) 갈등이 해소되는 순간입니다.

바 집안 사정을 모르는 것은 아니지만, 무조건 몰아세우며 경환이에게 빌라고 하는 아버지의 말을 사춘기 소년 바우가 그대로 받아들이기는 힘들었을 것입니다. 결국 바우는 가출할 결심까지 하게 되죠. 바우처럼 자신의 마음을 몰라주는 부모 때문에 상처받는 자식들의 모습을 우리는 주변에서 흔히 볼 수 있습니다. 그리고 가장 친밀하고 깊이 의지하는 사이인 만큼 가족 간 갈등은 다른 관계에서 생기는 갈등보다 우리에게 더 심각한 문제로 다가옵니다.

요즘에는 다양한 모습의 가족이 생겨나고 있지만 중요한 것은 어떤 형태이건 가족이란 저절로 유지되는 공동체가 아니라는 점입니다. 그렇기 때문에 가족 간 갈등을 현명하게 해결하는 일은 매우 중요합니다. 가족은 어느 한쪽이 일방적으로 헌신하고 인내하는 수직적 관계가 아닌, 서로가 서로를 배려하고 존중하는 수평적 관계입니다. 가족이 의무나 책임의 굴레가 아니라 서로를 지켜 주는 든든한 울타리가 되려면 가족 구성원 모두의 노력이 필요하다는 것을 잊지 말아야 할 것입니다.

주장 1 가장으로서 생계를 지키기 위한 올바른 결정이다.

주장 2 바우의 마음을 헤아리지 못한 권위적인 결정이다.

1. 다음 〈보기〉의 개요에서 하나를 골라 '가족의 사랑'을 주제로 자신의 경험과 느낌을 담은 글을 써 봅시다.

보기

- **개요 1** 〈약방 할매〉 소개 – 가족의 사랑을 가장 크게 느꼈던 경험 – 그때 내가 느꼈던 감정과 나의 다짐
- **개요 2** 〈나비를 잡는 아버지〉 소개 – 가족의 사랑을 가장 크게 느꼈던 경험 – 그때 내가 느꼈던 감정과 나의 다짐

2_ 이번 주 읽은 작품 중 하나를 골라 독서 이력철을 작성해 봅시다.

• 작품명: ______________ • 작가: ______________

1 읽게 된 동기

____

____

2 책의 주요 내용(인상 깊은 장면을 중심으로)

____

____

____

3 책을 읽고 느낀 점, 책을 읽은 후 나의 변화(성장한 점)

____

____

____

____

※ 다음 시를 읽고, 공통적 주제가 무엇인지 생각해 봅시다.

가정(家庭) _박목월

지상에는
아홉 켤레의 신발.
아니 현관에는 아니 들깐에는
아니 어느 시인(詩人)의 가정에는
알 전등이 켜질 무렵을
문수(文數)가 다른 아홉 켤레의 신발을.

내 신발은
십구 문 반(十九文半).
눈과 얼음의 길을 걸어
그들 옆에 벗으면
육 문 삼(六文三)의 코가 납작한
귀염둥아 귀염둥아
우리 막내둥아.

미소하는
내 얼굴을 보아라.
얼음과 눈으로 벽(壁)을 짜 올린
여기는
지상
연민(憐憫)한 삶의 길이여.
내 신발은 십구 문 반.

아랫목에 모인
아홉 마리의 강아지야.
강아지 같은 것들아.
굴욕과 굶주림과 추운 길을 걸어
내가 왔다.
아버지가 왔다.
아니 십구 문 반의 신발이 왔다.
아니 지상에는
아버지라는 어설픈 것이
존재한다.
미소하는
내 얼굴을 보아라.

어머니 6 _정한모

어머니는
눈물로
진주를 만드신다.

그 동그란 광택(光澤)의 씨를
아들들의 가슴에
심어 주신다.

씨앗은
아들들의 가슴속에서
벅찬 자랑
젖어드는 그리움
때로는 저린 아픔으로 자라나
드디어 눈이 부신
진주가 된다.
태양이 된다.

검은 손이여
암흑이 광명을 몰아내듯이
눈부신 태양을
빛을 잃은 진주로
진주로 다시 쓰린 눈물로
눈물을 아예 맹물로 만들려는
검은 손이여 사라져라.

어머니는
오늘도
어둠 속에서
조용히
눈물로
진주를 만드신다.

성탄제(聖誕祭) _김종길

어두운 방 안엔
빠알간 숯불이 피고,

외로이 늙으신 할머니가
애처로이 잦아드는 어린 목숨을 지키고 계시었다.

이윽고 눈 속을
아버지가 약을 가지고 돌아오시었다.

아, 아버지가 눈을 헤치고 따 오신
그 붉은 산수유 열매—

나는 한 마리 어린 짐승,
젊은 아버지의 서느런 옷자락에
열(熱)로 상기한 볼을 말없이 부비는 것이었다.

이따금 뒷문이 눈을 치고 있었다.
그날 밤이 어쩌면 성탄제의 밤이었을지도 모른다.

어느새 나도
그때의 아버지만큼 나이를 먹었다.

옛것이라곤 찾아볼 길 없는
성탄제 가까운 도시에는
이제 반가운 그 옛날의 것이 내리는데,

서러운 서른 살 나의 이마에
불현듯 아버지의 서느런 옷자락을 느끼는 것은,

눈 속에 따오신 산수유 붉은 알알이
아직도 내 혈액 속에 녹아 흐르는 까닭일까.

아버지의 마음 _김현승

바쁜 사람들도
굳센 사람들도
바람과 같던 사람들도
집에 돌아오면 아버지가 된다.

어린것들을 위하여
난로에 불을 피우고
그네에 작은 못을 박는 아버지가 된다.

저녁 바람에 문을 닫고
낙엽을 줍는 아버지가 된다.

세상이 시끄러우면
줄에 앉은 참새의 마음으로
아버지는 어린것들의 앞날을 생각한다.
어린것들은 아버지의 나라다 아버지의 동포(同胞)다.

아버지의 눈에는 눈물이 보이지 않으나,
아버지가 마시는 술에는 항상
보이지 않는 눈물이 절반이다.
아버지는 가장 외로운 사람이다.
아버지는 비록 영웅(英雄)이 될 수도 있지만…….

폭탄을 만드는 사람도
감옥을 지키던 사람도
술가게의 문을 닫는 사람도

집에 돌아오면 아버지가 된다.
아버지의 때는 항상 씻김을 받는다.
어린것들이 간직한 그 깨끗한 피로…….

어떤 귀로 _박재삼

새벽 서릿길을 밟으며
어머니는 장사를 나가셨다가
촉촉한 밤이슬에 젖으며
우리들 머리맡으로 돌아오셨다.

선반엔 꿀단지가 채워져 있기는커녕
먼지만 뿌옇게 쌓여 있는데,
빚으로도 못 갚는 땟국물 같은 어린것들이
방 안에 제멋대로 뒹굴어 자는데,

보는 이 없는 것,
알아주는 이 없는 것,
이마 위에 이고 온
별빛을 풀어 놓는다.
소매에 묻히고 온 달빛을 털어 놓는다.

Memo

04 시점

작품 – 오영수 〈고무신〉, 주요섭 〈사랑손님과 어머니〉

이론 – 소설의 시점과 서술자

토론 – 어머니의 선택

더 읽어 보기 – 김유정 〈봄·봄〉

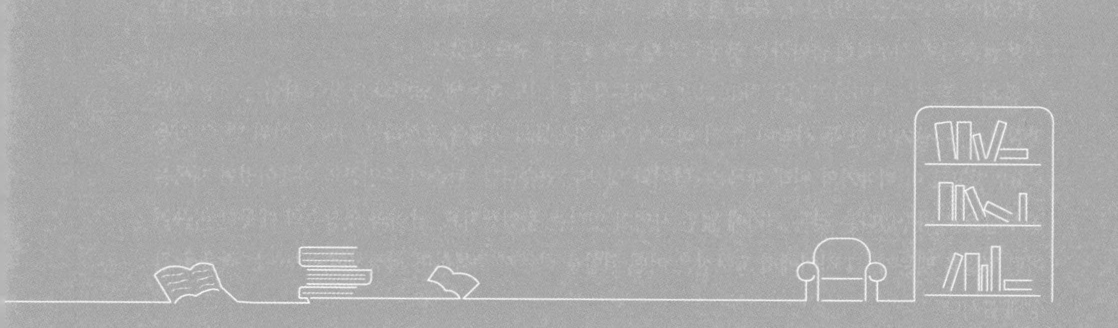

학습 목표

소설의 서술자와 시점에 대해 알아보고 오영수의 〈고무신〉, 주요섭의 〈사랑손님과 어머니〉를 통해 각 시점의 장단점을 살펴봅니다. 또한 시점 바꿔 쓰기를 통해 말하는 이의 관점이 작품에 어떠한 영향을 주는지 알 수 있습니다. 작품 속 시대적 상황이 사랑에 어떤 영향을 미쳤는지 정리해 보면서, 결혼과 사랑에 있어 나에게 중요한 조건은 무엇인지 생각해 봅니다.

정식으로 교제를 하는 것은 아니시만 호감이 있는 사이에서 서로의 마음을 주고받는 관계. 요즘 흔히 이런 사이를 두고 '썸 탄다'고 하죠. 〈고무신〉의 주인공 남이와 엿장수도 요즘으로 치면 '썸 타는' 관계입니다. 처음에는 짓궂은 아이들 장난으로 생긴 오해 때문에 티격태격하지만, 잔잔한 봄바람처럼 어느새 서로에게 마음을 열게 되죠. 작품을 감상하다 보면 대화와 행동 속에서 이러한 두 인물의 미묘한 변화를 쉽게 알아챌 수 있을 것입니다. 특히 한껏 멋을 부리고 마을로 찾아와 어떤 날은 벙글벙글 웃었다가 또 어떤 날은 금방 시무룩해 돌아가는 엿장수의 행동에 공감할 수도 있겠죠.

썸 타는 관계는 연인이 되기도 하고 그냥 흐지부지 끝나기도 하는데, 남이와 엿장수 사이는 어떻게 달라질까요? 수줍기만 한 두 사람이 좀 더 적극적으로 자신들의 마음을 표현하고 사랑을 이뤄 낼 수 있을까요? 참고로 이 이야기의 원래 제목은 〈남이와 엿장수〉였습니다. 단순히 주인공의 이름이었던 제목을 '고무신'으로 바꾸었다는 것은 거기에 얽힌 사연이 있다는 뜻이겠지요. 남이와 엿장수의 애틋한 마음이 어떤 결말을 맺는지, 그 사이에서 고무신은 어떤 역할을 하는지 주목하며 서정성이 돋보이는 작품을 감상해 봅시다.

오영수(吳永壽, 1914~1979)

경남 울산 출생. 1949년 《서울신문》 신춘문예에 〈남이와 엿장수〉가 입선하고, 이듬해 〈머루〉가 당선되어 등단했다. 이후 발표한 150여 편의 작품이 모두 단편 소설일 정도로, 우리나라를 대표하는 단편 소설 작가로 활발히 활동했다. 한국의 소박한 서정, 서민의 애환과 따사로운 인정이 담긴 작품을 썼다는 평가를 받고 있다. 대표작으로 〈갯마을〉, 〈명암〉, 〈메아리〉, 〈수련〉 등이 있다.

고무신 _오영수

보리밭 이랑에 모이를 줍는 낮닭 울음만이 이따금씩 들려오는 고요한 이 마을에도 올봄 접어들어 안타까운 이별이 있었다.

바다와 시가지 일부가 한꺼번에 내다보이는, 지대가 높고 **귀환 동포**가 누더기처럼 살고 있는 산기슭 마을이었다. 그렇기에 마을 사람들은 철수 내외와 같이 가난뱅이 월급쟁이가 아니면 대개가 그날그날의 **날품팔이**였다.

밤이면 모여들고 날이 새면 일터로 나가기가 바빴다. 다만 어린아이들만이 마을 앞 양지바른 담 밑에 모여 **윤선**이 오고 가는 바다를 바라보고, 윤선도 보이지 않는 날은 **무료**에 지쳐 버린다.

그러나 이 **단조한** 마을, 무료한 아이들에게도 단 하나의 즐거움은 있었다. 그것은 날마다 단골로 찾아오는 젊은 엿장수였다.

내려다보이는 아랫마을을 거쳐, 보리밭 사잇길로 이 마을을 향해 올라오는 엿장수는 가위를 째깍거리면서,

"자아, 엿이야 엿— 맛 좋고 빛 좋은 울릉도 호박엿— 처녀가 먹으면 시집을 가고 총각이 먹으면 장가를 들고……."

귀환 동포(歸還同胞) 전쟁이나 징용으로 외국에 나갔다가 고국으로 돌아온 사람을 부르는 말.
날품팔이 일정한 직장이 없이 일거리가 있는 날에만 하루치의 돈을 받고 일하는 사람.
윤선(輪船) '기선(汽船)'의 옛말로, 증기 기관의 동력으로 움직이는 배를 통틀어 이르는 말.
무료(無聊) 흥미 있는 일이 없어 심심하고 지루함.
단조하다(單調--) 사물이 단순하고 변화가 없어 새로운 느낌이 없다.

언제나 귀 익은 타령이건만 이 마을 아이들에게는 언제나 새롭고 즐겁고 또 신이 나는 **넋두리**였다.

엿장수가 마을 앞까지 채 오기도 전에 아이들은 벌써 길목에 쭉 모여 서서 개선장군이나 맞이하듯 기다리고 섰다.

그러면 엿장수는 더한층 가위 소리를 째깍거리고 길목 돌 위에다 엿판을 턱 내려놓고는 '자! 어떠냐?' 하는 듯이 맛보기를 주면 아이들은 서로 다퉈 담을 치고 들여다본다. 그러나 막상 엿을 사 먹는 아이는 좀체 보이지 않고, 혹 떨어진 고무신짝이나 가지고 와서 바꿔 먹는 아이가 없지는 않으나, 그것도 매일같이 있을 리는 없다. 아이들은 사 먹지는 못할망정 보기만 해도 좋았다. 그 뽀얗게 밀가루를 쓴 엿가락이 가지런히 누워 있는 엿판을 들여다보고 있을 양이면 저절로 입에 군침이 괴고 마음까지 흐뭇해지는 것이었다.

이 마을 아이들에게 엿장수의 존재는 커다란 매력이었다. 이 마을 아이들에게는 세상에서 가장 부러운 것이 엿장수였을지도 모른다.

철수가 막 저녁 밥상을 받자, 그보다 먼저 저녁을 먹은 여섯 살짜리 영이와 네 살짜리 윤이 놈이 상머리에 와 앉는다. 영이 놈이 시무룩한 상을 하고 누가 묻기나 한 듯이,

"어머닌 외가 갔어!"

한다. 즉 저희들을 안 데리고 갔다는 불평인 눈치다. 이런 때 저희들을 동정하는 눈치를 보이기만 하면 투정을 부리는 줄 알기 때문에 철수는 시치미를 딱 떼고,

"흐음!"

했을 뿐 더는 대꾸를 않았다.

윤이는 밥술 오르내리는 것만 하염없이 바라보고 있는데, 영이는 제 말한

넋두리 불만을 길게 늘어놓으며 하소연하는 말. 여기서는 '주절주절 늘어놓는 말'이라는 뜻으로 쓰였다.

것이 아무 반응이 없어 **계면쩍이** 앉았다가 갑자기 생각난 듯이 **앉은걸음**으로 한 걸음 앞으로 다가앉으면서,

"아부지!"

하고는 채 대답도 듣기 전에,

"아지마가 오늘 윤이 때리고 날 꼬집고 했어!"

한다. 철수는 밥을 씹다 말고,

"으응, 정말?"

"그래!"

하고는 팔을 걷어 보이나 꼬집힌 흔적은 보이지 않았다.

그러자 작은놈도 밑이 **타진** 바지를 젖히고 볼기짝을 가리키면서,

"에게, 에게, 때려……."

하는 것을 보아 거짓말은 아닌 것 같다. 의외의 일이었다.

그것은 식모아이 분수로서 함부로 애들을 때리고 꼬집었다든가 하는 무슨 명분을 가려서가 아니라, 남이가 이 집에 온 이후 오늘까지 한 번이라도 애들에게 손찌검을 하거나 또 했다거나 하는 것을 보지도 듣지도 못했기 때문이었다.

만일 남이가 저희들 말과 같이 때리고 꼬집기까지 했을 때는 이만저만한 일 때문이 아니리라.

"그래, 왜 아지마가 때리고 꼬집더냐?"

"……."

"응?"

"……."

계면쩍이 겸연쩍이. 쑥스럽거나 미안하여 어색하게.
앉은걸음 앉은 채로 걷는 걸음걸이.
타지다 꿰맨 데가 터지다.

한 놈도 대답이 없다.

철수는 부엌에서 저녁 설거지를 하고 있는 남이를 불렀다. 남이 역시 대답이 없다. 대답은 없으나 마루께로 걸어오는 발소리는 들린다. 부엌에서 할 대답을 방문을 열고서야,

"예!"

하는 남이의 태도도 역시 여느 때와는 다르다.

철수는 부드러운 목소리로,

"오늘 왜 윤이를 때리고 영이를 꼬집었냐?"

"……."

"아니, 때리고 꼬집은 것을 나무람이 아니라, 애들이 무슨 **저지레**를 했느냐 말이다?"

그제야 남이는 곁눈으로 영이와 윤이를 한 번 흘겨보고는,

"오늘 뒷개울에 빨래를 간 새, 영이와 윤이가 제 고무신을 들어다 엿을 바꿔 먹었어요."

어이없는 소리다. 철수는,

"뭣이 어쩌고 어째?"

하고는 밥술을 걸쳐 놓고 남이에게로 돌아앉으면서,

"아니 그래, 넌 빨래 갈 때 신을 벗고 갔더냐?"

"아니요."

"그럼?"

"집에서 신는 헌 신 말고요, 옥색 신을요."

철수는 또 한 번 놀라지 않을 수 없었다.

"응? 옥색 신이다?"

저지레 일이나 물건에 문제가 생기게 만들어 그르치는 일.

"예."

이 옥색 고무신으로 말하면, 바로 작년 팔월 **대목**이었다. 철수가 남이더러 **추석치레**로 뭣을 해 주면 좋으냐고 물었을 때, 남이는 옥색 바탕에 흰 테두리한 고무신이 소원이라고 했다. 옷은 작년에 지어 둔 것이 있다는 말을 철수는 그의 아내에게서 들었기 때문에, 한껏 해야 크림이나 한 통 사 줄 생각으로 말한 것이 의외에도 옥색 고무신이라는 데는 철수도 당황하지 않을 수 없었다. 그러나 한번 해 준다고 한 이상 과하니 어쩌니 할 수도 없고 해서 좀 무리를 해서 **일금** 삼백육십 원을 주고 사 줬던 것이다. 남이는 무척 기뻐했고 그만큼 또 그 신을 아꼈다. 제가 쓰는 궤짝 속에 감춰 두고 특별한 출입—이를테면 명절날이나, 또는 심부름 갈 때나, 학교 운동회 때—이 아니면 좀체 신질 않았고, 또 한번 신기만 하면 기어코 비누로 씻고 닦고 했다. 그렇기에 신어서 닳기보다 닦아서 닳는 것이 더했으리라.

"그래, 그 신을 어디다 뒀길래?"

"마루 끝에 엎어 둔 걸요!"

"왜 마루 끝에 뒀니?"

"씻어서 말린다고요!"

철수는 한숨을 내쉬며 영이와 윤이를 돌아보니 영이 놈은 맹꽁이처럼 볼을 **부르켜** 가지고 한결같이 고개를 숙이고 있고, 윤이 놈은 밥상을 노려만 보고 앉았다.

남이는 또 말을 계속했다.

"지가 빨래를 해 가지고 오니, 골목에서 영이와 윤이가 엿을 먹고 있기에

대목 설이나 추석 따위의 명절을 앞두고 경기(景氣)가 가장 활발한 시기.
추석치레(秋夕--) 추석날에 모양을 내는 일. 여기서는 추석에 선물하는 것을 가리킴.
일금(一金) 전부의 돈.
부르켜다 '부르트다'의 방언. 성이 나다.

웬 엿이냐니까 싱글싱글 웃기만 하고 달아나는데, 이웃 아이들 말이 옆집 순이가 헌 고무신 한 짝을 갖고 와서 엿을 바꿔 먹는 것을 보고, 윤이가 집으로 들어가서 신 한 짝을 들고 나와 엿장수에게 팽개치다시피 하고 엿을 바꿔 가지고 갔는데, 조금 뒤에 영이가 또 한 짝을 마저 갖다 주고 엿을 바꿨대요."

남이가 말을 마치자마자 영이는 눈을 **해뜩거리면서**,

"지가 와 그래, 와 좀 안 주노. 와!"

하는 것은 윤이가 엿을 바꿔 나눠 먹지 않기에 저도 그랬다는 뜻이다.

이러는 동안 윤이는 밥상에 얹힌 계란부침을 먹어 버렸다.

"그래, 그 엿장수는 어느 놈인데?"

"매일 단골로 오는……."

"머리 텁수룩하고 젊은 총각 놈 말이지, 으음……."

철수는 밥상을 내밀었다. 남이는 남이대로,

"이놈의 엿장수 오기만 와 봐라!"

하고 벼르면서 밥상을 내갔다. 영이 놈도 슬며시 일어나서 윤이 옆에 가서 잘 작정을 한다. 부엌에서는 남이가 엿장수에 대한 앙갚음을 하는 셈인지 **솥전**에 바가지 **닥뜨리는** 소리가 요란하다. 철수는,

"얘, 남아. 신을 도로 찾아 주든지 아니면 새로 사 주든지 할 테니 바가지 너무 닥뜨리지 말고 그릇 조심해라."

그러고는 담배를 붙여 물었다.

그러나 세상이 도둑 판이고, 따라서 요즘 엿장수란 엿 파는 **빙자**로 빈 집을

해뜩거리다 갑자기 얼굴을 돌리며 살짝살짝 자꾸 돌아보다.
솥전 솥 몸의 바깥 중턱에 납작하게 둘러 댄 전. 솥을 들거나 걸 때 쓴다.
닥뜨리다 닥쳐오는 사물에 부딪다.
빙자(憑藉) 말막음을 위하여 핑계로 내세움.

노려 요강, 대야 훔쳐 가기가 예사고, 심지어는 빨래까지 걷어 가는 판인데 신으로 말하면 도둑질해 간 것도 아닌 이상, 그놈을 잡고 **힐난**을 한댔자 쉽사리 찾아질 것 같지도 않았다.

영이와 윤이는 어느새 잠이 들었다. 웃옷을 벗기고 베개를 베어 주고 철수도 옷을 갈아입고 자리에 누웠다.

밖은 물기 먹은 초열흘 달이 **희붓한데**, 남이는 설거지를 마쳤는지 부엌은 조용하다. 어디서 아낙네들의 웃음소리가 먼 듯 가까운 듯 들려오고 맘은 간지럽게 깊어 갔다.

남이가 세숫대야에 걸레랑 헌 양말이랑 담아 옆에 끼고 막 대문 밖으로 나서는데 엿장수의 가위 소리가 들려왔다. 엿장수는 마을 중턱 보리밭 사잇길을 올라오고 있었다. 남이는 대문 **설주**에 몸을 붙이고 엿장수를 기다렸다. 엿장수는 마을 앞에 오자 한층 더 목청을 높여,

"자아, 떨어진 고무신이나 **백철** 부서진 거나 삼베 **속곳** 떨어진 거나……. 째깍째깍."

그러자 남이는,

"저놈의 엿장수가 미쳤는가 베!"

하고 입속말로 중얼거렸고, 마을 아이들은 어느새 엿장수를 둘러쌌다.

엿장수가 엿판을 길목에 내리자 남이는 가시처럼 꼭 찌르는 소리로,

"보소!"

엿장수는 놀란 듯 힐끗 한 번 돌아보고는 담을 싼 아이들을 헤치고 남이에

힐난(詰難) 트집을 잡아 거북할 만큼 따지고 듦.
희붓하다 '희부옇다'의 방언. 희끄무레하게 부옇다.
설주(-柱) 문설주. 문짝을 끼워 달기 위하여 문의 양쪽에 세운 기둥.
백철(白鐵) 함석이나 양은, 니켈 따위의 빛이 흰 쇠붙이.
속곳 한복 차림일 때 치마 안에 입는 바지 모양의 속옷.

게로 오는데 남이는 입을 **샐쭉하면서** 대뜸,

"내 신 내놓소!"

했다. 엿장수는 걸음을 멈추고 한참 동안 남이를 바라보다 말고 은근한 말투로,

"신은 웬 신요?"

하고는 상대편의 의심을 받을 만큼 히죽이 웃어 보이자, 남이는 눈을 까칠해 가지고,

"잡아떼면 누가 속을 줄 아는가 베!"

그러나 엿장수는 수양버들 봄바람 맞듯 연신 히죽거리며,

"뭘요? 그믐밤에 홍두깨도 분수가 있지."

남이는 발끈하고,

"신 말이오!"

"신을요?"

"어제 우리 집 아이들을 꾀어 간 옥색 고무신 말이오!"

엿장수는 머리를 벅벅 긁으며,

"꾀기는 누가……."

하고는 한 걸음 앞으로 다가서서 길 아래위를 살핀 다음 낮은 소리로,

"그 신이 당신 신이던교?"

"누구 신이든 내 봐요, 빨리!"

엿장수는 또 머리를 긁으면서,

"당신 신인 줄 알았으면야, 이놈이 미친놈이 아닌 담에야……."

하고 지나치게 고분거리는데 남이는 한결같이 **앙살**을 부린다.

샐쭉하다 어떤 감정을 나타내면서 입이나 눈이 한쪽으로 약간 삐뚤어지게 움직이다.
앙살 엄살을 부리며 버티고 겨루는 짓.

"내 봐요, 빨리!"

엿장수는 손짓으로 어르듯 달래듯,

"가만있소, **도가**에 가 보고 신이 그냥 있으면야 갖다 주고말고. 만일 신이 없으면 새 신이라도 사다 줄게요. 염려 마소!"

하고는 남이의 발을 **눈잼**하는데, 이때 난데없이 굵다란 벌 한 마리가 날아와 남이의 얼굴 주위를 잉잉 날아돈다. 남이는 상을 찌푸리고 한 손을 내저어 벌을 쫓고, 목을 돌리고 하는데, 벌은 갑자기 남이 저고리 앞섶에 붙어 가슴패기로 기어오르고 있다.

이것을 조마조마 보고 있던 엿장수는,

"가, 가만……."

하고는 한걸음에 뛰어들어,

"요놈의 벌이."

하고 손바닥으로 벌을 딱 덮어 눌렀다.

옆에서 보기에도 민망스러운 순간이었다.

남이는 당황하면서도 귀 언저리를 붉히고 한 걸음 뒤로 물러서자 함께, 엿장수 손아귀에는 벌이 쥐어졌다. 쥐인 벌은 고스란히 있을 리가 없다. 한 번 잉 소리를 내고는 그만 손바닥을 쏘아 버렸다. 동시에 엿장수는,

"앗!"

하고, 쥐었던 손을 펴 불며 털며 **앙감질**을 하는 꼴이 남이는 어떻게나 우스웠던지 그만 손등으로 입을 가리고 킥킥하고 웃어 버렸다. 엿장수는 반은 울상 반은 웃는 상 남이를 바라보는데, 남이의 송곳니가 무척 예뻐 보였다. 남이는 엿장수와 눈이 마주치자 무색해서 눈을 땅바닥으로 떨어뜨렸다. 살을 쏘아

도가(都家) 동업자들이 모여서 계나 장사에 대한 의논을 하는 집. 여기서는 엿장수가 팔 엿을 받아 오는 곳을 뜻함.
눈잼 눈짐작. 눈으로 보아 헤아려 보는 짐작.
앙감질 한 발은 들고 한 발로만 뛰는 짓.

버린 벌이 꽁무니에 흰 실 같은 것을 달고, 거추장스럽게 기어가고 있다. 남이의 시선을 따라온 엿장수 눈이 이것을 보자 그만 그 억센 발로,

"엥이, 엥이, 엥이."

하고 **망깨** 다지듯 짓밟고 문질러 자취도 없이 해 버리자 남이는 또 웃음이 나올 것만 같아 문을 밀고 안으로 들어가 버렸다.

엿장수는 무슨 발작이나 막 하고 난 사람처럼 맥이 없었다. 어깨와 두 팔을 축 늘어뜨리고 남이가 들어간 문 쪽을 한참 동안 멍하니 바라보고 나서야 비로소 어슬렁어슬렁 엿판께로 돌아왔다.

엿판가에는 아이들이 파리 떼처럼 붙어 있다. 보아하니 윤이는 아랫배에 두 손을 붙여 도사리고 앉아 엿을 노리고 있고, 영이는 서서 아이들과 어느 것이 굵으니 작으니 하며 **태태거리고** 있다.

엿은 애들이 그새 얼마나 손질을 했기에 가루가 벗어지고 노르스름한 알몸이 드러난 것이 따끈한 봄볕에 쪼여 **노그라질** 대로 노그라졌다. 이런 엿은 누가 시험 삼아 입에 넣어 볼 양이면 단맛보다는 먼저 짭짤한 맛이리라.

엿장수는 아이들과 엿판을 번갈아 보다 말고 무슨 생각에선지 엿을 몇 가락 움켜쥐고는 가위로 때려 부수어 둘러선 아이들에게 한 동강이씩 선심을 쓰는데 그중에도 영이와 윤이는 제일 큰 것을 받았다.

엿장수는 한쪽 어깨에 비스듬히 엿판을 메고 연신 힐끗힐끗 철수네 집을 보아 가며 다음 마을로 건너갔다. 그러나 해 질 무렵 해서 또다시 가위 소리가 들렸으나 엿장수는 엿판을 내리지도 않았고 또 아이들도 채 모이기도 전에 아랫마을로 내려가 버렸다.

다음 날도 좋은 날씨였다. 먼 산은 선잠 깬 여인의 눈시울처럼 자꾸만 선이

망깨 땅을 단단히 다지는 데 쓰는 기구.
태태거리다 장난스럽게 다투다.
노그라지다 지쳐서 맥이 빠지고 축 늘어지다.

희미해 오고 수양버들은 아지랑이가 간지러운 듯 한들거렸다. 보리 싹은 제법 파릇하고 남향 담 밑에는 민들레가 놀란 듯 활짝 피었다.

오늘따라 엿장수는 일찍 왔다. 엿장수가 오는 시간을 누구보다 더 잘 알고 있는 이 마을 아이들에게는 작지 않은 사건이었다. 또 하나 의외의 일은 한 담배 **참**씩이면 다음 마을로 가 버리는 엿장수가 오늘은 제법 아이들과 시시덕거리고 놀기를 시작한 것이다. 그뿐만 아니라, 길목 **타작마당**에서 아이들과 뜀뛰기까지 하다가 점심때 가까이 해서야 다음 마을로 건너가는 것이었다.

아이들은 어제 모양으로 엿을 한 동강이씩 주지 않고 가는 것이 퍽이나 섭섭한 눈초리로 뒤 꼴을 바라보았으나, 보리쌀 삶을 즈음해서 엿장수는 또 왔고, 해가 져서야 돌아갔다.

다음 날도 그랬고 그다음 날도 그랬다. 다만 전날과 다른 것은 영이와 윤이에게 엿을 한 가락씩 쥐여 주고 간 것이다. 동네 아이들은 영이와 윤이가 무척 부러웠다.

날씨는 한결같이 좋았다. 산기슭 잔디 언덕에는 쑥 싹을 캐는 소녀들의 색 낡은 분홍 치마가 애틋하게 정다워 보이고 개울가에는 냉이랑 독새랑 여뀌랑 미나리랑 싹이 뾰족뾰족 돋아났다.

엿장수는 한결같이 왔고 와서는 갈 줄을 몰랐다. 어떤 날은 벙글벙글 웃었고, 웃는 날은 애들에게 엿을 나눠 주었으나 벙어리처럼 덤덤히 앉았다가 가는 날은 엿 맛을 못 보았다. 그렇기에 아이들은 엿장수가 오면 엿판보다 먼저 엿장수 눈치부터 보는 버릇이 생겼다.

요즘은 그 텁수룩한 머리에다 기름 **칠갑**을 해 가지고는 억지로 빗어 넘기고 또 옥색 인조견(人造絹) 조끼도 입었다. 낯익은 동네 아낙들이,

---

참 일을 하다가 일정하게 잠시 쉬는 동안.
타작마당(打作--) 타작(곡식의 이삭을 떨어서 낟알을 거두는 일)을 하는 마당.
칠갑(漆甲) 물건의 겉면에 다른 물질을 흠뻑 칠하여 바름.

"엿장수 요새 장가갔는가 베?"
라고 할라치면 엿장수는 수줍게도 씩 웃으며 그 펑퍼짐한 얼굴을 **모로** 돌리곤 했다.

하루는 철수가 저녁을 딴 데서 치르고 늦게 돌아오는데, 어떤 젊은 사내가 대문 틈으로 정신없이 집 안을 들여다보고 있었다. 철수는 이놈이 바로 좀도둑이거니 하고 손가방으로 궁둥짝을 후려치며,

"웬 놈이냐?"
하고 고함을 질렀다. 사나이는 그야말로 뱀이나 밟은 것처럼 기겁을 하고는 철수를 보자 이내 한 손을 머리로 올리고 꾸뻑꾸뻑 절만 했다.

"뭣을 훔치려고 노리는 거야?"

"아, 아니올시더. 예, 예, 저 댁의 강아지가 예, 헤헤……."

"강아지가 어쨌단 거야?"

"예, 저 아니올시더. 헤헤."

연신 허리를 꾸벅거리고는 **비슬비슬** 달아나 버렸다.

"그놈 미친놈이군!"
했을 뿐, 그 사나이가 엿장수인 줄 철수는 몰랐다.

밤이면 개 짖는 소리가 요란했고, 그런 밤이면 마을 사람들은 안팎 문을 꼭꼭 걸어 닫았다.

어떤 사람은 철수네 집 담 밑에서 도둑놈을 보았다고 했고 또 어떤 사람은 길목에서도 보았다고들 했다. 개울 빨래터에서도 보았고 동네 우물가에서도 보았다고들 했다. 그러나 막상 도둑을 맞은 사람은 한 사람도 없건만 마을에서는 도둑 소문이 자자한 채 달도 바뀌고 제비 올 무렵 어느 날 저녁녘에 우

모로 비껴서 대각선으로.
비슬비슬 자꾸 힘없이 비틀거리는 모양.

연히도 남이 아버지가 찾아왔다.

철수 내외가 남이 아버지를 맨 나중 만나기는 지금으로부터 삼 년 전 윤이가 나던 해였다. 그리고 삼 년이 지났다. 삼 년 동안 남이 아버지는, 많이도 변했다. 머리는 검은 털보다는 흰 털이 훨씬 더 많았고, 그 **길쑴한** 얼굴은 **유지**를 비벼 놓은 것처럼 주름살이 잡혔다. 저녁을 먹고 나서 남이 아버지는,

"내가 달리 온 것이 아님더!"

하고는 담배를 **잰다**. 철수 내외는 암만해도 이 영감이 딸을 보러만 온 것이 아니라고 짐작은 하면서도,

"무슨 일인데요? 새삼스리?"

그러자 남이 아버지는,

"안 그런기요? 내가 나이 칠십에 내일 죽을지 모레 죽을지……."

그러고는 담배를 쭉쭉 소리를 내어 빨고 나서,

"내가 오늘 온 것은 다름이 아니올시더. 저 남이 말임더, 저것을 내 산 동안에 짝을 맞촤 놔야 안 되겠는교?"

하고는 또 담배를 빨기 시작한다.

철수는,

"그야 짝을 맞출 때가 되면 그래야죠."

한즉,

"아니올시더, 지집애가 나이 열여덟이면 **과년했거던요**."

"……."

"우리 동네 말임더, 나이 올해 스무 살 먹은 얌전한 신랑이 있는데, 모자 단

길쑴하다 시원스레 조금 긴 듯하다.
유지(油紙) 기름종이.
재다 담뱃대에 연초를 넣다.
과년하다(過年--) 주로 여자의 나이가 보통 혼인할 시기를 지난 상태에 있다.

둘이고요, 뱃일이고 바닷일이고 입 댈 것 없지요."

철수는 듣다못해,

"그래서 영감은 거기다 남이를 시집보내겠단 말씀이죠?"

"아암요!"

그러자 철수 아내가,

"보이소, 나도 스물한 살 때 이 집에 시집을 왔는데, 뭣이 그리 급해서……. 더구나 남이는 나이만 열여덟이지 원래 **좀된** 편이라 숙성한 애들의 열대여섯밖에는 안 뵈는데……."

"아니올시더. 부모 갖고 살림 있으면야 한 해 두 해 늦어도 까딱없지요. 아암, 까딱없고말고……."

"그렇잖아도 스무 살은 안 넘길 작정을 하고 또 그리 준비도 하고 있소."

스무 살이라는 말에 남이 아버지는 그만 질색을 하면서,

"언머어이, 무슨 말인교? 당찮심더!"

하고는 낯까지 붉히었다. 철수 아내가 또 무슨 말을 하려는 것을 철수는 손짓으로 막고,

"영감, 잘 알았소. 그만 건너가서 편히 쉬이소."

하자 그제야 남이 아버지는 안심이 되는 듯 일어서며,

"내일 아침에 일찍 가겠심더. 안 그런교? 기왕 남의 **권식**될 바야 하루라도 일찍 보내는 기 좋지 않겠는교."

하고 또 뭐라고 중얼중얼하면서 건너갔다.

남이는 여느 때와 조금도 다름없이 부엌에서 아침 채비를 하고 있다. 다만 다른 것은 눈시울이 약간 부은 것뿐이다.

좀되다 사람의 됨됨이나 언행이 너무 치사스럽고 잘다. 여기서는 '몸집이 작은'이라는 뜻으로 쓰임.
권식(眷食) 한집에 사는 식구.

이날 철수 내외는 둘 다 결근을 했다. 철수 아내는 그동안 장만해 두었던 남이의 옷감을 꺼냈다. 그리 좋은 것은 아니나 그래도 저고릿감이 네 벌, 치맛감이 세 벌, 그 밖에 자기가 시집올 때 해 온 무색옷 중에서 **시속**에 맞지 않고, 색이 너무 **난한** 것을 추려 몇 벌, 또 속옷 이것저것 해서 한 보퉁이는 **좋이** 되었다. 아침을 치르고 나서 철수 내외는 남이를 불러 갈 채비를 하라고 이르고, 그의 아내는 밀쳐 둔 보퉁이를 헤치고 이것은 뭣이고, 이것은 언제 입는 옷이고 또 이것은 다시 고쳐 하고 하면서 일일이 일러 주는데, 남이는 듣는 둥 마는 둥 하고,

"아직 설거지도 안 했는데……."

하고 일어선다.

"내가 할 테니 그만두고, 어서 머리 빗어라. 그리고 옷은 이걸 입고, 버선은 요전번에 신던 것 신고……."

그러나 남이는,

"물도 안 길었어요."

하고 또 밖으로 나가려고 한다.

"그만둬라."

"요새 물이 달려서 일찍 가야 해요."

그러자 건넌방에서는 남이 아버지가,

"남아, 준비 다 됐나? 차 시간 놓칠라. 속히 가자."

하고 소리를 질렀다. 남이는 건넌방 쪽을 흘겨보고,

"가고 싶거든 혼자 가지……."

하고 중얼거리면서 또 밖을 나가려는 것을 이번에는 철수가 불러들여,

시속(時俗) 그 시대의 풍속.
난하다(亂--) 빛깔이나 글씨, 무늬 따위가 깔끔하지 아니하고 무질서하여 어지럽고 어수선하다.
좋이 거리, 수량, 시간 따위가 어느 한도에 미칠 만하게.

"가 보고 마땅찮거든 다시 오더라도 가도록 해야지. 차 시간도 있고 하니 빨리 채비를 해라."

하고 타이르는데, 남이 아버지는 벌써 뜰에 나와 기다리고 있다. 남이는 그제야 낯을 씻고 제가 일상 쓰던 물건들을 챙겼다. 크림 통과 가루분 통이 하나씩, 그리고 한쪽 모가 떨어져 삼각이 된 거울이 한 개, 얼레빗과 참빗, 그 밖에 **수본**, **골무**, **베갯모**, 색 헝겊, **당세기**, 허드레옷 해서 그것도 한 보퉁이가 실하다.

분홍 치마에 흰 **반회장저고리**를 입고 맑은 때가 묻을락 말락 한 버선을 신은 남이는 딴사람같이 예뻐 보였다. 어디다 내세우더라도 얌전한 색싯감이었다. 남이 아버지가 대문짝에 담뱃대를 딱딱 두드리면서 헛기침을 하는 것은 빨리 나오라는 재촉일 게다. 철수 아내는 이모저모 옷맵시를 보아 주고,

"어서 가거라. 너 잔치할 때는 너 아저씨가 가든지 내가 가든지 꼭 할 테니……."

그러나 남이는 한마디 인사말도 없이 영이와 윤이를 찾는다. 골목에 나가 놀고 있던 영이와 윤이는 남이의 달라진 모양을 보고 눈이 뚱그레져서,

"아지마, 어데 가노?"

하고 묻는다.

남이는 대답도 않고 두 아이를 데리고 건넌방으로 들어가, 영이와 윤이를 세운 채 두 팔로 가둬 안고,

"윤아, 아지마 가먼 니 빠빠 누가 줄꼬?"

하자, 영이가 또,

수본(繡本) 수를 놓기 위하여 어떤 모양을 종이나 헝겊 따위에 그려 놓은 도안.
골무 바느질할 때 바늘귀를 밀기 위하여 손가락에 끼는 도구.
베갯모 베개의 양쪽 끝에 대는 꾸밈새.
당세기 '고리'의 방언. 버드나무의 가지나 가늘게 쪼갠 대나무 조각을 엮어서 상자같이 만든 물건.
반회장저고리(半回裝---) 깃, 고름, 끝동에 다른 색의 천을 대어 지은 여자의 저고리.

"아지마, 어데 가노?"

하고 묻는다. 남이는 목멘 낮은 소리로,

"우리 집에 간다."

그러나 영이는,

"거짓말이다. 이거 너거 집 앙이고 머고?"

하고 발까지 구르며 짜증을 낸다. 갑자기 윤이가 그 넓적한 입을 삐죽거리면서 **억실억실한** 눈에 눈물을 함빡 가둔다. 남이는 지그시 팔에 힘을 준다. 윤이 눈에서 눈물 한 방울이 떨어져 남이의 자줏빛 옷고름에 얼룩이 진다.

바로 이때다. 골목에서 엿장수 가위 소리가 들려왔다. 남이는 재빨리 윤이를 업고, 영이의 손목을 잡은 채 밖으로 나갔다. 남이 아버지는 벌써 저만치 철수와 **하직**을 하면서 내려가고, 엿장수는 막 철수네 집 앞에서 대문을 나서는 남이와 마주쳤다. 엿장수는 얼빠진 사람처럼 남이를 바라보는데 남이의 눈에는 순간 어두운 그림자가 지나갔다.

남이는 윤이를 업은 채 허리를 굽히고, 몸을 약간 돌려 치맛자락을 걷고 빨간 콩 주머니에서 십 원짜리 두 장을 꺼내 엿장수를 주었다. 엿장수는 그제야 눈을 돌려 남이와 돈을 번갈아 보다 말고, 신문지 조각에 엿을 네댓 가락 싸서 아무 말도 없이 돈과 함께 내민다.

남이는 약간 망설이다가 역시 암말도 없이 한 손으로 받아 가지고는 영이를 앞세우고 안으로 들어왔다. 엿장수는 멍하니 대문만 쳐다보고 있다가 침을 한 번 꿀꺽 삼키고 나서 엿판을 둘러메고는 혼잣말로,

"꽃놀이를 가면 자천 골짜기지. 그럼 한 걸음을 앞서 울음 고개로 질러감 되겠지."

억실억실하다 얼굴 모양이나 생김새가 선이 굵고 시원시원하다.
하직(下直) 먼 길을 떠날 때 웃어른께 작별을 고하는 것.

이렇게 중얼대면서 엿장수는 빠른 걸음으로 담 모퉁이를 돌아 울음 고개로 향해 갔다.

남이는 그 엿장수에게 받은 엿을 영이에게 둘, 윤이에게 둘 각각 손에 쥐여 주고서도 한 동강이 잘라 입에 넣고는 손수건으로 윤이 눈물 자국과 영이 코 밑을 닦아 주고서야 보퉁이를 들고 일어섰다.

영이와 윤이는 엿 먹기에 **여념**이 없었다.

철수 아내는 보퉁이 한 개를 들고 따라 나오면서 남이에게 귓속말로 뭣을 일러 주고……. 이래서 남이는 떠나간다. 다만 한 가지 철수 내외에게 수수께끼는 마을 중턱에서 남이를 보내고 서서 그의 뒷모양을 바라보는데, 남이가 **어이한** 옥색 고무신을 신고 가는 것이다. 더구나 한 번도 신지 않은 새것을…….

철수 내외는 서로 얼굴만 쳐다볼 뿐 도로 물어본달 수도 없고 해서 그만두었다.

보리밭 사이 조그만 언덕길로 옥색 고무신을 신은 남이는 갔다. 자천 골짜기로 꽃놀이를 가는 줄만 알았던 남이가 난데없는 영감 하나를 따라가고 있는 광경을 엿장수는 울음 고개 위에서 멀거니 바라보고 있는 것을 남이 자신이야 알 리도 없었다.

여념(餘念) 어떤 일에 대하여 생각하고 있는 것 이외의 다른 생각.
어이한 '어찌한'을 예스럽게 이르는 말. 여기서는 '어디서 생겼는지 알 수 없는'이라는 뜻으로 쓰임.

소설 〈고무신〉의 아름다움

〈고무신〉은 비유적 표현과 감각적 묘사가 뛰어난 소설로, 고무신을 매개로 한 젊은 남녀의 만남과 이별 이야기를 서정적 문체로 아름답게 그려 낸 작품입니다. 특히 인물의 심리를 대변하는 듯한 다양한 배경 묘사가 두드러집니다. '밝은 물기 먹은 초열흘 달이 희붓한' 날에 '밤은 간지럽게 깊어 간다'는 표현은 남이와 엿장수가 처음 만난 어느 봄밤 시골 마을의 분위기를 생생하게 그립니다. 또 '먼 산은 선잠 깬 여인의 눈시울처럼 자꾸만 선이 희미해 오고 수양버들은 아지랑이가 간지러운 듯 한들'거리는 날 '민들레가 놀란 듯 활짝 피었다'는 표현은 남이를 좋아하기 시작한 엿장수의 마음을 대신 전달해 주는 듯합니다.

초봄에 싹이 트듯 돋아난 엿장수의 마음에 위기가 닥치는 건 '달이 바뀌고 제비 올 무렵' 어느 날, 그러니까 봄이 한창 무르익을 때입니다. 남이 아버지가 찾아온 것이지요. **가부장제**의 사고방식을 지닌 남이 아버지는 철수 내외의 만류에도 남이를 시집보내려 합니다. 딸의 의사와는 상관없이 신랑마저 마음대로 정해 놓죠. 하지만 순종적인 남이는 싫다는 의사를 분명히 드러내지 못합니다. 그저 떠나는 날 '눈시울이 약간 부어 오른' 모습에서, 또는 설거지를 안 했다는 둥 물을 안 길어 왔다는 둥 이런저런 핑계를 대는 모습에서 남이의 심정을 짐작할 뿐입니다.

작가는 이 작품에서 남이 아버지로 대표되는 **기성세대**와는 다른, 서로 아름답고 순수한 정을 나누는 젊은 세대의 모습을 보여 주고자 했습니다. 그리고 이러한 의도를 모두 함축하고 있는 소재가 바로 '고무신'입니다. 두 사람에게 만남과 사랑의 매개이자 동시에 이별의 상징이 된 고무신이지만, 어른들은 그 사연을 알 리 없지요. 작가는 작품의 마지막 부분에서 옥색 고무신을 신고 가는 남이를 바라보는 엿장수를 묘사합니다. 남이가 꽃놀이를 가는 것이라 애써 좋게 이해하려는 엿장수의 모습에서 안타까운 이별의 감정이 절제된 표현 속에 드러납니다.

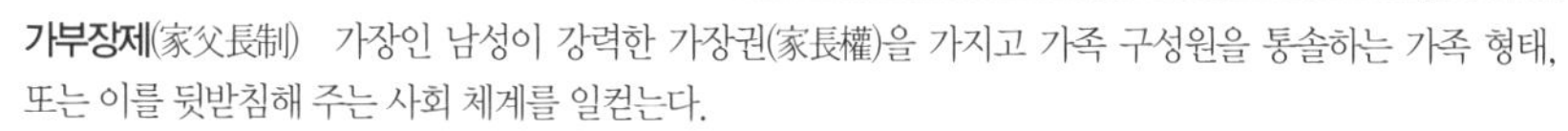

가부장제(家父長制) 가장인 남성이 강력한 가장권(家長權)을 가지고 가족 구성원을 통솔하는 가족 형태, 또는 이를 뒷받침해 주는 사회 체계를 일컫는다.

기성세대(旣成世代) 현재 사회를 이끌어 가는 나이가 든 세대.

'과부의 재가를 원칙으로 하라.' 이는 〈사랑손님과 어머니〉가 발표될 무렵인 1930년대의 신문 기사 제목입니다. '과부(寡婦)'란 남편을 잃고 혼자 사는 여자라는 뜻이고 '재가(再嫁)'란 다시 한번 시집을 간다는 뜻이니, 옥희 어머니처럼 남편과 사별한 여자들이 다시 결혼하는 일을 사회적으로 허락하라는 뜻이지요. 그런데 1930년대에 과부의 재가는 법적으로 금지된 일이 아니었습니다. 그런데도 이런 신문 기사가 나온 것은 당시 사회 통념 때문입니다. 여자가 재혼을 하면 색안경을 끼고 보는 분위기가 널리 퍼져 있었던 것이지요. 기사는 경제 활동을 하지 못해 현실적으로 어려움에 처해 있으면서도 주변 시선 때문에 결혼을 하지 못하는 과부를 위해, 오히려 재가를 원칙으로 정하자고까지 주장합니다.

〈사랑손님과 어머니〉의 사랑 아저씨와 옥희 어머니 역시 바로 이런 상황 때문에 고민하고 갈등합니다. 그런데 이런 내용을 다루는 소설이 전혀 어렵거나 무겁지 않습니다. 오히려 신선하고 엉뚱한 재미까지 주지요. 그 비밀은 바로 두 사람을 바라보는 옥희의 시선에 있습니다. 여섯 살 꼬마 옥희의 시선과 생각 속에서 생겨난 천진난만한 왜곡이 어떤 재미를 주는지 찾아보고, 미처 드러나지 않은 어머니와 사랑손님의 숨겨진 마음이 무엇일지 생각해 봅시다.

주요섭(朱耀燮, 1902~1972)

평양 출생. 1921년 단편 소설 〈깨어진 항아리〉로 등단했다. 초기에는 하층민의 삶과 갈등을 실감나게 그린 작품을 주로 썼으나, 점차 인간의 내면세계를 휴머니즘의 관점에서 섬세하게 묘사한 작품을 발표했다. 문단의 주목을 받기 시작한 시점도 바로 이때로, 기성 윤리나 배신으로 인한 좌절 속에서 나타나는 삶의 의미를 주로 다루었다. 주요 작품으로는 〈인력거꾼〉, 〈살인〉, 〈사랑손님과 어머니〉, 〈아네모네의 마담〉, 〈눈은 눈으로〉 등이 있다.

사랑손님과 어머니 _주요섭

나는 금년 여섯 살 난 처녀 애입니다. 내 이름은 박옥희이구요. 우리 집 식구라고는 세상에서 제일 예쁜 우리 어머니와 나 단 두 식구뿐이랍니다. 아차, 큰일 났군, 외삼촌을 빼놓을 뻔했으니.

지금 중학교에 다니는 외삼촌은 어디를 그렇게 싸돌아다니는지 집에는 끼니때나 외에는 별로 붙어 있지를 않으니까 어떤 때는 한 주일씩 가도 외삼촌 코빼기도 못 보는 때가 많으니까요, 깜박 잊어버리기도 **예사**지요, 무얼.

우리 어머니는, 그야말로 세상에서 둘도 없이 곱게 생긴 우리 어머니는, 금년 나이 스물네 살인데 과부랍니다. 과부가 무엇인지 나는 잘 몰라도 하여튼 **동리** 사람들이 날더러 '과부 딸'이라고들 부르니까, 우리 어머니가 과부인 줄을 알지요. 남들은 다 아버지가 있는데, 나만은 아버지가 없지요. 아버지가 없다고 아마 '과부 딸'이라나 봐요.

외할머니 말씀을 들으면 우리 아버지는 내가 이 세상에 나오기 한 달 전에 돌아가셨대요. 우리 어머니하고 결혼한 지는 일 년 만이고요. 우리 아버지의 **본집**은 어디 멀리 있는데, 마침 이 동리 학교에 교사로 오게 되기 때문에 결

예사(例事) 보통 있는 일.
동리(洞里) 마을.
본집(本-) 따로 세간을 나기 이전의 집.

혼 후에도 우리 어머니는 시집으로 가지 않고 여기 이 집을 사고(바로 이 집은 우리 외할머니 댁 옆집이지요.) 여기서 살다가 일 년이 못 되어 갑자기 돌아가셨대요. 내가 세상에 나오기도 전에 아버지는 돌아가셨다니까 나는 아버지 얼굴도 못 뵈었지요. 그러기에 아무리 생각해 보아도 아버지 생각은 안 나요. 아버지 사진이라는 사진은 나두 한두 번 보았지요. 참말로 훌륭한 얼굴이야요. 아버지가 살아 계신다면 참말로 이 세상에서 제일가는 잘난 아버지일 거야요. 그런 아버지를 보지도 못한 것은 참으로 분한 일이야요. 그 사진도 본 지가 퍽 오래되었는데, 이전에는 그 사진을 늘 어머니 책상 위에 놓아두시더니 외할머니가 오시면 오실 때마다 그 사진을 치우라고 늘 말씀하셨는데, 지금은 그 사진이 어디 있는지 없어졌어요. 언젠가 한번 어머니가 나 없는 동안에 몰래 장롱 속에서 무엇을 꺼내 보시다가 내가 들어오니까 얼른 장롱 속에 감추는 것을 내가 보았는데, 그게 아마 아버지 사진인 것 같았어요.

아버지가 돌아가시기 전에 우리가 먹고살 것을 남겨 놓고 가셨대요. 작년 여름에, 아니로군, 가을이 다 되어서군요. 하루는 어머니를 따라서 여기서 한 십 리나 가서 조그만 산이 있는 데를 가서 거기서 밤도 따 먹고 또 그 산 밑에 초가집에 가서 닭고깃국을 먹고 왔는데, 거기 있는 땅이 우리 땅이래요. 거기서 나는 **추수**로 밥이나 굶지 않게 된다고요. 그래도 반찬 사고 과자 사고 할 돈은 없대요. 그래서 어머니가 다른 사람의 바느질을 맡아서 해 주지요. 바느질을 해서 돈을 벌어서 그걸로 청어도 사고 달걀도 사고 내가 먹을 사탕도 사고 한다고요.

그리고 우리 집 정말 식구는 어머니와 나와 단둘뿐인데 아버님이 계시던 **사랑방**이 비어 있으니까 그 방도 쓸 겸 또 어머니의 잔심부름도 좀 해 줄 겸

추수(秋收) 가을에 익은 곡식을 거두어들임.
사랑방(舍廊房) 집의 안채와 떨어져 있는, 바깥주인이 거처하며 손님을 접대하는 방.

해서 우리 외삼촌이 사랑방에 와 있게 되었대요.

금년 봄에는 나를 유치원에 보내 준다고 해서 나는 너무나 좋아서 동무 아이들한테 실컷 자랑을 하고 나서 집으로 돌아오노라니까 사랑에서 큰외삼촌이(우리 집 사랑에 와 있는 외삼촌의 형님 말이야요.) 웬 한 낯선 사람 하나와 앉아서 이야기를 하고 있었습니다. 큰외삼촌이 나를 보더니 "옥희야." 하고 부르겠지요.

"옥희야, 이리 온. 와서 아저씨께 인사드려라."

나는 어째 부끄러워서 비슬비슬하니까 그 낯선 손님이,

"아, 그 애기 참 곱다. 자네 조카딸인가?"

하고 큰외삼촌더러 묻겠지요. 그러니까 외삼촌은,

"응, 내 누이의 딸……. 경선 군의 **유복녀** 외딸일세."

하고 대답합니다.

"옥희야, 이리 온, 응! 그 눈은 꼭 아버지를 닮았네그려."

하고 낯선 사람이 말합니다.

"자, 옥희야, 커단 처녀가 왜 저 모양이야. 어서 와서 이 아저씨께 인사드려라. 너의 아버지의 옛날 친구신데, 오늘부터 이 사랑에 계실 텐데 인사 여쭙고 친해 두어야지."

나는 이 낯선 손님이 사랑방에 계시게 된다는 말을 듣고 갑자기 즐거워졌습니다. 그래서 그 아저씨 앞에 가서 **사붓이** 절을 하고는 그만 안마당으로 뛰어 들어왔지요. 그 낯선 아저씨와 큰외삼촌은 소리를 내서 크게 웃더군요.

나는 안방으로 들어오는 나름으로 어머니를 붙들고,

유복녀(遺腹女) 태어나기 전에 아버지를 여읜 딸.
사붓이 소리가 거의 나지 않을 정도로 발을 가볍게 얼른 내디디는 소리. 또는 그 모양.

"엄마, 사랑에 큰외삼촌이 아저씨를 하나 데리고 왔는데에, 그 아저씨가아, 이제 사랑에 있는대."

하고 법석을 하니까,

"응, 그래."

하고 어머니는 벌써 안다는 듯이 대수롭잖게 대답을 하더군요. 그래서 나는,

"언제부텀 와 있나?"

하고 물으니까,

"오늘부텀."

"에구 좋아."

하고 내가 손뼉을 치니까, 어머니는 내 손을 꼭 붙잡으면서,

"왜 이리 수선이야."

"그럼 작은외삼촌은 어디루 가나?"

"외삼촌두 사랑에 계시지."

"그럼 둘이 있나?"

"응."

"한방에 둘이 있어?"

"왜, **장지문** 닫구 외삼촌은 아랫방에 계시구 그 아저씨는 윗방에 계시구, 그러지."

나는 그 아저씨가 어떠한 사람인지는 몰랐으나 첫날부터 내게는 퍽 고맙게 굴고 나도 그 아저씨가 꼭 마음에 들었어요. 어른들이 저희끼리 말하는 것을 들으니까 그 아저씨는 돌아가신 우리 아버지와 어렸을 적 친구라고요. 어디 먼 데 가서 공부를 하다가 요새 돌아왔는데, 우리 동리 학교 교사로 오게 되

장지문(障-門) 장지. 방과 방 사이, 또는 방과 마루 사이에 칸을 막아 끼우는 문.

었대요. 또 우리 큰외삼촌과도 동무인데, 이 동리에는 하숙도 별로 깨끗한 곳이 없고 해서 윗사랑으로 와 계시게 되었다고요. 또 우리도 그 아저씨한테 밥값을 받으면 살림에 보탬도 좀 되고 한다고요.

그 아저씨는 그림책들이 얼마든지 있어요. 내가 사랑방으로 나가면 그 아저씨는 나를 무릎에 앉히고 그림책을 보여 줍니다. 또 가끔 과자도 주고요.

어느 날은 점심을 먹고 이내 살그머니 사랑에 나가 보니까 아저씨는 그때에야 점심을 잡수셔요. 그래 가만히 앉아서 점심 잡숫는 걸 구경하고 있노라니까 아저씨가,

"옥희는 어떤 반찬을 제일 좋아하나?"

하고 묻겠지요. 그래 삶은 달걀을 좋아한다고 했더니 마침 상에 놓인 삶은 달걀을 한 알 집어 주면서 나더러 먹으라고 합니다. 나는 그 달걀을 벗겨 먹으면서,

"아저씨는 무슨 반찬이 제일 맛나우?"

하고 물으니까, 그는 한참이나 빙그레 웃고 있더니,

"나두 삶은 달걀."

하겠지요. 나는 좋아서 손뼉을 짤깍짤깍 치고,

"아, 나와 같네 그럼. 가서 어머니한테 알려야지."

하면서 일어서니까, 아저씨가 꼭 붙들면서,

"그러지 마라."

그러시지요. 그래도 나는 한번 맘을 먹은 다음엔 꼭 그대로 하고야 마는 **성미**지요. 그래 안마당으로 뛰어 들어가면서,

"엄마, 엄마, 사랑 아저씨도 나처럼 삶은 달걀을 제일 좋아한대."

하고 소리를 질렀지요.

성미(性味) 성질, 마음씨, 비위, 버릇 따위를 통틀어 이르는 말.

"떠들지 마라."
하고 어머니는 눈을 흘기십니다.

그러나 사랑 아저씨가 달걀을 좋아하는 것이 내게는 썩 좋게 되었어요. 그것은 그다음부터는 어머니가 달걀을 많이씩 사게 되었으니까요. 달걀 장수 노파(老婆)가 오면, 한꺼번에 열 알도 사고 스무 알도 사고 그래선 두고두고 삶아서 아저씨 상에도 놓고 또 으레 나도 한 알씩 주고 그래요. 그뿐만 아니라 아지씨한테 놀러 나가면 가끔 아저씨가 책상 서랍 속에서 달걀을 한두 알 꺼내서 먹으라고 주지요. 그래 그담부터는 나는 아주 실컷 달걀을 많이 먹었어요.

나는 아저씨가 매우 좋았어요. 그렇지만 외삼촌은 가끔 툴툴하는 때가 있었어요. 아마 아저씨가 마음에 안 드나 봐요. 아니, 그것보다도 아저씨 상 심부름을 꼭 외삼촌이 하게 되니까 그것이 싫어서 그러나 봐요. 한번은 어머니와 외삼촌이 말다툼하는 것까지 내가 들었어요. 어머니가,

"야, 또 어디 나가지 말고 사랑에 있다가 선생님 들어오시거든 상 내가야지."
하고 말씀하시니까, 외삼촌은 얼굴을 찡그리면서,

"제길, 남 어디 좀 볼일이 있는 날은 으레 끼니때에 안 들어오고 늦어지니……."
하고 툴툴하겠지요. 그러니까 어머니는,

"그러니 어짜갔니? 너밖에 사랑 출입할 사람이 어디 있니?"

"누님이 좀 상 들고 나가구려. 요새 세상에 **내외합니까!**"

어머니는 갑자기 얼굴이 발개지시고 아무 대답도 없이 그냥 외삼촌에게 향하여 눈을 흘기셨습니다.

그러니까 외삼촌은 흥흥 웃으면서 사랑으로 나갔지요.

내외하다(內外--) 남의 남녀 사이에 서로 얼굴을 마주 대하지 않고 피하다.

나는 유치원에 가서 **창가**도 배우고 춤도 배우고 하였습니다. 유치원 여자 선생님이 **풍금**을 아주 썩 잘 **타요**. 그런데 우리 유치원에 있는 풍금은 예배당에 있는 풍금과는 아주 다른데, 퍽 조그마한 것이지마는 소리는 썩 좋아요. 그런데 우리 집 윗간에도 유치원 풍금과 똑같이 생긴 것이 놓여 있는 것이 갑자기 생각이 났어요. 그래 그날 나는 집으로 오는 길로 어머니를 끌고 윗간으로 가서,

"엄마, 이거 풍금 아니우?"

하고 물으니까, 어머니는 빙그레 웃으시면서,

"그렇단다. 그건 어찌 알았니?"

"우리 유치원에 있는 풍금이 이것과 똑같은데 무얼. 그럼 엄마도 풍금 탈 줄 아우?"

하고 나는 다시 물었습니다. 그것은 내가 이때껏 한 번도 어머니가 이 풍금 앞에 앉은 것을 본 일이 없기 때문입니다.

어머니는 아무 대답도 아니 하십니다.

"엄마, 이 풍금 좀 타 봐!"

하고 재촉하니까, 어머니 얼굴은 약간 흐려지면서,

"그 풍금은 너의 아버지가 날 사다 주신 거란다. 너의 아버지 돌아가신 후에는 그 풍금은 이때까지 뚜껑두 한 번 안 열어 보았다……."

이렇게 말씀하시는 어머니 얼굴을 보니까 금방 또 울음보가 터질 것만 같아 보여서 나는 그만,

"엄마, 나 사탕 주어."

하면서 아랫방으로 끌고 내려왔습니다.

창가(唱歌) 근대 음악 형식의 하나. 서양 악곡의 형식을 빌려 지은 간단한 노래.
풍금(風琴) 페달을 밟아서 바람을 넣어 소리를 내는 건반 악기.
타다 악기의 줄을 퉁기거나 건반을 눌러 소리를 내다.

아저씨가 사랑방에 와 계신 지 벌써 여러 밤을 잔 뒤입니다. 아마 한 달이나 되었지요. 나는 거의 매일 아저씨 방에 놀러 갔습니다. 어머니는 나더러 그렇게 가서 귀찮게 굴면 못쓴다고 가끔 꾸지람을 하시지만 정말인즉 나는 조금도 아저씨를 귀찮게 굴지는 않았습니다. 도리어 아저씨가 나를 귀찮게 굴었지요.

"옥희 눈이 아버지를 닮았다. 고 고운 코는 아마 어머니를 닮았지, 고 입하고! 응, 그러냐, 안 그러냐? 어머니도 옥희처럼 곱지, 응?"

이렇게 여러 가지로 물을 적도 있습니다. 그래서 나는,

"아저씨, **입때** 우리 엄마 못 봤수?"

하고 물었더니, 아저씨는 잠잠합니다. 그래 나는,

"우리 엄마 보러 들어갈까?"

하면서 아저씨 소매를 잡아당겼더니, 아저씨는 펄쩍 뛰면서,

"아니, 아니, 안 돼. 난 지금 분주해서."

하면서 나를 잡아끌었습니다. 그러나 정말로는 무슨 그리 분주하지도 않은 모양이었어요. 그러기에 나더러 가란 말도 않고 그냥 나를 붙들고 앉아서, 머리도 쓰다듬어 주고 뺨에 입도 맞추고 하면서,

"요 저고리 누가 해 주지? …… 밤에 엄마하구 한자리에서 자니?"

하는 둥 쓸데없는 말을 자꾸만 물었지요!

그러나 웬일인지 나를 그렇게도 **귀애해** 주던 아저씨도 아랫방에 외삼촌이 들어오면 갑자기 태도가 달라지지요. 이것저것 묻지도 않고 나를 꼭 껴안지도 않고 점잖게 앉아서 그림책이나 보여 주고 그러지요. 아마 아저씨가 우리 외삼촌을 무서워하나 봐요.

입때 지금까지. 또는 아직까지.

귀애하다(貴愛--) 귀엽게 여겨 사랑하다.

하여튼 어머니는 나더러 너무 아저씨를 귀찮게 한다고 어떤 때는 저녁 먹고 나서 나를 꼭 방 안에 가두어 두고 못 나가게 하는 때도 더러 있었습니다. 그러나 조금 있다가 어머니가 바느질에 정신이 팔리어서 **골몰하고** 있을 때 몰래 가만히 일어나서 나오지요. 그런 때에는 어머니는 내가 문 여는 소리를 듣고서야 퍼뜩 정신을 차려서 쫓아와 나를 붙들지요. 그러나 그런 때는 어머니는 골은 아니 내시고,

"이리 온, 이리 와서 머리 빗고……."

하고 끌어다가 머리를 다시 곱게 땋아 주시지요.

"머리를 곱게 땋고 가야지. 그렇게 되는 대루 하구 가문 아저씨가 숭보시지 않니?"

하시면서, 또 어떤 때에는 머리를 다 땋아 주시고는,

"응, 저고리가 이게 무어냐?"

하시면서 새 저고리를 내어 주시는 때도 있습니다.

어떤 토요일 오후였습니다. 아저씨는 나더러 뒷동산에 올라가자고 하셨습니다. 나는 너무나 좋아서 가자고 그러니까 아저씨가,

"들어가서 어머니께 허락 맡고 온."

하십니다. 참 그렇습니다. 나는 뛰어 들어가서 어머니께 허락을 맡았습니다. 어머니는 내 얼굴을 다시 세수시켜 주고 머리도 다시 땋고 그러고 나서는 나를 아스러지도록 한번 몹시 껴안았다가 놓아주었습니다.

"너무 오래 있지 말고, 응?"

하고 어머니는 크게 소리치셨습니다. 아마 사랑 아저씨도 그 소리를 들었을 거야요.

골몰하다(汨沒--) 다른 생각을 할 여유도 없이 한 가지 일에만 파묻히다.

뒷동산에 올라가서는 정거장을 한참 내려다보았으나, 기차는 안 지나갔습니다. 나는 풀잎을 쭉쭉 뽑아 보기도 하고 땅에 누운 아저씨의 다리를 꼬집어 보기도 하면서 놀았습니다. 한참 후에 아저씨와 손목을 잡고 내려오는데 유치원 동무들을 만났습니다.

"옥희가 아빠하구 어디 갔다 온다, 응."

하고 한 동무가 말하였습니다. 그 아이는 우리 아버지가 돌아가신 줄을 모르는 아이였습니다. 나는 얼굴이 빨개졌습니다. 그때 나는 얼마나 이 아저씨가 정말 우리 아버지였더라면 하고 생각했는지 모릅니다. 나는 정말로 한 번만이라도,

"아빠!"

하고 불러 보고 싶었습니다. 그리고 그날 그렇게 아저씨하고 손목을 잡고 골목골목을 지나오는 것이 어찌도 재미가 좋았는지요.

나는 대문까지 와서,

"난 아저씨가 우리 아빠래문 좋겠다."

하고 불쑥 말했습니다. 그랬더니 아저씨는 얼굴이 홍당무처럼 빨개져서 나를 몹시 흔들면서,

"그런 소리 하문 못써."

하고 말하는데 그 목소리가 몹시도 떨렸습니다. 나는 아저씨가 몹시 성이 난 것처럼 보여서 아무 말도 못 하고 안으로 뛰어 들어갔습니다. 어머니가,

"어디까지 갔던?"

하고 나와 안으며 묻는데, 나는 대답도 못 하고 그만 훌쩍훌쩍 울었습니다. 어머니는 놀라서,

"옥희야, 왜 그러니? 응?"

하고 자꾸만 물었으나 나는 아무 대답도 못 하고 울기만 했습니다.

이튿날은 일요일인 **고로** 나는 어머니와 함께 예배당에를 가려고 차리고 나서 어머니가 옷을 갈아입는 동안 잠깐 사랑에를 나가 보았습니다. '아저씨가 아직두 성이 났나?' 하고 가만히 방 안을 들여다보았더니 책상에 앉아서 무엇을 쓰고 있던 아저씨가 내다보면서 빙그레 웃었습니다. 그 웃음을 보고 나는 마음을 놓았습니다. 아저씨가 지금은 성이 풀린 것이 확실하니까요. 아저씨는 나를 이리 보고 저리 보고 훑어보더니,

"옥희 오늘 어디 가노? 저렇게 곱게 채리구."

하고 물었습니다.

"엄마하고 예배당에 가."

"예배당에?"

하고 나서 아저씨는 잠시 나를 멍하니 바라다보더니,

"어느 예배당에?"

하고 물었습니다.

"요 앞에 예배당에 가지 뭐."

"응? 요 앞이라니?"

이때 안에서,

"옥희야."

하고 부드럽게 부르는 어머니 목소리가 들리었습니다. 나는 얼른 안으로 뛰어 들어오면서 돌아다보니까, 아저씨는 또 얼굴이 빨갛게 성이 났겠지요. 내 원, 참으로 무슨 일로 요새는 아저씨가 그렇게 성을 잘 내는지 알 수 없었습니다.

예배당에 가서 찬미하고 기도하다가 기도하는 중간에 갑자기 나는, '혹시 아저씨두 예배당에 오지 않았나?' 하는 생각이 나서 눈을 뜨고 고개를 들어

고로(故–) 까닭에.

남자석을 바라다보았습니다. 그랬더니 하, 바로 거기에 아저씨가 와 앉아 있겠지요. 그런데 아저씨는 어른이면서도 눈 감고 기도하지 않고 우리 아이들처럼 눈을 **번히** 뜨고 여기저기 두리번두리번 바라봅니다. 나는 얼른 아저씨를 알아보았는데 아저씨는 나를 못 알아보았는지, 내가 방그레 웃어 보여도 웃지도 않고 **멀거니** 보고만 있겠지요. 그래 나는 손을 흔들었지요. 그러니까 아저씨는 얼른 고개를 숙이고 말더군요. 그때에 어머니가 내가 팔 흔드는 것을 깨닫고 두 손으로 나를 붙들고 끌어당기더군요. 나는 어머니 귀에다 입을 대고,

"저기 아저씨두 왔어."

하고 속삭이니까, 어머니는 흠칫하면서 내 입을 손으로 막고 막 끌어 잡아다가 옆에 앉히고 고개를 누르더군요. 보니까 어머니가 또 얼굴이 홍당무처럼 빨개졌더군요.

그날 예배는 아주 **젬병**이었어요. 웬일인지 예배 다 끝날 때까지 어머니는 성이 나서 **강대**만 향하여 앞으로 바라보고 앉았고, 이전 모양으로 가끔 나를 내려다보고 웃는 일이 없었어요. 그리고 아저씨를 보려고 남자석을 바라다보아도 아저씨도 한 번도 바라다보아 주지도 않고 성이 나서 앉아 있고, 어머니는 나를 보지도 않고 공연히 꽉꽉 잡아당기지요. 왜 모두들 그리 성이 났는지! 나는 그만 '으아.' 하고 한번 울고 싶었어요. 그러나 바로 멀지 않은 곳에 우리 유치원 선생님이 앉아 있는 고로 울고 싶은 것을 아주 억지로 참았답니다.

내가 유치원에 입학한 후 처음 얼마 동안은 유치원에 갈 때나 올 때나 외삼

번히 바라보는 눈매가 뚜렷하게.
멀거니 정신없이 물끄러미 보고 있는 모양.
젬병(-餠) 형편없는 것을 속되게 이르는 말.
강대(講臺) 책 따위를 올려놓고 강의나 설교를 할 수 있도록 만든 도구.

촌이 바래다주었습니다. 그러나 여러 밤을 자고 난 뒤에는 나 혼자서도 넉넉히 다니게 되었어요. 그러나 언제나 내가 유치원에서 돌아오는 때면 어머니가 옆 대문(우리 집에는 대문이 사랑 대문과 옆 대문 둘이 있어서 어머니는 늘 이 옆 대문으로만 출입하시는 것이었습니다.) 밖에 기다리고 섰다가 내가 달음질쳐 가면, 안고 집 안으로 들어가곤 하는 것이었습니다.

그런데 하루는 어쩐 일인지 어머니가 대문간에 보이지를 않겠지요. 어떻게도 화가 나던지요. 물론 머릿속으로는, '아마 외할머니 댁에 가셨나 부다.' 하고 생각했지마는 하여튼 내가 돌아왔는데 문간에서 기다리지 않고 집을 떠났다는 것이 몹시 나쁘게 생각되더군요. 그래서 속으로, '오늘 엄마를 좀 골려야겠다.' 하고 생각하고 있는데, 옆 대문 밖에서,

"아이고, 얘가 원 벌써 왔나?"

하고 어머니 목소리가 들리더군요. 그 순간 나는 얼른 신을 벗어 들고 안방으로 뛰어 들어가서 벽장문을 열고 그 속에 들어가서 숨어 버렸습니다.

"옥희야, 옥희 너, 여태 안 왔니?"

하는 어머니 목소리가 바로 뜰에서 나더니,

"여태 안 왔군."

하면서 밖으로 나가는 모양이었습니다. 나는 재미가 나서 혼자 흐흥흐흥 웃었습니다.

한참을 있더니 집에서는 온통 야단이 났습니다. 어머니 목소리도 들리고 외할머니 목소리도 들리고 외삼촌 목소리도 들리고!

"글쎄 하루 종일 집이라곤 안 떠났다가 옥희 유치원 파하고 오문 멕일 과자가 없기에 어머님 댁에 잠깐 갔다 왔는데 고 동안에 이런 변이 생긴걸……."

하는 것은 어머니 목소리.

"글쎄 유치원에서 벌써 이십 분 전에 떠났다는데 원 중간에서……."

하는 것은 외할머니 목소리.

"하여튼 내 나가서 돌아댕겨 볼 테요. 원 고것이 어딜 갔담?"
하는 것은 외삼촌의 목소리.

이윽고 어머니의 울음소리가 가늘게 들렸습니다. 외할머니는 무어라고 중얼중얼 이야기하는 모양이었습니다. '이젠 그만하고 나갈까?' 하고도 생각했으나, '지난 주일날 예배당에서 성냈던 앙갚음을 해야지.' 하는 생각이 나서 나는 그냥 벽장 안에 누워 있었습니다. 벽장 안은 답답하고 더웠습니다. 그래서 이윽고 **부지중**에 나는 슬며시 잠이 들고 말았습니다.

얼마 동안이나 잤는지요? 이윽고 잠을 깨어 보니까 아까 내가 벽장 안으로 들어왔던 것을 잊어버리고, 참 이상스러운 데에 내가 누워 있거든요. 어두컴컴하고 좁고 덥고……. 나는 갑자기 무서운 생각이 나서 엉엉 울기 시작했지요. 그러자 갑자기 어디 가까운 데서 어머니의 외마디 소리가 나더니 벽장문이 벌컥 열리고 어머니가 달려들어서 나를 안아 내렸습니다.

"요 망할 것아."
하면서, 어머니가 내 엉덩이를 댓 번 때렸습니다. 나는 더욱더 소리를 내서 울었습니다. 그때에는 어머니는 나를 끌어안고 어머니도 따라 울었습니다.

"옥희야, 옥희야, 응 인제 괜찮다. 엄마 여기 있지 않니, 응. 울지 마라, 옥희야. 엄마는 옥희 하나문 그뿐이다. 옥희 하나만 바라구 산다. 난 너 하나문 그뿐이야. 세상 다 일이 없다. 옥희만 있으문 바라고 산다. 옥희야, 울지 마라. 응, 울지 마라."

이렇게 어머니는 나더러 자꾸 울지 말라고 하면서도 어머니는 그치지 않고 그냥 자꾸자꾸 울었습니다. 외할머니는,

"원 고것이 도깨비가 들렸단 말일까, 벽장 속엔 왜 숨는담."
하고 앉아 있고, 외삼촌은,

부지중(不知中) 알지 못하는 동안.

"에, 재수 **메유**다."
하면서 밖으로 나갔습니다.

이튿날 유치원을 파하고 집으로 오면서, 나는 갑자기 어제 벽장 속에 숨었다가 어머니를 몹시 울게 했던 생각이 나서 집으로 돌아가기가 어쩐지 부끄러워졌습니다. '오늘은 어머니를 좀 기쁘게 해 드려얄 텐데……. 무엇을 갖다 드리면 기뻐할까?' 하고 생각했습니다. 그러자 문득 유치원 안에 선생님 책상 위에 놓여 있던 꽃병 생각이 났습니다. 그 꽃병에는 나는 이름도 모르나 곱고 빨간 꽃이 꽂히어 있었습니다. 그 꽃은 개나리도 아니고 진달래도 아니었습니다. 그런 꽃은 나도 잘 알고 또 그런 꽃은 벌써 피었다가 져 버린 후였습니다. 무슨 서양 꽃이려니 하고 나는 생각하였습니다. 나는 우리 어머니가 꽃을 사랑하는 줄을 잘 압니다. 그래서 그 꽃을 갖다가 드리면 어머니가 몹시 기뻐하려니 하고 생각하였습니다.

그래서 나는 도로 유치원 방 안으로 들어갔습니다. 마침 방 안에는 아무도 없었습니다. 선생님도 잠깐 어디를 가셨는지 보이지 않았습니다. 그래 나는 그 꽃을 두어 개 얼른 빼 들고 달음질쳐 나왔지요.

집에 오니 어머니는 문간에서 기다리고 있다가 나를 안고 들어왔습니다.

"그 꽃은 어디서 났니? 퍽 곱구나."
하고 어머니가 말씀하셨습니다. 그러나 나는 갑자기 말문이 막혔습니다. '이걸 엄마 드릴라구 유치원서 가져왔어.' 하고 말하기가 어째 몹시 부끄러운 생각이 들었습니다. 그래 잠깐 망설이다가,

"응, 이 꽃! 저, 사랑 아저씨가 엄마 갖다 주라고 줘."
하고 불쑥 말했습니다. 그런 거짓말이 어디서 그렇게 툭 튀어나왔는지 나도

메유 '없다'를 뜻하는 중국어 '메이요'에서 온 말.

모르지요.

꽃을 들고 냄새를 맡고 있던 어머니는 내 말이 끝나기가 무섭게 무엇에 몹시 놀란 사람처럼 화닥닥하였습니다. 그러고는 금시에 어머니 얼굴이 그 꽃보다 더 빨갛게 되었습니다. 그 꽃을 든 어머니 손가락이 파르르 떠는 것을 나는 보았습니다. 어머니는 무슨 무서운 것을 생각하는 듯이 방 안을 휘 한번 둘러보시더니,

"옥희야, 그런 걸 받아 오문 안 돼."

하고 말하는 목소리는 몹시 떨렸습니다. 나는 꽃을 그렇게도 좋아하는 어머니가 이 꽃을 받고 그처럼 성을 낼 줄은 참으로 뜻밖이었습니다. 어머니가 그렇게도 성을 내는 것을 보니까 그 꽃을 내가 가져왔다고 그러지 않고 아저씨가 주더라고 거짓말을 한 것이 참 잘 되었다고 나는 속으로 생각했습니다. 어머니가 성을 내는 까닭을 나는 모르지만 하여튼 성을 낼 바에는 내게 내는 것보다 아저씨에게 내는 것이 내게는 나았기 때문입니다. 한참 있더니 어머니는 나를 방 안으로 데리고 들어와서,

"옥희야, 너 이 꽃 이야기 아무보구두 하지 말아라, 응."

하고 타일러 주었습니다. 나는,

"응."

하고 대답하면서 고개를 여러 번 까닥까닥했습니다.

어머니가 그 꽃을 곧 내버릴 줄로 나는 생각했습니다마는 내버리지 않고 꽃병에 꽂아서 풍금 위에 놓아두었습니다. 아마 퍽 여러 밤 자도록 그 꽃은 거기 놓여 있어서 마지막에는 시들었습니다. 꽃이 다 시들자 어머니는 가위로 그 대를 잘라 내버리고 꽃만은 찬송가 **갈피**에 곱게 끼워 두었습니다.

내가 어머니께 꽃을 갖다 주던 날 밤에 나는 또 사랑에 놀러 나가서 아저씨

갈피 겹치거나 포갠 물건의 하나하나의 사이. 또는 그 틈.

무릎에 앉아서 그림책을 보고 있었습니다. 갑자기 아저씨 몸이 흠칫하였습니다. 그러고는 귀를 기울입니다. 나도 귀를 기울였습니다.

풍금 소리!

그 풍금 소리는 분명 안방에서 흘러나오는 것이었습니다.

"엄마가 풍금을 타나 부다."

하고 나는 벌떡 일어나서 안으로 뛰어왔습니다. 안방에는 불을 켜지 않았었습니다. 그러나 그때는 음력으로 보름께나 되어서 달이 낮같이 밝은데 은빛 같은 흰 달빛이 방 한 절반 가득히 차 있었습니다. 나는 흰옷을 입은 어머니가 풍금 앞에 앉아서 고요히 풍금을 타는 것을 보았습니다.

나는 나이 지금 여섯 살밖에 안 되었지마는 하여튼 어머니가 풍금을 타시는 것을 보는 것은 오늘이 처음이었습니다. 어머니는 우리 유치원 선생님보다도 풍금을 더 잘 타시는 것이었습니다. 나는 어머니 곁으로 갔습니다마는 어머니는 내가 곁에 온 것도 깨닫지 못하는지 그냥 까딱 아니 하고 풍금을 탔습니다. 조금 있더니 어머니는 풍금 **곡조**에 맞추어 노래를 부르기 시작하였습니다. 어머니의 목소리가 그렇게 아름다운 것도 나는 이때까지 모르고 있었습니다. 어머니는 참으로 우리 유치원 선생님보다도 목소리가 훨씬 더 곱고 또 노래도 훨씬 더 잘 부르시는 것이었습니다. 나는 가만히 서서 어머니 노래를 들었습니다. 그 노래는 마치 은실을 타고 별나라에서 내려오는 노래처럼 아름다웠습니다. 그러나 얼마 오래지 않아 목소리는 약간 떨리기 시작하였습니다. 가늘게 떨리는 노랫소리, 그에 따라 풍금의 가는 소리도 바르르 떠는 듯했습니다. 노랫소리는 차차 가늘어지더니 마지막에는 사르르 없어져 버렸습니다. 풍금 소리도 사르르 없어졌습니다. 어머니는 고요히 풍금에서 일어나시더니 옆에 섰는 내 머리를 쓰다듬었습니다. 그다음 순간 어머니는

곡조(曲調) 음악적 통일을 이루는 음의 연속.

나를 안고 마루로 나오셨습니다. 어머니는 아무 말씀도 없이 그냥 꼭꼭 껴안는 것이었습니다. 달빛을 함빡 받는 내 어머니 얼굴은 몹시도 새하얗다고 생각되었습니다. 우리 어머니는 참으로 천사 같다고 나는 생각하였습니다.

우리 어머니의 새하얀 두 뺨 위로는 쉴 새 없이 두 줄기 눈물이 줄줄 흘러내리고 있는 것을 나는 보았습니다. 그것을 보니 나도 갑자기 울고 싶어졌습니다.

"어머니, 왜 울어?"

하고 나도 훌쩍거리면서 물었습니다.

"옥희야."

"응?"

한참 동안 어머니는 아무 말씀도 없었습니다. 그러나 한참 후에,

"옥희야, 난 너 하나문 그뿐이다."

"엄마."

어머니는 다시 대답이 없으셨습니다.

하루는 밤에 아저씨 방에서 놀다가 졸려서 안방으로 들어오려고 일어서니까 아저씨가 하얀 봉투를 서랍에서 꺼내어 내게 주었습니다.

"옥희, 이거 갖다가 엄마 드리고 지나간 달 밥값이라구, 응?"

나는 그 봉투를 갖다가 어머니에게 드렸습니다. 어머니는 그 봉투를 받아들자 갑자기 얼굴이 파랗게 질렸습니다. 그 전날 달밤에 마루에 앉았을 때보다도 더 새하얗다고 생각되었습니다. 어머니는 그 봉투를 들고 어쩔 줄을 모르는 듯이 초조한 빛이 나타났습니다. 나는,

"그거 지나간 달 밥값이래."

하고 말을 하니까, 어머니는 갑자기 잠자다 깨나는 사람처럼 "응?" 하고 놀라더니 또 금시에 백지장같이 새하얗던 얼굴이 발갛게 물들었습니다. 봉투 속

으로 들어갔던 어머니의 파들파들 떨리는 손가락이 지전을 몇 장 끌고 나왔습니다. 어머니는 입술에 약간 웃음을 띠면서 후 하고 한숨을 내쉬었습니다. 그러나 그것도 잠깐, 다시 어머니는 무엇에 놀랐는지 흠칫하더니 금시에 얼굴이 다시 새하얘지고 입술이 바르르 떨렸습니다. 어머니의 손을 바라다보니 거기에는 지전 몇 장 외에 네모로 접은 하얀 종이가 한 장 잡혀 있는 것이었습니다.

어머니는 한참을 망설이는 모양이었습니다. 그러더니 무슨 결심을 한 듯이 입술을 악물고 그 종이를 차근차근 펴 들고 그 안에 쓰인 글을 읽었습니다. 나는 그 안에 무슨 글이 쓰여 있는지 알 도리가 없었으나 어머니는 그 글을 읽으면서 금시에 얼굴이 파랬다 발갰다 하고 그 종이를 든 손은 이제는 바들바들이 아니라 와들와들 떨리어서 그 종이가 부석부석 소리를 내게 되었습니다.

한참 후에 어머니는 그 종이를 아까 모양으로 네모지게 접어서 돈과 함께 봉투에 도로 넣어 **반짇고리**에 던졌습니다. 그러고는 정신 나간 사람처럼 멀거니 앉아서 전등만 쳐다보는데 어머니 가슴이 불룩불룩합니다. 나는 혹시 어머니가 병이나 나지 않았나 하고 염려가 되어서 얼른 가서 무릎에 안기면서,

"엄마 잘까?"

하고 말했습니다.

엄마는 내 뺨에 입을 맞추어 주었습니다. 그런데 어머니의 입술이 어쩌면 그리도 뜨거운지요. 마치 불에 달군 돌이 볼에 와 닿는 것 같았습니다.

한참을 자고 나서 잠이 채 깨지는 않았으나 어렴풋한 정신으로 옆을 쓸어보니 어머니가 없었습니다. 가끔가다가 나는 그런 버릇이 있어요. 어렴풋한 정신으로 옆을 쓸면 어머니의 보드라운 살이 만져지지요. 그러면 다시 나는 잠이 들어 버리곤 하는 것이었습니다.

반짇고리 바늘, 실, 골무, 헝겊 따위의 바느질 도구를 담는 그릇.

어머니가 자리에 없다는 것을 알게 되자 나는 갑자기 무서워졌습니다. 그래서 잠은 다 달아나고 눈을 번쩍 뜨고 고개를 돌려 살펴보았습니다. 방 안에는 불은 안 켰지만 어슴푸레하게 밝습니다. 뜰로 하나 가득한 달빛이 방 안에까지 희미한 밝음을 던져 주는 것이었습니다. 윗목을 보니 우리 아버지의 옷을 넣어 두고 가끔 어머니가 꺼내서 쓸어 보시는 그 장롱 문이 열려 있고, 그 아래 방바닥에는 흰옷이 한 무더기 널려 있습니다. 그리고 그 옆에는 장롱을 반쯤 기대고 **자리옷**만 입은 어머니가 주춤하고 앉아서 고개를 위로 쳐들고 눈을 감고 무엇이라고 입술로 소곤소곤 외고 있는 것이 보였습니다. 아마 기도를 하나 보다 하고 나는 생각했습니다. 나는 자리에서 일어나 기어가서 어머니 무릎을 **뻐개고** 기어들어 갔습니다.

"엄마, 무얼 해?"

어머니는 소곤거리기를 그치고 눈을 떠서 나를 한참이나 물끄러미 들여다 보십니다.

"옥희야."

"응?"

"가서 자자."

"엄마두 같이 자."

"응, 그래. 엄마도 같이 자."

그 목소리가 어째 싸늘하다고 내게 생각되었습니다.

어머니는 돌아가신 아버지의 옷들을 한 가지씩 들고는 가만히 손바닥으로 쓸어 보고는 장롱 안에 넣었습니다. 하나씩 하나씩 쓸어 보고는 장롱에 넣곤 하여 그 옷을 다 넣은 때 장롱 문을 닫고 쇠를 채우고 그러고 나서 나를 안고

자리옷 잠옷.
뻐개다 크고 딴딴한 물건을 두 쪽으로 가르다.

자리로 돌아왔습니다.

"엄마, 우리 기도하고 자?"

하고 나는 물었습니다. 어머니는 나를 밤마다 재워 줄 때마다 반드시 기도를 하는 것이었습니다. 내가 할 줄 아는 기도는 주기도문뿐이었습니다. 그 뜻은 하나도 모르지만 어머니를 따라서 자꾸자꾸 해 보아서 지금에는 나도 주기도문을 잘 외웁니다. 그런데 웬일인지 어젯밤 잘 때에는 어머니가 기도할 것을 잊어버리고 그냥 잤던 것이 지금 생각이 났기 때문에 나는 그렇게 물었던 것입니다. 어젯밤 자리에 들 때 내가,

"기도할까?"

하고 말하고 싶었으나, 어머니가 너무도 슬픈 빛을 띠고 있는 고로 그만 나도 가만히 아무 소리 없이 잠이 들고 말았던 것입니다.

"응, 기도하자."

하고 어머니가 고요히 기도했습니다.

"엄마가 기도해."

하고 나는 갑자기 어머니의 기도하는 보드라운 음성이 듣고 싶어져서 말했습니다.

"하늘에 계신 우리 아버지시여."

어머니는 고요히 기도를 시작하였습니다.

"이름을 거룩하게 하옵시며 나라에 임하옵시며 뜻이 하늘에서 이루어진 것처럼 땅에서도 이루어지이다. 오늘날 우리에게 일용할 양식을 주옵시고 우리가 우리에게 죄지은 자를 용서하여 준 것처럼 우리 죄를 **사하여** 주옵시고, 우리를 시험에 들지 말게 하옵시고…… 우리를 시험에 들지 말게 하옵시고…… 시험에 들지 말게…… 시험에 들지 말게……."

사하다(赦--) 지은 죄나 허물을 용서하다.

이렇게 어머니는 자꾸 되풀이하였습니다. 나도 지금은 막히지 않고 줄줄 외는 주기도문을 글쎄 어머니가 막히다니 참으로 우스운 일이었습니다.

"시험에 들지 말게, 시험에 들지 말게……."

하고 자꾸만 되풀이하는 것을 나는 참다못해서,

"엄마, 내 마저 할게."

하고,

"다만 악에서 구하옵소서. 대개 나라와 **권세**와 영광이 아버지께 영원히 있사옵나이다."

하고 내가 끝을 마쳤습니다. 어머니는 한참이나 가만있다가 오랜 후에야 겨우,

"아멘."

하고 속삭이었습니다.

요새 와서 어머니의 하는 일이란 참으로 알 수가 없는 노릇입니다. 어떤 때는 어머니도 퍽 유쾌하셨습니다. 밤에 때로는 풍금을 타고 또 때로는 찬송가도 부르고 그러실 때에는 나도 너무도 좋아서 가만히 어머니 옆에 앉아서 듣습니다. 그러나 가끔가끔 그 독창은 소리 없는 울음으로 끝을 맺는 때가 많은데, 그런 때면 나도 따라서 울었습니다. 그러면 어머니는 나를 안고 내 얼굴에 돌아가면서 무수히 입을 맞추어 주면서,

"엄마는 옥희 하나문 그뿐이야, 응, 그렇지……."

하시면서 언제까지나 언제까지나 우시는 것이었습니다.

어떤 일요일날, 그렇지요, 그것은 유치원 방학하고 난 그 이튿날이었어요. 그날 어머니는 갑자기 머리가 아프시다고 예배당에를 그만두었습니다. 사랑

권세(權勢) 권력과 세력을 아울러 이르는 말.

에서는 아저씨도 어디 나가고 외삼촌도 나가고 집에는 어머니와 나와 단둘이 있었는데, 머리가 아프다고 누워 계시던 어머니가 갑자기 나를 부르시더니,

"옥희야, 너 아빠가 보고 싶니?"

하고 물으십니다.

"응, 우리두 아빠 하나 있으문."

하고 나는 혀를 까불고 어리광을 좀 부려 가면서 대답을 했습니다. 한참 동안을 어머니는 아무 말씀도 아니 하시고 천장만 바라다보시더니,

"옥희야, 옥희 아버지는 옥희가 세상에 나오기도 전에 돌아가셨단다. 옥희두 아빠가 없는 건 아니지. 그저 일찍 돌아가셨지. 옥희가 이제 아버지를 새로 또 가지면 세상이 욕을 한단다. 옥희는 아직 철이 없어서 모르지만 세상이 욕을 한단다. 사람들이 욕을 해. 옥희 어머니는 **화냥년**이다, 이러구 세상이 욕을 해. 옥희 아버지는 죽었는데 옥희는 아버지가 또 하나 생겼대, 참 **망측**두 하지. 이러구 세상이 욕을 한단다. 그리되문 옥희는 언제나 손가락질 받구. 옥희는 커서 시집두 훌륭한 데 못 가구. 옥희가 공부를 해서 훌륭하게 돼두 에 그까짓 화냥년의 딸, 이러구 남들이 욕을 한단다."

이렇게 어머니는 혼잣말하시듯 드문드문 말씀하셨습니다. 그러고는 한참 있더니,

"옥희야."

하고 또 부르십니다.

"응?"

"옥희는 언제나, 언제나, 내 곁을 안 떠나지. 옥희는 언제나, 언제나 엄마하구 같이 살지. 옥희는 엄미가 늙어서 꼬부랑 할미가 되어두 그래두 옥희는

화냥년 '남편이 아닌 남자와 정을 통하는 여자'를 비속하게 이르는 말.
망측 '망측하다'의 어근. 정상적인 상태에서 어그러져 어이가 없거나 차마 보기가 어렵다.

엄마하구 같이 살지. 옥희가 유치원 졸업하구 또 소학교 졸업하구, 또 중학교 졸업하구, 또 대학교 졸업하구, 옥희가 조선서 제일 훌륭한 사람이 돼두 그래두 옥희는 엄마하구 같이 살지. 응! 옥희는 엄마를 얼만큼 사랑하나?"

"이만큼."

하고 나는 두 팔을 짝 벌리어 보였습니다.

"응? 얼만큼? 응! 그만큼! 언제나, 언제나, 옥희는 엄마만 사랑하지, 그리구 공부두 잘하구, 그리구 훌륭한 사람이 되구……."

나는 어머니의 목소리가 떨리는 것으로 보아 어머니가 또 울까 봐 겁이 나서,

"엄마, 이만큼, 이만큼."

하면서 두 팔을 짝짝 벌리었습니다.

어머니는 울지 않으셨습니다.

"응, 그래. 옥희 엄마는 옥희 하나문 그뿐이야. 세상 다른 건 다 소용없어. 우리 옥희 하나문 그만이야. 그렇지, 옥희야."

"응!"

어머니는 나를 당기어서 꼭 껴안고 내 가슴이 막혀 들어올 때까지 자꾸만 껴안아 주었습니다.

그날 밤 저녁밥 먹고 나니까 어머니는 나를 불러 앉히고 머리를 새로 빗겨 주었습니다. **댕기**도 새 댕기로 **드려** 주고, 바지, 저고리, 치마, 모두 새것을 꺼내 입혀 주었습니다.

"엄마, 어디 가?"

하고 물으니까,

댕기 길게 땋은 머리 끝에 묶는 장식용 헝겊이나 끈.
드리다 땋은 머리 끝에 댕기를 물리다.

"아니."

하고 웃음을 띠면서 대답합니다. 그러더니, 풍금 옆에서 새로 다린 하얀 손수건을 내리어 내 손에 쥐어 주면서,

"이 손수건, 저 사랑 아저씨 손수건인데, 이것 아저씨 갖다 드리구 와, 응. 오래 있지 말구 손수건만 갖다 드리구 이내 와, 응?"

하고 말씀하셨습니다.

손수건을 들고 사랑으로 나가면서 나는 그 손수건 접이 속에 무슨 발각발각하는 종이가 들어 있는 것처럼 생각되었습니다마는 그것을 펴 보지 않고 그냥 갖다가 아저씨에게 주었습니다.

아저씨는 방에 누워 있다가 벌떡 일어나서 손수건을 받는데, 웬일인지 아저씨는 이전처럼 나보고 빙그레 웃지도 않고 얼굴이 몹시 파래졌습니다. 그러고는 입술을 질근질근 깨물면서 말 한마디 아니하고 그 수건을 받더군요.

나는 어째 이상한 기분이 들어서 아저씨 방에 들어가 앉지도 못하고 그냥 되돌아서 안방으로 들어왔지요. 어머니는 풍금 앞에 앉아서 무엇을 그리 생각하는지 가만히 있더군요. 나는 풍금 옆으로 가서 가만히 그 옆에 앉아 있었습니다. 이윽고 어머니는 조용조용히 풍금을 타십니다. 무슨 곡조인지는 몰라도 어째 구슬프고 **고즈넉한** 곡조야요.

밤이 늦도록 어머니는 풍금을 타셨습니다. 그 구슬프고 고즈넉한 곡조를 계속하고 또 계속하면서.

여러 밤을 자고 난 어떤 날 오후에 나는 오래간만에 아저씨 방엘 나가 보았더니 아저씨가 짐을 싸느라고 분주하겠지요. 내가 아저씨에게 손수건을 갖다 드린 다음부터는 웬일인지 아저씨가 나를 보아도 언제나 퍽 슬픈 사람, 무슨

고즈넉하다 고요하고 아늑하다.

근심이 있는 사람처럼 아무 말도 없이 나를 물끄러미 바라다만 보고 있는 고로 나도 그리 자주 놀러 오지는 않았던 것입니다. 그랬었는데 이렇게 갑자기 짐을 꾸리는 것을 보고 나는 놀랐습니다.

"아저씨, 어디 가우?"

"응, 멀리루 간다."

"언제?"

"오늘."

"기차 타구?"

"응, 기차 타구."

"갔다가 언제 또 오우?"

아저씨는 아무 대답도 없이 서랍에서 예쁜 인형을 하나 꺼내서 내게 주었습니다.

"옥희, 이것 가져, 응. 옥희는 아저씨 가구 나문 아저씨 이내 잊어버리구 말겠지!"

나는 갑자기 슬퍼졌습니다. 그래서,

"아니."

하고 얼른 대답하고, 인형을 안고 안으로 들어왔습니다.

"엄마, 이것 봐, 아저씨가 이것 나 줬다우. 아저씨가 오늘 기차 타구 먼 데루 간대."

하고 내가 말했으나, 어머니는 대답이 없으십니다.

"엄마, 아저씨 왜 가우?"

"학교 방학했으니깐 가지."

"어디루 가우?"

"아저씨 집으루 가지 어디루 가."

"갔다가 또 오우?"

어머니는 대답이 없으십니다.

"난 아저씨 가는 거 나쁘다."

하고 입을 쫑긋했으나, 어머니는 그 말은 대답 않고,

"옥희야, 벽장에 가서 달걀 몇 알 남았나 보아라."

하고 말씀하셨습니다.

나는 깡총깡총 방 안으로 들어갔습니다. 달걀은 여섯 알이 있었습니다.

"여스 알."

하고 나는 소리쳤습니다.

"응, 다 가지구 이리 나오너라."

어머니는 그 달걀 여섯 알을 다 삶았습니다. 그 삶은 달걀 여섯 알을 손수건에 싸 놓고 또 **반지**에 소금을 조금 싸서 한 귀퉁이에 넣었습니다.

"옥희야, 너 이것 갖다 아저씨 드리구, 가시다가 찻간에서 잡수시랜다구, 응."

그날 오후에 아저씨가 떠나간 다음 나는 방에서 아저씨가 준 인형을 업고 자장자장 잠을 재우고 있었습니다. 어머니가 부엌에서 들어오시더니,

"옥희야, 우리 뒷동산에 바람이나 쐬러 올라갈까?"

하십니다.

"응, 가, 가."

하면서 나는 좋아 덤비었습니다.

잠깐 다녀올 터이니 집을 보고 있으라고 외삼촌에게 이르고 어머니는 내 손목을 잡고 나섰습니다.

"엄마, 나 저, 아저씨가 준 인형 가지고 가?"

반지(半紙) 얇고 흰 일본 종이.

"그러렴."

나는 인형을 안고 어머니 손목을 잡고 뒷동산으로 올라갔습니다. 뒷동산에 올라가면 정거장이 빤히 내려다보입니다.

"엄마, 저 정거장 봐, 기차는 없군."

어머니가 아무 말씀도 없이 가만히 서 계십니다. 사르르 바람이 와서 어머니 모시 치맛자락을 산들산들 흔들어 주었습니다. 그렇게 산 위에 가만히 서 있는 어머니는 다른 때보다도 더한층 예쁘게 보였습니다.

저편 산모퉁이에서 기차가 나타났습니다.

"아, 저기 기차가 온다."

하고 나는 좋아서 소리쳤습니다.

기차는 정거장에 잠시 머물더니 금시에 삑 하고 소리를 지르면서 움직였습니다.

"기차 떠난다."

하면서 나는 손뼉을 쳤습니다. 기차가 저편 산모퉁이 뒤로 사라질 때까지, 그리고 그 굴뚝에서 나는 연기가 하늘 위로 모두 흩어져 없어질 때까지, 어머니는 가만히 서서 그것을 바라다보았습니다.

뒷동산에서 내려오자 어머니는 방으로 들어가시더니 이때까지 뚜껑을 늘 열어 두었던 풍금 뚜껑을 닫으십니다. 그러고는 거기 쇠를 채우고 그 위에다가 이전 모양으로 반짇고리를 얹어 놓으십니다. 그러고는 그 옆에 있는 찬송가를 맥없이 들고 뒤적뒤적하시더니 빼빼 마른 꽃송이를 그 갈피에서 집어내시더니,

"옥희야, 이것 내다 버려라."

하고 그 마른 꽃을 내게 주었습니다. 그 꽃은 내가 유치원에서 갖다가 어머니께 드렸던 그 꽃입니다. 그러자 옆 대문이 삐걱하더니,

"달걀 사소."

하고 매일 오는 달걀 장수 노파가 달걀 광주리를 이고 들어왔습니다.

"인젠 우리 달걀 안 사요. 달걀 먹는 이가 없어요."

하시는 어머니 소리는 맥이 한 푼어치도 없었습니다.

나는 어머니의 이 말씀에 놀라서 떼를 좀 써 보려 했으나 석양에 빤히 비치는 어머니의 얼굴을 볼 때 그 용기가 없어지고 말았습니다. 그래서 아저씨가 주신 인형 귀에다가 내 입을 갖다 대고 가만히 속삭이었습니다.

"얘, 우리 엄마가 **거짓부리** 썩 잘하누나. 내가 달걀 좋아하는 줄을 알문서 생 먹을 사람이 없대누나. 떼를 좀 쓰구 싶다만 저 우리 엄마 얼굴을 좀 봐라. 어쩌문 저리두 새파래졌을까? 아마 어데가 아픈가 부다."

라고요.

거짓부리 '거짓말'을 속되게 이르는 말.

소설의 시점과 서술자

시점이란

이야기라는 것은 그것을 들려주는 사람과 듣는 사람이 있어야만 비로소 존재할 수 있습니다. 이때 이야기를 들려주는 사람을 '**서술자**(敍述者)'라고 합니다. 시에서 말하는 이인 화자(話者)와 마찬가지로, 작품 속 등장인물의 행동과 사건 따위를 말하는 사람이죠. 즉 서술자는 작가가 소설의 내용과 주제를 효과적으로 전달하기 위해 내세운 '이야기 전달자'라고 할 수 있습니다.

서술자는 다양한 시점에서 작가의 주제 의식을 전달합니다. 이때 '**시점**(視點)'이란 이야기 전달자인 서술자가 소설 속에 진행되는 사건들을 바라보고 있는 위치를 말합니다. 신문이나 뉴스를 보면 같은 사건을 다루더라도 어떤 신문사 또는 방송사에서 전달하는지, 작성한 사람이 누구인지에 따라 다르게 전달되는 경우가 있지요. 소설도 마찬가지로 같은 사건, 같은 인물이라도 사람마다 그에 대한 해석을 다르게 할 수 있기에 그것을 바라보고 이야기하는 서술자의 '위치'와 '서술 태도'에 따라 내용이 달라질 수 있습니다. 또한 시점에 따라 서술자가 사건이나 인물에 대해 서술할 수 있는 내용의 범위와 표현 방법도 달라집니다. 그래서 작가가 작품의 주제를 정확하게 전달하려면 그에 걸맞은 시점을 적절히 선택해서 서술해야 합니다.

시점의 종류

소설에서 사건을 바라보는 시점은 크게 작품의 '안'과 '밖' 두 가지로 나뉩니다. 다음 두 작품을 살펴봅시다.

가 그때 나는 처음으로 엄마에게 내가 필요하지 않다는 사실을 알았습니다. 나에겐 나의 가족이 필요한데, 나의 가족은 나를 필요로 하지 않는다는 것은 견디기 어려운 슬픔이었습니다. 엄마는 늘 나를 막내, 우리 귀여운 막내 하면서 끼고돌았기 때문에 나는 한 번도 엄마가 나를 사랑한다는 것을 의심해 본 적이 없었습니다. 그러나 엄마의 사랑은 거짓이었습니다. 나는 엄마를 진짜로 사랑했는데, 엄마는 나를 거짓으로 사랑했던 것입니다. – 박완서, 〈옥상의 민들레꽃〉

나 그러나 바우는 어머니가 밥상을 날라 오기 전에 자기가 먼저 슬며시 집 밖으로 나갔다. 밥을 열 끼를 굶는 한이 있더라도 그 경환이 앞에 나비를 잡아 가지고 가서 머리를 숙이기는 무엇보다 싫었다. 아들의 그만한 체면쯤 보아줄 줄 모르고 자기네 요구만 고집하는 아버지가, 그리고 어머니까지 바우는 무척 야속했다. 노여웠다. – 현덕, 〈나비를 잡는 아버지〉

가는 서술자가 소설 안에서 소설의 내용을 바라보고 있는 1인칭 시점이고, **나**는 서술자가 소설의 바깥에서 소설의 내용을 바라보고 있는 3인칭 시점입니다. '나는 박완서 작가의 소설을 읽었다.'나, '우리는 박완서 작가의 소설을 읽었다.'처럼 1인칭 단수나 복수를 주어로 서술되는 소설을 1인칭 시점 소설이라고 합니다. 반면 3인칭 시점 소설은 '그는 현덕 작가의 소설을 읽었다.'나, '그들은 현덕 작가의 소설을 읽었다.'처럼 '그' 또는 '그들', 또는 '아무개'라는 3인칭 단수나 복수를 주어로 하여 서술되는 소설을 말합니다.

1인칭 시점은 다시 주인공 시점과 관찰자 시점으로, 3인칭 시점은 관찰자 시점과 전지적 시점으로 나뉩니다.

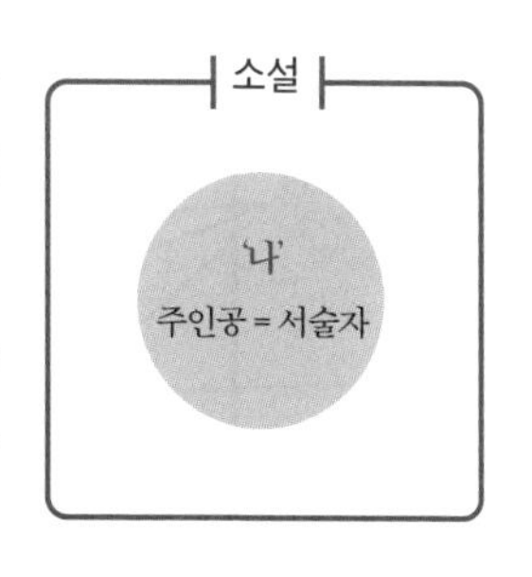

- **1인칭 주인공 시점** 서술자가 '나'이면서 작품의 주인공으로 등장하는 경우로, 소설 속 인물이 자신의 이야기를 풀어 나가듯이 쓴 시점을 말합니다. 서술자가 주인공이 되어 자기 자신의 이야기를 하기 때문에 독자의 감정에 직접적으로 호소하는 힘을 가지며, 진술하는 내용에 신뢰감을 불러일으킬 수 있습니다. 따라서 이 시점은 주인공의 내면세계를 드러내는 데 가장 효과적인 시점이라 할 수 있습니다. 그러나 주인공을 제외한 다른 인물의 마음속을 들여다볼 수 없다는 제약이 있고, 주인공의 시각에서만 사건을 바라보기 때문에 중립적이고 객관적인 서술을 기대하기는 어렵습니다.

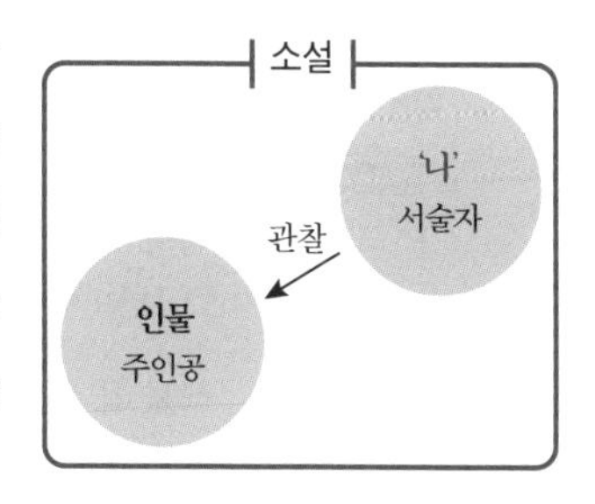

- **1인칭 관찰자 시점** '나'라는 인물이 소설 속에서 관찰자로 등장합니다. 이 인물은 사건을 서술하지만 사건을 이끌어 가는 주동적인 역할을 하는 것이 아니라, 주요 사건과 주인공의 행동을 관찰하기만 할 뿐입니다. 따라서 독자의 관심은 중심인물에게 주어지며, 서술자는 중심인물의 생각이나 행동의 의도를 완전히 알지 못하고 자신의 위치에서 짐작만 할 수 있습니다.

• **3인칭 관찰자 시점** '작가 관찰자 시점'이라고도 합니다. 소설 속 인물로 등장하지 않는 서술자가 3인칭으로 등장하는 모든 인물에 대해 언급합니다. 서술자는 자기의 의견이나 주장은 드러내지 않고, 마치 창밖에 서서 건물 안의 사람을 관찰하듯 객관적인 태도로 외부적인 사실만을 관찰하고 묘사합니다. 서술자의 관찰 폭이 제한되어 인물의 내면을 파악할 수는 없으나, 객관성을 확보하는 데는 유리합니다.

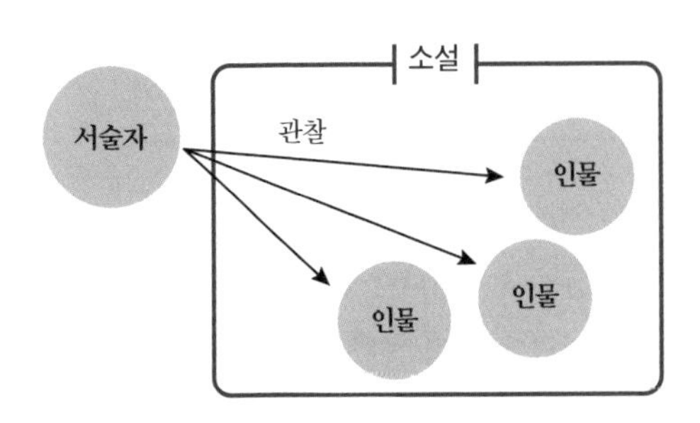

• **전지적 작가 시점** 3인칭 관찰자 시점과 마찬가지로 서술자가 작품 밖에서 인물과 사건을 이야기합니다. 다만 관찰자 시점과는 달리 신(神)과 같이 전지전능한 서술자가 작품 속 3인칭으로 된 모든 인물의 행동 의도와 속마음까지 모두 서술합니다. 등장인물들의 마음속 생각이나 행동을 묘사·분석하고 평가할 수 있어서 전체적인 상황을 그려 내는 장편 소설에 많이 쓰입니다.

이 시점의 소설에서는 작가가 삶을 바라보는 태도나 사상 따위를 담아낼 수도 있습니다. 하지만 작가가 모든 인물들의 생각과 행동을 꿰뚫고 있어서 비밀스러움이나 긴장감은 떨어질 수 있습니다.

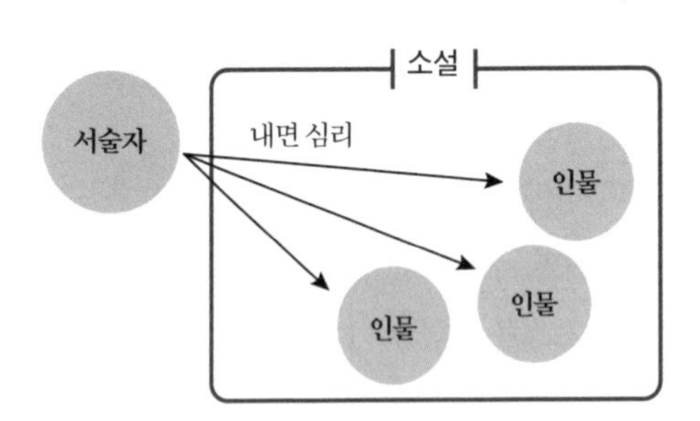

시점의 종류

위치 \ 태도	주관적	객관적
작품 속 (1인칭 주어로 서술: '나', '우리')	1인칭 주인공 시점	1인칭 관찰자 시점
작품 밖 (3인칭 주어로 서술: '그', '그들')	전지적 작가 시점	3인칭 관찰자 시점

※ <고무신>의 서술자와 시점을 알아봅시다.

1_ 다음에서 시점을 알 수 있는 부분에 밑줄을 그어 봅시다. 이를 바탕으로 작품의 시점을 적고, 그렇게 생각한 이유를 정리해 봅시다.

> 쥐었던 손을 펴 불며 털며 앙감질을 하는 꼴이 남이는 어떻게나 우스웠던지 그만 손등으로 입을 가리고 킥킥하고 웃어 버렸다. 엿장수는 반은 울상 반은 웃는 상 남이를 바라보는데, 남이의 송곳니가 무척 예뻐 보였다. 남이는 엿장수와 눈이 마주치자 무색해서 눈을 땅바닥으로 떨어뜨렸다. 살을 쏘아 버린 벌이 꽁무니에 흰 실 같은 것을 달고, 거추장스럽게 기어가고 있다. 남이의 시선을 따라온 엿장수의 눈이 이것을 보자 그만 그 억센 발로,
> "엥이, 엥이, 엥이."
> 하고 망깨 다지듯 짓밟고 문질러 자취도 없이 해 버리자 남이는 또 웃음이 나올 것만 같아 문을 밀고 안으로 들어가 버렸다.

• 작품의 시점: ______________________

• 그렇게 생각한 이유: ______________________

____

2_ 위와 같은 시점의 단점을 적고, <고무신>에서는 그러한 한계를 어떻게 극복하고 있는지 적어 봅시다.

____

____

____

※ 〈사랑손님과 어머니〉의 서술자와 시점을 알아봅시다.

1_ 다음 질문에 답하며 이 소설의 말하는 이를 알아보고, 이를 통해 알 수 있는 작품의 시점을 적어 봅시다.

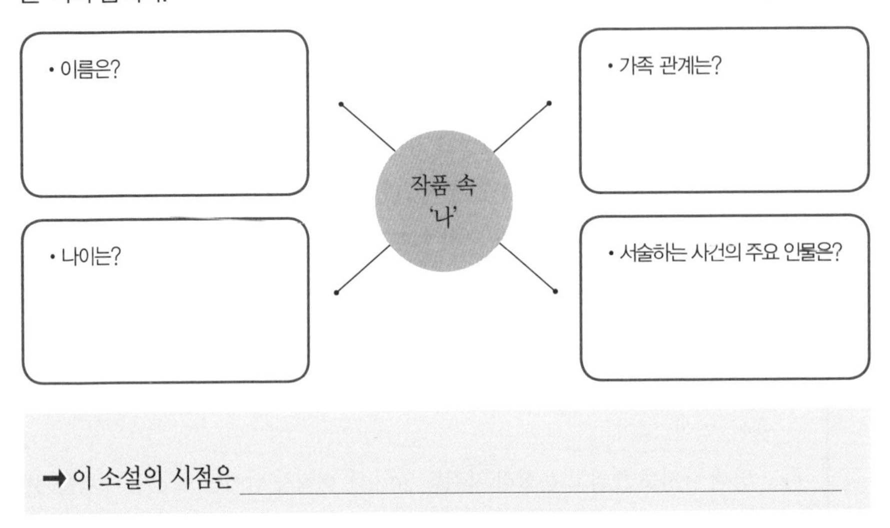

→ 이 소설의 시점은 ______________________________

2_ 다음을 읽고 물음에 답해 봅시다.

> "우리 엄마 보러 들어갈까?"
> 하면서 아저씨 소매를 잡아당겼더니, 아저씨는 펄쩍 뛰면서,
> "아니, 아니, 안 돼. 난 지금 분주해서." / 하면서 나를 잡아끌었습니다. 그러나 정말로는 무슨 그리 분주하지도 않은 모양이었어요. 그러기에 나더러 가란 말도 않고 그냥 나를 붙들고 앉아서, 머리도 쓰다듬어 주고 뺨에 입도 맞추고 하면서,
> "요 저고리 누가 해 주지? …… 밤에 엄마하구 한자리에서 자니?"
> 하는 둥 쓸데없는 말을 자꾸만 물었지요!
> 그러나 웬일인지 나를 그렇게도 귀애해 주던 아저씨도 아랫방에 외삼촌이 들어오면 갑자기 태도가 달라지지요. 이것저것 묻지도 않고 나를 꼭 껴안지도 않고 점잖게 앉아서 그림책이나 보여 주고 그러지요. 아마 아저씨가 우리 외삼촌을 무서워하나 봐요.

(1) 제시된 장면에서 옥희의 생각을 정리하고, 아저씨의 속마음을 추측하여 적어 봅시다.

옥희의 생각	
아저씨의 속마음	

(2) 아저씨의 관점에서 소설을 서술하였다면 어떤 점이 달라졌을지 적어 봅시다.

(3) 옥희의 관점으로 소설을 서술하는 까닭을 주제와 연관 지어 적어 봅시다.

고무신

1_ 작품 속 어휘의 의미로 옳지 <u>않은</u> 것을 골라 봅시다.

① 저지레: 일이나 물건에 문제가 생기게 만들어 그르치는 일.

② 빙자: 말막음을 위하여 핑계로 내세움.

③ 힐난: 트집을 잡아 거북할 만큼 따지고 듦.

④ 앙감질: 한 발은 들고 한 발로 뛰는 일.

⑤ 망깨: 엄살을 부리며 버티고 겨루는 짓.

2_ 다음을 참고하여 작품의 공간적 배경과 시간적 배경을 적어 봅시다.

> 보리밭 이랑에 모이를 줍는 낮닭 울음만이 이따금씩 들려오는 고요한 이 마을에도 올봄 접어들어 안타까운 이별이 있었다.
>
> 바다와 시가지 일부가 한꺼번에 내다보이는, 지대가 높고 귀환 동포가 누더기처럼 살고 있는 산기슭 마을이었다. 그렇기에 마을 사람들은 철수 내외와 같이 가난뱅이 월급쟁이가 아니면 대개가 그날그날의 날품팔이였다.

• 공간적 배경: ______________ • 시간적 배경: ______________

3_ 작품에 나타난 다음 비유적 표현의 의미를 적어 봅시다.

(1) 귀환 동포가 누더기처럼 살고 있는 산기슭 마을이었다.

→ ______________

(2) 개선장군이나 맞이하듯 기다리고 섰다.

→ ______________

(3) 남이는 가시처럼 꼭 찌르는 소리로,

→

(4) 엿장수는 수양버들 봄바람 맞듯 연신 히죽거리며,

→

(5) 유지를 비벼 놓은 것처럼 주름살이 잡혔다.

→

4_ 다음 사건이 작품에서 어떤 역할을 하는지 적어 봅시다.

이때 난데없이 굵다란 벌 한 마리가 날아와 남이의 얼굴 주위를 잉잉 날아돈다. 남이는 상을 찌푸리고 한 손을 내저어 벌을 쫓고, 목을 돌리고 하는데, 벌은 갑자기 남이 저고리 앞섶에 붙어 가슴패기로 기어오르고 있다.

이것을 조마조마 보고 있던 엿장수는,

"가, 가만……." / 하고는 한걸음에 뛰어들어,

"요놈의 벌이." / 하고 손바닥으로 벌을 딱 덮어 눌렀다.

옆에서 보기에도 민망스러운 순간이었다.

남이는 당황하면서도 귀 언저리를 붉히고 한 걸음 뒤로 물러서자 함께, 엿장수 손아귀에는 벌이 쥐어졌다. 쥐인 벌은 고스란히 있을 리가 없다. 한 번 잉 소리를 내고는 그만 손바닥을 쏘아 버렸다.

5_ 다음 표현에서 짐작할 수 있는 인물의 속마음을 적어 봅시다.

엿장수

- 엿을 몇 가락 움켜쥐고는 둘러선 아이들에게 한 동강이씩 선심을 쓰는데 그중에도 영이와 윤이에게 제일 큰 것을 주었다.
- 한쪽 어깨에 비스듬히 엿판을 메고 연신 힐끗힐끗 철수네 집을 보아 가며 다음 마을로 건너갔다.
- 길목 타작마을에서 아이들과 뛰뛰기까지 하다가 점심때 가까이 해서야 다음 마을로 건너갔다.
- 어떤 날은 벙글벙글 웃고, 웃는 날은 아이들에게 엿을 나눠 주었으나 벙어리처럼 덤덤히 앉았다가 가는 날은 아이들이 엿 맛을 못 보았다.
- 텁수룩한 머리에다 기름 칠갑을 해 가지고는 억지로 빗어 넘기고 또 옥색 인조견 조끼도 입었다.
- 하루는 철수가 저녁을 딴 데서 치르고 늦게 돌아오는데, 엿장수가 대문 틈으로 정신없이 집 안을 들여다보고 있었다.

남이

- 다만 다른 것은 눈시울이 약간 부은 것뿐이다.
- 듣는 둥 마는 둥 하고, / "아직 설거지도 안 했는데……." / 하고 일어선다.
- 건넌방 쪽을 흘겨보고, / "가고 싶거든 혼자 가지……."
하고 중얼거리면서 또 밖을 나가려 한다.

6_ 작품에서 '고무신'이 하는 역할은 무엇인지 <조건>에 맞게 적어 봅시다.

조건
- 남이와 엿장수와의 관계에서 어떤 역할을 하였는지 쓸 것.
- 완결된 한 문장으로 쓸 것.

사랑손님과 어머니

1_ 이 작품의 서술자가 주는 효과로 옳은 것을 골라 봅시다.

① 당시의 시대적 배경을 알 수 있다.
② 주제를 직접적으로 전달할 수 있다.
③ 주인공의 속마음을 정확하게 서술할 수 있다.
④ 인물의 행동에 담긴 속뜻을 짐작하며 읽을 수 있다.
⑤ 어머니를 보는 세상 사람들의 시선을 뚜렷하게 묘사할 수 있다.

2_ 다음이 설명하는 어휘를 작품에서 찾아 쓰고, 이를 통해 짐작할 수 있는 작품의 시대적 배경을 적어 봅시다.

> 한국 개화기 시가의 전개 과정에서 나타난 양식의 하나. 신시(新詩)로 된 서양식 시가를 일컫는다. 여기서는 서양식 노래를 가리키는 말이다.

- 어휘:
- 시대적 배경:

3_ 다음에서 알 수 있는 등장인물의 성격과 당시의 사회상을 정리해 봅시다.

> 한번은 어머니와 외삼촌이 말다툼하는 것까지 내가 들었어요. 어머니가,
> "야, 또 어디 나가지 말구 사랑에 있다가 선생님 들어오시거든 상 내가야지."
> 하고 말씀하시니까, 외삼촌은 얼굴을 찡그리면서,
> "제길, 남 어디 좀 볼일이 있는 날은 으레 끼니때에 안 들어오고 늦어지니……."
> 하고 툴툴하겠지요. 그러니까 어머니는,
> "그러니 어짜갔니? 너밖에 사랑 출입할 사람이 어디 있니?"
> "누님이 좀 상 들구 나가구려. 요새 세상에 내외합니까!"
> 어머니는 갑자기 얼굴이 발개지시고 아무 대답도 없이 그냥 외삼촌을 향하여 눈을 흘기셨습니다.

• 어머니의 성격: ______________________________

• 외삼촌의 성격: ______________________________

• 사회상: ______________________________

____

어머니의 갈등

소설이 발표된 1930년대는 한 집에 살면서도 남자들의 공간인 '사랑방'과 여자들의 공간인 '안방'으로 나뉘어 지내고, 예배당에서도 남녀 좌석을 구분해 둘 정도로 엄연히 '내외'하던 시대였습니다. 이러한 세상의 시선에서 자유로울 수 없었던 어머니로서는 당연히 갈등할 수밖에 없었죠. 게다가 외동딸 옥희를 생각하면 어머니의 고민은 더욱 깊어집니다. 옥희에게 아버지가 필요한 것도 사실이지만, 자신 때문에 옥희까지 손가락질을 받게 되지 않을까 걱정스러운 거죠. 이렇게 개인적 감정과 사회적 통념 사이에서 갈등하던 어머니는 결국 시대적 상황을 극복하지 못하고 재혼을 포기할 수밖에 없었습니다.

4_ 예배당에서 아저씨와 어머니가 보인 행동의 실제 이유를 적어 봅시다.

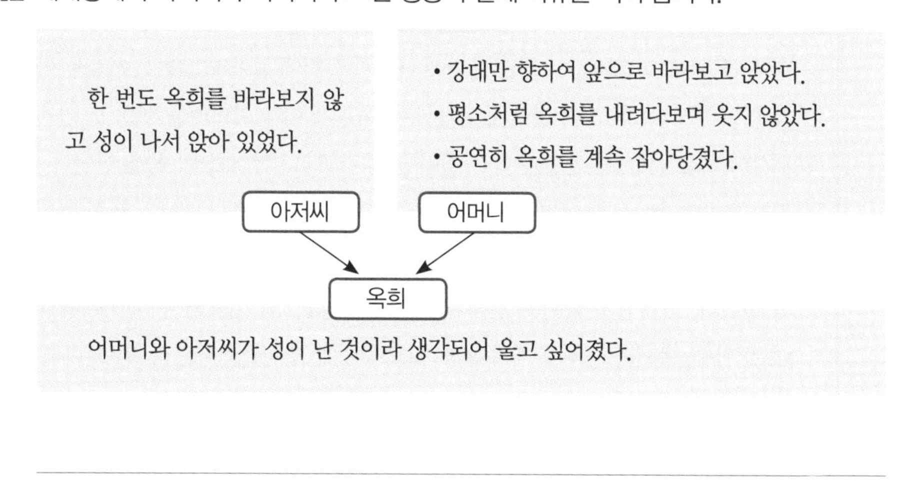

5_ 다음의 의미를 갖는 작품 속 주요 소재를 적어 봅시다.

소재	의미
	• 나와 아저씨가 친해지는 계기가 된다. • 아저씨에 대한 어머니의 관심과 애정을 나타낸다.
	• 돌아가신 아버지에 대한 어머니의 그리움을 나타낸다. • 아저씨와의 사랑으로 인한 어머니의 내적 갈등을 표현한다.
	• 아저씨에 대한 어머니의 사랑을 나타낸다. • 어머니의 내적 갈등을 심화하는 계기가 된다.
	• 어머니에 대한 아저씨의 사랑을 직접적으로 드러낸다. • 어머니의 내적 갈등을 최고조에 이르게 한 계기에 해당한다.
	• 아저씨의 마음을 거절하는 어머니의 마음이 담겨 있다. • 아저씨와 어머니의 이별을 상징한다.

6_ 다음을 읽고 어머니가 아저씨와의 사랑을 포기하게 된 이유 두 가지를 적어 봅시다.

> "옥희야, 옥희 아버지는 옥희가 세상에 나오기도 전에 돌아가셨단다. 옥희두 아빠가 없는 건 아니지. 그저 일찍 돌아가셨지. 옥희가 이제 아버지를 새로 또 가지면 세상이 욕을 한단다. 옥희는 아직 철이 없어서 모르지만 세상이 욕을 한단다. 사람들이 욕을 해. 옥희 어머니는 화냥년이다, 이러구 세상이 욕을 해. 옥희 아버지는 죽었는데 옥희는 아버지가 또 하나 생겼대, 참 망측두 하지. 이러구 세상이 욕을 한단다. 그리되문 옥희는 언제나 손가락질 받구. 옥희는 커서 시집두 훌륭한 데 못 가구. 옥희가 공부를 해서 훌륭하게 돼두 에 그까짓 화냥년의 딸, 이러구 남들이 욕을 한단다."
> 이렇게 어머니는 혼잣말하시듯 드문드문 말씀하셨습니다.

- ______
- ______

7_ 아저씨에 대한 마음을 정리했음을 알 수 있는 어머니의 행동 세 가지를 작품에서 찾아 적어 봅시다.

- ______
- ______
- ______

믿지 못할 서술자

> 서술자는 단순히 이야기를 성립시키는 요건만 되는 것이 아니라, 이야기의 양상과 본질을 결정하는 데에도 직접적 영향을 미친다. (중략) 〈사랑손님과 어머니〉라는 애틋하기는 하지만 짝사랑 부류의 뻔한 이야기에서 옥희라는 관점을 택했기에 미적 성과를 거두게 된 것이다. 만약 그것이 어머니나 아저씨의 시점이 되었다면 이 작품은 어떤 소설이 되었겠는가. 두말할 나위 없이 그것은 **통속적**인 이야기의 범주에 빠지거나 어른들의 사랑 타령에 그치고 말았을 것이다.
>
> – 이재인, 《현대 소설의 이해》

〈사랑손님과 어머니〉에는 사실 어머니와 아저씨가 서로 마음을 나누는 장면이 드러나 있지 않습니다. 두 사람이 제대로 대화를 나누는 장면조차 없어서, 정말 둘이 애틋한 감정을 갖고 있었는지 의심이 될 정도이지요.

이렇게 주인공의 속마음이 직접적으로 드러나지 않는 요인 중 하나가 바로 '시점'입니다. 〈사랑손님과 어머니〉는 소설 속에서 옥희라는 여섯 살 어린아이가 서술자로 등장해 주인공 어머니와 아저씨의 사랑을 제한적으로 관찰합니다. 어른들의 사정을 이해하지 못하는 미숙한 옥희는 엉뚱한 행동으로 독자들에게 재미를 주기도 하고, 드러나지 않은 이야기를 상상해 볼 여지를 주기도 하지요. 이처럼 소설의 말하는 이 중에서 제한된 지식을 가지고 있거나 미성숙하여 자기가 서술하는 일들에 관해 잘못 이해하거나 판단하는 서술자를 '믿지 못할 서술자'라고 합니다. 보통 옥희처럼 어린아이나 순진한 인물로 설정되며, 독자는 서술자가 하는 말의 사실 여부를 판단하면서 소설을 좀 더 적극적으로 읽게 됩니다.

만약 작가가 소설에서 개인과 사회의 갈등을 다루고자 했다면, 즉 사회의 시선 때문에 본인의 뜻과는 무관하게 사랑을 포기한 어머니의 안타까운 이야기를 전하고자 했다면 옥희의 시선은 부적절한 선택이었을 수도 있습니다. 옥희 같은 어린아이가 파악하기에는 무거운 주제이기 때문이지요. 아마 작가는 이 이야기가 통속적인 연애소설이 아닌, 안타까우면서도 순수한 사랑 이야기로 비춰지길 바랐을 것입니다. 그런 생각이 반영되어 옥희를 서술자로 선택한 것이지요.

통속적(通俗的) 비전문적이고 대체로 저속하며 일반 대중에게 쉽게 통할 수 있는 것.

Step_1 이룰 수 없는 사랑

작품에 나타난 인물의 선택을 통해 당시의 결혼관에 대해 생각해 봅시다.

가 "내가 오늘 온 것은 다름이 아니올시더. 저 남이 말임더, 저것을 내 산 동안에 짝을 맞촤 놔야 안 되겠는교?" / 하고는 또 담배를 빨기 시작한다.

철수는,

"그야 짝을 맞출 때가 되면 그래야죠." / 한즉,

"아니올시더, 지집애가 나이 열여덟이면 과년했거던요."

"……."

"우리 동네 말임더, 나이 올해 스무 살 먹은 얌전한 신랑이 있는데, 모자 단둘이고요, 뱃일이고 바닷일이고 입 댈 것 없지요."

철수는 듣다못해,

"그래서 영감은 거기다 남이를 시집보내겠단 말씀이죠?"

"아암요!" (중략)

철수 아내는 보퉁이 한 개를 들고 따라 나오면서 남이에게 귓속말로 뭣을 일러 주고……. 이래서 남이는 떠나간다. 다만 한 가지 철수 내외에게 수수께끼는 마을 중턱에서 남이를 보내고 서서 그의 뒷모양을 바라보는데, 남이가 ㉠어이한 옥색 고무신을 신고 가는 것이다. 더구나 한 번도 신지 않은 새것을…….

철수 내외는 서로 얼굴만 쳐다볼 뿐 도로 물어본달 수도 없고 해서 그만두었다.

보리밭 사이 조그만 언덕길로 옥색 고무신을 신은 남이는 갔다. 자천 골짜기로 꽃놀이를 가는 줄만 알았던 남이가 난데없는 영감 하나를 따라가고 있는 광경을 엿장수는 울음 고개 위에서 멀거니 바라보고 있는 것을 남이 자신이야 알 리도 없었다. – 오영수, 〈고무신〉

나 하루는 밤에 아저씨 방에서 놀다가 졸려서 안방으로 들어오려고 일어서니까 아저씨가 하얀 봉투를 서랍에서 꺼내어 내게 주었습니다.

"옥희, 이거 갖다가 엄마 드리고 지나간 달 밥값이라구, 응?"

나는 그 봉투를 갖다가 어머니에게 드렸습니다. 어머니는 그 봉투를 받아 들자 갑자기 얼굴이 파랗게 질렸습니다. 그 전날 달밤에 마루에 앉았을 때보다도 더 새하얗다고 생각되었습니다. 어머니는 그 봉투를 들고 어쩔 줄을 모르는 듯이 초조한 빛이 나타났습니다. 나는,

"그거 지나간 달 밥값이래."

하고 말을 하니까, 어머니는 갑자기 잠자다 깨나는 사람처럼 "응?" 하고 놀라더니 또 금시에 백지장같이 새하얗던 얼굴이 발갛게 물들었습니다. 봉투 속으로 들어갔던 어머니의 파들파들 떨리는 손가락이 지전을 몇 장 끌고 나왔습니다. 어머니는 입술에 약간 웃음을 띠면서 후 하고 한숨을 내쉬었습니다. 그러나 그것도 잠깐, 다시 어머니는 무엇에 놀랐는지 흠칫하더니 금시에 얼굴이 다시 새하얘지고 입술이 바르르 떨렸습니다. 어머니의 손을 바라다보니 거기에는 지전 몇 장 외에 ㉡네모로 접은 하얀 종이가 한 장 잡혀 있는 것이었습니다. (중략)

손수건을 들고 사랑으로 나가면서 나는 그 손수건 접이 속에 무슨 ㉢발각발각하는 종이가 들어 있는 것처럼 생각되었습니다마는 그것을 펴 보지 않고 그냥 갖다가 아저씨에게 주었습니다.

아저씨는 방에 누워 있다가 벌떡 일어나서 손수건을 받는데, 웬일인지 아저씨는 이전처럼 나보고 빙그레 웃지도 않고 얼굴이 몹시 파래졌습니다. 그러고는 입술을 질근질근 깨물면서 말 한마디 아니하고 그 수건을 받더군요.

나는 어째 이상한 기분이 들어서 아저씨 방에 들어가 앉지도 못하고 그냥 되돌아서 안방으로 들어왔지요. 어머니는 풍금 앞에 앉아서 무엇을 그리 생각하는지 가만히 있더군요. 나는 풍금 옆으로 가서 가만히 그 옆에 앉아 있었습니다. 이윽고 어머니는 조용조용히 풍금을 타십니다. 무슨 곡조인지는 몰라도 어째 구슬프고 고즈넉한 곡조야요. (중략)

여러 밤을 자고 난 어떤 날 오후에 나는 오래간만에 아저씨 방엘 나가 보았더니 아저씨가 짐을 싸느라고 분주하겠지요. 내가 아저씨에게 손수건을 갖다 드린 다음부터는 웬일인지 아저씨가 나를 보아도 언제나 퍽 슬픈 사람, 무슨 근심이 있는 사람처럼 아무 말도 없이 나를 물끄러미 바라다만 보고 있는 고로 나도 그리 자주 놀러 오지는 않았던 것입니다. 그랬었는데 이렇게 갑자기 짐을 꾸리는 것을 보고 나는 놀랐습니다.

"아저씨, 어디 가우?"

"응, 멀리루 간다."

"언제?" / "오늘."

– 주요섭, 〈사랑손님과 어머니〉

1_ 작품 안에서 서술이 생략된 내용을 추론하여 적어 봅시다.

(1) 밑줄 친 ㉠은 남이에게 누가, 언제 준 것일지 다음에서 근거를 찾아 적어 봅시다.

> "누구 신이든 내 봐요, 빨리!"
> 엿장수는 또 머리를 긁으면서,
> "당신 신인 줄 알았으면야, 이놈이 미친놈이 아닌 담에야……."
> 하고 지나치게 고분거리는데 남이는 한결같이 앙살을 부린다.
> "내 봐요, 빨리!"
> 엿장수는 손짓으로 어르듯 달래듯,
> "가만있소, 도가에 가 보고 신이 그냥 있으면야 갖다 주고말고. 만일 신이 없으면 새 신이라도 사다 줄게요. 염려 마소!" (중략)
> "뭣을 훔치려고 노리는 거야?"
> "아, 아니올시더. 예, 예, 저 댁의 강아지가 예, 헤헤……."
> "강아지가 어쨌단 거야?"
> "예, 저 아니올시더. 헤헤."
> 연신 허리를 꾸벅거리고는 비슬비슬 달아나 버렸다.
> "그놈 미친놈이군!" / 했을 뿐, 그 사나이가 엿장수인 줄 철수는 몰랐다.

(2) ㉡과 ㉢의 '종이'는 각각 무엇이었을지 작품의 내용을 바탕으로 적어 봅시다.

2_ 제시문에 등장한 인물들의 사랑이 어떻게 끝났는지 정리해 봅시다.

• 가: ______________________________

____

• 나: ______________________________

____

3_ 작품의 내용을 바탕으로 알 수 있는 당시 사회의 결혼관을 정리해 봅시다.

• 가: ______________________________

____

• 나: ______________________________

____

한걸음 더

'자유' 연애, '자유' 결혼

불과 100여 년 전만 해도 가장 일반적인 결혼의 모습은 결혼을 일찍 하는 것, 즉 조혼(早婚)과 부모끼리 혼담을 나누어 자식의 결혼을 결정하는 중매혼(仲媒婚)이었습니다. 자신이 선택한 사람과 결혼하는 일은 일반적이지 않았죠. 결혼에 대한 시각도 달랐습니다. 오늘날 결혼의 목적이 사랑하는 사람과 평생을 행복하게 살면서 사랑의 결실인 자녀를 키우는 것이라면, 과거 결혼은 가문 간의 결합, 혹은 대를 잇기 위한 출산의 목적이 더 컸습니다.

지금 우리가 생각하는 '연애'와 '결혼'이라는 의미를 표현하려면, 이때는 '자유'라는 단어를 앞에 붙이곤 했습니다. '사랑하는 사람을 만나거나 결혼을 하는 일'이 예전에는 곧 자유를 얻는 것과 같았음을 짐작할 수 있습니다.

Step_2 서술자 바꾸기

작품의 시점과 서술자가 작품에 어떤 효과를 주는지 관점 바꾸기를 통해 생각해 봅시다.

※ 문제를 풀기 전 280쪽 '더 읽어 보기'에 실린 〈봄·봄〉 전문을 먼저 감상해 봅니다.

가 바로 이때다. 골목에서 엿장수 가위 소리가 들려왔다. 남이는 재빨리 윤이를 업고, 영이의 손목을 잡은 채 밖으로 나갔다. 남이 아버지는 벌써 저만치 철수와 하직을 하면서 내려가고, 엿장수는 막 철수네 집 앞에서 대문을 나서는 남이와 마주쳤다. 엿장수는 얼빠진 사람처럼 남이를 바라보는데 남이의 눈에는 순간 어두운 그림자가 지나갔다.

남이는 윤이를 업은 채 허리를 굽히고, 몸을 약간 돌려 치맛자락을 걷고 빨간 콩 주머니에서 십 원짜리 두 장을 꺼내 엿장수를 주었다. 엿장수는 그제야 눈을 돌려 남이와 돈을 번갈아 보다 말고, 신문지 조각에 엿을 네댓 가락 싸서 아무 말도 없이 돈과 함께 내민다.

남이는 약간 망설이다가 역시 암말도 없이 한 손으로 받아 가지고는 영이를 앞세우고 안으로 들어왔다. 엿장수는 멍하니 대문만 쳐다보고 있다가 침을 한 번 꿀꺽 삼키고 나서 엿판을 둘러메고는 혼잣말로,

"꽃놀이를 가면 자천 골짜기지. 그럼 한 걸음을 앞서 울음 고개로 질러감 되겠지."

이렇게 중얼대면서 엿장수는 빠른 걸음으로 담 모퉁이를 돌아 울음 고개로 향해 갔다.

남이는 그 엿장수에게 받은 엿을 영이에게 둘, 윤이에게 둘 각각 손에 쥐여 주고서도 한 동강이 잘라 입에 넣고는 손수건으로 윤이 눈물 자국과 영이 코 밑을 닦아 주고서야 보퉁이를 들고 일어섰다.

영이와 윤이는 엿 먹기에 여념이 없었다.

철수 아내는 보퉁이 한 개를 들고 따라 나오면서 남이에게 귓속말로 뭣을 일러 주고……. 이래서 남이는 떠나간다. 다만 한 가지 철수 내외에게 수수께끼는 마을 중턱에서 남이를 보내고 서서 그의 뒷모양을 바라보는데, 남이가 어이한 옥색 고무신을 신고 가는 것이다. 더구나 한 번도 신지 않은 새것을…….

– 오영수, 〈고무신〉

나 어머니는 돌아가신 아버지의 옷들을 한 가지씩 들고는 가만히 손바닥으로 쓸어 보고는 장롱 안에 넣었습니다. 하나씩 하나씩 쓸어 보고는 장롱에 넣곤 하여 그 옷을 다 넣은 때 장롱 문을 닫고 쇠를 채우고 그러고 나서 나를 안고 자리로 돌아왔습니다.

"엄마, 우리 기도하고 자?"

하고 나는 물었습니다. 어머니는 나를 밤마다 재워 줄 때마다 반드시 기도를 하는 것이었습니다. 내가 할 줄 아는 기도는 주기도문뿐이었습니다. 그 뜻은 하나도 모르지만 어머니를 따라서 자꾸자꾸 해 보아서 지금에는 나도 주기도문을 잘 외웁니다. 그런데 웬일인지 어젯밤 잘 때에는 어머니가 기도할 것을 잊어버리고 그냥 잤던 것이 지금 생각이 났기 때문에 나는 그렇게 물었던 것입니다. 어젯밤 자리에 들 때 내가,

"기도할까?"

하고 말하고 싶었으나, 어머니가 너무도 슬픈 빛을 띠고 있는 고로 그만 나도 가만히 아무 소리 없이 잠이 들고 말았던 것입니다.

"응, 기도하자."

하고 어머니가 고요히 기도했습니다.

"엄마가 기도해."

하고 나는 갑자기 어머니의 기도하는 보드라운 음성이 듣고 싶어져서 말했습니다.

"하늘에 계신 우리 아버지시여."

어머니는 고요히 기도를 시작하였습니다.

"이름을 거룩하게 하옵시며 나라에 임하옵시며 뜻이 하늘에서 이루어진 것처럼 땅에서도 이루어지이다. 오늘날 우리에게 일용할 양식을 주옵시고 우리가 우리에게 죄지은 자를 용서하여 준 것처럼 우리 죄를 사하여 주옵시고, 우리를 시험에 들지 말게 하옵시고⋯⋯ 우리를 시험에 들지 말게 하옵시고⋯⋯ 시험에 들지 말게⋯⋯ 시험에 들지 말게⋯⋯."

이렇게 어머니는 자꾸 되풀이하였습니다. 나도 지금은 막히지 않고 줄줄 외는 주기도문을 글쎄 어머니가 막히다니 참으로 우스운 일이었습니다.

"시험에 들지 말게, 시험에 들지 말게⋯⋯."

하고 자꾸만 되풀이하는 것을 나는 참다못해서,

"엄마, 내 마저 할게." / 하고,

"다만 악에서 구하옵소서. 대개 나라와 권세와 영광이 아버지께 영원히 있사옵나이다."

하고 내가 끝을 마쳤습니다. 어머니는 한참이나 가만있다가 오랜 후에야 겨우,

"아멘."

하고 속삭이었습니다.

– 주요섭, 〈사랑손님과 어머니〉

다 장인님이 일어나라고 해도 내가 안 일어나니까 눈에 독이 올라서 저편으로 휑하게 가더니 지게막대기를 들고 왔다. 그리고 그걸로 내 허리를 마치 돌 떠넘기듯이 쿡 찍어서 넘기고 넘기고 했다. 밥을 잔뜩 먹고 딱딱한 배가 그럴 적마다 퉁겨지면서 밸창이 꼿꼿한 것이 여간 켕기지 않았다. 그래도 안 일어나니까 이번에는 배를 지게막대기로 위에서 쿡쿡 찌르고 발길로 옆구리를 차고 했다. 장인님은 원체 심청이 궂어서 그러지만 나도 저만 못하지 않게 배를 채었다. 아픈 것을 눈을 꽉 감고 넌 해라 난 재미난 듯이 있었으나 볼기짝을 후려갈길 적에는 나도 모르는 결에 벌떡 일어나서 그 수염을 잡아챘다마는, 내 골이 난 것이 아니라 정말은 아까부터 부엌 뒤 울타리 구멍으로 점순이가 우리들의 꼴을 몰래 엿보고 있었기 때문이다. 가뜩이나 말 한마디 톡톡히 못 한다고 바보라는데 매까지 잠자코 맞는 걸 보면 짜장 바보로 알 게 아닌가. 또 점순이도 미워하는 이까짓 놈의 장인님, 나곤 아무것도 안 되니까 막 때려도 좋지만 사정 보아서 수염만 채고(제 원대로 했으니까 이때 점순이는 퍽 기뻤겠지.) 저기까지 잘 들리도록,

"이걸 까셀라 부다!" / 하고 소리를 쳤다.

장인님은 더 약이 바짝 올라서 잡은 참 지게막대기로 내 어깨를 그냥 내리갈겼다. 정신이 다 아찔하다. 다시 고개를 들었을 때 그때엔 나도 온몸에 약이 올랐다. 이 녀석의 장인님을, 하고 눈에서 불이 퍽 나서 그 아래 밭 있는 낭 아래로 그대로 떠밀어 굴려 버렸다. 조금 있다가 장인님이 씩씩하고 한번 해보려고 기어오르는 걸 얼른 또 떠밀어 굴려 버렸다.

기어오르면 굴리고 굴리면 기어오르고 이러길 한 너덧 번을 하며 그럴 적마다,

"부려만 먹구 웨 성례 안 하지유!"

나는 이렇게 호령했다. 하지만 장인님이 선뜻 오냐 낼이라도 성례시켜 주마 했으면 나도 성가신 걸 그만두었을지 모른다. 나야 이러면 때린 건 아니니까 나중에 장인 쳤다는 누명도 안 들을 터이고 얼마든지 해도 좋다.

한번은 장인님이 헐떡헐떡 기어서 올라오더니 내 바짓가랑이를 요렇게 노리고서 단박 움켜잡고 매달렸다. 악, 소리를 치고 나는 그만 세상이 다 팽그르 도는 것이,

"빙장님! 빙장님! 빙장님!"

"이 자식! 잡아먹어라, 잡아먹어!"

"아! 아! 할아버지! 살려 줍쇼, 할아버지!" / 하고 두 팔을 허둥지둥 내절 적에는 이마에 진땀이 쭉 내솟고 인젠 참으로 죽나 보다 했다.

– 김유정, 〈봄·봄〉

1_ 제시문 **가**와 제시문 **나**와 같은 시점의 작품을 하나씩 찾아 적어 봅시다.

(1) **가**와 같은 시점

• 제목: ____________________ • 작가: ____________________

• 작품 소개: ____

____

(2) **나**와 같은 시점

• 제목: ____________________ • 작가: ____________________

• 작품 소개: ____

____

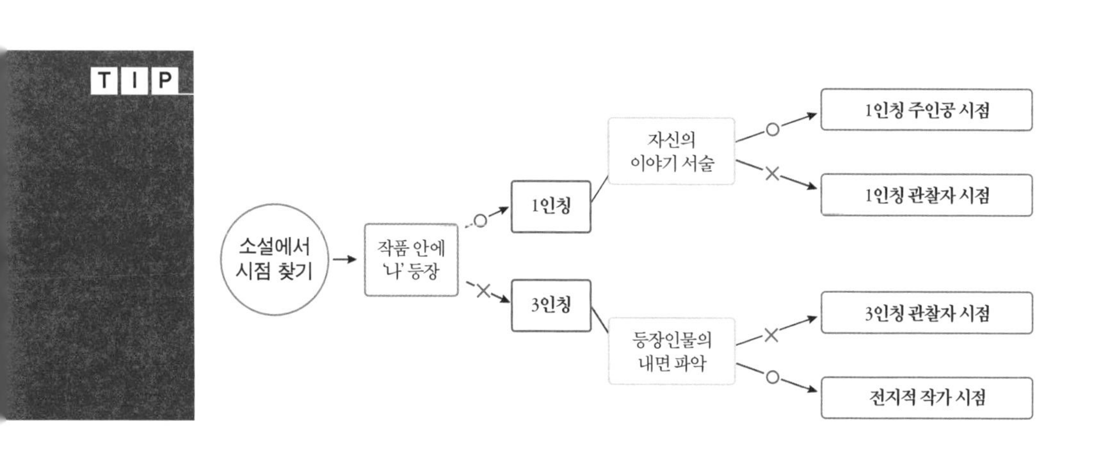

2_ 다음 예시는 제시문 **다**의 시점을 바꾸어 쓴 것입니다. 이를 참고하여 제시문 **가**와 **나** 중 하나를 골라 〈조건〉에 맞춰 시점을 바꿔 써 봅시다.

조건

- **가**는 1인칭 주인공 시점(남이 또는 엿장수의 관점) 또는 1인칭 관찰자 시점(영이의 관점)으로 바꿀 것.
- **나**는 1인칭 주인공 시점(어머니의 관점) 또는 전지적 작가 시점으로 바꿀 것.
- 시점상의 제약 때문에 원작에서는 생략되었던 장면이지만 독자가 짐작할 수 있는 부분이 있다면 살려 쓸 것.

예시

그가 일어나지 않으니까 점순이 아버지는 잔뜩 화난 표정을 지으며 저쪽에서 지게막대기를 들고 왔다. 그리고 그걸로 그의 허리를 마치 돌 떠넘기듯 쿡 찍어서 넘기고 넘기고 했다. 그는 누운 채로 배를 움켜쥐고 있었다. 그래도 그가 안 일어나니까 이번에는 점순이 아버지가 지게막대기로 배를 위에서 쿡쿡 찌르고 발길로 옆구리를 차고 했다. 그때 그는 점순이가 부엌 뒤 울타리 구멍에서 이 모습을 엿보고 있는 것을 보았다. 볼기짝을 얻어맞은 그는 갑자기 벌떡 일어나 점순이 아버지의 수염을 잡아채며 큰 목소리로,

"이걸 까셀라 부다!"

하고 소리를 쳤다.

점순이 아버지는 더 약이 오른 표정을 지으며 잡은 지게막대기로 그의 어깨를 내리갈겼다. 이때는 그도 엄청나게 화난 표정으로 점순이 아버지를 밭둑 아래로 굴려 버렸다. 그리고 점순이 아버지가 씩씩거리며 기어오르면 얼른 또 떠밀어 굴려 버렸다. 기어오르면 굴리고 굴리면 기어오르고 그럴 적마다,

"부려만 먹구 왜 성례 안 하지유!"

그는 이렇게 외쳤다. 이때 점순이 아버지가 헐떡헐떡 기어서 올라오더니 그의 바짓가랑이를 단박에 움켜잡고 매달렸다. 그는 악 소리를 지르며,

"빙장님! 빙장님! 빙장님!"

"이 자식! 잡아먹어라, 잡아먹어!"

"아! 아! 할아버지! 살려 줍쇼, 할아버지!"

하고 두 팔을 허둥지둥 내저었다.

• 내가 선택한 작품: ______________________

• 내가 선택한 시점: ______________________

• 시점 바꾸어 쓰기

3_ 문제 2번의 활동을 바탕으로 서술자의 관점이 작품에 어떤 영향을 미치는지 적어 봅시다.

Step_3 어머니의 선택

〈사랑손님과 어머니〉에서 아저씨를 떠나보낸 어머니의 선택이 옳은지 토론해 봅시다.

가 "옥희야, 옥희 아버지는 옥희가 세상에 나오기도 전에 돌아가셨단다. 옥희두 아빠가 없는 건 아니지. 그저 일찍 돌아가셨지. 옥희가 이제 아버지를 새로 또 가지면 세상이 욕을 한단다. 옥희는 아직 철이 없어서 모르지만 세상이 욕을 한단다. 사람들이 욕을 해. 옥희 어머니는 화냥년이다, 이러구 세상이 욕을 해. 옥희 아버지는 죽었는데 옥희는 아버지가 또 하나 생겼대, 참 망측두 하지. 이러구 세상이 욕을 한단다. 그리되문 옥희는 언제나 손가락질 받구. 옥희는 커서 시집두 훌륭한 데 못 가구. 옥희가 공부를 해서 훌륭하게 돼두 에 그까짓 화냥년의 딸, 이러구 남들이 욕을 한단다."

– 주요섭, 〈사랑손님과 어머니〉

나 1920년대 들어 연애라는 말은 젊은이들의 감정을 대변하는 대중적인 말이 되었다. 일본으로 유학 간 젊은 남녀 학생들이 근대 사상의 흐름 가운데 하나로 자유연애 사상을 받아들이고, 이를 조선에 소개했다. 연애는 곧바로 유행했고 하나의 이상으로 자리 잡았다. 1920년대를 '연애의 시대'라고 부르는 사람이 있을 정도이다. 자유연애 열풍은 일본의 문학 평론가 구리야가와 하쿠손의 '신연애론', 스웨덴의 여성 사상가 엘렌 케이의 '연애결혼론'의 영향을 받았다. 그들이 쓴 《근대의 연애관》과 《연애와 결혼》은 젊은 학생과 지식인이 반드시 읽어야 할 책이 될 만큼 큰 인기를 누렸다.

남녀평등이나 여성 해방과 함께 모습을 드러낸 자유연애는 전근대의 습관, 도덕, 법률 따위를 뛰어넘었다. 사람들은 자유연애에서 봉건적 억압을 벗어난 자유를 찾고 싶어 했고, 조혼과 강제 결혼이 아닌 '사랑'을 선택하려 했다. 또 남성에게 매이지 않고 자기 삶을 살려는 여성들이 연애에서 자기를 발견하려 했다. 연애는 사람들의 정신세계를 아름답고 순수하게 만드는 중요한 고리였다.

그러나 자유연애는 '남녀칠세부동석(男女七歲不同席)'이라는 기존의 가치관과 부딪치게 되었다. 조선의 젊은 지식인들은 "부모의 명령에 복종할까, 참다운 사랑의 길을 밟을까?" 하는 문제로 고민하곤 했다. 그래서 1920년을 앞뒤로 나온 소설들은 연애와 사랑을 옛 세대와 갈등을 거쳐야만 비로소 얻을 수 있는 것으로 그렸다.

– 최규진, 《근대를 보는 창 20》

주장 1 아저씨를 떠나보낸 어머니의 선택은 옳다.

주장 2 아저씨를 떠나보낸 어머니의 선택은 옳지 않다.

1_ 지금까지 배운 내용을 바탕으로 '소설'이라는 문학 장르의 개념과 특징을 설명하는 글을 써 봅시다.

조건

- 1~4부에서 감상한 단편 소설 중 두 편 이상을 예로 들어 설명할 것.

2_ 다음 〈보기〉의 인물 중 두 명을 골라 한 사람이 다른 사람에게 사랑에 대해 조언하는 내용의 편지를 써 봅시다.

보기

- 〈고무신〉의 남이 또는 엿장수
- 〈사랑손님과 어머니〉의 어머니 또는 아저씨
- 〈봄·봄〉의 '나' 또는 점순이

※ 〈봄·봄〉을 읽고 작품의 시점과 서술자의 한계에 대해 생각해 봅시다.

봄·봄 _김유정

"장인님! 인젠 저……."

내가 이렇게 뒤통수를 긁고, 나이가 찼으니 **성례**를 시켜 줘야 하지 않겠느냐고 하면 그 대답이 늘,

"이 자식아! 성례구 뭐구 미처 자라야지!"

하고 만다.

이 자라야 한다는 것은 내가 아니라 장차 내 아내가 될 점순이의 키 말이다.

내가 여기에 와서 돈 한 푼 안 받고 일하기를 삼 년 하고 꼬박이 일곱 달 동안을 했다. 그런데도 미처 못 자랐다니까 이 키는 언제야 자라는 겐지 **짜장** 영문 모른다. 일을 좀 더 잘해야 한다든지, 혹은 밥을 (많이 먹는다고 노상 걱정이니까) 좀 덜 먹어야 한다든지 하면 나도 얼마든지 할 말이 많다. 하지만 점순이가 아직 어리니까 더 자라야 한다는 얘기에는 어째 볼 수 없이 고만 **벙벙하고** 만다.

이래서 나는 애초에 계약이 잘못된 걸 알았다. **이태**면 이태, 삼 년이면 삼 년, 기한을 딱 작정하고 일을 해야 **원 할 것이다.** 덮어놓고 딸이 자라는 대로 성례를 시켜 주마 했으니 누가 늘 지키고 섰는 것도 아니고, 그 키가 언제 자라는지 알 수 있는가. 그리고 난 사람의 키가 무럭무럭 자라는 줄만 알았지 붙박이 키에 모로만 벌어지는 몸도 있는 것을 누가 알았으랴. 때가 되면 장인님이 어련하랴 싶어서 군소리 없이 꾸벅꾸벅 일만 해 왔다. 그럼 말이다, 장인님이 제가 다 알아차려서,

"어 참, 너 일 많이 했다. 고만 장가들어라."

하고 살림도 내주고 해야 나도 좋을 것이 아니냐. 시치미를 딱 떼고 도리어 그런 소리가 나올까 봐서 지레 펄펄 뛰고 이 야단이다. 명색이 좋아 데릴사위지 일하기에 싱겁기도 할 뿐더러 이건 참 아무것도 아니다.

숙맥이 그걸 모르고 점순이의 키 자라기만 까맣게 기다리지 않았나.

언젠가는 하도 갑갑해서 자를 가지고 덤벼들어서 그 키를 한번 재 볼까 했다마는 우리는 장인님이 내외를 해야 한다고 해서 마주 서 이야기도 한마디 하는 법 없다. 우물길에서 어쩌다 마주칠 적이면 겨우 눈어림으로 재 보고 하는 것인데 그럴 적마다 나는 저만치 가서,

"제—미, 키두!"

하고 논둑에다 침을 퉤 뱉는다. 아무리 잘 봐야 내 겨드랑(다른 사람보다 좀 크긴 하지만) 밑에서 넘을락 말락 밤낮 요 모양이다. 개돼지는 푹푹 크는데 왜 이리도 사람은 안 크는지, 한동안 머리가 아프도록 궁리도 해 보았다. 아하, 물동이를 자꾸 이니까 뼈다귀가 옴츠러드나 보다 하고 내가 **넌즛넌즛이** 그 물을 대신 길어도 주었다. 뿐만 아니라 나무를 하러 가면 **서낭당**에 돌을 올려놓고,

"점순이의 키 좀 크게 해 줍소사. 그러면 담엔 떡 갖다놓고 고사드립죠니까."

하고 **치성**도 한두 번 드린 것이 아니다. 어떻게 돼먹은 킨지 이래 막무가내니…….

그래 내 어저께 싸운 것이지 결코 장인님이 밉다든가 해서가 아니다.

모를 **붓다가** 가만히 생각을 해 보니까 또 싱겁다. 이 벼가 자라서 점순이가 먹고 좀 큰다면 모르지만 그렇지도 못할 걸 내 심어서 뭘 하는 거냐. 해마다 앞으로 축 **거불지는** 장인님의 아랫배(가 너무 먹은 걸 모르고 **내병**이라나, 그 배)를 불리기 위하여 **심곤 조곰도** 싶지 않다.

"아이구, 배야!"

난 몰 붓다 말고 배를 쓰다듬으면서도 그대로 논둑으로 기어올랐다. 그리고 겨드랑에 꼈던 벼 담긴 키를 그냥 땅바닥에 털썩 떨어뜨리며 나도 털썩 주저앉았다. 일이 암만 바빠도 나 배 아프면 고만이니까. 아픈 사람이 누가 일을 하느냐. 파릇파릇 돋아 오른 풀 한 **숲**을 뜯어 들고 다리의 거머리를 쭉쭉 문대며 장인님의 얼굴을 쳐다보았다.

논 가운데서 장인님도 이상한 눈을 해 가지고 한참 날 노려보더니,

"너 이 자식, 왜 또 이래 응?"

"배가 좀 아파서유!"

하고 풀 위에 슬며시 쓰러지니까 장인님은 약이 올랐다. 저도 논에서 철벙철벙 둑으로 올라오더니 잡은 참 내 멱살을 움켜잡고 뺨을 치는 것이 아닌가.

"이 자식아, 일허다 말면 누굴 망해 놀 셈속이냐. 이 대가릴 까 놀 자식!"

우리 장인님은 약이 오르면 이렇게 손버릇이 아주 못됐다. 또 사위에게 이 자식 저 자식 하는 이놈의 장인님은 어디 있느냐. 오죽해야 우리 동리에서 누굴 물론하고 그에게 욕을 안 먹는 사람은 명이 짧다 한다. 조그만 아이들까지도 그를 돌아 세워 놓고 '욕필이(본 이름이 봉필이니까.), 욕필이.' 하고 손가락질을 할 만치 두루 인심을 잃었다. 하나 인심을 정말 잃었다면 욕보다 읍의 배 참봉 댁 마름으로 더 잃었다. **번히** 마름이란 욕 잘하고, 사람 잘 치고, 그리고 생김 생기길 **호박개** 같아야 쓰는 거지만 장인님은 외양이 똑 됐다. **작인**이 닭 마리나 좀 보내지 않는다든가 **애벌논** 때 품을 좀 안 준다든가 하면 그해 가을에는 영락없이 땅이 뚝뚝 떨어진다. 그러면 미리부터 돈도 먹이고 술도 먹이고 **안달재신**으로 돌아치던 놈이 그 땅을 슬쩍 **돌라안는다.** 이 바람에 장인님 집 빈 외양간에는 눈깔 커다란 황소 한 놈이 절로 엉금엉금 기어들고, 동리 사람은 그 욕을 다 먹어 가면서도 그래도 굽실굽실하는 게 아닌가.

그러나 내겐 장인님이 감히 큰소리할 **계제**가 못된다.

뒷생각은 못 하고 뺨 한 개를 딱 때려 놓고는 장인님은 무색해서 덤덤히 쓴침만 삼킨다. 난 그 속을 퍽 잘 안다. 조금 있으면 **갈**도 꺾어야 하고 모도 내야 하고, 한참 바쁜 때인데 나 일 안 하고 우리 집으로 그냥 가면 고만이니까. 작년 이맘때도 트집을 좀 하니까 늦잠 잔다구 돌멩이를 집어 던져서 자는 놈의 발목을 삐게 해 놨다. 사날씩이나 건성 끙끙 앓았더니 **종당**에는 거반 울상이 되지 않았는가.

"애, 그만 일어나 일 좀 해라. 그래야 올 갈에 벼 잘되면 너 장가들지 않니?"

그래 귀가 번쩍 뜨여서 그날로 일어나서 남이 이틀 품 들일 논을 혼자 **삶아** 놓으니까 장인님도 눈깔이 커다랗게 놀랐다. 그럼 정말로 가을에 와서 혼인을 시켜 줘야 온 경위가 옳지 않겠나. 볏섬을 척척 들여쌓아도 다른 소리는 없고 물동이를 이고 들어오는 점순이를 담배통으로 가리키며,

"이 자식아, 미처 커야지 조걸 데리고 무슨 혼인을 한다구 그러니 온!"

하고 남 낯짝만 붉게 해 주고 고만이다. **골김**에 그저 이놈의 장인님 하고 댓돌에다 메꽂고 우리 고향으로 내뺄까 하다가 꾹꾹 참고 말았다.

참말이지 난 이 꼴 하고는 집으로 차마 못 간다. 장가를 들러 갔다가 오죽 못났어야 그대로 쫓겨 왔느냐고 손가락질을 받을 테니까.

논둑에서 벌떡 일어나 한풀 죽은 장인님 앞으로 다가서며,

"난 갈 테야유, 그동안 **사경** 쳐 내슈 뭐."

"너 사위로 왔지 어디 머슴 살러 왔니?"

"그러면 **얼찐** 성례를 해 줘야 안 하지유. 밤낮 부려만 먹구 해 준다, 해 준다……."

"글쎄, 내가 안 하는 거냐, 그년이 안 크니까."

하고 어름어름 담배만 담으면서 늘 하는 소리를 또 늘어놓는다.

이렇게 따져 나가면 언제든지 늘 나만 밑지고 만다. 이번엔 안 된다 하고 대뜸 **구장**님한테로 담판 가자고 소맷자락을 내끌었다.

"아, 이 자식이 왜 이래, 어른을."

안 간다구 뻗디디고 이렇게 호령은 제 맘대로 하지만 장인님 제가 내 기운은 못 당한다. 막 부려 먹고 딸은 안 주고, 게다 땅땅 치는 건 다 뭐야.

그러나 내 사실 참 장인님이 미워서 그런 것은 아니다.

그 전날 왜 내가 새고개 맞은 봉우리 화전밭을 혼자 갈고 있지 않았느냐. 밭 가생이로 돌 적마다 야릇한 꽃내가 물컥물컥 코를 찌르고 머리 위에서 벌들은 가끔 붕붕 소리를 친다. 바위틈에서 샘물 소리밖에 안 들리는 산골짜기니까 맑은 하늘의 봄볕은 이불 속같이 따스하고 꼭 꿈꾸는 것 같다. 나는 몸이 나른하고 몸살(을 아직 모르지만 병)이 나려고 그러는지 가슴이 울렁울렁하고 이랬다.

"어러이! 말이! 맘 마 마……."

이렇게 노래를 하며 소를 부리면 여느 때 같으면 어깨가 으쓱으쓱한다. 웬일인지 밭을 반도 갈지 않아서 온몸의 맥이 풀리고 대고 짜증만 난다. 공연히 소만 들입다 두들기며,

"안야! 안야! 이 망할 자식의 소(장인님의 소니까.) 다리를 꺾어 들라."

그러나 내 속은 정말 안야 때문이 아니라 점심을 이고 온 점순이의 키를 보고 울화가 났던 것이다.

점순이는 뭐 그리 썩 이쁜 계집애는 못 된다. 그렇다고 또 개떡이냐 하면 그런 것도 아니고, 꼭 내 아내가 돼야 할 만치 그저 **툽툽하게** 생긴 얼굴이다. 나보다 십 년이 아래니까 올에 열여섯인데 몸은 남보다 두 살이나 덜 자랐다. 남은 잘도 헌칠히들 크건만 이건 위아래가 몽톡한 것이 내 눈에는 **헐없이** 감참외 같다. 참외 중에는 감참외가 젤 맛 좋고 이쁘니까 말이다. 둥글고 커단 눈은 서글서글하니 좋고, 좀 짓쳐 찢어졌지만 입은 밥술이나 **혹혹히** 먹음 직하니 좋다. 아따, 밥만 많이 먹게 되면 팔자는 고만 아니냐. 한데 한 가지 **파**가 있다면 가끔가다 몸이 (장인님이 이걸 **채신**이 없이 들까분다고 하지만) 너무 빨리빨리 논다. 그래서 밥을 나르다가 때 없이 풀밭에다 깨빡을 쳐서 흙투성이 밥을 곧잘 먹인

다. 안 먹으면 무안해할까 봐서 이걸 씹고 앉았노라면 으적으적 소리만 나고 돌을 먹는 겐지 밥을 먹는 겐지…….

그러나 이날은 웬일인지 성한 밥째로 밭머리에 곱게 내려놓았다. 그리고 또 내외를 해야 하니까 저만큼 떨어져 이쪽으로 등을 향하고 옹크리고 앉아서 그릇 나기를 기다린다.

내가 다 먹고 물러섰을 때 그릇을 와서 챙기는데 그런데 난 깜짝 놀라지 않았느냐. 고개를 푹 숙이고 밥함지에 그릇을 포개면서 나더러 들으라는지, 혹은 제 소린지,

"밤낮 일만 하다 말 텐가!"

하고 혼자서 쫑알거린다. 고대 잘 내외하다가 이게 무슨 소린가 하고 난 정신이 얼떨떨했다. 그러면서도 한편 무슨 좋은 수나 있는가 싶어서 나도 공중을 대고 혼잣말로,

"그럼 어떡해?"

하니까,

"성례시켜 달라지 뭘 어떡해."

하고 **되알지게** 쏘아붙이고 얼굴이 발개져서 산으로 그저 도망질을 친다.

나는 잠시 동안 어떻게 되는 **심판**인지 맥을 몰라서 그 뒷모양만 덤덤히 바라보았다.

봄이 되면 온갖 초목이 물이 오르고 싹이 트고 한다. 사람도 아마 그런가 보다 하고 며칠 내에 부쩍 (속으로) 자란 듯싶은 점순이가 여간 반가운 것이 아니다.

이런 걸 멀쩡하게 아직 어리다고 하니까…….

우리가 구장님을 찾아갔을 때 그는 싸리문 밖에 있는 돼지우리에서 죽을 퍼 주고 있었다. 서울엘 좀 갔다 오더니 사람은 점잖아야 한다고 윗수염이(얼른 보면 지붕 위에 앉은 제비 꼬랑지 같다.) 양쪽으로 뾰쪽이 뻗치고 그걸 에헴 하고 늘 쓰담는 손버릇이 있다. 우리를 멀뚱히 쳐다보고 미리 알아챘는지,

"왜 일들 허다 말구 그래?"

하더니 손을 올려서 그 에헴을 한 번 후딱 했다.

"구장님! 우리 장인님과 츰에 계약하기를……."

먼저 덤비는 장인님을 뒤로 떠다밀고 내가 허둥지둥 달려들다가 가만히 생각하고,

"아니 우리 **빙장**님과 츰에."

하고 첫 번부터 다시 말을 고쳤다. 장인님은 빙장님 해야 좋아하고 밖에 나와서 장인님 하면 괜스레 골을 내려고 든다. 뱀도 뱀이라야 좋냐구, 창피스러우니 남 듣는 데는 제발 빙장님, 빙모님 하라고 일상 말조짐을 받아 오면서 난 그것두 자꾸 잊는다. 당장도 장인

님 하다 옆에서 내 발등을 꾹 밟고 곁눈질을 흘기는 바람에야 겨우 알았지만……

구장님도 내 이야기를 자세히 듣더니 퍽 딱한 모양이었다. 하기야 구장님뿐만 아니라 누구든지 다 그럴 게다. 길게 길러 둔 새끼손톱으로 코를 후벼서 저리 탁 튀기며,

"그럼 봉필 씨! 얼른 성례를 시켜 주구려, 그렇게까지 제가 하구 싶다는 걸."

하고 내 짐작대로 말했다. 그러나 이 말에 장인님이 삿대질로 눈을 부라리고,

"아, 성례구 뭐구 기집애 년이 미처 자라야 할 게 아닌가?"

하니까 고만 멀쑤룩해서 입맛만 쩍쩍 다실 뿐이 아닌가.

"그것두 그래!"

"그래, 거진 사 년 동안에도 안 자랐더니 그 킨 은제 자라지유? 다 그만두구 사경 내슈."

"글쎄, 이 자식아! 내가 크질 말라구 그랬니, 왜 날 보구 떼냐?"

"빙모님은 참새만 한 것이 그럼 어떻게 앨 낳지유?"(사실 장모님은 점순이보다도 귓배기 하나가 작다.)

장인님은 이 말을 듣고 껄껄 웃더니(그러나 암만해도 돌 씹은 상이다.) 코를 푸는 척하고 날 은근히 골리려고 팔꿈치로 옆갈비께를 퍽 치는 것이다. 더럽다. 나두 종아리의 파리를 쫓는 척하고 허리를 구부리며 어깨로 그 궁둥이를 쾅 떠밀었다. 장인님은 앞으로 우찔근하고 싸리문께로 쓰러질 듯 하다 몸을 바로 고치더니 눈총을 몹시 쏘았다. 이런 쌍년의 자식, 하곤 싶으나 남의 앞이라서 차마 못 하고 섰는 그 꼴이 보기에 퍽 **쟁그라웠다**.

그러나 이 말에는 별반 신통한 **귀정**을 얻지 못하고 도로 논으로 돌아와서 모를 부었다. 왜냐면, 장인님이 뭐라구 귓속말로 수군수군하고 간 뒤다. 구장님이 날 위해서 조용히 데리고 아래와 같이 일러 주었기 때문이다.(뭉태의 말은 구장님이 장인님에게 땅 두 마지기 얻어 부치니까 그래 꾀었다고 하지만 난 그렇게 생각 않는다.)

"자네 말두 하기야 옳지. 암, 나이 찼으니 아들이 급하다는 게 잘못된 말은 아니야. 허지만 농사가 한창 바쁠 때 일을 안 한다든가 집으로 달아난다든가 하면 손해죄루 그것두 징역을 가거든!(여기에 그만 정신이 번쩍 났다.) 웨 요전에 삼포말서 산에 불 좀 놓았다구 징역 간 거 못 봤나. 제 산에 불을 놓아두 징역을 가는 이땐데 남의 농사를 버려주니 죄가 얼마나 더 중한가. 그리고 자넨 **정장**을(사경 받으러 정장 가겠다 했다.) 간대지만 그러면 괜시리 죌 들쓰고 들어가는 걸세. 또 결혼두 그렇지. 법률에 성년이란 게 있는데 스물하나가 돼야지 비로소 결혼을 할 수가 있는 걸세. 자넨 물론 아들이 늦을 걸 염려하지만 점순이루 말하면 인제 겨우 열여섯이 아닌가. 그렇지만 아까 빙장님의

말씀이 올 갈에는 열 일을 제치고라두 성례를 시켜 주겠다 하시니 좀 고마울 겐가. 빨리 가서 모 붓던 거나 마저 붓게. 군소리 말구 어서 가!"

그래서 오늘 아침까지 끽소리 없이 왔다.

장인님과 내가 싸운 것은 지금 생각하면 전혀 뜻밖의 일이라 안 할 수 없다. 장인님으로 말하면 요즈막 작인들에게 행세를 좀 하고 싶다고 해서,

"돈 있으면 양반이지 별게 있느냐!"

하고 일부러 아랫배를 툭 내밀고 걸음도 뒤틀리게 걷고 하는 이 판이다. 이까짓 나쯤 뚜들기다 남의 땅을 가지고 모처럼 닦아 놓았던 가문을 망친다든지 할 어른이 아니다. 또 나로 논(論)지면 아무쪼록 잘 봬서 점순이에게 얼른 장가를 들어야 하지 않느냐.

이렇게 말하자면 결국 어젯밤 뭉태네 집에 마실 간 것이 썩 나빴다. 낮에 구장님 앞에서 장인님과 내가 싸운 것을 어떻게 알았는지 대고 빈정거리는 것이 아닌가.

"그래 맞구두 그걸 가만둬?"

"그럼 어떡허니?"

"임마, 봉필일 모판에다 거꾸루 박아 놓지 뭘 어떡해?"

하고 괜히 내 대신 화를 내 가지고 주먹질을 하다 등잔까지 쳤다. 놈이 본시 괄괄은 하지만 그래 놓고 나더러 석윳값을 물라고 막 **지다위**를 붓는다. 난 어안이 벙벙해서 잠자코 앉았으니까 저만 연신 지껄이는 소리가,

"밤낮 일만 해 주구 있을 테냐?"

"영득이는 일 년을 살구두 장갈 들었는데 넌 사 년이나 살구두 더 살아야 해?"

"네가 세 번째 사윈 줄이나 아니? 세 번째 사위."

"남의 일이라두 분하다, 이 자식아. 우물에 가 빠져 죽어."

나중에는 겨우 손톱으로 목을 따라고까지 하고, 제 아들같이 함부로 **훅닥이었다**. 별의별 소리를 다 해서 그대로 옮길 수는 없으나 그 줄거리는 이렇다.

우리 장인님이 딸이 셋이 있는데 맏딸은 재작년 가을에 시집을 갔다. 정말은 시집을 간 것이 아니라 그 딸도 데릴사위를 해 가지고 있다가 내보냈다. 그런데 딸이 열 살 때부터 열아홉, 즉 십 년 동안에 데릴사위를 갈아들이기를, 동리에선 사위 부자라고 이름이 났지마는 열네 놈이란 참 너무 많다. 장인님이 아들은 없고 딸만 있는 고로 그담 딸을 데릴사위를 해 올 때까지는 부려 먹지 않으면 안 된다. 물론 머슴을 두면 좋지만 그건 돈이 드니까, 일 잘하는 놈을 고르느라고 연방 바꿔 들였다. 또 한편 놈들이 욕만 줄창 퍼붓고 심히

도 부려 먹으니까 밸이 상해서 달아나기도 했겠지. 점순이는 둘째 딸인데 내가 일테면 그 세 번째 데릴사위로 들어온 셈이다. 내 담으로 네 번째 놈이 들어올 것을 내가 일도 참 잘하고 그리고 사람이 좀 어수룩하니까 장인님이 잔뜩 붙들고 놓질 않는다. 셋째 딸이 인제 여섯 살, 적어도 열 살은 돼야 데릴사위를 할 테므로 그동안은 죽도록 부려 먹어야 된다. 그러니 인제는 속 좀 차리고 장가를 들여 달라고 떼를 쓰고 나자빠져라, 이것이다.

나는 **건으로** 엉, 엉 하며 귓등으로 들었다. 뭉태는 땅을 얻어 부치다가 떨어진 뒤로는 장인님만 보면 공연히 못 먹어서 으릉거린다. 그것도 장인님이 저 달라고 할 적에 제집에서 위한다는 그 감투(예전에 원님이 쓰던 것이라나, 옆구리에 뽕뽕 좀먹은 걸레)를 선뜻 주었더면 그럴 리도 없었던 걸…….

그러나 나는 뭉태란 놈의 말을 **전수이** 곧이듣지 않았다. 꼭 곧이들었다면 간밤에 와서 장인님과 싸웠지 무사히 있었을 리가 없지 않은가. 그러면 딸에게까지 인심을 잃은 장인님이 혼자 나빴다.

실토이지 나는 점순이가 아침상을 가지고 나올 때까지는 오늘은 또 얼마나 밥을 담았나 하고 이것만 생각했다. 상에는 된장찌개하고 간장 한 종지, 조밥 한 그릇, 그리고 밥보다 더 수부룩하게 담은 산나물이 한 대접, 이렇다. 나물은 점순이가 틈틈이 해 오니까 두 대접이고 네 대접이고 멋대로 먹어도 좋으나 밥은 장인님이 한 사발 외엔 더 주지 말라고 해서 안 된다. 그런데 점순이가 그 상을 내 앞에 내려놓으며 제 말로 지껄이는 소리가,

"구장님한테 갔다 그냥 온담 그래!"

하고 엊그제 산에서와 같이 **되우** 쫑알거린다. 딴은 내가 더 단단히 덤비지 않고 만 것이 좀 어리석었다. 속으로 그랬다. 나도 저쪽 벽을 향하여 외면하면서 내 말로,

"안 된다는 걸 그럼 어떡헌담!"

하니까,

"쉼을 잡아채지 그냥 둬, 이 바보야?"

하고 또 얼굴이 빨개지면서 성을 내며 안으로 샐쭉하니 튀 들어가지 않느냐. 이때 아무도 본 사람이 없었게 망정이지 보았다면 내 얼굴이 에미 잃은 황새 새끼처럼 가엾다 했을 것이다.

사실 이때만치 슬펐던 일이 또 있었는지 모른다. 다른 사람은 암만 못생겼다 해도 괜찮지만 내 아내 될 점순이가 병신으로 본다면 참 신세는 따분하다. 밥을 먹은 뒤 지게를 지고 일터로 가려 하다 도로 벗어 던지고 바깥마당 **공석** 위에 드러누워서 나는 차라리 죽느

니만 같지 못하다 생각했다.

내가 일 안 하면 장인님 저는 나이가 먹어 못 하고 결국 농사 못 짓고 만다. 뒷짐으로 트림을 꿀꺽 하고 대문 밖으로 나오다 날 보고서,

"이 자식아! 너 웬 또 이러니?"

"**관객**이 났어유, 아이구 배야!"

"기껀 밥 처먹구 나서 무슨 관객이야, 남의 농사 버려 주면 이 자식아, 징역 간다, 봐라!"

"가두 좋아유, 아이구 배야!"

참말 난 일 안 해서 징역 가도 좋다 생각했다. **일후** 아들을 낳아도 그 앞에서 바보, 바보 이렇게 별명을 들을 테니까 오늘은 열 쪽이 난대도 결정을 내고 싶었다.

장인님이 일어나라고 해도 내가 안 일어나니까 눈에 독이 올라서 저편으로 휭하게 가더니 지게막대기를 들고 왔다. 그리고 그걸로 내 허리를 마치 돌 떠넘기듯이 쿡 찍어서 넘기고 넘기고 했다. 밥을 잔뜩 먹고 딱딱한 배가 그럴 적마다 퉁겨지면서 밸창이 꼿꼿한 것이 여간 켕기지 않았다. 그래도 안 일어나니까 이번에는 배를 지게막대기로 위에서 쿡쿡 찌르고 발길로 옆구리를 차고 했다. 장인님은 원체 심청이 긎어서 그러지만 나도 저만 못하지 않게 배를 채었다. 아픈 것을 눈을 꽉 감고 넌 해라 난 재미난 듯이 있었으나 볼기짝을 후려갈길 적에는 나도 모르는 결에 벌떡 일어나서 그 수염을 잡아챘다마는, 내 골이 난 것이 아니라 정말은 아까부터 부엌 뒤 울타리 구멍으로 점순이가 우리들의 꼴을 몰래 엿보고 있었기 때문이다. 가뜩이나 말 한마디 톡톡히 못 한다고 바보라는데 매까지 잠자코 맞는 걸 보면 짜장 바보로 알 게 아닌가. 또 점순이도 미워하는 이까짓 놈의 장인님, 나곤 아무것도 안 되니까 막 때려도 좋지만 사정 보아서 수염만 채고(제 원대로 했으니까 이때 점순이는 퍽 기뻤겠지.) 저기까지 잘 들리도록,

"이걸 까셀라 부다!"

하고 소리를 쳤다.

장인님은 더 약이 바짝 올라서 잡은 참 지게막대기로 내 어깨를 그냥 내리갈겼다. 정신이 다 아찔하다. 다시 고개를 들었을 때 그때엔 나도 온몸에 약이 올랐다. 이 녀석의 장인님을, 하고 눈에서 불이 퍽 나서 그 아래 밭 있는 **낭** 아래로 그대로 떠밀어 굴려 버렸다. 조금 있다가 장인님이 씩씩하고 한번 해보려고 기어오르는 걸 얼른 또 떠밀어 굴려 버렸다.

기어오르면 굴리고 굴리면 기어오르고 이러길 한 너덧 번을 하며 그럴 적마다,

"부려만 먹구 웬 성례 안 하지유!"

나는 이렇게 호령했다. 하지만 장인님이 선뜻 오냐 낼이라도 성례시켜 주마 했으면 나도 성가신 걸 그만두었을지 모른다. 나야 이러면 때린 건 아니니까 나중에 장인 쳤다는 누명도 안 들을 터이고 얼마든지 해도 좋다.

한번은 장인님이 헐떡헐떡 기어서 올라오더니 내 바짓가랑이를 요렇게 노리고서 단박 움켜잡고 매달렸다. 악, 소리를 치고 나는 그만 세상이 다 팽그르 도는 것이,

"빙장님! 빙장님! 빙장님!"

"이 자식! 잡아먹어라, 잡아먹어!"

"아! 아! 할아버지! 살려 줍쇼, 할아버지!"

하고 두 팔을 허둥지둥 내절 적에는 이마에 진땀이 쭉 내솟고 인젠 참으로 죽나 보다 했다. 그래도 장인님은 놓질 않더니 내가 기어이 땅바닥에 쓰러져서 거진 까무러치게 되니까 놓는다. 더럽다, 더럽다. 이게 장인님인가. 나는 한참을 못 일어나고 쩔쩔맸다. 그러다 얼굴을 드니(눈에 참 아무것도 보이지 않았다.) 사지가 부르르 떨리면서 나도 엉금엉금 기어가 장인님의 바짓가랑이를 꽉 움키고 잡아나꿨다.

내가 머리가 터지도록 매를 얻어맞은 것이 이 때문이다. 그러나 여기가 또한 우리 장인님이 유달리 착한 곳이다. 어느 사람이면 사경을 주어서라도 당장 내쫓았지 터진 머리를 **불솜**으로 손수 지져 주고, 호주머니에 **희연** 한 봉을 넣어 주고 그리고,

"올 갈엔 꼭 성례를 시켜 주마. 암말 말구 가서 뒷골의 콩밭이나 얼른 갈아라."

하고 등을 뚜덕여 줄 사람이 누구냐.

나는 장인님이 너무나 고마워서 어느덧 눈물까지 났다. 점순이를 남기고 인젠 내쫓기려니 하다 뜻밖의 말을 듣고,

"빙장님! 인제 다시는 안 그러겠어유!"

이렇게 맹서를 하며 **부랴사랴** 지게를 지고 일터로 갔다.

그러나 이때는 그걸 모르고 장인님을 원수로만 여겨서 잔뜩 잡아당겼다.

"아! 아! 이놈아! 놔라, 놔, 놔."

장인님은 헛손질을 하며 **솔개미**에 챈 닭의 소리를 연해 질렀다. 놓긴 왜, 이왕이면 호되게 혼을 내 주리라 생각하고 짓궂이 더 당겼다마는 장인님이 땅에 쓰러져서 눈에 눈물이 피잉 도는 것을 알고 좀 겁도 났다.

"할아버지! 놔라, 놔, 놔, 놔 놔."

그래도 안 되니까,

"얘, 점순아! 점순아!"

이 **악장**에 안에 있었던 장모님과 점순이가 헐레벌떡하고 단숨에 뛰어나왔다.

나의 생각에 장모님은 제 남편이니까 역성을 할는지도 모른다. 그러나 점순이는 내 편을 들어서 속으로 **고수해** 하겠지. 대체 이게 웬 속인지(지금까지도 난 영문을 모른다.) 아버질 혼내 주기는 제가 내래 놓고 이제 와서는 달겨들며,

"에그머니! 이 망할 게 아버지 죽이네!"

하고 내 귀를 뒤로 잡아당기며 마냥 우는 것이 아니냐. 그만 여기에 기운이 탁 꺾이어 나는 얼빠진 등신이 되고 말았다. 장모님도 덤벼들어 한쪽 귀마저 뒤로 잡아채면서 또 우는 것이다.

이렇게 꼼짝도 못 하게 해 놓고 장인님은 지게막대기를 들어서 사뭇 **내리조겼다**. 그러나 나는 구태여 피하려 하지도 않고 암만해도 그 속 알 수 없는 점순이의 얼굴만 멀거니 들여다보았다.

"이 자식! 장인 입에서 할아버지 소리가 나오도록 해?"

어휘 풀이

성례(成禮) 혼인의 예식을 지냄.
짜장 정말로.
벙벙하다 어리둥절하여 얼빠진 사람처럼 멍하다.
이태 두 해.
원 할 것이다 '원래는 그래야 할 것이다'의 뜻으로 추정됨.
숙맥(菽麥) 사리 분별을 못 하고 세상 물정을 잘 모르는 사람.
넌즛넌즛이 넌짓넌짓. 드러나지 않게 가만가만히.
서낭당(--堂) 토지와 마을을 지켜 주는 서낭신을 모신 집.
치성(致誠) 신이나 부처에게 지성으로 빎. 또는 그런 일.
붓다 모종을 내기 위해 씨앗을 많이 뿌리다.
거불지다 둥글고 두두룩하게 툭 비어져 나오다.
내병(內病) 속병. 위장병.
심곤 조곰도 심고는 조금도.
숲 '숱'의 방언. 풀이나 머리털 따위의 부피나 분량.
번히 어떤 일의 결과나 상태 따위가 훤하게 들여다보이듯이 분명하게.
호박개 뼈대가 굵고 털이 북슬북슬한 개.
작인(作人) 소작인.
애벌논 여러 번의 김매기 중 첫 김매기를 한 논.

안달재신(--財神) 몹시 속을 태우며 여기저기로 다니는 사람.
돌라안다 남의 것을 빼돌려 가지다.
계제(階梯) 어떤 일을 할 수 있게 된 형편이나 기회.
갈 참나무의 새순. 모내기 전 논에 비료로 쓴다.
종당(從當) 일의 마지막.
삶다 논밭의 흙을 써레로 썰고 나래로 골라 노글노글하게 만들다.
골김 비위에 거슬리거나 마음이 언짢아서 성이 나는 김.
사경(私耕) 머슴이 주인에게서 한 해 동안 일한 대가로 받는 돈이나 물건.
얼찐 얼른.
구장(區長) 예전에, 시골 동네의 우두머리를 이르던 말.
톱톱하다 생김새가 멋이 없고 투박하다.
헐없이 영락없이.
혹혹히 톡톡히. 실속 있고 넉넉하게.
파(破) 사람의 결점.
채신 '처신'을 낮잡아 이르는 말.
되알지다 힘주는 맛이나 억짓손이 몹시 세다.
심판 셈판. 어떤 일이나 사실의 원인. 또는 그런 형편.
빙장(聘丈) 원래는 다른 사람의 장인을 이르는 말. 여기서는 말하는 이의 장인을 뜻함.
쟁그랍다 미운 사람이 실수하여 몹시 고소하다.
귀정(歸正) 그릇되었던 일이 바른길로 돌아옴. 여기서는 '판결'을 뜻함.
정장(呈狀) 관청에 소장을 냄.
지다위 남에게 등을 대고 의지하거나 떼를 씀.
훅닥이다 세차게 다그치며 들볶다.
건으로(乾--) 공연히, 실속이 없이 건성으로.
전수이(全數-) 모두 다.
되우 아주 몹시.
공석(空石) 아무것도 담지 않은 빈 섬. '섬'은 곡식 따위를 담기 위해 짚으로 엮어 만든 그릇을 말함.
관객 관격(關格). 음식이 급하게 체하여 난 병.
일후(日後) 시간이 지나 뒤에 올 날.
낭 '둔덕'의 방언. 논밭들이 두두룩하게 언덕진 곳.
불솜 상처를 소독하기 위해 불에 그슬린 솜방망이.
희연 일제 강점기 때의 담배 이름.
부랴사랴 매우 부산하고 급하게 서두르는 모양.
솔개미 '솔개'의 방언.
악장 악을 쓰며 싸우는 일.
고수하다 고소하다.
내리조기다 냅다 두들기거나 때리다.

05 설화

작품 – 〈사계절의 땅 원천강 오늘이〉, 〈열두 살에 나라를 세우다〉
〈낙랑 공주와 호동 왕자〉, 〈재주꾼 세 사람〉

이론 – 설화의 특징과 종류

토론 – 낙랑 공주의 선택

더 읽어 보기 – 〈아기장수 우투리〉

학습 목표

입에서 입으로 전해 내려온 '설화(說話)'는 우리 민족의 생활, 풍습, 신념을 담고 있는 옛이야기입니다. 이번 시간에는 이러한 설화에 대해 알아봅니다. 먼저 소설과 대비되는 설화의 개념을 정리하고, 설화의 종류와 각각의 특징을 알아봅니다. 다양한 설화를 감상하며 각 이야기가 우리에게 주는 의미와 교훈을 이해할 수 있습니다. 또한 영웅 이야기 구조에 대해 알아보고 우리 사회에 필요한 영웅의 모습을 생각해 봅니다.

태어날 때부터 자신이 누구인지, 부모나 이름은커녕 어디에서 어떻게 왔는지조차 알지 못하는 소녀 오늘이. 오늘이는 학이 어미처럼 품어 주고, 마을 사람들이 이름과 생일을 선물해 준 덕에 살아갑니다. 그런데 넓은 세상에서 자신만의 고민을 품은 채 방황하는 존재는 오늘이만이 아니었습니다. 벌 서는 사람처럼 책만 읽어야 하는 장상 도령과 매일이, 꽃이 피어나지 않아 고민하는 연꽃 나무, 아무리 애써도 용이 되지 못해 슬픈 큰 뱀, 고향으로 가지 못해 울고 있는 선녀들도 다 외롭고 방황하는 존재였지요. '왜 여기서 이러고 있는 걸까? 도대체 무엇을 어떻게 해야 하지?' 하고 고민해 본 적이 있다면 저들의 모습이 그저 남의 일 같지는 않을 것입니다.

그런데 이들 가운데 오늘이는 좀 특별했습니다. 다들 그 자리에 머물러 고민할 때 오늘이는 좌절하거나 누군가를 원망하는 마음을 품는 대신 용기를 내 부모님을 찾아 나섰지요. 쉽지 않은 여정이었지만 오늘이는 드디어 부모님을 만납니다. 거기서 오늘이는 답을 찾았을까요? 적막한 들의 외로운 삶에서 벗어나게 되었을까요? 오늘이의 여정을 따라가며 오늘이에게 어떤 출생의 비밀이 숨어 있는지, 오늘이와 오늘이가 만나는 이들과의 관계 속에서 어떤 점을 배울 수 있는지 생각해 봅시다.

설화(무속 신화)

제주도 굿판에서 불리던 무가(巫歌)로, 현재는 전승이 중단되었다. '원천강(袁天綱)'의 기원을 담고 있는 무가는 1930년대 박춘봉 심방(제주도에서 무당을 일컫는 말)이 구연한 〈원천강본풀이〉와 1960년대 조술생 심방이 구연한 〈원천강본〉 두 자료가 있는데, 내용이 크게 달라 같은 신화라고 보기 어렵다. 여기서 정리한 이야기는 1937년 《조선 무속의 연구》에서 박춘봉이 구연한 자료를 바탕으로 했다.

사계절의 땅 원천강 오늘이 _작자 미상

아득한 옛날, 적막한 들에 여자아이 하나가 나타났다. 옥처럼 고운 아이였다. 그 아이를 발견한 사람들이 물었다.

"너는 어떠한 아이냐? 이름은 무엇이고 어디에서 왔느냐?"

"저는 부모님도 모르고 이름도 성도 나이도 모릅니다. 그냥 이 들에서 태어나 여기서 살아왔습니다."

"지금까지 혼자 어떻게 살아왔단 말이냐?"

"하늘에서 학이 날아와 한쪽 날개를 바닥에 깔아 주고, 다른 쪽 날개로 저를 덮어 주었습니다. 그리고 먹을 것을 가져다주어서 이렇게 살 수 있었습니다."

"그렇다면 네가 오늘 우리를 만났으니 오늘을 생일로 삼고 이름도 오늘이라 하자꾸나."

이렇게 하여 오늘이라는 이름을 얻게 된 아이는 사람들을 따라 마을에 들어와 살았다. 사람들은 너나없이 가족과 함께 사는데 오늘이만 외톨이였다.

'나의 부모님은 어떤 분일까? 어니에 계실까?'

어느 날 오늘이를 친손주처럼 돌보아 주던 백씨 부인이 오늘이를 불러 말했다.

"애야, 부모님이 보고 싶지 않으냐?"

"어찌 보고 싶지 않겠습니까? 부모님을 한 번만 뵐 수 있다면 죽어도 한이 없습니다."

"어젯밤 꿈에 네 부모님을 만났다. 네 부모님은 지금 **신관**과 선녀가 되어 **원천강**을 지키고 계신다."

"원천강은 어떤 곳인가요? 어떻게 그곳에 갈 수 있나요?"

"거기는 사람이 갈 수 없는 멀고 먼 곳이다만……."

"꼭 부모님을 만나고 싶습니다. 가는 길을 알려 주세요."

"정히 그렇거든 남쪽으로 흰모래 마을을 찾아가 별층당에서 글을 읽고 있는 도령한테 길을 물어보거라."

"고맙습니다."

오늘이는 바로 길을 떠났다. 남쪽으로 길을 잡아 하루 종일 걸으니 흰모래가 펼쳐진 곳에 우뚝 선 별층당이 있었고 그 안에서 글 읽는 소리가 들려왔다. 사람을 찾으니 푸른 옷을 입은 도령이 나왔다.

"저는 오늘이라고 합니다. 부모님을 찾아서 원천강으로 가는 중입니다. 원천강 가는 길을 알려 주세요."

"저는 장상이라고 합니다. 원천강은 아주 먼 곳이지요. 서쪽으로 연화못을 찾아가 연못가의 연꽃 나무에게 길을 물어보면 가는 길을 알 수 있을 거예요."

그러면서 장상이는 한 가지 부탁을 덧붙였다.

"원천강에 가시거든 제 사연도 좀 알아봐 주세요. 왜 밤낮 여기에 앉아서 글만 읽어야 하고 집 밖으로 나갈 수 없는지를요."

"꼭 알아다 드릴게요."

신관(神官) 신을 받들어 모시는 일을 맡은 관직. 또는 그런 사람.

원천강(袁天綱) 시간과 계절을 맡아 보는 저승 세계.

그날 밤을 별층당 빈방에서 묵은 오늘이는 다음 날 아침 일찍 서쪽으로 길을 떠났다. 한참을 가다 보니 맑은 연못이 있는데, 연못가에 탐스러운 꽃 한 송이를 피우고 서 있는 연꽃 나무가 있었다.

"연꽃 나무님, 저는 원천강을 찾아가는 오늘이랍니다. 어디로 가야 원천강에 갈 수 있나요?"

"원천강에는 무엇하러 가나요?"

"그곳에 우리 부모님이 계시다기에 만나러 가는 길이랍니다."

"저 아랫길로 곧장 가다 보면 청수 바닷가에 큰 뱀이 하나 구르고 있을 테니 그한테 이야기해 보세요. 그리고 원천강에 가시거든 제 신세를 좀 알아봐 주세요. 저는 겨울에 뿌리에 **움**이 들어 **정월**이면 몸속에 들고 이월이면 가지로 옮겨 가고 삼월이면 꽃이 피는데 언제나 맨 윗가지에만 꽃이 피고 다른 가지에는 피지 않으니 어찌 된 일인지 알 수가 없답니다."

"꼭 알아다 줄게요."

오늘이가 다시 길을 나서서 한나절을 걸으니 푸른 물이 넘실거리는 청수 바다가 펼쳐지는데, 모래밭에 큰 뱀 한 마리가 뒹굴고 있었다.

오늘이가 다가가서 원천강 가는 길을 물으니 뱀이 말했다.

"원천강 가는 길을 **인도하기는** 어렵지 않으나 내 부탁 하나만 들어주오. 다른 뱀은 **여의주**를 하나만 물고도 용이 되어 올라가는데 나는 여의주를 셋이나 물고서도 용이 못 되고 있으니 어쩌면 좋겠는지 알아봐 주세요."

"꼭 알아다 주지요."

그러자 큰 뱀은 오늘이를 등에 태우고서 청수 바다로 스며들었다. 물 바깥

움 풀이나 나무에 새로 돋아 나오는 싹.
정월(正月) 음력으로 한 해의 첫째 달.
인도하다(引導--) 길이나 장소를 안내하다.
여의주(如意珠) 용의 턱 아래에 있는 영묘한 구슬. 이것을 얻으면 무엇이든 뜻하는 대로 만들어 낼 수 있다고 한다.

으로 얼마를 가고 물속으로 얼마를 갔는지 길고도 험한 여행 끝에 오늘이는 어느 낯선 땅에 이르렀다. 인적이 없는 낯선 땅을 한참을 걸어가다 보니 길가 외딴 별층당에서 한 처녀의 글 읽는 소리가 들려왔다.

"저는 멀리 바다를 건너온 오늘이라고 합니다. 부모님을 찾아서 원천강에 가고 있어요. 원천강은 어디에 있나요?"

"이 길을 한참 가다 보면 우물에서 물을 긷고 있는 선녀들이 있을 거예요. 그 선녀들한테 물어보면 알려 줄 겁니다."

그러더니 자기 사연을 덧붙였다.

"저는 매일이라고 합니다. 하늘에서 벌을 받아 여기서 매일 글을 읽게 되었지요. 원천강에 이르거든 언제나 이 신세를 **면할** 수 있는지 알아봐 주세요."

오늘이가 매일이에게 작별을 **고하고** 다시 길을 나서서 가다 보니 갈림길 옆 우물에서 젊은 여자들이 슬피 울고 있는 모습이 보였다. 오늘이가 다가가서 물었다.

"왜 이렇게 슬피 울고 계시나요?"

"우리는 하늘나라의 선녀들이랍니다. 천하궁에서 물 긷는 일을 소홀히 한 죄로 여기서 물을 푸고 있지요. 이 우물물을 다 퍼야 하늘로 돌아갈 수 있는데 두레박에 큰 구멍이 뚫려서 아무리 애를 써도 물을 퍼낼 수가 없어요."

오늘이는 두레박을 받아 들더니 **댕댕이덩굴**을 으깨어 뭉쳐서 구멍을 막고 나서 송진을 녹여서 틈을 막았다. 송진이 굳은 뒤에 두레박으로 물을 푸게 하니 물이 한 방울도 새지 않았다. 금방 우물물을 다 퍼내고 기뻐하는 선녀들에게 오늘이가 말했다.

"저는 부모님을 찾아 원천강으로 가고 있답니다. 어느 길로 가야 하나요?"

면하다(免--) 어떤 상태나 처지에서 벗어나다.
고하다(告--) 어떤 사실을 알리거나 말하다.
댕댕이덩굴 들풀의 한 종류. 나무처럼 질긴 줄기는 바구니를 만드는 데 쓰고, 뿌리는 약재로 쓴다.

"걱정하지 말아요. 저희가 함께 가 드릴게요."

선녀들이 앞장서서 길을 잡아서 한참을 가다 보니 멀리 궁궐 같은 커다란 별당이 보였다.

"저기가 원천강이랍니다. 꼭 부모님을 만나세요."

선녀들은 오늘이의 앞길을 축원해 주고서 하늘로 올라갔다.

오늘이가 별당에 다가가 보니 집 둘레에 장성을 높게 둘렀는데 험상궂게 생긴 문지기가 성문을 막고 서 있었다.

"저는 인간 세상에서 부모님을 만나러 온 오늘이입니다. 문을 열어 주세요."

"안 된다. 여긴 아무나 들어갈 수 있는 곳이 아니야."

오늘이가 아무리 사정해도 문지기는 막무가내였다. 오늘이는 눈앞이 캄캄해져서 땅에 주저앉아 통곡하기 시작했다.

서럽게 흐느끼니 돌 같은 문지기의 마음에도 동정심이 생겨났다. 문지기가 안으로 들어가 그 사실을 고하니 이미 울음소리를 들은 신관이 아이를 안으로 들이라 하였다. 오늘이가 꿈인 듯 생시인 듯 안으로 들어가 신관 앞에 섰다.

"너는 어떤 아이인데 여기를 왔느냐?"

오늘이는 빈 들에서 학의 날개에 깃들여 홀로 살던 일부터 수만 리 길을 헤치고 부모를 찾아온 사정을 하나하나 이야기하기 시작했다. 단 위에 앉아 있던 신관과 선녀가 이야기가 다 끝나기 전에 눈물을 지으며 내려와서 오늘이를 감싸 안았다.

"그 먼 길을 어찌 찾아서 여기를 왔단 말이냐. 얘야, 우리가 너의 부모로다. 너를 낳던 날 옥황상제께서 우리를 불러 이곳을 지키라 하니 어느 명령이라 거역할까? 몸은 비록 떠나왔으나 마음은 그곳에 남겼으니 너를 돌봐 준 학은 우리가 보낸 것이었단다."

"어머니, 아버지……."

오늘이의 부모님은 오늘이에게 원천강을 구경시켜 주었다. 높은 담장이 둘러쳐진 곳에 문이 네 개나 있는데, 첫 번째 문을 열어 보니 봄바람이 따스하게 부는 가운데 진달래, 개나리, 매화꽃, 영산홍 등 갖은 봄꽃이 피어 있었다. 두 번째 문을 열어 보니 뜨거운 햇살 속에 보리와 밀 같은 곡식과 채소가 무성했다. 세 번째 문을 열어 보니 너른 들판에 누런 벼가 황금빛으로 물결쳤다. 네 번째 문을 열어 보니 찬바람이 부는 가운데 흰 눈이 세상을 하얗게 뒤덮고 있었다. 이 세상 사계절이 여기에서 흘러나오는 것이었다.

구경을 마친 오늘이가 말했다.

"이렇게 부모님을 만났으니 제 소원을 이루었습니다. 여기에 오는 길에 부탁받은 일이 많으니 이제 돌아가렵니다."

오늘이가 원천강에 오면서 부탁받은 일을 이야기하자 부모님은 하나씩 답을 해 주고서 오늘이를 문밖까지 배웅해 주었다. 오늘이는 다시 만날 날을 기약하면서 부모님께 하직하고 길을 나섰다.

오늘이는 먼저 별층당에서 글을 읽고 있는 매일이를 만났다.

"부모님을 만나 뵙고 매일이 님의 일도 알아 왔습니다. 저와 함께 가시면 소원이 이루어질 거예요."

오늘이가 매일이를 이끌고 길을 떠나 전날의 바닷가에 이르니 큰 뱀이 여의주 세 개를 입에 넣은 채 뒹굴고 있었다.

"왜 용이 못 되는지 알아 왔습니다. 바다를 건네주면 알려 주지요."

큰 뱀은 기뻐하면서 오늘이와 매일이를 등에 태우고 수만 리 물길을 헤엄쳐 청수 바닷가에 이르렀다.

"하늘에 못 오르는 건 여의주를 세 개나 물었기 때문이랍니다. 하나만 물면 용이 될 수 있지요."

그러자 뱀은 얼른 여의주 두 개를 뱉어서 오늘이에게 주고 하나만 입에 문 채 몸을 뒤틀었다. 뱀은 힘찬 소리와 함께 용이 되어 하늘로 날아올랐다.

다음은 연화못의 연꽃 나무.

"윗가지에 핀 꽃을 처음 보는 사람에게 주면 가지마다 꽃이 핀답니다."

연꽃 나무는 얼른 윗가지에 핀 꽃을 꺾어서 오늘이에게 주었다. 그러자 가지마다 꽃봉오리가 맺히면서 탐스러운 꽃이 송이송이 피어나기 시작했다.

오늘이와 매일이는 길을 걸어 흰모래 마을 별층당에 이르렀다. 예전처럼 장상이가 글을 읽고 있었다.

"원천강에서 장상이 님의 일을 알아 왔습니다. 장상이 님처럼 몇 년간 홀로 글만 읽어 온 처녀를 만나 **배필**로 맞으시면 만년 **영화**를 누리실 수 있답니다."

"세상에 그런 처녀가 어디에 있을까요?"

"여기 모셔 왔습니다. 매일이 님이지요. 두 분이 부부의 연을 맺으면 행복해지실 거예요."

장상이와 매일이는 서로를 마주 보며 손을 꼭 잡았다.

오늘이는 전에 자기가 살던 마을로 돌아가 백씨 부인을 찾아갔다.

백씨 부인에게 부모님과 만난 일과 오가면서 겪은 일을 다 이야기하고 뱀한테서 받은 여의주 한 개를 드렸다. 백씨 부인은 어느새 어른이 된 오늘이를 꼭 안아 주었다.

그 뒤 오늘이는 옥황상제의 부름으로 하늘나라 선녀가 되어 원천강을 돌보며 사계절의 소식을 세상에 전하는 일을 맡게 되었다. 한 손에 여의주를, 또 한 손에 연꽃을 든 채로.

배필(配匹) 부부로서의 짝.
영화(榮華) 몸이 귀하게 되어 이름이 세상에 빛남.

로마를 건국한 로물루스는 전쟁의 신 마르스의 자손이라 전해집니다. 갓난아기 때 숙부에 의해 쌍둥이 동생 레무스와 함께 테베레강에 버려지지만, 늑대 젖을 먹고 양치기 손에 자라나 숙부를 벌하고 새 나라 로마를 세웠다 합니다. 한편, 이웃 나라 일본의 여러 섬들은 이자나기라는 남신과 이자나미라는 여신에 의해 생겨났다고 전해집니다. 최초로 일본 땅을 다스린 존재도 이자나기의 자손으로, 역경과 고난을 이겨 낸 이자나기가 코를 씻자 생겨났다고 하지요. 이처럼 세계 각국에는 신비로운 탄생 과정, 비범한 능력, 그로 인해 겪는 고난과 극복 과정을 거쳐 한 나라를 건국한 시조(始祖)의 신화가 다양하게 존재합니다.

〈열두 살에 나라를 세우다〉 역시 건국 신화입니다. 단군 신화와 더불어 우리나라를 대표하는 신화로, 고구려 건국의 과정을 담고 있지요. 우리 민족의 영웅은 어떤 탄생 과정과 성장 과정을 거쳤는지, 어떤 능력을 갖추었는지 또 어떤 고난과 역경을 어떻게 이겨 냈는지 감상해 봅시다. 알고 있는 다른 신화와 비교해 보며 읽는 것도 신화를 감상하는 또 다른 즐거움일 것입니다.

설화(건국 신화)

주몽이라는 인물이 어떤 과정을 거쳐 고구려를 건국하게 되었는지 보여 주는 건국 신화(建國神話)로, 일연의 《삼국유사》, 김부식의 《삼국사기》, 이규보의 《동명왕편》 등에 수록되어 있다. 난생(卵生), 동물 양육, 어별성교(魚鱉成橋, 물고기와 자라들이 다리를 놓아 줌.) 등의 복합적 모티프를 갖추어 전형적인 영웅 일대기 구조를 지닌 이 작품은 후대 영웅 서사 문학의 기본 틀이 되었다.

열두 살에 나라를 세우다 _작자 미상

북부여의 왕 해부루는 **천제**의 명령에 따라 나라를 동부여로 옮겼다. 그 후 부루왕이 죽고 태자로 있던 금와가 왕이 되었다.

어느 날 금와는 태백산 남쪽에 있는 우발수 강가를 지나다가 젊고 아리따운 여인이 울고 있는 모습을 보았다. 그는 그 여인에게 다가갔다.

"웬 여인인데 이렇게 슬피 울고 있는가?"

왕의 물음에 여인은 다음과 같이 말했다.

"저는 본래 물의 신 하백의 딸로, 이름은 유화라고 해요. 어느 화창한 날 동생들과 함께 나들이를 갔는데, 그때 **풍채**가 늠름한 한 남자를 만났어요. 그는 자기가 천제의 아들인 해모수라고 말했어요. 그는 저를 꾀어 웅신산 아래의 압록강 가에 있는 어느 집으로 데리고 들어가서 남몰래 정을 통하고 훌쩍 떠나간 뒤에 영영 돌아오지 않고 있어요. 부모님은 혼인도 하지 않고 함부로 낯선 남자에게 몸을 맡겼다며 저를 심하게 꾸짖었어요. 그런 다음 저를 이곳으로 귀양 보낸 거랍니다."

금와왕은 유화의 고백을 듣고 이상한 느낌이 들어 그녀를 궁으로 데리고 왔다. 궁궐 한쪽 으슥한 곳에 유화의 방을 마련해 주었더니 이상하게도 햇빛이 그 방 안으로 들어와 유화의 몸을 비추었다. 유화가 몸을 움직여 피하려

천제(天帝) 하느님.
풍채(風采) 드러나 보이는 사람의 겉모양.

해도 햇빛은 따라와 그녀의 몸을 비추었다. 그 뒤로 유화는 배가 점점 불러오더니, 얼마 후 크기가 다섯 **되**쯤 되는 알 하나를 낳았다.

금와왕은 사람이 알을 낳은 것이 **꺼림칙하여** 그 알을 내다 버리기로 했다. 처음에는 이 알을 개와 돼지에게 던져 주었으나 어느 동물도 먹으려 하지 않았다. 그래서 이번에는 말과 소들이 다니는 길바닥에 내던져 보았으나 이들도 알을 밟지 않고 피해 지나갔다. 다시 들판에 갖다 버렸더니 새와 짐승들이 다가와 알을 날개와 몸으로 품었다.

왕은 하는 수 없이 알을 도로 가져다 깨뜨리려고 했다. 하지만 단단한 알을 도저히 깰 수 없었다. 왕은 결국 알을 유화에게 되돌려 주었다. 유화는 알을 포근히 품어 따뜻하게 보호했다. 그리고 얼마 뒤 그 알에서 한 아이가 껍질을 깨고 태어났다.

그 아이는 **용모**와 재주가 영특하고 기이했다. 나이 겨우 일곱 살에 다른 아이들과는 달리 혼자 활과 화살을 만들어 쏘아 댔는데, **백발백중**이었다. 이 당시 동부여에서는 활을 잘 쏘는 사람을 가리켜 주몽이라고 부르는 풍속이 있었는데, 금와왕과 주변 사람들 역시 그 아이를 주몽이라고 불렀다.

금와왕에게는 일곱 명의 왕자가 있었다. 그들은 항상 주몽과 함께 어울려 활쏘기, 말타기, 사냥 등을 했지만 일곱 왕자들 중 그 누구도 주몽의 재주를 당할 수 없었다. 어느 날, 주몽을 시기하던 맏아들 대소가 왕에게 아뢰었다.

"주몽은 인간의 몸에서 태어난 자가 아닙니다. 만약 그를 없애지 않으면 훗날 큰 탈이 있을까 하옵니다."

금와왕은 대소의 말대로 하지 않고 대신 주몽에게 말을 기르도록 했다. 주

되 곡식, 가루, 액체 따위를 담아 분량을 헤아리는 데 쓰는 그릇. 주로 사각형 모양의 나무로 되어 있다.
꺼림칙하다 매우 마음에 걸려 언짢은 느낌이 있다.
용모(容貌) 사람의 얼굴 모습.
백발백중(百發百中) 백 번 쏘아 백 번 맞힌다는 뜻으로, 총이나 활 따위를 쏠 때마다 겨눈 곳에 다 맞음을 이르는 말.

몽은 날쌔고 힘이 좋은 말과 그렇지 않은 말을 미리 알아보았다. 그래서 좋은 말은 일부러 먹이를 적게 주어 여위게 하고, 미련한 말은 잘 먹여 살찌게 길렀다. 사실 주몽은 앞날을 예감하고 그 일에 대비한 것이었다. 아니나 다를까, 왕은 살찐 말은 자기가 타고 여윈 말은 주몽에게 주었다.

대소 등 여러 왕자들과 왕의 신하들이 장차 주몽을 해치려고 한다는 낌새를 알아챈 유화는 몰래 아들에게 그 사실을 알려 주었다.

"이 나라 왕궁 사람들이 너를 해치려 하는구나. 너와 같은 재주와 꾀로 어디 간들 뜻을 이루지 못하랴. 어서 이곳을 벗어나 화를 면하도록 하여라."

그때 주몽에게는 오이 등 세 사람의 충실한 부하이자 믿음직한 벗이 있었다. 주몽은 이들 세 사람과 함께 부여 땅을 탈출하는 데 성공했다.

대소 등 여러 왕자들과 금와왕의 여러 신하들은 주몽의 탈출을 알아채고 곧장 뒤를 따라왔다. 주몽 일행은 엄수라는 넓은 강에 다다랐다. 앞을 가로막은 검푸른 강물을 건널 길이 막막했고, 추격하는 대소 일행은 점점 거리를 좁혀 오고 있었다. 주몽은 강물을 향해 외쳤다.

"나는 천제의 아들이자 물의 신 하백의 외손자다. 오늘 화를 피해 도망하는 길로, 쫓는 자들이 바로 뒤에 다가오고 있는데 어쩌면 좋으냐?"

주몽의 말이 떨어지기가 무섭게 갑자기 물 위로 물고기와 자라 떼가 떠올랐다. 그러고는 서로의 몸을 잇더니 순식간에 다리를 만들었고, 주몽 일행은 그 다리 위를 달려 강을 건넜다. 주몽 일행이 건너편 강가에 닿자마자 물고기와 자라 떼는 물속으로 자취를 감추어 버렸다. 주몽 일행을 추격하던 대소 일행은 강을 건널 수 없었다.

주몽 일행은 졸본에 이르러 그곳을 **도읍**으로 정했다. 미처 궁궐을 지을 겨를이 없어 비류수 강가에 초막을 짓고 머물기로 했다. 주몽은 나라 이름을 고

도읍(都邑) 그 나라의 수도를 정함.

구려라 하였으며, 자신의 성을 고(高) 씨로 정했다. 이때 주몽의 나이 겨우 열두 살이었다. 그가 즉위해서 왕이라고 일컬은 것은 한나라 효원제 12년(기원전 37)의 일이다. 고구려가 번성하던 때의 **가호** 수는 21만 508호나 되었다.

가호(家戶) 어떤 지역에 있는 집이나 가구 따위를 세는 단위.

신성한 신화의 세계

신화(神話)는 말 그대로 '신에 대한 이야기'입니다. 그런데 주몽 이야기는 고구려 건국과 관련 있는 내용이고, 주몽은 실제로 고구려의 왕이었으니 허구가 아닌 역사적 사실인 것 같기도 합니다. 그런데 우리는 왜 이 이야기를 주몽 '신화'라고 부르는 것일까요?

첫 번째 이유는 바로 '신성성' 때문입니다. 주몽 이야기의 등장인물은 모두 **신이한** 존재들입니다. 주몽의 부모인 해모수와 유화를 평범한 사람으로 보기에는 무리가 있습니다. 해모수는 천신의 아들이고, 유화는 물의 신 하백의 딸입니다. 주몽 역시 사람의 몸이 아닌 알에서 태어났습니다. 게다가 인간의 모습으로 태어나긴 했지만 탄생하자마자 보여 준 뛰어난 능력, 그가 이룬 업적은 모두 인간의 기준을 뛰어넘는 것입니다. 물고기와 자라가 길을 내주었다는 것도 자연의 법칙에 어긋나는 일입니다. 이처럼 신이 신답게 행동하는 이야기, 그래서 사람들이 신성하게 느끼는 이야기가 바로 신화입니다. 주몽의 행적 역시 보통 사람들에게는 매우 신성하게 다가오기 때문에, 주몽 이야기 역시 신화로 볼 수 있는 것입니다.

신성성과 더불어 주몽 이야기의 또 다른 특징은 은유나 상징으로 이루어져 있다는 점입니다. 신화는 눈에 보이는 대로 사실을 이야기하지 않고, 다른 사물이나 감정에 빗대어 표현합니다. 예를 들어 햇빛이 유화의 몸을 비추어 유화가 알을 낳게 되었고 그 알에서 주몽이 태어나는데, 이때 햇빛이 비추었다는 것은 단순히 맑은 날이었다는 의미가 아니라 주몽의 아버지가 하늘의 신임을 상징하는 것입니다. 유화가 햇볕을 쬐는 것만으로도 아이를 갖게 되었고, 주몽이 알에서 태어났다는 것 또한 일맥상통하는 상징입니다.

난생 설화는 신라의 박혁거세와 석탈해, 가야의 김수로왕 등 우리나라의 건국 신화에서 가장 많이 나타나는 이야기 형태입니다. 알의 모습이 태양을 닮았고, 알을 낳는 새가 하늘을 자유롭게 날아다닌다는 점에서 '난생'은 건국 시조들이 하늘의 자손임을 강조하는 수단이자 이들에게 신성성을 부여하기 위해 만든 상징임을 알 수 있습니다.

신이하다(神異--) 신기하고 이상하다.
난생 설화(卵生說話) 사람이 알에서 탄생하였다는 이야기.

사랑을 이루지 못한 안타까운 두 남녀의 이야기는 시대를 불문하고 많은 사람들의 사랑을 받아 왔습니다. 우리나라에서는 낙랑국 공주와 고구려 왕자의 비극적인 전설이 아마 가장 유명한 이야기가 아닐까 합니다. 원수의 집안끼리 사랑에 빠진다는 점에서 셰익스피어의 《로미오와 줄리엣》을 떠올리게도 하지요. 두 작품 모두 소설, 연극, 드라마, 뮤지컬은 물론 만화와 게임 등 다양한 장르로 변주(變奏)되며 현재까지 생명력을 유지해 오고 있다는 것도 또 하나의 공통점입니다.

우리에게 너무나 익숙하지만 그래서 더욱 공감할 수 있는 낙랑 공주와 호동 왕자의 이야기를 감상해 봅시다. 아울러 갈등 상황에 놓인 두 주인공의 행동을 비판적 관점에서 바라보며, 두 사람의 상황에서 '나'라면 어떻게 했을지 상상해 봅시다.

설화(전설)

인물 전설의 하나로 《삼국사기》에 기록되어 있다. 역사적 사실을 '신기(神器) 쟁탈'이라는 설화적 요소에 적절히 결합하여 뛰어난 극적 구성을 갖추었다. 신화 시대에서 전설·민담 시대로의 이행과 전환 과정을 살필 수 있는 자료이기도 하다. 오늘날까지도 다양한 분야에서 문학적 상상력을 촉발하는 소재가 되고 있다.

낙랑 공주와 호동 왕자 _작자 미상

대무신왕에게는 두 명의 왕비가 있었다. 첫째 왕비는 해후 왕자를 낳았고, 둘째 왕비는 호동 왕자를 낳았다. 두 왕자 중 호동 왕자는 유난히 용모가 빼어나고 늠름한 태도에 용맹하기가 이를 데 없어 사람들에게서 칭송을 받았다. 그래서 대무신왕도 호동 왕자를 특별히 귀여워하였다.

어느 날, 호동 왕자는 사냥을 하다가 이웃 나라 옥저에 가게 되었다. 그런데 마침 그곳에는 낙랑국의 임금인 최리가 와 있었다. 최리는 호동 왕자를 보더니 반가워하며 말했다.

"그대의 얼굴을 보니 고구려 왕의 아들임을 알 수가 있겠구려. 나와 함께 우리나라에 가서 잠시 지내지 않겠소?"

호동 왕자는 이를 선뜻 승낙하였다.

낙랑은 고구려보다 훨씬 작은 나라였기 때문에 최리는 호동 왕자를 극진하게 대접하였다.

"귀한 손님이 왔으니 내 보잘것없는 딸을 불러 시중을 들게 하고 싶소."

최리는 자신의 딸 낙랑 공주를 불렀다.

낙랑 공주의 모습을 본 호동 왕지는 눈이 번쩍 뜨였나. 그녀의 모습이 어찌나 아름다운지 마치 얼굴에서 빛을 뿜는 듯했다. 낙랑 공주 역시 호동 왕자의 남자다운 모습에 마음을 빼앗겨 버렸다. 결국 두 사람은 서로 마음이 통해 혼례식을 올리게 되었다.

그런데 호동 왕자는 곧 고구려로 돌아가야 했다. 호동 왕자가 낙랑 공주를 달래며 말했다.

"내가 고구려로 돌아가 준비를 마치는 대로 당신을 부르겠소."

고구려로 돌아온 호동 왕자가 대무신왕에게 낙랑 공주를 데려오겠다고 하자 왕은 대답했다.

"너는 나라의 일보다 개인의 일을 앞세우지는 않겠지? 낙랑은 오래전부터 우리가 차지하려 했던 땅이다. 그런데 그 나라에는 적이 쳐들어오면 저절로 울리는 '자명고'라는 북이 있다. 그것 때문에 우리는 아직 낙랑을 공격하지 못하고 있지. 네가 그곳의 공주를 아내로 맞이했다고 하니, 공주에게 부탁해서 그 자명고를 찢어 버리도록 하라. 그렇게 된다면 우리는 손쉽게 낙랑을 공격할 수 있을 것이다."

호동 왕자는 고민했지만 왕의 명령을 거스를 수가 없었다. 그래서 낙랑 공주에게 몰래 편지를 보내 자명고를 찢어 버리라고 부탁했다.

호동 왕자의 편지를 받은 낙랑 공주는 고민에 빠졌다. 자명고를 찢으면 아버지를 배신하게 되고, 그러지 않으면 사랑하는 사람을 잃게 되기 때문이었다. 며칠 동안 고민하던 낙랑 공주는 마침내 사랑을 택하기로 마음먹었다. 그래서 칼을 가슴에 품고 자명고가 있는 곳으로 향했다.

손에 칼을 들고 한동안 망설이던 낙랑 공주는 마침내 눈을 질끈 감고 자명고를 찢어 버렸다.

낙랑 공주가 호동 왕자에게 이 사실을 알리자, 대무신왕은 곧 군사를 이끌고 낙랑을 공격했다.

고구려의 군사들이 궁궐 근처에 이를 때까지도 낙랑국에서는 아무도 모르고 있었다.

"폐하, 고구려 군사가 궁궐 밖에까지 쳐들어왔습니다!"

마침내 한 신하가 달려와 말했다.

"그게 무슨 소리요? 자명고도 울리지 않았는데 적이 이미 쳐들어왔다니?"

"누군가가 자명고를 찢어 버렸습니다."

"뭐라고?"

화가 난 최리는 당장 누가 자명고를 찢었는지 알아내라고 명령했다.

무기 창고를 지키고 있던 군사가 나와서 말했다.

"이 칼이 자명고 앞에 떨어져 있었습니다."

칼을 본 최리는 깜짝 놀랐다. 그것은 바로 딸의 칼이었기 때문이다. 최리는 곧 낙랑 공주가 호동 왕자의 꾐에 빠져 자명고를 찢었다는 사실을 알게 되었다.

"어리석은 것! 아비와 나라를 배신하다니!"

최리는 어쩔 수 없이 딸을 죽여야 했다. 하지만 그것이 문제를 해결해 주지는 못했다. 낙랑은 곧 고구려에 항복할 수밖에 없었다.

호동 왕자는 궁궐로 들어와 낙랑 공주를 찾았다. 하지만 낙랑 공주는 이미 숨을 거둔 뒤였다.

호동 왕자는 낙랑 공주의 **주검**을 부둥켜안고 목 놓아 울었다. 그러고는 자신도 죽음을 택하였다.

호동 왕자가 세상을 떠난 지 12년이 되는 해, 대무신왕도 세상을 떠났다. 대무신왕이 고구려를 다스린 27년 동안, 고구려는 우리나라 북쪽의 강국으로 크게 발전할 수 있었다.

주검 죽은 사람의 몸을 이르는 말.

활을 잘 쏘는 '활꾼', 걸음이 빠른 '번개', 먼 곳을 잘 보는 '먼눈'. 이렇게 독특한 능력을 지닌 세 재주꾼이 심보 고약한 구두쇠와 한판 대결을 벌입니다. 진짜 이름은 아니지만 개성 있는 재주를 그대로 드러내는 별명이 흥미롭고, 약한 자 편에 서서 못된 부자를 혼내 준다는 설정이 통쾌합니다. 재주를 가진 사람의 이야기는 주인공이 이름 없는 백성이어야 듣는 이들도 기죽지 않고 이야기를 들을 수 있고, 또 그 뛰어난 재주는 나쁜 사람을 혼내 주거나 불쌍한 사람들을 돕는 데 써야 듣는 이들의 마음을 위로할 수 있지요. 이것이 바로 민담의 힘입니다.

개성 넘치는 능력만큼이나 흥미로운 대결을 만들어 나가는 데에는 마치 운동 경기를 중계하듯 실감나게 이야기를 풀어내는 이야기꾼의 역할도 큰 몫을 합니다. 능력도 뛰어나고 마음씨도 착한 재주꾼 세 사람이 얕은꾀로 욕심을 채우던 구두쇠를 어떻게 혼내 주는지, 이들의 모험담을 실제 이야기꾼이 옆에서 들려준다면 어떤 느낌이 들지 상상하며 감상해 봅시다.

설화(민담)

구술자가 이야기를 들려주는 방식으로 글이 전개되는 민담으로, 구전에 적합하도록 잘 짜인 구조를 보인다. 유형상 보통 사람의 수준을 뛰어넘는 유별난 능력을 갖춘 주인공이 등장하는 '초인담(超人談)'에 해당한다. 협력을 통한 역경의 극복, 권선징악(勸善懲惡)의 주제를 드러내는 교훈적인 이야기이다.

재주꾼 세 사람 _작자 미상

옛날에 활을 아주 잘 쏘는 사람이 살았어. 얼마만큼 활을 잘 쏘았느냐면, 십 리 밖에서 나뭇잎에 매달린 개미 뒷다리를 턱 맞혀 떨어뜨리고 이십 리 밖에서 방 안에 켜 놓은 촛불을 초는 안 건드리고 불만 꺼뜨렸다지. 그뿐이 아니야. 동네 여인네가 물동이를 이고 가면 이 사람이 화살 두 개를 쏘거든. 하나는 그냥 화살이고 다른 하나는 촉에다 찰흙을 단단하게 붙여 놓은 화살인데, 빈 화살을 먼저 쏘면 그게 물동이를 뚫고 지나가지 않겠어? 그럼 뒤따라 찰흙 붙인 화살이 날아가서 그 구멍을 틀어막는단 말이야. 그러면 물이 한 방울도 안 흐르지. 여인은 아무런 눈치도 못 채고 그냥 가고 말이야. 이렇게 활을 잘 쏘아서 이 사람 별명이 '활꾼'이라네.

어느 날 이 활꾼이 활을 둘러메고 이곳저곳을 돌아다녔어. 하루는 높은 고개를 넘고 있는데, 한참을 넘다 보니 저 위 고갯마루에 웬 사람이 앉아서 쉬고 있더란 말이야. 활꾼은 '옳지, 심심하던 차에 길동무나 해야겠군.' 하고서 재빨리 고개를 올라갔지. 몇 걸음 걷다가 보니, 바람 소리 같은 게 '쉬익' 하더니 옆으로 무엇이 스쳐 지나가는 것 같더래. 방금 무엇이 지나갔을까 하면서 고갯마루를 쳐다보니, 이게 웬일, 그새 사람이 없어졌구나. '별일 다 보겠군. 방금 있던 사람이 그새 어딜 갔담.' 하고서 두리번두리번 살피니까, 아 글쎄 방금 고갯마루에 있던 사람이 언제 갔는지 저 아래 고개 밑에 가 있네. 이거 보통 사람이 아니구나.

"여보시오, 여보시오. 게 좀 기다리시오."

이렇게 소리를 치면서 오던 길을 되짚어 달려 내려갔지. 가서 보니 키가 장대 같은 사람이 턱 버티고 서 있는데, 한쪽 다리를 묶었구나. 어떻게 된 영문인지 알기나 좀 알자고 물어보았지.

"당신이 조금 전에 고갯마루에서 쉬던 사람 아니오?"

"그렇소."

"그런데 무슨 재주로 그새 여기까지 내려왔소?"

"걸음이 빨라서 그렇지요."

"그러면 그 다리는 왜 묶어 가지고 다니오?"

하고 물으니, 이 사람이 그만 엉엉 우네. 울면서 하는 말이,

"내 말 좀 들어 보오. 나는 걸음이 너무 빨라서 한번 달렸다 하면 눈 깜짝할 사이에 큰 고개 두어 개 정도는 후딱 넘지요. 그런데 너무 빨리 달리니까 도대체 이 좋은 경치를 구경할 수가 있어야지요. 그래서 좀 천천히 가려고 이렇게 한쪽 다리를 묶어 가지고 다닌다오. 아이고, 내 팔자야."

이러고 능청스럽게 떠들어 대거든. 들어 보니까 참 재주가 놀랍단 말이야. 그래서 어떤가 보려고 내기를 걸었어.

"저기 십 리 밖에 나무 하나가 **가물가물하게** 보이지요? 내가 저 나무에다 활을 쏠 테니, 당신이 달려가서 화살을 뽑아 올 수 있겠소?"

"그거야 식은 죽 먹기지요."

이렇게 해서 활꾼이 활을 쏘았어. 화살이 '쉬익' 하고 날아가자마자 다리 묶은 사람도 '쉬익' 하더니 금세 안 보여. 조금 있으니까 또 '쉬익' 하더니, 이 사람이 화살을 뽑아 가지고 오더란 말이야. 화살을 주면서 하는 말이,

"거참 지루해서 혼났네. 나무에 가서 아무리 찾아봐도 화살이 없기에 난 또

가물가물하다 조금 멀리 있는 물체가 보일 듯 말 듯 희미하다.

화살이 빗나갔나 했지. 그런데 한참 있으니까 그제야 화살이 나무 기둥에 탁 박히지 않겠소? 그래서 뽑아 가지고 단숨에 달려왔지요."

자기가 화살보다 더 빨리 가서 기다렸다 이 말이야. 하하. 어쨌든 이 두 사람은 서로 재주 많은 걸 알고 함께 다니기로 했어. 잘 달리는 사람은 별명이 '번개'라네. 번개처럼 빠르다는 뜻이겠지.

활꾼하고 번개하고 같이 가는데, 어느 고개를 넘다 보니 웬 사람이 넓적한 바위 위에 턱 올라앉아서 엉엉 울고 있더란 말이야. 눈물을 줄줄 흘리면서 아주 서럽게 울기에,

"여보시오, 여보시오. 당신은 무슨 슬픈 일이 있어 그렇게 울고 있소?"

하고 물으니까,

"까치가 불쌍해서 운다오."

이러고 또 하염없이 우네. 무슨 까치가 불쌍하다는 건지, 아무리 둘러봐도 까치 같은 건 없거든. 그래서 또 물었어.

"우리는 아무리 봐도 까치가 안 보이는데, 대관절 무슨 까치가 불쌍하다는 거요?"

그러니까 이 사람이,

"당신네들 눈에는 안 보이겠지만, 지금 저기 삼십 리 밖에 까치 둥지가 하나 있는데, 구렁이란 놈이 까치 새끼를 잡아먹으려고 슬슬 기어 올라가고 있다오. 가만히 두면 까치가 모두 죽을 텐데 어찌 불쌍하지 않단 말이오?"

이러면서 또 우네. 그러니까 이 사람은 눈이 하도 밝아서 아무리 멀리 떨어져 있는 것도 다 보인단 말이지. 참 재주가 놀랍거든. 활꾼이 가만히 생각하더니 한 가지 제안을 해.

"그러면 당신이 그 구렁이 있는 곳을 손가락으로 가리키시오. 내가 활로 구렁이를 쏘아 맞혀 볼 테니."

그래서 눈 밝은 사람이 손가락으로 구렁이 있는 곳을 딱 가리키니까 활꾼

이 그쪽으로 활을 쏘았어. 화살이 '쉬익' 하고 날아가서 금세 안 보이거든. 안 보여서 답답하니까,

"어찌 됐소?"

"좀 가만있어 봐요. 아직 날아가고 있으니."

그러다가 눈 밝은 사람이 손뼉을 딱 치면서 좋아해. 구렁이는 화살에 맞고 까치는 살았다고 좋아한단 말이야. 그러니까 번개가 제 눈으로 직접 안 보고는 못 믿겠다고 하면서 '쉬익' 하고 달려가더니 금세 돌아와.

"정말이오. 구렁이는 죽고 까치가 살았더군."

이렇게 해서 재주 많은 세 사람이 이제 함께 길동무가 돼 가지고 가는 거야. 눈 밝은 사람은 별명이 '먼눈'이라네. 멀리까지 볼 수 있다고.

그런데 이때 압록강 너머 중국 땅에 구두쇠 한 사람이 살았는데, 이 사람에게 딸이 하나 있었던 모양이야. 그런데 이 딸의 걸음이 얼마나 빠른지 **근방**에서는 아무도 당할 사람이 없어. 이 구두쇠가 자기 딸을 내세워서 내기를 걸어 가지고 돈을 많이 긁어모은단 말이야. 어떻게 하느냐 하면, 사람들이 장사를 하려고 압록강을 건너가면 거기서 떡 기다리고 있다가,

"누구든지 우리 딸하고 경주를 해서 이기면 내 전 재산을 주겠소. 만약에 지면 가진 물건을 다 내놓아야 하오. 삼 년 동안 돈 한 푼 받지 않고 우리 집에서 머슴살이를 하는 조건으로 말이오."

이러니 웬만한 사람은 다 얼씨구나 좋다고 나서는 거야. 그도 그럴 것이 상대가 어린 여자아이이니까 누워서 떡 먹기라고 생각하거든. 그렇게 해서 경주를 하면 번번이 그 딸한테 지지 뭐야. 그러면 할 수 없이 물건을 다 내놓고 가든가 그 집에서 머슴살이를 하게 돼. 이렇게 모은 재산이 곳간에 **그득하고** 이

근방(近方) 가까운 곳.
그득하다 분량이나 수효 따위가 어떤 범위나 한도에 아주 꽉 찬 상태에 있다.

렇게 모인 머슴이 서른 명도 넘는다 이 말이지.

재주꾼 세 사람이 이 소문을 듣고는,

"옳지, 우리가 가서 그 구두쇠를 혼내 줍시다."

하고 당장 압록강을 건너 중국 땅에 갔어. 가 보니 아닌 게 아니라 구두쇠가 떡 기다리고 있다가 내기를 걸거든. 어떤 내기냐 하면, 거기서 삼백 리 떨어진 백두산 기슭에 가서 샘물을 한 바가지 떠 가지고 돌아오는 경주란 말이야. 누구든지 바가지에 물을 안 흘리고 먼저 돌아오는 사람이 이기기로 하고 말이야.

그래서 번개가 경주에 나서는데, 아니 이 사람이 글쎄 한쪽 다리를 꽁꽁 묶네.

"아이고, 그러다가 지면 어쩌려고 그러시오?"

하고 활꾼과 먼눈이가 말리니까,

"걱정 마시오. 내가 두 발로 달리면 너무 빨리 달리게 되고, 그러면 그 좋다는 백두산 경치 구경도 못 할 테니 그래서야 쓰겠소?"

하면서 기어코 한쪽 다리를 묶고 달린다는 거지. 고집을 부리는데 별수 있나. 그럼 그러라고 하고 이제 경주를 시작했는데, "준비, 땅!" 하니까 둘 다 먼지만 폴싹 일으키고 안 보여. 하도 빨라서 달리는 모습도 안 보인단 말이지. 활꾼과 먼눈이는 높은 언덕으로 올라갔어. 먼눈이가 그 밝은 눈으로 달리는 모습을 다 보며 활꾼에게 가르쳐 준단 말이야.

"어떻게 됐소?"

"우리 번개가 십 리 앞섰소."

"어떻게 됐소?"

"번개가 이십 리 앞섰소."

"어떻게 됐소?"

"삼십 리 앞섰소. 이제 백두산에 다 갔소."

그러다가,

"아이쿠, 저런. 큰일 났네."

하고 먼눈이 얼굴이 하얗게 질리는구나.

"왜, 무슨 일인데 그러시오?"

"글쎄, 번개가 물을 한 바가지 떠 가지고 돌아오는데, 이제야 물 뜨러 가던 구두쇠의 딸아이가 번개의 다리를 걸었지 뭐요? 그래서 물은 다 쏟아지고, 번개는 한쪽 다리를 묶어 놔서 일어나지도 못하고 버둥대고 있소. 이 일을 어쩌면 좋겠소?"

활꾼이 궁리를 하다가 기막힌 꾀를 냈어.

"그럼 당신이 번개 다리 묶은 끈의 매듭을 가리키시오. 내가 활을 쏘아 매듭을 자를 터이니."

"그러다가 딴 데를 쏘면 어쩌려고?"

"글쎄, 나한테 맡기고 가리키기나 잘 가리키시오."

그래서 먼눈이가 번개 다리 묶은 끈 매듭을 딱 가리키니까, 활꾼이 그쪽으로 활을 쏘았어. 화살이 '쉬익' 하고 날아가더니 안 보이거든.

"어떻게 됐소?"

"좀 가만히 있어요. 아직 날아가고 있으니."

한참 있다가 먼눈이가 손뼉을 치며 좋아하는데, 과연 화살이 끈을 맞히고 매듭이 풀어졌다지 뭐야. 한쪽 다리 묶고도 잘 달리는 번갠데, 끈이 풀려 두 다리로 달리니 어떻게 되겠어? 말 그대로 번개 같지 뭐. 그동안 구두쇠의 딸은 벌써 물을 떠 가지고 돌아오는데, 번개는 당장 일어나서 물을 다시 떠 가지고 따라잡는구나. 먼눈이가 또 그 모습을 보고 활꾼에게 가르쳐 주지.

"어떻게 됐소?"

"이십 리 뒤에 따라잡고 있소."

"어떻게 됐소?"

"십 리 뒤에, 오 리 뒤에. 이제 바짝 붙었소."

"어떻게 됐소?"

"이제 다 따라잡았소. 저기 오네, 저기."

결국 번개가 구두쇠의 딸보다 한발 앞서 돌아왔어.

구두쇠는 땅을 치고 통곡을 하면서, 제발 재산을 다 가져가지 말고 조금만 남겨 달라고 싹싹 비는 거야.

"원래 당신 것이었던 재산은 한 푼도 가져가지 않을 터이니, 내기로 빼앗은 물건은 다 원래 주인에게 돌려주고, 머슴살이하는 사람들은 다 내보내시오."

하니까, 그렇게 하겠다고 약속을 해. 그래서 재주꾼 세 사람은 사람들을 다 구했대.

그 뒤로도 세 사람은 착한 일을 하면서 오래오래 행복하게 잘 살았다네.

설화의 특징과 종류

설화의 특징

설화(說話)란 구전(口傳), 즉 사람들의 입에서 입으로 전해 오는 이야기를 말하는 것으로, 소설과 마찬가지로 일정한 형식을 지닌 문학의 한 갈래입니다. 즉 일이 일어난 차례대로 이야기가 전개되며 인물, 사건, 배경의 요소로 이야기가 엮이지요. 하지만 소설과 달리 설화는 언제, 누가 지었는지 알 수 없습니다. 또한 구전의 특성상 내용이 조금씩 달라지기도 합니다. 이야기를 전하는 사람이 군데군데 잊어버리거나, 자기 마음대로 이야기를 보태고 빼기도 해서 처음 이야기와 다른 모습을 보이기도 합니다. 현대 소설과 비교하면 현실에서는 일어나기 어려운 이야기가 많으며, 사건이 원인과 결과의 관계 속에서 일어나기보다는 우연히 발생하는 경우가 많습니다.

지은이도 알 수 없고, 내용도 정확하지 않은 설화가 오랫동안 사람들에게 사랑을 받으며 전해 내려올 수 있었던 까닭은 무엇일까요? 설화가 긴 생명력을 가질 수 있는 이유는 이야기 자체가 주는 재미와 감동 덕분이기도 하겠지만, 무엇보다 이야기를 통해 우리들이 조상들의 삶의 지혜를 배우고 교훈을 얻을 수 있기 때문일 것입니다.

설화의 종류

신화(神話)는 한 민족 내에 전해 오는 신적인 존재에 관한 이야기입니다. 〈사계절의 땅 원천강 오늘이〉는 제주도 무속 신화 〈원천강본풀이〉의 내용을 각색한 이야기입니다. 특히 일정한 줄거리를 갖춘 서사 무가답게 신화로서의 특징이 잘 나타납니다. 먼저 '아득한 옛날'을 시간적 배경으로 합니다. 공간적 배경인 '원천강'은 주인공인 오늘이가 부모님을 찾아 향하는 곳으로 사람이 갈 수 없고, 신관과 선녀가 지키는 신성한 장소입니다. 이처럼 신화는 아득한 옛날과 신성한 장소를 이야기의 시간적·공간적 배경으로 합니다. 또한 신관과 선녀가 오늘이의 부모이며, 오늘이를 하늘에서 날아온 학이 돌봐 키웠다는 출생과 성장 과정을 보아 오늘이는 신 또는 신에 버금가는 존재, 비범하고 신성한 인물임을 알 수 있습니다. 이와 같이 사람들은 영웅적 인물을 숭배하고 그에 대한 이야기를 신성하고 성스러운 이야기로 여겨 후손에게 전했습니다.

신화는 대개 하늘의 해와 달은 언제 생겨났는지, 사람은 어떻게 만들어졌는지, 누가 어떤 나라를 세웠는지 등 세상과 인간의 근원을 다룹니다. 이 가운데 한 나라가 생겨난 과정을 담은 신화를 '건국 신화'라고 하는데, '단군 신화'와 '동명왕 신화'가 우리나라의 대표적인 건국 신화입니다. 신성한 영웅의 이야기인 만큼 신화의 증거물은 규모가 큽니다. 예를 들어 '단군 신화'의 증거물은 고조선이고 '동명왕 신화'의 증거물은 고구려가 됩니다.

전설(傳說)은 어느 특정 지역에서 바위나 연못, 고목(古木) 등 구체적인 장소나 인물에 얽혀 전해 내려오는 이야기입니다. 그래서 전설은 대개 '옛날 어느 때 어느 마을에 ○○라는 사람이 살았는데'로 시작되고, 이야기 속에 시간이나 장소가 구체적으로 제시됩니다. 따라서 이야기가 전국적으로 퍼져 있는 신화와는 달리 특정 지역을 중심으로 알려진 경우가 많습니다. 전설 속에 등장하는 바위나 연못이 실제로 남아 있기도 해서 사람들은 전설을 진짜 있었던 일이라고 믿습니다. 전설의 주인공들은 신화에서처럼 신과 같은 초인적인 능력은 없지만, 특별한 재주를 가진 경우가 많습니다.

민담(民譚)은 민간에서 전해 오는 흥미 위주의 이야기입니다. '옛날 아주 먼 옛날 어느 마을에'와 같이 때와 장소도 막연하고, '아버지와 아들이 살았는데', '한 소녀가 있었는데' 식으로 이름도 없는 평범한 인물들이 등장합니다. 내용 역시 평범하고 선한 인물이 난관을 극복하고 행복해진다는 이야기가 대부분입니다. 사람들이 공감하고 즐길 수 있는 요소가 많은 민담은 다른 지역으로 쉽게 퍼져 나갑니다. 세계 곳곳에 비슷한 이야기도 많습니다. 또한 민담을 전하는 이들도 그 이야기가 재미를 위해 꾸며 낸 것임을 인식하고 있습니다.

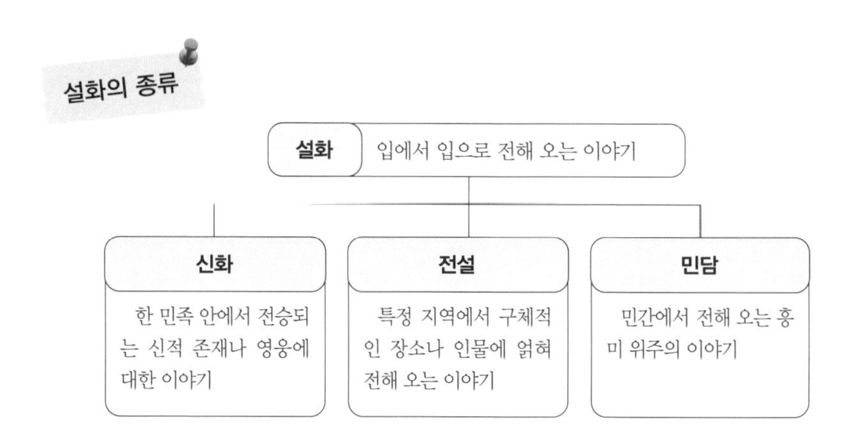

※ 설화의 특징을 표로 정리해 봅시다.

1_ 소설과 비교되는 설화의 특징을 정리해 봅시다.

	소설	설화
작가	특정 작가가 있다.	
전달 방식	글자로 기록되어 전달된다.	
내용	사건이 현실적·필연적으로 발생한다.	
주제	다양하다.	

2_ 신화, 전설, 민담의 특징을 각각 정리해 봅시다.

	신화	전설	민담
전승 범위	민족		세계
전승자의 태도		실제 일어난 일이라 믿음	재미 위주, 교훈 전달
주인공	신적 존재	비범한 인물	
배경	태초의 신성한 공간		막연한 시공간
증거물	규모가 큼		없음
결말		비극적 결말	

〈원천강본풀이〉, 오늘이

세상을 창조하거나 나라를 세울 정도로 큰 업적을 남긴 신은 아니지만, 옛날부터 우리 주변에서 소박하고 친근한 모습으로 존재했던 신들이 있습니다. 이러한 신들의 신화 중 가장 대표적인 것이 무속 신화입니다. 굿판에서 불린 신에 관한 노래, 즉 '무가' 중에서 소설처럼 일정한 줄거리를 갖춘 노래를 '서사 무가'라고 하는데, 서사 무가의 주인공은 갖은 고난과 역경을 겪다가 결국에는 신이 됩니다. 그래서 서사 무가를 신이 되기까지의 근본을 푼다는 뜻으로 '본풀이(本--)'라고도 부릅니다.

오늘이 이야기 역시 제주도 무속 신화 〈원천강본풀이〉를 쉽게 풀어 쓴 글로, 사계절을 다스리는 신 '오늘이'에 대한 환상적이고 신비로운 이야기입니다.

빈 들판에서 홀로 자라난 소녀 오늘이는 부모님, 즉 자신의 근본을 찾기 위한 여행을 떠납니다. 그런데 오늘이가 이 여정에서 만난 장상 도령과 매일이, 연꽃 나무와 큰 뱀, 선녀들은 하나같이 크고 작은 어려움을 안고 있습니다. 그리고 이들이 어려움에서 벗어나는 방법은 바로 '관계 맺기'입니다. 책만 읽던 소년 소녀의 결핍은 서로 결혼을 함으로써 해결되었습니다. 큰 뱀은 욕심을 버리고 여의주를 오늘이와 나눠 가졌더니 금방 용이 되어 승천하는 것으로 고민을 해결할 수 있었죠. 연꽃 나무도 마찬가지입니다. 혼자만 꽃을 피우던 윗가지를 오늘이에게 주니, 드디어 나머지 가지들이 결실을 맺기 시작했습니다. 이처럼 자신의 것을 나누고 서로 사회적 관계를 맺으면서, 오늘이를 비롯한 이들은 **고립**에서 벗어나 한층 더 성장하게 됩니다.

한편 오늘이의 부모님이 계신 원천강은 사계절이 함께 모여 있는 곳입니다. 원천강이 때에 맞춰 계절의 문을 열어 주면 우리가 사는 이 세상에 새 계절이 오는 것입니다. 수만 리 머나먼 곳에 시간을 다스리는 공간이 있다는 것은 아름다우면서도 환상적인 조상들의 상상력이 돋보이는 설정입니다. 옛사람들의 몸은 자신이 사는 작은 마을을 벗어나는 것조차 쉽지 않았지만, 그 마음만큼은 낯설고 아득한 별세계를 향해 환한 빛을 내고 있었던 것입니다.

고립(孤立) 다른 사람과 어울리어 사귀지 아니하거나 도움을 받지 못하여 외톨이로 됨.

사계절의 땅 원천강 오늘이

1_ 이 이야기에 대한 설명으로 알맞은 것을 골라 봅시다.

① 실제로 있었던 역사적 사건을 다룬다.

② 아득한 옛날과 신성한 장소를 배경으로 한다.

③ 인물이 세운 업적을 중심으로 이야기가 전개된다.

④ 우리 민족을 넘어 세계적으로 전승되는 이야기이다.

⑤ 평범한 주인공이 운명을 개척하는 모습을 통해 독자에게 교훈을 준다.

2_ 이야기의 구성 요소를 정리해 봅시다.

- 인물: ____________________
- 사건: ____________________
- 배경: ____________________

3_ 다음을 통해 알 수 있는 오늘이의 인물됨을 정리해 봅시다.

- 오늘이는 옥처럼 고운 외모를 가졌다.
- 오늘이는 하늘에서 날아온 학이 돌봐 주어 살 수 있었다.
- 오늘이의 부모님은 신관과 선녀로 원천강을 지키고 계시는데, 원천강은 사람이 갈 수 없는 멀고 먼 곳이다.

오늘이의 출생 배경과 외모, 오늘이를 돌봐 주는 학의 존재 등을 통해 오늘이의

____________________을/를 드러내고 있다.

4_ 오늘이가 원천강 가는 길에 만난 이들의 고민을 정리해 봅시다.

인물	고민
장상 도령	밤낮으로 별층당에서 글만 읽어야 하고 밖으로 나갈 수 없다.
연꽃 나무	
	여의주를 셋이나 물고도 용이 못 되고 있다.
매일이	
선녀들	우물물을 다 퍼야 하늘로 올라갈 수 있는데, 두레박에 큰 구멍이 뚫려 아무리 애를 써도 물을 퍼낼 수가 없다.

5_ 오늘이가 만난 이들의 문제를 해결할 수 있는 방법과 그 결과를 각각 정리해 봅시다.

	해결 방법	결과
선녀들		금방 물을 퍼낼 수 있었다.
큰 뱀	여의주 두 개를 처음 만난 사람에게 주어야 한다.	
연꽃 나무		윗가지의 꽃을 오늘이에게 주었고, 곧 꽃을 피웠다.
장상 도령과 매일이	자신처럼 몇 년간 홀로 글만 읽어 온 사람과 부부가 되어야 한다.	

6_ 다음 빈칸을 채워 이야기의 결말을 정리하고, 오늘이가 원천강을 찾아가는 여행길의 의미를 적어 봅시다.

오늘이의 모습		오늘이의 임무
한 손에는 뱀에게서 받은 여의주를, 한 손에는 연꽃 나무에게서 받은 연꽃을 들고 있음.	……	______________ ______________

⬇

여행을 마친 '오늘이'가 ______________ 이/가 됨.

• 오늘이가 원천강을 찾아가는 여행길의 의미: ______________

____

오늘이의 여정

오늘이의 여행길은 '**오늘이가 누군가를 찾아감. ➞ 만난 이가 원천강 가는 방법을 일러 줌. ➞ 만난 이가 오늘이에게 고민을 털어놓고 해결 방법을 알아봐 달라고 부탁함. ➞ 오늘이가 부탁을 들어주기로 하고 떠남.**'이라는 반복 구조로 이루어집니다. 그리고 이들의 도움을 따라 간 끝에 꿈에 그리던 부모를 만나게 됩니다. 그런데 재회의 기쁨도 잠시, 오늘이는 여행길에서 만난 친구들의 문제를 해결해 주러 힘들게 반복했던 여정을 거슬러 돌아옵니다. 부모를 만나 느끼게 된 자신의 행복을 타인과 나누기 위해 되돌아온 것입니다.

남들에게는 별것 아닌 일처럼 보이지만 자신에겐 가장 무거울 수 있는 고민을 함께 나누는 모습, 그리고 타인의 고민을 마음에 담아 두었다가 잊지 않고 돌아와 해결책을 들려주는 모습. 오늘이의 여정에서 드러난 이러한 이타적 태도는 오늘이라는 캐릭터가 오늘날 우리에게도 매력적으로 다가오는 또 다른 이유일 것입니다.

열두 살에 나라를 세우다

1_ 이 이야기에 대한 설명으로 알맞지 않은 것을 골라 봅시다.

① 고구려의 건국과 관련된 신화이다.
② 영웅의 일대기 구조를 취하고 있다.
③ 막연한 시간과 장소를 배경으로 한다.
④ 민족 단위에서 전해져 내려오는 이야기이다.
⑤ 비범한 능력을 지닌 인물이 주인공으로 등장한다.

2_ 이야기의 내용에 알맞게 다음 인물 관계도를 완성해 봅시다.

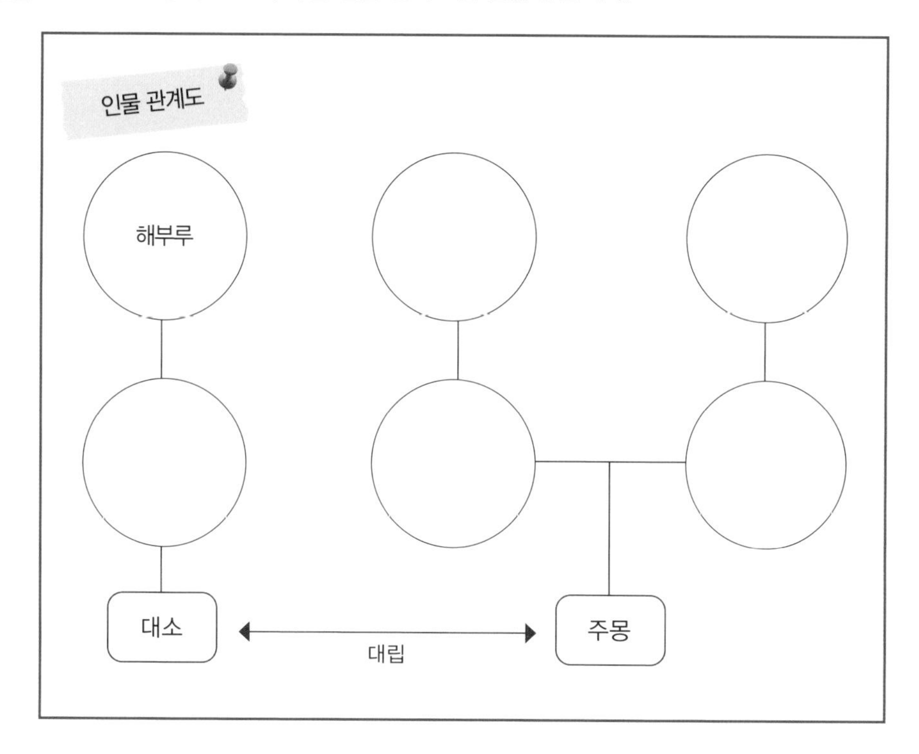

3_ 다음 밑줄 친 내용을 〈조건〉에 맞게 한 문장으로 요약해 봅시다.

조건
- '금와왕은 ~다.'의 형태로 서술할 것.
- 개별적인 내용을 모두 포괄하는 표현으로 서술할 것.

금와왕은 사람이 알을 낳은 것이 꺼림칙하여 그 알을 내다 버리기로 했다. 처음에는 이 알을 개와 돼지에게 던져 주었으나 어느 동물도 먹으려 하지 않았다. 그래서 이번에는 말과 소들이 다니는 길바닥에 내던져 보았으나 이들도 알을 밟지 않고 피해 지나갔다. 다시 들판에 갖다 버렸더니 새와 짐승들이 다가와 알을 날개와 몸으로 품었다.

왕은 하는 수 없이 알을 도로 가져다 깨뜨리려고 했다. 하지만 단단한 알을 도저히 깰 수 없었다. 왕은 결국 알을 유화에게 되돌려 주었다.

4_ 금와왕의 일곱 왕자들과 주몽의 갈등 관계를 정리해 봅시다.

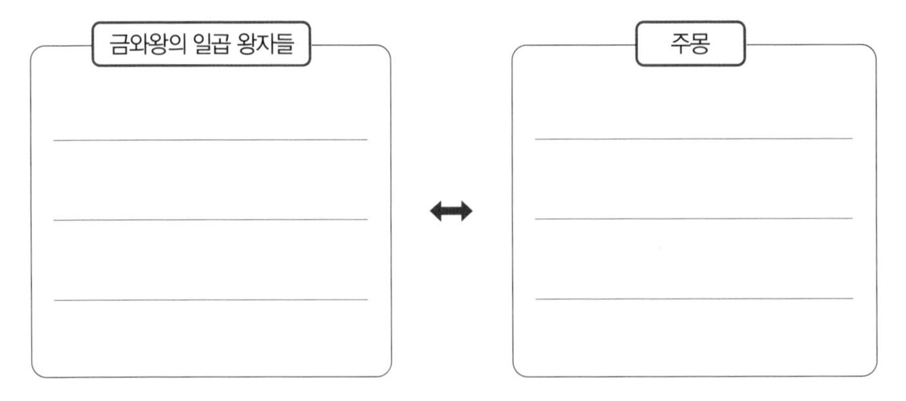

5_ 다음과 같은 영웅 이야기의 구조에 따라 이야기를 요약해 봅시다.

고귀한 혈통	
⬇	
기이한 탄생	
⬇	
비범한 능력	영리하고 활을 잘 쏘았다. 미래를 예측하고 미리 준비하였다.
⬇	
위기와 시련	금와왕의 일곱 왕자들의 질투와 음해로 위험에 처해 길을 떠났다. 추격자들에 쫓기다가 큰 강에 가로막히고 말았다.
⬇	
위기의 극복	
⬇	
위대한 업적	

6_ 고구려인들이 주몽을 영웅적인 인물로 그린 이유는 무엇일지 적어 봅시다.

낙랑 공주와 호동 왕자

1_ '자명고'의 뜻을 찾아 쓰고, 낙랑국에서 자명고가 어떤 역할을 하는지 적어 봅시다.

• 뜻: ____________________

• 역할: ____________________

2_ 대무신왕이 호동 왕자에게 요구한 것을 적어 봅시다.

____

____

3_ 호동 왕자와 낙랑 공주가 겪는 갈등을 정리하고, 두 인물의 선택을 적어 봅시다.

호동 왕자		
사랑하는 사람에게 나라를 배신하라는 부탁을 해서는 안 된다.	↔	____________________

• 선택: ____________________

낙랑 공주		
____________________	↔	자명고를 찢지 않는다면 사랑하는 사람을 잃게 된다.

• 선택: ____________________

4_ 다음과 같은 사실을 알게 된 최리가 어떤 행동을 했는지 〈조건〉에 맞게 적어 봅시다.

조건

- 완결된 한 문장으로 서술할 것.
- 최리가 그렇게 행동할 수밖에 없었던 이유를 포함하여 서술할 것.

> "이 칼이 자명고 앞에 떨어져 있었습니다."
>
> 칼을 본 최리는 깜짝 놀랐다. 그것은 바로 딸의 칼이었기 때문이다. 최리는 곧 낙랑 공주가 호동 왕자의 꾐에 빠져 자명고를 찢었다는 사실을 알게 되었다.

5_ 다음 상황에서 호동 왕자의 심정은 어떠했을지 유추하여 적어 봅시다.

> 호동 왕자는 궁궐로 들어와 낙랑 공주를 찾았다. 하지만 낙랑 공주는 이미 숨을 거둔 뒤였다.
>
> 호동 왕자는 낙랑 공주의 주검을 부둥켜안고 목 놓아 울었다.

재주꾼 세 사람

1_ 이와 같은 이야기에 대한 설명으로 알맞지 <u>않은</u> 것을 골라 봅시다.

① 지역적으로 전승되는 경우가 많다.

② 뚜렷한 증거물이 제시되지 않는다.

③ 뚜렷한 시간과 장소가 제시되지 않는다.

④ 전승자들은 이야기가 진실하다고 생각하지 않으며, 흥미를 중시한다.

⑤ 권선징악을 주제로 하는 경우가 많고, 대개 행복한 결말로 마무리된다.

2_ 이야기의 구성 요소를 정리해 봅시다.

인물	주동 인물	
	반동 인물	
사건		
배경		

• **주동 인물** 작품의 주인공으로 사건이나 행위의 주체가 되는 인물.

예 《흥부전》의 흥부, 〈나비를 잡는 아버지〉의 바우

• **반동 인물** 주동 인물을 방해하며 갈등을 일으키는 인물.

예 《흥부전》의 놀부, 〈나비를 잡는 아버지〉의 경환이

3_ 사건이 일어난 순서에 따라 이야기를 정리해 봅시다.

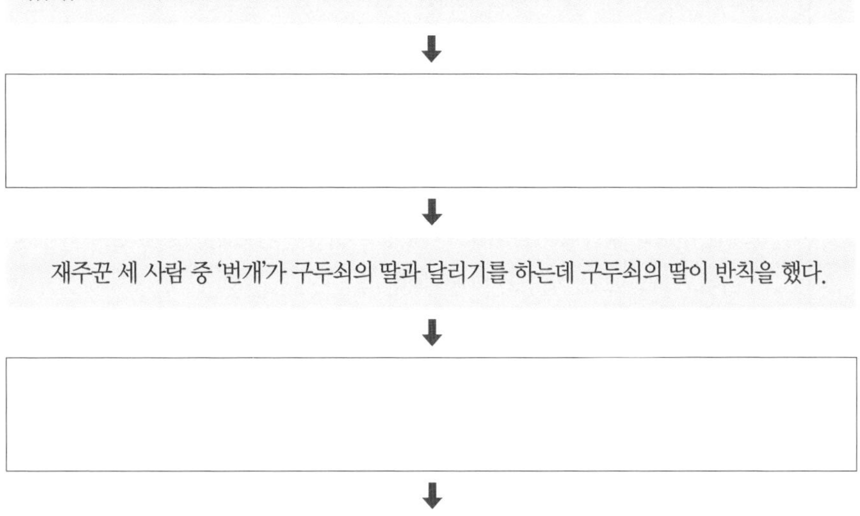

세 재주꾼은 구두쇠 집에서 머슴살이하는 사람들을 풀어 주었고, 그 뒤로도 착한 일을 하며 살았다.

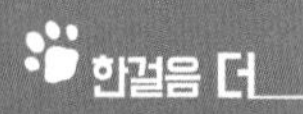

민담이 그리는 현실

민담의 세계는 현실의 모습과 반대인 경우가 많습니다. 현실에서 민중들은 힘을 가진 악인에게 속수무책으로 당해야 하지만, 민담에서는 약자에게 꼼짝없이 당하는 강자들이 무수히 등장합니다. 이로써 많은 사람들이 현실과는 다른 민담의 내용 속에서 통쾌함과 대리 만족을 느꼈겠지요. 그들은 이야기 속의 뒤바뀐 상황에서 실제 자신이 속한 현실을 벗어나 새로운 가능성의 세계를 상상해 보는 즐거움을 느끼고, 나아가 새로운 시각으로 현실을 바라볼 수 있었을 것입니다.

약자가 강자를 망하게 하고 행복한 삶을 누리는 이야기는 당시 사회에 대한 재기 발랄한 도전이었습니다. 이러한 이야기들이 당장 현실을 바꾼 것은 아니겠지만, 민담이 전해지고 또 전해지며 제기한 문제는 결국 새로운 질서가 등장하는 데 굳건한 토대가 되었을 것입니다.

4_ 다음을 참고하여 이와 같은 이야기의 특징을 한 문장으로 적어 봅시다.

• 동네 여인네가 물동이를 이고 가면 이 사람이 화살 두 개를 쏘거든. 하나는 그냥 화살이고 다른 하나는 촉에다 찰흙을 단단하게 붙여 놓은 화살인데, 빈 화살을 먼저 쏘면 그게 물동이를 뚫고 지나가지 않겠어? 그럼 뒤따라 찰흙 붙인 화살이 날아가서 그 구멍을 틀어막는단 말이야. 그러면 물이 한 방울도 안 흐르지.

• 내 말 좀 들어 보오. 나는 걸음이 너무 빨라서 한번 달렸다 하면 눈 깜짝할 사이에 큰 고개 두어 개 정도는 후딱 넘지요. 그런데 너무 빨리 달리니까 도대체 이 좋은 경치를 구경할 수가 있어야지요. 그래서 좀 천천히 가려고 이렇게 한쪽 다리를 묶어 가지고 다닌다오. 아이고, 내 팔자야.

• 당신네들 눈에는 안 보이겠지만, 지금 저기 삼십 리 밖에 까치 둥지가 하나 있는데, 구렁이란 놈이 까치 새끼를 잡아먹으려고 슬슬 기어 올라가고 있다오. 가만히 두면 까치가 모두 죽을 텐데 어찌 불쌍하지 않단 말이오?

5_ 다음을 참고하여 이야기의 주제를 4음절의 단어로 적어 봅시다.

구두쇠는 땅을 치고 통곡을 하면서, 제발 재산을 다 가져가지 말고 조금만 남겨 달라고 싹싹 비는 거야.

"원래 당신 것이었던 재산은 한 푼도 가져가지 않을 터이니, 내기로 빼앗은 물건은 다 원래 주인에게 돌려주고, 머슴살이하는 사람들은 다 내보내시오."

하니까, 그렇게 하겠다고 약속을 해. 그래서 재주꾼 세 사람은 사람들을 다 구했대.

그 뒤로도 세 사람은 착한 일을 하면서 오래오래 행복하게 잘 살았다네.

설화의 꽃, 민담

민담은 설화의 꽃이라 불릴 만큼 설화 중에서도 가장 재미있고 매력적인 이야기입니다. 그래서 가장 대중적인 이야기이기도 합니다. '옛날 옛적에……'로 시작해 '그래서 행복하게 잘 살았더란다.'로 끝나는 민담은 특히 재미와 웃음이 생명인 이야기입니다. 대동강 물을 팔아먹었다는 김선달 이야기, 방귀 한 방으로 집을 날려 버린 방귀쟁이 며느리 이야기, 혹 떼려다 혹 붙이고 온 혹부리 영감 이야기 등 민담에는 자유분방하고 허황된 줄거리로 듣는 이에게 재미를 주는 이야기가 많습니다.

또한 민담은 공감을 이끌어 내는 이야기입니다. 듣는 이에게 흥미와 감동을 주지 못하는 이야기는 저절로 사라지고, 반대로 너도나도 좋아한 이야기는 끈질긴 생명력으로 오랜 세월 전해집니다. 신화에서 느껴지는 신성성도, 전설 속에 등장하는 증거물도 없지만, 가난하고 평범한 주인공이 어려움을 이겨 내고 행복하게 살았다는 민담은 그 어떤 이야기보다 듣는 이들에게 큰 공감을 줍니다.

민담은 그 모양이 언제나 살아 움직입니다. 똑같은 유형의 이야기라도 이야기꾼에 따라, 때와 장소에 따라 내용이 달라집니다. 물론 구비 문학은 기록 문학보다 이야기의 변형이 자유로운 편이지만, 똑같은 구비 문학이라도 신화나 전설은 내용이나 표현이 완전히 다를 수 없습니다. 집단의 이야기이자 증거물이 있는 이야기이기 때문입니다. 반면 민담은 이러한 제약이 없고, 누구나 **구연하고** 즐길 수 있는 이야기입니다. 비슷한 내용이라 하더라도 이야기를 전하는 사람에 따라 재미가 크게 달라지기 때문에, 똑같은 민담이라도 들을 때마다 공감과 흥미는 더 커지게 마련입니다.

이렇기 때문에 민담은 설화의 꽃입니다. 힘든 하루 일과를 마치고 돌아온 저녁 시간이나 마을 잔치가 벌어진 날, 가족들이 모두 모인 사랑방에서, 또는 사람들이 모여 앉은 마을 어귀에서 즐거운 시간을 보내기 위해 구연되던 맛깔 나는 이야기. 눈물 속에도 통쾌한 웃음이 있고, 자유분방한 상상 속에도 날카로운 풍자가 있는 이야기. 주인공을 따라 함께 울고 웃으면서, 이야기하는 이나 듣는 이 모두 하나가 되는 세계. 이것이 바로 민담의 세계입니다.

구연하다(口演--) 동화, 야담, 만담 따위를 여러 사람 앞에서 말로써 재미있게 이야기하다.

Step_1 설화가 주는 교훈

다음 이야기에서 배울 점을 생각해 보며, 나의 삶을 돌아봅시다.

가 오늘이는 바로 길을 떠났다. 남쪽으로 길을 잡아 하루 종일 걸으니 흰모래가 펼쳐진 곳에 우뚝 선 별층당이 있었고 그 안에서 글 읽는 소리가 들려왔다. 사람을 찾으니 푸른 옷을 입은 도령이 나왔다.

"저는 오늘이라고 합니다. 부모님을 찾아서 원천강으로 가는 중입니다. 원천강 가는 길을 알려 주세요."

"저는 장상이라고 합니다. 원천강은 아주 먼 곳이지요. 서쪽으로 연화못을 찾아가 연못가의 연꽃 나무에게 길을 물어보면 가는 길을 알 수 있을 거예요."

그러면서 장상이는 한 가지 부탁을 덧붙였다.

"원천강에 가시거든 제 사연도 좀 알아봐 주세요. 왜 밤낮 여기에 앉아서 글만 읽어야 하고 집 밖으로 나갈 수 없는지를요."

"꼭 알아다 드릴게요."

나 오늘이가 매일이에게 작별을 고하고 다시 길을 나서서 가다 보니 갈림길 옆 우물에서 젊은 여자들이 슬피 울고 있는 모습이 보였다. 오늘이가 다가가서 물었다.

"왜 이렇게 슬피 울고 계시나요?"

"우리는 하늘나라의 선녀들이랍니다. 천하궁에서 물 긷는 일을 소홀히 한 죄로 여기서 물을 푸고 있지요. 이 우물물을 다 퍼야 하늘로 돌아갈 수 있는데 두레박에 큰 구멍이 뚫려서 아무리 애를 써도 물을 퍼낼 수가 없어요."

오늘이는 두레박을 받아 들더니 댕댕이덩굴을 으깨어 뭉쳐서 구멍을 막고 나서 송진을 녹여서 틈을 막았다. 송진이 굳은 뒤에 두레박으로 물을 푸게 하니 물이 한 방울도 새지 않았다. 금방 우물물을 다 퍼내고 기뻐하는 선녀들에게 오늘이가 말했다.

"저는 부모님을 찾아 원천강으로 가고 있답니다. 어느 길로 가야 하나요?"

"걱정하지 말아요. 저희가 함께 가 드릴게요."

선녀들이 앞장서서 길을 잡아서 한참을 가다 보니 멀리 궁궐 같은 커다란 별당이 보였다.

다 구경을 마친 오늘이가 말했다.

"이렇게 부모님을 만났으니 제 소원을 이루었습니다. 여기에 오는 길에 부탁받은 일이 많으니 이제 돌아가렵니다."

오늘이가 원천강에 오면서 부탁받은 일을 이야기하자 부모님은 하나씩 답을 해 주고서 오늘이를 문밖까지 배웅해 주었다. 오늘이는 다시 만날 날을 기약하면서 부모님께 하직하고 길을 나섰다.

– 작자 미상, 〈사계절의 땅 원천강 오늘이〉

라 활꾼이 궁리를 하다가 기막힌 꾀를 냈어.

"그럼 당신이 번개 다리 묶은 끈의 매듭을 가리키시오. 내가 활을 쏘아 매듭을 자를 터이니."

"그러다가 딴 데를 쏘면 어쩌려고?"

"글쎄, 나한테 맡기고 가리키기나 잘 가리키시오."

그래서 먼눈이가 번개 다리 묶은 끈 매듭을 딱 가리키니까, 활꾼이 그쪽으로 활을 쏘았어. 화살이 '쉬익' 하고 날아가더니 안 보이거든.

"어떻게 됐소?"

"좀 가만히 있어요. 아직 날아가고 있으니."

한참 있다가 먼눈이가 손뼉을 치며 좋아하는데, 과연 화살이 끈을 맞히고 매듭이 풀어졌다지 뭐야. 한쪽 다리 묶고도 잘 달리는 번갠데, 끈이 풀려 두 다리로 달리니 어떻게 되겠어? 말 그대로 번개 같지 뭐. 그동안 구두쇠의 딸은 벌써 물을 떠 가지고 돌아오는데, 번개는 당장 일어나서 물을 다시 떠 가지고 따라잡는구나.

마 결국 번개가 구두쇠의 딸보다 한발 앞서 돌아왔어.

구두쇠는 땅을 치고 통곡을 하면서, 제발 재산을 다 가져가지 말고 조금만 남겨 달라고 싹싹 비는 거야.

"원래 당신 것이었던 재산은 한 푼도 가져가지 않을 터이니, 내기로 빼앗은 물건은 다 원래 주인에게 돌려주고, 머슴살이하는 사람들은 다 내보내시오."

하니까, 그렇게 하겠다고 약속을 해. 그래서 재주꾼 세 사람은 사람들을 다 구했대.

그 뒤로도 세 사람은 착한 일을 하면서 오래오래 행복하게 잘 살았다네.

– 작자 미상, 〈재주꾼 세 사람〉

1_ 제시문 가~다의 밑줄 친 행동을 통해 알 수 있는 오늘이의 면모를 정리해 봅시다.

오늘이의 행동	오늘이의 면모
부모님을 찾아 홀로 낯선 길을 떠난다.	
처음 만나는 대상들에게 친절하게 대하고 그들의 부탁을 들어준다.	
부모님을 찾아가는 길에 부탁받았던 일을 해결해 주기 위해 다시 돌아간다.	

2_ 제시문 라와 마를 통해 얻을 수 있는 교훈을 각각 적어 봅시다.

- 라:
- 마:

3_ 제시문에서 살펴본 삶의 태도 중 가장 닮고 싶은 점을 이유와 함께 적어 봅시다.

Step_2 영웅 이야기

영웅을 주인공으로 한 설화들을 비교하며 공통점과 차이점을 생각해 봅시다.

※ 문제를 풀기 전 350쪽 '더 읽어 보기'에 실린 〈아기장수 우투리〉 전문을 먼저 감상해 봅니다.

가 금와왕은 유화의 고백을 듣고 이상한 느낌이 들어 그녀를 궁으로 데리고 왔다. 궁궐 한쪽 으슥한 곳에 유화의 방을 마련해 주었더니 이상하게도 햇빛이 그 방 안으로 들어와 유화의 몸을 비추었다. 유화가 몸을 움직여 피하려 해도 햇빛은 따라와 그녀의 몸을 비추었다. 그 뒤로 유화는 배가 점점 불러 오더니, 얼마 후 크기가 다섯 되쯤 되는 알 하나를 낳았다.

금와왕은 사람이 알을 낳은 것이 꺼림칙하여 그 알을 내다 버리기로 했다. 처음에는 이 알을 개와 돼지에게 던져 주었으나 어느 동물도 먹으려 하지 않았다. 그래서 이번에는 말과 소들이 다니는 길바닥에 내던져 보았으나 이들도 알을 밟지 않고 피해 지나갔다. 다시 들판에 갖다 버렸더니 새와 짐승들이 다가와 알을 날개와 몸으로 품었다.

왕은 하는 수 없이 알을 도로 가져다 깨뜨리려고 했다. 하지만 단단한 알을 도저히 깰 수 없었다. 왕은 결국 알을 유화에게 되돌려 주었다. (중략)

주몽 일행은 졸본에 이르러 그곳을 도읍으로 정했다. 미처 궁궐을 지을 겨를이 없어 비류수 강가에 초막을 짓고 머물기로 했다. 주몽은 나라 이름을 고구려라 하였으며, 자신의 성을 고(高) 씨로 정했다. 이때 주몽의 나이 겨우 열두 살이었다. 그가 즉위해서 왕이라고 일컬은 것은 한나라 효원제 12년(기원전 37)의 일이다. – 작자 미상, 〈열두 살에 나라를 세우다〉

나 높은 산에 올라 사방을 둘러보니 남쪽 양산 기슭 나정 우물가에서 이상한 기운이 번개처럼 땅에 드리워 있는 것이 눈에 띄었다. 그 모양은 마치 흰 말 한 마리가 무릎을 꿇고 절하는 것과 같았다. 사람들이 그리로 달려가 보니 자줏빛 큰 알 하나가 놓여 있었다. 그 옆에 있던 말은 사람을 보자 울음소리를 길게 뽑으면서 하늘로 올라갔다.

사람들은 깜짝 놀라 그 알을 조심스럽게 쪼개 보았다. 알 속에는 생김새가 단정하고 아름다운 사내아이가 있었다. 모두 놀라고 신기해하며 아이를 동천에 데려가 목욕시켰다. 목욕을 하고 난 아이의 몸에서는 광채가 났고 임금의 위용이 드러났다. 새와 짐승들이 모여 춤을 추고 천지가 진동하며 해와 달이 밝게 빛났다. 그래서 그 아이의 이름을 '혁거세(赫居世)'라 했는데, 이는 세상을 밝게 다스린다는 뜻이다.

다 왜국의 동북 1,000리나 되는 용성국에서 함달파라는 왕이 적녀국의 왕녀를 왕비로 맞아들였는데, 오래도록 자식이 없어 기도하며 아들을 구하다 7년 만에 알 하나를 낳았다. 왕이 불길하다고 버리면서 큰 궤짝에 알과 일곱 가지 보물 및 시종들을 태워 보냈다.

이때 붉은 용이 나타나 지키는 가운데 궤짝은 가락국을 지나 계림 동쪽 하서지촌 아진포에 이르렀는데, 한 노파가 그 궤짝을 열어 보니 어린아이가 들어 있었다. 까치 떼가 궤짝 위에 몰려와 발견됐다고 하여 '까치 작(鵲)' 자의 일부를 떼어 '석(昔)'으로 성(姓)을 삼고, 궤를 풀고 나왔다고 하여 '탈해(脫解)'라 이름 지었다.

라 부족민의 수가 늘어나 노랫소리가 점점 커지자 하늘에서 빛이 나더니 붉은 보자기에 싸인 금빛 상자가 내려왔는데, 이 속에는 황금빛의 알 여섯 개가 들어 있었다. 12일 후 알에서 남자아이들이 태어났다. 그중에서 제일 먼저 사람으로 변한 이가 '수로(首露)'였다.

마 이때, 지리산 자락 외진 마을에 한 농사꾼 내외가 살았어. 산비탈에 밭을 일구어 **구메농사**나 지어 먹으며, 그저 산 입에 거미줄이나 안 치는 걸 고맙게 여기고 살았지. 그렇게 살다가 늘그막에 아기를 하나 낳았는데, 낳고 보니 아기 탯줄이 안 잘라져. 가위로 잘라도 안 되고 낫으로 잘라도 안 되고 작두로 잘라도 안 돼. 별짓을 다해도 안 되더니, 산에 가서 억새풀을 베어다 그걸로 탯줄을 치니까 그제야 잘라지더래.

아기 이름을 '우투리'라고 했는데, 이 우투리가 갓난아기 때부터 하는 짓이 달라. 방에다 뉘어 놓고 나가서 일을 하고 돌아와 보면 **시렁**에 덜렁 올라가 있지를 않나, 곁에 뉘어 놓고 잠깐 자다 깨서 보면 납죽 장롱 위에 올라가 있지를 않나. 이래서 참 이상하게 여긴 어머니, 아버지가 하루는 아기를 방에 두고 나와서 문구멍으로 들여다봤지. 그랬더니, 아 이런 변이 있나? 글쎄 아기가 방 안에서 포르르포르르 날아다니지 뭐야? 가만히 보니 아기 겨드랑이에 조그마한 날개가, 꼭 **얼레빗**만 한 게 뾰조록하니 붙어 있더란 말이지. (중략)

바위가 열리고 우투리가 병사들과 함께 사라지던 바로 그 순간, 지리산 자락 어느 냇가에 날개 달린 말이 나타나 사흘 밤 사흘 낮을 울었대. 그렇게 슬피 울던 말이 냇물 속으로 스르르 들어가 버렸는데, 그 뒤에도 물속에서는 자주 말 우는 소리가 들렸대. 백성들은 그 소리를 듣고 우투리가 아직도 죽지 않고 살아 있다고 믿고 있어. 날개 달린 말이 우투리를 태우고 물속으로 들어갔다고 믿는 게지. 우투리는 지금도 그 물속에 살아 있을까?

– 작자 미상, 〈아기장수 우투리〉

바 난생 신화는 고대 민족의 신앙에서 비롯된 우주관이고 민족 철학이다. 알에서 태어났다는 것은 지배자가 자신이 하늘의 자손임을 과시하여 많은 사람들을 복종하게 만들기 위함이라고 볼 수 있다. 우리나라 건국 신화에 난생 신화가 많은 이유는 건국 영웅을 신성하게 만들어 왕권을 강화하기 위한 목적으로 보는 것이 타당하다. 즉, 알에서 태어났다는 것은 보편적인 출생 방법과 다른 과정을 제시하는 것이며, 그것은 지배자의 출생이 곧 하늘의 뜻에 따른 것임을 상징함으로써 왕권의 신성함을 강조하려는 목적인 것이다.

- **구메농사** 작은 규모로 짓는 농사.
- **시렁** 물건을 얹어 놓기 위해 방이나 마루 벽에 두 개의 긴 나무를 가로질러 선반처럼 만든 것.
- **얼레빗** 빗살이 굵고 성긴 큰 빗.

1_ 제시문 **가**~**라**의 공통점을 적고, 그 의미가 무엇인지 적어 봅시다.

- 공통점: ____________________

____

- 의미: ____________________

____

2_ 영웅 이야기 구조로서 제시문 **가**와 **마**의 공통점과 차이점을 정리해 봅시다.

공통점	____________________
차이점	____________________

3_ 제시문 **마**의 결말에 담긴 당시 사람들의 생각을 추론해 봅시다.

바위가 열리고 우투리가 병사들과 함께 사라지던 바로 그 순간, 지리산 자락 어느 냇가에 날개 달린 말이 나타나 사흘 밤 사흘 낮을 울었대.

➡ ______________________________

____

백성들은 그 소리를 듣고 우투리가 아직도 죽지 않고 살아 있다고 믿고 있어. 날개 달린 말이 우투리를 태우고 물속으로 들어갔다고 믿는 게지.

➡ ______________________________

____

4_ 내가 생각하는 '현재 우리 사회에 필요한 영웅'의 모습을 근거와 함께 정리해 봅시다.

____

____

____

____

금기는 왜 항상 깨지는 걸까

금기(禁忌)란 '마음에 꺼려서 하지 않거나 피하는 것'을 말합니다. 반드시 지켜야 하는 것으로, 옛사람들은 금기를 지키지 않으면 전염병이 돌거나 흉년이 드는 등 하늘의 큰 벌을 받는다고 믿었습니다.

그런데 설화 속 금기, 특히 전설에서의 금기는 마치 깨지기 위해 존재하는 것처럼 항상 지켜지지 못하고 맙니다. 〈아기장수 우투리〉의 우투리 어머니는 아들이 묻힌 곳을 알려 주지 말라는 금기를 어깁니다. 〈**장자못 전설**〉의 며느리는 뒤를 돌아보지 말라는 금기를 지키지 못하고, 〈선녀와 나무꾼〉의 나무꾼 역시 아이를 셋 낳을 때까지 선녀에게 날개옷을 주지 말라는 금기를 어깁니다.

이렇게 전설 속 인물들이 자꾸만 금기를 깨뜨리는 것은 그들이 바로 우리와 같은 인간이기 때문입니다. 그들은 신이 아니기에, 인간이라는 태생적 한계 때문에 금기를 지키기 어려워합니다. 그리고 우리는 금기를 깬 전설의 인물을 비난하지 않습니다. 인물의 불행을 타산지석으로 삼지도 않습니다. 오히려 그들의 행동을 이해하고 공감합니다. 즉, '저 인물은 금기를 어겼으니 벌을 받아 마땅하며, 벌을 받지 않으려면 우리는 금기를 반드시 지켜야 한다.'가 아니라, '금기를 어겨 벌을 받은 인물이 안타깝고 그 행동이 남 일 같지 않다.'고 느끼는 것입니다. 눈앞에서 남편의 목에 칼이 들어왔는데 우투리 어머니가 비밀을 지키기는 어려웠을 것입니다. 가족들을 뒤로하고 도망가는데 그쪽에서 심상찮은 소리가 들려온다면 누구든 며느리처럼 뒤를 돌아봤을 것입니다. 선녀에 대한 믿음과 죄책감을 동시에 느꼈을 나무꾼의 심정도 충분히 공감할 수 있습니다.

이처럼 전설에서의 금기는 우리에게 **인지상정**과 연민의 감정을 자아냅니다. 그리고 그 속에서 비극성을 심화시키는 역할도 합니다. 이것이 바로 전설의 금기가 자꾸만 깨지는 이유입니다.

장자못 전설 한 스님이 심보 고약한 부자 장자를 벌주기 위해 그 집에 벼락을 내려 연못으로 만들었다는 전설. 스님은 마음 착한 며느리에게만 빨리 집을 나와 뒷산으로 달아나되, 어떤 경우에도 절대로 뒤를 돌아보지 말라고 일러 주었다. 하지만 달아나던 며느리가 뒤에서 들리는 벼락 소리에 놀라 뒤를 돌아보았고, 그 순간 그대로 돌로 변해 버렸다고 전해진다.

인지상정(人之常情) 사람이면 누구나 가지는 보통의 마음.

Step_3 낙랑 공주의 선택

호동 왕자와 낙랑 공주의 행동이 옳았는지 판단해 보고, 이를 바탕으로 낙랑 공주가 자명고를 찢은 일은 비난받아야 하는지 토론해 봅시다.

가 호동 왕자는 사냥을 하다가 이웃 나라 옥저에 가게 되었다. 그런데 마침 그곳에는 낙랑국의 임금인 최리가 와 있었다. 최리는 호동 왕자를 보더니 반가워하며 말했다.

"그대의 얼굴을 보니 고구려 왕의 아들임을 알 수가 있겠구려. 나와 함께 우리나라에 가서 잠시 지내지 않겠소?"

호동 왕자는 이를 선뜻 승낙하였다. (중략)

"귀한 손님이 왔으니 내 보잘것없는 딸을 불러 시중을 들게 하고 싶소."

최리는 자신의 딸 낙랑 공주를 불렀다.

낙랑 공주의 모습을 본 호동 왕자는 눈이 번쩍 뜨였다. 그녀의 모습이 어찌나 아름다운지 마치 얼굴에서 빛을 뿜는 듯했다. 낙랑 공주 역시 호동 왕자의 남자다운 모습에 마음을 빼앗겨 버렸다. 결국 두 사람은 서로 마음이 통해 혼례식을 올리게 되었다.

나 "너는 나라의 일보다 개인의 일을 앞세우지는 않겠지? 낙랑은 오래전부터 우리가 차지하려 했던 땅이다. 그런데 그 나라에는 적이 쳐들어오면 저절로 울리는 '자명고'라는 북이 있다. 그것 때문에 우리는 아직 낙랑을 공격하지 못하고 있지. 네가 그곳의 공주를 아내로 맞이했다고 하니, 공주에게 부탁해서 그 자명고를 찢어 버리도록 하라."

다 호동 왕자의 편지를 받은 낙랑 공주는 고민에 빠졌다. 자명고를 찢으면 아버지를 배신하게 되고, 그러지 않으면 사랑하는 사람을 잃게 되기 때문이었다. 며칠 동안 고민하던 낙랑 공주는 마침내 사랑을 택하기로 마음먹었다. (중략) 손에 칼을 들고 한동안 망설이던 낙랑 공주는 마침내 눈을 질끈 감고 자명고를 찢어 버렸다.

라 "어리석은 것! 아비와 나라를 배신하다니!"

최리는 어쩔 수 없이 딸을 죽여야 했다. 하지만 그것이 문제를 해결해 주지는 못했다. 낙랑은 곧 고구려에 항복할 수밖에 없었다.

호동 왕자는 궁궐로 들어와 낙랑 공주를 찾았다. 하지만 낙랑 공주는 이미 숨을 거둔 뒤였다.

– 작자 미상, 〈낙랑 공주와 호동 왕자〉

마 국가란 개인이 자신의 생존과 안전을 위해 선택한 것이다. 개인의 필요에 의해서 국가가 성립됐고 개인의 이익을 위해 국가의 이익을 추구한다고 본다면, 국가는 수단이고 개인이 국가를 가치 있게 하는 근원이 될 것이다. 그렇다면 개인의 이익과 국가의 이익이 갈등을 일으킬 때는 개인의 이익이 우선적으로 고려될 것이다.

그러나 국가는 개인의 생존과 이익을 보장해 줄 수 있는 단체이므로, 개인이 진정으로 자신의 생존과 **안위**를 위한다면 자신보다 국가의 생존과 안위를 우선적으로 고려해야 한다. 개인은 사고하고 선택하고 행동할 때, 자신보다는 국가의 이익을 염두에 두어야 한다.

개인이 국가를 자기 한 몸보다 더 크고 중요한 것으로 여기지 않으면 국가는 성립하지 않으며, 인도(人道)를 실현할 길도 차단된다.

바 자유주의자의 가장 기본적인 주장은 개인 자유의 보장이다. 즉 자유주의는 개인 자유의 보장을 사회의 기본 원리로 주장한다. 여기에서 관심을 갖는 자유는 집단이 아니라 개인의 자유이다. 인간 개인만이 궁극적 가치를 갖고 있다. 국가, 조직, 이념 등 나머지 것들은 그 자체로서의 가치는 없으며 오직 개개인의 행복을 증진시키는 수단으로서만 가치를 지닌다.

- **안위**(安慰) 몸을 편안하게 하고 마음을 위로함.

1_ 호동 왕자와 낙랑 공주의 행동에 대해 근거를 들어 평가해 봅시다.

- 호동 왕자의 행동은 (옳다. / 옳지 않다.) 왜냐하면 ______________________

____

____

- 낙랑 공주의 행동은 (옳다. / 옳지 않다.) 왜냐하면 ______________________

____

____

2_ 자명고를 찢은 낙랑 공주의 행동은 비난받아야 하는지 토론해 봅시다.

주장 1 자명고를 찢은 낙랑 공주의 행동은 비난받아야 한다.

주장 2 자명고를 찢은 낙랑 공주의 행동은 비난받지 않아도 된다.

설화의 현재와 미래

설화는 옛날부터 오늘날까지 꾸준히 전해 오는 이야기입니다. 언제부터인지는 알 수 없지만 옛날 어느 순간 생겨나 과거의 사람들이 알고 있었고, 오늘날 우리도 알고 있으며, 미래의 후손들도 알게 될 이야기입니다.

이야기는 원래 말과 글을 바탕으로 전해집니다. 하지만 요즘에는 말과 글 외에 인터넷이나 텔레비전, 공연 등 다양한 방식으로 이야기가 전달되지요. 설화 역시 다양한 매체를 통해 끊임없이 변화하고 있습니다. 드라마나 영화로, 또는 연극이나 뮤지컬 같은 공연을 통해서 우리는 설화를 만날 수 있습니다. 익히 알려진 이야기인데도 사람들은 그것을 보고 즐깁니다. 이야기의 기본 축은 유지할지라도 그 안에서 전달하고자 하는 메시지는 달라졌기 때문입니다. 기존 설화의 내용을 있는 그대로 가져오기보다는, 그 내용을 뼈대로 하여 인물과 상황을 오늘날 현실에 맞게 변형하고 새롭게 해석하여 원래 이야기와는 다른 가치관과 의미를 드러내는 것입니다.

예를 들어 역사적 사실에 신화적 상상력을 더해 만든 드라마 〈주몽〉은 방영 당시 큰 인기를 끌었고, 애니메이션 〈오늘이〉는 원천강을 오늘이와 학 '야아'가 함께하는 행복한 공간으로 재해석해 많은 이들의 공감을 얻었습니다. 우리 민족의 토속 신앙을 바탕으로 만든 웹툰 〈신과 함께〉는 영화라는 또 다른 매체로 만들어져 큰 성공을 거두었습니다. 바리데기 설화의 주인공 바리공주는 황석영의 소설 《바리데기》에서 탈북 여성으로 재탄생하기도 했습니다.

이렇게 말과 글을 기본으로 전승되어 오던 설화가 오늘날에는 다양한 매체를 통해 전해집니다. 매체가 달라진다고 해서 설화가 달라지는 것은 아닙니다. 원래 이야기란 사람들 사이에 널리 **회자되어야만** 생명력을 지닙니다. 시대나 상황에 따라 새롭게 옷을 입어 가면서, 대상 독자에 따라 새롭게 변화하면서 전해져 나아가는 것입니다. 앞으로는 우리가 모르는 또 다른 매체를 통해 우리의 설화가 전파될지 모릅니다. 또한 지금 우리가 즐기는 이야기들이 훗날에는 어떤 새로운 옛이야기로 재탄생할지 모를 일입니다.

회자되다(膾炙--) 칭찬을 받으며 사람의 입에 자주 오르내리게 되다. 회와 구운 고기라는 뜻에서 나온 말이다.

1. 〈사계절의 땅 원천강 오늘이〉와 〈재주꾼 세 사람〉 중 하나를 골라 다음 〈조건〉에 맞는 글을 써 봅시다.

조건

- 선택한 이야기의 내용을 400자 내외로 요약할 것.
- 선택한 종류의 이야기가 갖는 특징과 그 이야기를 통해 배울 수 있는 점이 각각 드러나도록 할 것.

2_ 낙랑 공주에 대한 재판이 벌어졌습니다. 여러분이 재판장이 되어 낙랑 공주에 대한 판결문을 적어 봅시다.

판결문은 어떠한 사건을 법원이 판단하고 결정한 내용을 작성한 문서를 말합니다. 주로 **판결 주문**과 판결 이유로 구성되는데, 주문 내용에 따라서 피고에게 권리 행사를 할 수 있습니다.

판결문 작성 요령

- 받는 사람이 읽기 쉽도록 불필요한 용어는 생략하여 간략하게 작성한다.
- 문장을 최대한 짧게 쓴다. 수식 구조가 복잡하거나 주어가 반복되는 문장은 피한다.
- '~(이)라 함은' → '~(이)란', '~(이)라고 할 것이다.' → '이다.'

판결문

사　　건: 20○○ 고등 법원 합의부 1○○ 시설 파괴 이적죄

피 고 인: 낙랑 공주

변론 종결일: ____________________

____

판 결 주 문: ____________________

____

판 결 이 유: ____________________

____

- **판결 주문**(判決主文) 판결의 결론 부분.
- **시설 파괴 이적죄**(施設破壞利敵罪) 적국을 위하여 군사 시설이나 군용 물건을 파괴하여 자국에 해를 끼치는 죄.

※ 〈아기장수 우투리〉를 읽고 영웅 설화 구조와의 차이점을 생각해 봅시다.

아기장수 우투리 _작자 미상

옛날 옛날 먼 옛날, 임금과 벼슬아치들이 백성들을 종처럼 부리던 때의 이야기야. 욕심 많은 임금과 사나운 벼슬아치들에게 시달릴 대로 시달리던 백성들은 누군가 힘세고 재주 많은 영웅이 나타나 자기들을 살려 주기를 목이 빠지게 바라고 살았지.

이때, 지리산 자락 외진 마을에 한 농사꾼 내외가 살았어. 산비탈에 밭을 일구어 구메농사나 지어 먹으며, 그저 산 입에 거미줄이나 안 치는 걸 고맙게 여기고 살았지. 그렇게 살다가 늘그막에 아기를 하나 낳았는데, 낳고 보니 아기 탯줄이 안 잘라져. 가위로 잘라도 안 되고 낫으로 잘라도 안 되고 작두로 잘라도 안 돼. 별짓을 다해도 안 되더니, 산에 가서 억새풀을 베어다 그걸로 탯줄을 치니까 그제야 잘라지더래.

아기 이름을 '우투리'라고 했는데, 이 우투리가 갓난아기 때부터 하는 짓이 달라. 방에 다 뉘어 놓고 나가서 일을 하고 돌아와 보면 시렁에 덜렁 올라가 있지를 않나, 곁에 뉘어 놓고 잠깐 자다 깨서 보면 납죽 장롱 위에 올라가 있지를 않나. 이래서 참 이상하게 여긴 어머니, 아버지가 하루는 아기를 방에 두고 나와서 문구멍으로 들여다봤지. 그랬더니, 아 이런 변이 있나? 글쎄 아기가 방 안에서 포르르포르르 날아다니지 뭐야? 가만히 보니 아기 겨드랑이에 조그마한 날개가, 꼭 얼레빗만 한 게 뾰조록하니 붙어 있더란 말이지. 그걸 보고 어머니가 그만 기겁을 해.

"아이고, 여보. 이것 큰일 났소. 내가 아기를 낳아도 예사 아기를 낳은 게 아니라 영웅을 낳았소."

겨드랑이에 날개 돋친 아기는 장차 영웅이 될 아기란다. 그런데 이게 참 좋아할 일이 아니라 기겁을 할 일이야. 가난한 백성이 영웅을 낳으면 임금과 벼슬아치들이 가만두지를 않거든. 영웅이 백성을 살리려고 저희들과 맞서 싸우기라도 하면 큰일이니, 힘을 쓰기 전에 죽여 버리려고 든단 말이야. 잘못하다가는 온 식구가 다 죽을 판국이지.

그래서 어머니, 아버지가 의논 끝에 우투리를 데리고 지리산 속 아주아주 깊은 골로, 사람 발길이 닿지 않는 곳으로 들어가 숨어 살았어.

그런데 발 없는 말이 천 리 간다더니, 우투리라고 하는 영웅이 지리산에 났다는 소문이 백성들 사이에 돌고 돌아 임금 귀에까지 들어가게 됐어. 임금이 그 소문을 듣고 가만있을 리 있나? 사납고 힘센 장군을 뽑아 우투리를 잡으러 보냈어. 장군이 군사들을 많이 거느리고 우투리네 집에 들이닥쳤지.

그런데 우투리가 참 영웅이라도 큰 영웅이지. 군사들이 몰려오는 걸 어떻게 알고 감쪽같이 사라져 버렸어. 어디로 갔는지 자취도 없어. 그 많은 군사들이 온 산속을 이 잡듯이 뒤져도 못 찾았지. 사흘 밤낮을 뒤지고도 못 찾으니까 장군이 애매한 우투리 어머니, 아버지를 잡아갔어. 잡아가서 묶어 놓고 곤장을 치는 거야.

"우투리 있는 곳을 어서 대라."

이렇게 **으르면서** 곤장을 친단 말이야. 그런데 어머니, 아버진들 알 수가 있나. 때려도 때려도 모른다고 하니까, 어쩔 수 없었던지 사흘 만에 풀어 줬지.

어머니, 아버지가 **초주검**이 돼 가지고 집으로 돌아오니, 그새 우투리가 집에 돌아와 눈물을 줄줄 흘리면서 기다리고 있어. 저 때문에 어머니, 아버지가 두들겨 맞은 걸 보고 가슴이 아파서 그러지.

그런 뒤에 하루는 우투리가 어디서 구했는지 콩을 한 말이나 가지고 와서 어머니한테 볶아 달라고 그러더래. 그래서 어머니가 콩을 넣고 볶는데, 볶다가 보니 콩 한 알이 톡 튀어나오겠지. 하도 배가 고파서 어머니가 그걸 주워 먹어 버렸네! 그러니까 한 말에서 한 알이 모자라게 볶아 줬단 말이야.

우투리가 볶은 콩으로 갑옷을 짓는데, 콩을 하나하나 붙여 옷을 만드니 온몸을 다 가릴 만큼 되었어. 그런데 딱 한 알이 모자라서 한 군데를 못 가렸어. 어디를 못 가렸는고 하니 왼쪽 겨드랑이 날갯죽지 바로 아래를 못 가렸어.

우투리가 그렇게 갑옷을 지어 입고 나서 어머니더러,

"조금 있으면 군사들이 다시 올 것입니다. 혹시 내가 싸우다 죽거든 뒷산 바위 밑에 묻어 주되, 좁쌀 석 되, 콩 석 되, 팥 석 되를 같이 묻어 주세요. 그리고 삼 년 동안은 아무에게도 묻힌 곳을 가르쳐 주지 마세요. 그렇게만 하면 삼 년 뒤에는 나를 다시 만날 수 있을 것입니다."

이러거든.

그러고 나서 조금 있으니 아닌 게 아니라 장군이 군사들을 데리고 다시 왔어. 우투리가 갑옷을, 그 왜 볶은 콩으로 지은 갑옷 있잖아? 그걸 입고 집 앞에 떡 버티고 섰으니, 군사들이 겁을 내어 가까이 오지 못하고 멀리서 활을 쏘는데, 뭐 몇백 발을 쏘는지 몇천 발을 쏘는지 몰라. 화살이 비 오듯이 쏟아져. 그 많은 화살이 죄다 갑옷에 맞아 부러지는데, 꼭 썩은 **겨릅대** 부러지듯 툭툭 부러져. 그러니 그 많은 화살을 다 맞아도 끄떡없어.

군사들이 화살을 다 쏘고 이제 딱 한 개가 남았는데, 그때 갑자기 우투리가 왼팔을 번쩍 들어 겨드랑이를 썩 내놓는 게 아니겠어? 그 콩 한 알 모자라서 날갯죽지 밑에 맨살 드러난 데 말이야. 거기를 썩 드러내 놓고 가만히 서 있는 거야. 그때 마지막 한 개 남은 화살이 탁 날아와서 거기를 딱 맞히니 우투리가 풀썩 쓰러져 죽었어.

장군이 군사들을 데리고 돌아간 뒤에, 어머니, 아버지가 슬피 울면서 우투리를 뒷산 바위 밑에 묻어 줬어. 우투리 말대로 좁쌀 석 되, 콩 석 되, 팥 석 되를 같이 넣어 묻어 줬지.

그러고 나서 세월이 흘렀는데, 거의 한 삼 년이 흘렀나 봐. 그동안 백성들 사이에 소문이 나기를, 우투리가 아직 안 죽고 살아 있다, 지리산 속에서 병사를 기르며 때를 기다린다, 이런 소문이 **짜하게** 퍼졌어. 사방(四方)이 고요하면 산속에서 병사들이 말을 타고 내닫는 소리가 다가닥다가닥 들린다고도 하고, 얼마 안 있으면 우투리가 산에서 나와 백성들을 다 구할 거라고도 하고, 이런 소문이 돌고 돌아 또 임금 귀에까지 들어갔지.

"에잇, 안 되겠다. 이번에는 내 손으로 죽이는 수밖에 없다."

임금이 화가 나서 군사들을 많이 데리고 우투리네 집을 찾아갔어. 찾아가서 어머니, 아버지더러,

"우투리를 어디에 묻었느냐? 바른대로 대라!"

하고 을러대었지. 그런다고 어머니, 아버지가 순순히 가르쳐 줄 리 있나? 입을 딱 다물고 죽어도 말 못 한다고 버텼지. 아무리 으름장을 놓아도 말을 안 하니까 임금이 시퍼런 칼을 아버지 목에 딱 갖다 대고,

"이래도 말 안 할 테냐?"

하는데, 그걸 보니 어머니가 그만 눈앞이 아득해져서 저도 모르게 뒷산 바위 밑에 묻었노라고 말해 버렸어.

임금이 그길로 뒷산에 가서 우투리 묻었다는 바위 밑을 파 보았지. 그런데 이게 참 귀신이 곡할 노릇이야. 암만 파도 아무것도 안 나와. 우투리는커녕 개미 뒷다리 하나 없어. 아주 깨끗해. 임금이 가만히 살펴보니, 우투리가 살아 있다면 숨을 데라고는 그 위에 있

는 바위 속뿐이겠거든. 그렇지만 바위에 뭐 틈이 있기나 하나?

바위를 열고 속을 들여다보려고 해도 도무지 열 **재간**이 있어야 말이지. 임금이 바위를 이리 쳐다보고 저리 쳐다보고 빙빙 돌기만 하다가 다시 우투리 어머니, 아버지한테로 갔어. 가서,

"우투리 낳을 때 뭐 이상한 일이 없었느냐? 바른대로 대라."

하는데, 이번에도 칼을 아버지 목에 딱 갖다 대고 으름장을 놓으니 어머니가 그만 눈앞이 아득해 가지고, 탯줄이 안 잘려 억새풀로 잘랐노라고 가르쳐 줘 버렸어.

임금이 다시 뒷산으로 가서 억새풀을 한 아름 베어다가 그 바위를 탁 쳤지. 그랬더니 이게 웬일이냐? 우르르하고 땅이 흔들리면서 바위 한가운데에 금이 쩍 나더니 그 큰 바위가 스르르 두 쪽으로 갈라지지 않겠어?

그 갈라진 틈으로 바위 속을 들여다보니, 야, 참 이런 **장관**이 없구나. 소문대로 우투리가 죽지 않고 살아, 바위 속에서 병사를 기르고 있었던 게지. 그 사이에 좁쌀 석 되, 콩 석 되, 팥 석 되가 모조리 병사가 되고, 말이 되고, 투구가 됐어. 투구를 쓴 병사들이 저마다 말을 타고 늘어섰는데, 그 수가 몇천이나 되는지 몇만이나 되는지 몰라.

그때 우투리는 막 말을 타려고 한 발은 땅을 딛고 한 발은 말 안장에 걸쳤는데, 그때 그만 바위가 갈라져 버린 거야. 바위가 갈라져 바깥바람이 들어가니까 그 많은 병사들이 스르르 녹아서 없어지고, 우투리도 스르르 눈 녹듯이 녹아서 형체가 없어져 버렸어. 그때가 삼 년에서 딱 하루가 빠지는 날이었단다. 하루만 더 있었으면 우투리가 병사들과 함께 바위를 열고 나와 백성들을 살렸을 텐데, 딱 하루가 모자라 그리되고 말았어.

바위가 열리고 우투리가 병사들과 함께 사라지던 바로 그 순간, 지리산 자락 어느 냇가에 날개 달린 말이 나타나 사흘 밤 사흘 낮을 울었대. 그렇게 슬피 울던 말이 냇물 속으로 스르르 들어가 버렸는데, 그 뒤에도 물속에서는 자주 말 우는 소리가 들렸대. 백성들은 그 소리를 듣고 우투리가 아직도 죽지 않고 살아 있다고 믿고 있어. 날개 달린 말이 우투리를 태우고 물속으로 들어갔다고 믿는 게지. 우투리는 지금도 그 물속에 살아 있을까?

어휘 풀이

으르다 상대편이 겁을 먹도록 무서운 말이나 행동으로 위협하다.
초주검 두들겨 맞거나 병이 깊어서 거의 다 죽게 된 상태. 또는 피곤에 지쳐서 꼼짝을 할 수 없게 된 상태.
겨릅대 껍질을 벗긴 삼의 줄기.
짜하다 퍼진 소문이 왁자하다.
재간(才幹) 어떠한 수단이나 방도.
장관(壯觀) 훌륭하고 장대한 광경.

Memo

구분	작가 및 작품명	수록 교과서	참고 도서
1	이청준, 〈연〉	동아 1–1	이청준, 《서편제》(문학과지성사, 2013)
	황순원, 〈소나기〉	교학사 1–1 / 지학사 1–1 천재(노) 1–1 / 금성 1–2 동아 1–2 / 미래엔 2–2 천재(박) 2–2 / 창비 3–1	황순원, 《독 짓는 늙은이》(문학과지성사, 2004)
	이청준, 〈빗새 이야기〉	동아 1–1	이청준, 《서편제》(문학과지성사, 2013)
	이혜경, 〈지워지지 않는 그 황토물〉	교과서 외	《소년, 소녀를 만나다》(문학과지성사, 2016)
	이오덕, 〈꿩〉	천재(노) 1–1	이오덕, 《꿩》(효리원, 2006)
2	현덕, 〈하늘은 맑건만〉	천재(노) 1–1 미래엔 1–2 지학사 1–2 / 창비 1–2 천재(박) 1–2	현덕 외, 《하늘은 맑건만》(문학과지성사, 2007)
	박완서, 〈자전거 도둑〉	금성 1–1 / 교학사 1–1 비상 1–1	박완서, 《자전거 도둑》(도서출판 다림, 1999)
	헤르만 헤세, 〈공작 나방〉	동아 1–1 천재(노) 1–2	《국어 시간에 소설 읽기 1》(휴머니스트, 2012)
3	성석제, 〈약방 할매〉	교과서 외	성석제, 《번쩍하는 황홀한 순간》(문학동네, 2017)
	현덕, 〈나비를 잡는 아버지〉	교과서 외	현덕, 《현덕 동화 선집》(지식을만드는지식, 2013)
	박목월, 〈가정(家庭)〉 외	천재(노) 2–2 외	박목월, 《구름에 달가듯이 가는 나그네》(시인생각, 2013)/ 《교과서 시 다보기 1》(C&A에듀, 2020)

4	오영수, 〈고무신〉	천재(박) 1-1	오영수, 《오영수 단편집》 (지식을만드는지식, 2012)
	주요섭, 〈사랑손님과 어머니〉	교학사 1-2 동아 2-1 / 창비 2-1	주요섭 외, 《20세기 한국 소설 9》 (창작과비평사, 2005)
	김유정, 〈봄·봄〉	고등 비상(박영민) 국어 고등 해냄 국어 고등 동아 국어 고등 지학사 국어 고등 천재(박) 국어 고등 금성 국어	김유정, 《동백꽃》 (문학과지성사, 2005)
5	작자 미상, 〈사계절의 땅 원천강 오늘이〉	비상 1-2 천재(노) 1-2	신동흔, 《살아 있는 한국 신화》 (한겨레출판사, 2014)
	작자 미상, 〈열두 살에 나라를 세우다〉	교학사 1-2 지학사 1-2	일연, 김원중 옮김, 《삼국유사》(민음사, 2008)
	작자 미상, 〈낙랑 공주와 호동 왕자〉	동아 1-2	김부식, 송종호 옮김, 《삼국사기》(지경사, 2007)
	작자 미상, 〈재주꾼 세 사람〉	창비 1-1	서정오, 《옛이야기 들려주기》 (보리, 2011)
	작자 미상, 〈아기장수 우투리〉	교과서 외	서정오, 《아기장수 우투리》 (보리, 2016)